Donde todo brilla

Donde todo brilla

Alice Kellen

Donde todo brilla

Obra editada en colaboración con Editorial Planeta – España

© 2023, Alice Kellen
Autora representada por Editabundo Agencia Literaria, S. L.

© 2023, Editorial Planeta S.A. – Barcelona, España

Derechos reservados

© 2023, Editorial Planeta Mexicana, S.A. de C.V.
Bajo el sello editorial PLANETA M.R.
Avenida Presidente Masarik núm. 111,
Piso 2, Polanco V Sección, Miguel Hidalgo
C.P. 11560, Ciudad de México
www.planetadelibros.com.mx

Primera edición impresa en España: marzo de 2023
ISBN: 978-84-08-26928-1

Primera edición impresa en México: abril de 2023
ISBN: 978-607-07-9999-0

Impreso en los talleres de Litográfica Ingramex, S.A. de C.V.
Centeno núm. 162-1, colonia Granjas Esmeralda, Ciudad de México
Impreso en México –*Printed in Mexico*

Para Axel,
ojalá descubras el brillo de las cosas intangibles.

Quisiera volver atrás,
y bailar otra vez abrazado a ti.

KEVIN KAARL

LOS RECUERDOS DE NICKI

El primer recuerdo que Nicki albergaba de River Jackson era mitad suyo y mitad lo que había imaginado tras escuchar la anécdota docenas de veces: tenían dos años y acababan de decirles que no tocasen el enchufe que había junto al sofá, así que él decidió ir directo hacia allí y meter los dedos. El segundo recuerdo fue un poco más tarde, en torno a los cinco años, un sábado de primavera que terminaron en el hospital cuando River se lanzó en bicicleta desde una pendiente y se negó a usar los frenos porque no le parecían divertidos. Para llegar al tercer recuerdo hay que avanzar un par de años hasta la noche en la que River casi prende fuego a su habitación porque Nicki quería hacer un conjuro de magia y él insistió en que no funcionaría a menos que encendiesen veinte velas.

Pero hay muchos otros recuerdos. Tantos que es difícil separarlos porque están entremezclados como si flotasen dentro de una batidora. En el mapa de la vida de Nicki, él simboliza la carretera principal. En ocasiones, han ido demasiado rápido y se han visto obligados a hacer un alto en el camino. No todo el tiempo han avanzado al mismo ritmo. A lo largo de los años han tomado desvíos, se han perdido en medio de la niebla y han tenido que retroceder para coger impulso, pero siempre han vuelto a cruzarse.

Para entenderlo, debemos remontarnos al principio.

Hay que coger los fragmentos que olvidaron para guardarlos en la caja de los tesoros, los que rompieron para entenderlos desde cada ángulo y los que sobrevivieron al naufragio porque son, sin duda, aquellos que explican quiénes son ahora.

PRIMERA PARTE

LO QUE OLVIDAMOS

(1989-2007)

AQUELLOS NIÑOS QUE FUIMOS

¡Todo es posible en un mundo donde no existen los adultos! ¿Quieres un caballo verde y violeta? Pues solo tienes que imaginarlo. ¿Lo ves? ¿Ya lo estás viendo?

LA BRUJA AGATHA

UÑA Y CARNE, 1996

(Lo que olvidamos)

Según la paradoja del cumpleaños, en un grupo de veintitrés personas hay una probabilidad de más del cincuenta por ciento de que al menos dos de ellas cumplan años el mismo día. En un conjunto de sesenta personas, la probabilidad es casi del cien por cien. La gracia de esta verdad matemática es que contradice la intuición común porque la gente tiende a pensar que es mucho más difícil coincidir.

Pero ahí estaban ellos.

Nicki llevaba en la cabeza una corona de eucalipto y flores silvestres que su madre le había hecho para la ocasión y River aguardaba con impaciencia mientras la abuela Mila encendía las velas. Los dos cumplían siete años. Se inclinaron a la vez, sonrieron mirándose de reojo y pidieron un deseo antes de soplar.

«Nicki y River».

«River y Nicki».

Tan inseparables que aterrizaron en el mundo con tan solo cuarenta y siete minutos de diferencia. Y si a eso le sumamos que eran vecinos, podría decirse que no fue una sorpresa para nadie que se convirtiesen en uña y carne cuando aún usaban pañales.

Si esto fuese un cuento, empezaría así:

«Érase una vez dos familias que encajaron sin esfuerzo

como dos rebanadas de un sándwich de huevo. Ocurrió durante el invierno de 1989, cuando Vivien y Jim heredaron la vieja casa de un tío lejano y decidieron asentarse en Maine porque, en realidad, los Aldrich nunca habían pertenecido a ningún lugar, así que podían elegir dónde echar raíces y el destino quiso que, a tan solo unos metros de distancia, tras una valla recubierta de espesa hiedra, viviesen los Jackson. Después, su amistad surgió con tanta facilidad y naturalidad como la llegada de la primavera. Y colorín colorado...».

Pero, como no se trata de un cuento, seremos más precisos.

Pese a ser inseparables, las dos familias eran muy distintas.

El matrimonio Jackson tenía dos hijos: River y Maddox. Generación tras generación, todos habían nacido en Maine, habían vivido en Maine y habían muerto en Maine. Poseían un vínculo especial con el mar y, pese a la inestabilidad de la zona, podían predecir el tiempo echándole un vistazo rápido al cielo. El padre, Sebastian, se dedicaba a la pesca de la langosta, tal como había hecho su propio padre, su abuelo y su bisabuelo. La madre, Isabelle, regentaba un acogedor restaurante, El Anzuelo Azul, que tenía clientela durante todo el año y alcanzaba su esplendor en verano, durante la temporada turística.

Las personalidades de sus hijos parecían adaptarse a los cánones establecidos. Maddox, que era un año mayor que su hermano, era responsable y sereno, pero también un poco taciturno y reservado. Era observador como un halcón y le irritaban los halagos. Por el contrario, a River le gustaba gustar. Era impulsivo y nunca pensaba en las consecuencias, embaucador cuando tenía en mente un propósito y tan activo que no podía mantenerse quieto ni cinco minutos (le empezaba a picar el cuerpo o se mordía las uñas).

A la gente del pueblo le llamaba la atención que se pareciesen tanto físicamente y tan poco en todo lo demás; porque era innegable que habían heredado el cabello oscuro del padre y los ojos azules de la familia materna. Pero ahí terminaban sus semejanzas.

En la casa de los Jackson reinaba el orden. Sebastian era metódico y pragmático, mientras que Isabelle se esmeraba por colocar cada cosa en su lugar y no soportaba ver hilitos sueltos en la ropa o que las motas de polvo se asentasen sobre los muebles. Y tenían relojes por todas partes: en la cocina, en el salón y en las muñecas.

En cambio, los Aldrich vivían en las nubes y más allá.

Vestían ropa colorida, tenían pocas normas y eran muy creativos. Absurdamente creativos. Lo mismo les daba por pintar macetas con diseños étnicos que por hacer velas aromáticas o tejer bufandas. Cada vez que surgía algún conflicto, como decidir qué cenar o si Nicki se enfadaba porque su hermana Heaven le había roto un juguete, se organizaba una asamblea familiar y todos se reunían en el salón para hablar y ejercer su derecho a voto. Por cuestiones jerárquicas, la abuela Mila se encargaba de moderar.

A Nicki y Heaven se les permitía pintar las paredes de sus habitaciones, porque sus padres consideraban que ese lugar les pertenecía. No tenían un horario fijo para irse a la cama, les dejaban meter los dedos en el bote de la mermelada y elegían su propia ropa, algo que resultaba de lo más pintoresco, porque mezclaban colores y texturas sin orden ni concierto. Sin embargo, esa libertad no era ilimitada y para ver la televisión tenían que conseguir puntos haciendo tareas del hogar que luego canjeaban por valiosos minutos delante de la pantalla.

Cuando las dos familias se juntaban, cosa que ocurría casi a diario, era como mirar a través de un caleidoscopio. Al principio resultaba caótico, pero pronto todo adquiría nitidez y los tres espejos enfrentados que formaban un prisma triangular daban lugar a una explosión de colores y formas que sobrecogían por su belleza.

—¿Habéis pedido un deseo? —preguntó Vivien.

—Creo que River ha soplado antes las velas.

—No es verdad, Nicki —protestó el aludido.

—Venga, no discutáis en vuestro cumpleaños.

Se comieron su ración de pastel antes de salir al jardín. Sebastian Jackson había construido para sus hijos una casa de madera en un árbol de gruesas raíces que serpenteaban entre las malas hierbas. Nicki y River subieron por el tronco agarrándose a los tablones de madera que servían de escalera. La casita era maravillosa. Tras mucho insistir, River había permitido que Nicki la decorase, así que por todas partes colgaban carruseles de hilo con conchas de la playa y bellotas, en la ventana había una cortina floreada que tiempo atrás había sido un vestido de la abuela Mila, y la mesa de madera estaba llena de palitos y vasitos de arcilla en los que Nicki guardaba cosas.

River cogió uno que contenía semillas ovaladas.

—Mi hermano dice que todo esto es basura.

—Maddox no tiene ni idea. Son pociones mágicas, River. Mira, esta de arena de la playa te hace superfuerte y, si te comes los pétalos de las campánulas, te salen plumas azules por todo el cuerpo —dijo emocionada.

—¿Y para qué querría tener plumas?

—¡Pues para volar, tonto!

—No las necesito. Atenta.

River se asomó por la ventana y, con una sonrisa desdentada iluminando su rostro, se sujetó a una rama del árbol que era fina y estaba un poco arqueada.

—No deberías hacer eso. Si tu madre te ve...

—Bah. Ya tenemos siete años. Es nuestro día. ¿Y sabes una cosa, Nicki? —Cogió impulso y se balanceó como un mono—. Deberíamos hacer algo prohibido en cada cumpleaños. Se me ocurren un montón de cosas.

—River, ten cuidado. Podrías caerte.

Él puso los ojos en blanco y fanfarroneó:

—Si hasta puedo solo con una mano.

—Uy, mira, qué gusano tan bonito...

—¿Gusano? ¿Qué? ¿Dónde?

Un segundo después, River perdió el equilibrio. Las hojas del árbol parecieron agitarse con cierta alegría taimada mientras él se precipitaba al vacío. Hubo un golpe seco. Pum. Y luego un silencio profundo.

Nicki se asomó con el corazón en la garganta.

—¡Mamáááá! ¡Papáááá! ¡River se ha matado!

Años más tarde, al recordar aquel momento, él siempre se burlaría de la frase de ella diciendo: «Qué exagerada. Solo me rompí la pierna derecha. Y la muñeca. Y el dedo índice. Y me fisuré una costilla. ¿A quién no le ha ocurrido alguna vez?».

RIVER, AGOSTO DE 1998

(Lo que olvidamos)

—Toma, ve a llenar el cubo de agua.

—¿Por qué siempre me toca a mí? —protesté.

—Porque es la tarea más sencilla —contestó ella.

Decidí dejarlo estar porque Nicki podía debatir durante horas si lo consideraba oportuno y darme otras veinte respuestas. Era cosa de familia. Los Aldrich lo analizaban todo. Podrían haber formado parte de un experimento científico que consistiese en encerrarlos en una habitación blanca con tan solo una piedra y ellos habrían hablado sin cesar de la textura y la porosidad, la densidad y la tonalidad grisácea que, a su vez, habría derivado en la geología y la existencia de la humanidad.

Así que me acerqué hasta la orilla y llené el cubo de agua.

La playa estaba casi vacía. Unos metros más allá, nuestras madres estaban sentadas en sendas sillas plegables y bebían té casero de un termo mientras charlaban. Junto a ellas, Maddox leía un cómic con aire ausente.

—¿Y qué hago ahora?

—Coge una pala y excava un foso.

Hacer agujeros en la arena siempre me había gustado. Cuando éramos más pequeños, Nicki aseguraba que, si cavaba muy muy hondo, podríamos llegar a Australia y yo me lo creía y ponía todo mi empeño en ello; al menos, hasta que un día mi hermano me dijo que era idiota.

—La torre está curvada —le dije señalando el castillo de arena.

—Claro. Es porque un dragón le ha lanzado una bola de fuego.

La observé mientras ella hundía piedrecitas alrededor de las ventanas del castillo. El sol se reflejaba en su cabello pelirrojo y enredado. Tenía la piel frágil, así que Vivien la embadurnaba con crema solar cada hora, sobre todo en las mejillas y la nariz, justo el punto en el que un puñado de pecas intentaban abrirse paso como estrellas en las noches despejadas. Sus cejas y pestañas eran rubias, algo que odiaría años más tarde, y poseía una belleza extraña porque tenía los ojos demasiado separados. En realidad, toda ella era rara. O eso decían nuestros compañeros de clase. Quizá fuese debido a su aspecto, aunque la extravagancia que rodeaba a los Aldrich ayudaba tan poco como la fascinación que Nicki sentía por la magia, las brujas y los mundos de fantasía.

—Estoy cansado —dije al cabo de cinco minutos—. ¿Nos bañamos?

—No. El agua está muy fría.

—Vale, pues tú te lo pierdes.

Lancé la pala al suelo y me encaminé hacia la orilla. El mar estaba en calma cuando me metí en el agua helada. Hundí la cabeza de golpe y, tras salir a la superficie, me quedé mirando las gaviotas que sobrevolaban el cielo. Semanas atrás, mi padre me había contado que, como los pingüinos, pueden beber agua del océano porque poseen una glándula de sal. Y luego lloran, literalmente. Las gaviotas expulsan lágrimas lechosas para eliminar el exceso salino. Sus glándulas tienen más potencia que un riñón.

Di unas cuantas brazadas hasta que me aburrí y regresé sobre mis pasos. Todo era mucho menos divertido sin Nicki. A medio camino, vi un trozo rojizo de vidrio marino.

—Mira lo que acabo de encontrar.

—¡Es precioso! ¿Dónde estaba?

—Cerca de la orilla. Te lo regalo.

—Lo guardaré en mi caja de los tesoros que brillan. —Me miró con seriedad mientras me daba el rastrillo—. Venga, te dejo hacer el camino del castillo. Es un honor.

«Desde luego», quise replicar en tono burlón, pero no lo hice. Aunque el resto del mundo lo ignorase, a mí me parecía que Nicki tenía algo magnético, una fuerza que irradiaba de dentro hacia afuera y que me invitaba a seguirla a ciegas.

Entonces todavía no era consciente de que aquello era recíproco y, con el paso del tiempo, nos uniría tanto como nos separaría, porque ella siempre se dejaría arrastrar por mis locuras y yo estaría constantemente rendido a cada una de sus fantasías.

NICKI, HALLOWEEN DE 1999

(Lo que olvidamos)

—¿Has conseguido alguna? —pregunté impaciente.

—Sí, dos. —Me dio las barritas de cacahuete y caramelo. Eran mis preferidas, por eso River había entrado en una casa terrorífica para buscarlas.

—Los sesos de cereza para ti.

Estábamos sentados en el sofá. Desde la cocina se oían las risas de nuestros padres porque la abuela Mila estaba contando una de sus anécdotas, quizá aquella del día que perdió las bragas en un concierto de los Rolling Stones. A Maddox le habían dejado quedarse a pasar la noche en casa de su mejor amigo, Dennis, y mi hermana Heaven estaba dormida. Así que River aprovechó la ocasión para poner uno de esos canales que mis padres no me dejaban ver. Se emitía una película de terror. A él se le dilataron las pupilas por la emoción, y sus ojos, que eran de un azul intensísimo, se oscurecieron cuando un hombre con una máscara apareció en escena con una sierra eléctrica en la mano y empezó a correr detrás de un joven para descuartizarlo.

—No sé si deberíamos ver esto.

—¿Por qué no? Es divertido, Nicki.

—Voy a cerrar los ojos y tú me lo cuentas.

—¿Qué gracia tiene si no lo ves?

—No quiero mearme en la cama.

River soltó una carcajada y engulló otro sesito de cereza.

—Está bien. Pues... el hombre está sonriendo y el chico acaba de esconderse en un baño portátil. Uy, qué mala idea. Mmm. Se asoma por una ventana pequeña. Parece que no hay nadie, pero... Espera. —Miré de reojo a River y lo vi inclinarse hacia el televisor—. Oh, oh, acaban de rebanarle la cabeza. Qué gracioso. Y ahora...

—¿Qué pasa? —balbuceé insegura.

—Le ha sacado los intestinos. ¡Me encanta!

—Chicos, ¿qué estáis viendo? —La abuela Mila apareció en el salón y se hizo un hueco entre los dos para acomodarse en el sofá—. Algo didáctico es obvio que no.

—Yo no quería, abuela, pero...

—Mila, ¿te gustan las películas de terror? —me cortó River, embriagado por el subidón de la adrenalina y el placer de lo prohibido.

—¡Por supuesto que sí! ¿Y a quién no?

«¡A mí!», quise gritar. Porque no entendía a qué venía tanto interés por toda esa sangre y esa impenetrable oscuridad y esos giros rápidos de la cámara...

—Apaguemos la tele antes de que nos riñan —dije.

—Están bebiendo vino, no se enterarán. Y si no, os cubro. —La abuela Mila me guiñó un ojo y, todavía sonriendo, le robó a River una gominola—. Disfrutemos.

No puedo decir que me sorprendiese.

Mi abuela sentía debilidad por River Jackson y nunca se había molestado en disimularlo. Además, siempre decía: «Las normas tienen que importarte lo justo y necesario, querida». O lo que es lo mismo: le daban igual y lo aplicaba a su vida.

La abuela Mila había estado casada cuatro veces.

Con su primer marido apenas estuvo un par de años; había muerto en la guerra de Vietnam. No en manos del enemigo, sino porque un compañero le disparó por accidente. Aquel suceso desencadenó que ella se manifestase en contra de la guerra y se uniese al movimiento que se extendió por todo el país. Pasó de soñar con una cocina moderna en la que poder hacer asados y sopas a convertirse en una mujer decidida que se implicaba en cualquier causa perdida. Durante los siguientes años, vivió en una comuna *hippie*, se convirtió en un rostro habitual de Studio 54, posó para Andy Warhol y fue a juicio por golpear a su tercer marido en la cabeza con una sartén («se lo merecía», le diría ella al juez). Quiso ser pintora, acróbata y bailarina, porque le encantaba dar vueltas y vueltas hasta marearse y caer al suelo boca arriba. Y en medio de aquella existencia apasionante, llegó Vivien, mi madre, que no fue fruto de ninguno de sus matrimonios.

La abuela no le había dado una infancia convencional, eso era cierto, pero nunca le faltó amor. Y, años después, la relación que estableció con nosotras fue igual de divertida que la que había forjado con nuestra madre. Jugaba a disfrazarse, rodaba por los prados, se ponía frambuesas en la punta de los dedos y se manchaba de harina cuando hacíamos galletas con pepitas de chocolate. Le encantaba ir a la feria en Navidad para subirse al tiovivo y comer algodón de azúcar. Yo siempre sonreía tras el primer bocado y le decía: «Mírame, abuela, me estoy comiendo un trozo de nube de tormenta».

Por eso era mi referente. La tenía en un altar.

Quería ser como ella y no tener pelos en la lengua. O poder decir cualquier disparate sin sonrojarme. La abuela corría riesgos y no temía equivocarse, pero, cuando lo hacía, sabía arrepentirse con esa sabiduría que, según solía decir, solo se consigue con la edad y la experiencia. Y era auténtica, no estaba dispuesta a amoldarse por nadie.

Sin embargo...

Pese a que la teoría era perfecta, era incapaz de ponerla en práctica. Por aquel entonces, me inquietaba que algunos compañeros de clase hubiesen hecho correr el rumor de que era una bruja, porque me gustaba la magia y tenía el pelo naranja. Y, además, a River le llegaban invitaciones de cumpleaños que, por lo visto, se extraviaban de camino a mi buzón. Si me enteraba, me pasaba los siguientes días pendiente del cartero como un halcón. Al contárselo a la abuela, me dijo: «¡Ellos se lo pierden! Escúchame bien, Nicki, querida, no dejes que te hagan daño, no les des ese poder».

Así que me repetía: «No importa, no importa».

Pero no conocía ningún conjuro para convencerme de ello.

RIVER, 24 DE MAYO DE 2000

(Lo que olvidamos)

—Ya sé cuál será la locura de nuestro próximo cumpleaños.

—No entiendo por qué seguimos haciendo esa tontería...

—Porque me lo prometiste hace años cuando viniste a verme para firmarme la escayola. Al fin y al cabo, nunca me habría caído del árbol si tú no me hubieses asustado hablándome de ese gusano —le recordé.

—Es que *había* un gusano. No es culpa mía que te den miedo.

Intenté disimular un escalofrío. No me gustaba admitir en voz alta que sentía una mezcla de miedo y asco por los animales invertebrados, especialmente cuando tenían un aspecto gelatinoso, como los gusanos, las medusas o las babosas.

—Será «El bote de la aventura».

—Explícate. —Me miró atenta.

—Guardaremos el dinero que nos den en Navidad, en los cumpleaños o cuando nos pidan que arranquemos las malas hierbas del jardín. Y, en cuanto seamos mayores de edad y hayamos ahorrado lo suficiente, nos iremos a la aventura.

—¿Adónde?

—No lo sé, pero eso es lo de menos.

—Mmm... —Nicki enrolló en su dedo índice uno de los mechones rojizos de su pelo y después lo soltó como si fuese un muelle—. No me parece una idea tan mala.

—Pues claro que no. ¿Por qué iba a serlo?

—El año pasado se te ocurrió robar huevos de las gallinas del señor Ollie.

—Fue muy divertido.

—Nos castigaron.

—Aún no entiendo por qué.

Nicki sacudió la cabeza. Llevaba un colgante del que pendía un bote de purpurina plateada y en su muñeca parecía coleccionar gomas de colores.

—Tengo treinta dólares en mi caja de los tesoros.

—Yo guardo unos veinte —dije, porque la semana anterior me había gastado buena parte de los ahorros en dulces—. Eso hacen cincuenta. Somos casi ricos.

UNA NOCHE, JUNIO DE 2014

(Lo que rompimos)

—Hagamos una locura de cumpleaños como en los viejos tiempos.

—Nicki, lo siento, no tengo tiempo para esto.

—¿Por qué no?

—Ya no somos unos niños.

—Cumplimos veinticinco —apuntó ella.

—Pues eso. —Y luego colgó el teléfono.

RIVER, 8 DE JULIO DE 2001

(Lo que olvidamos)

—¡Uña de mono! —gritó Nicki entusiasmada.

—Rábano amargo. —Heaven le siguió la corriente con una sonrisa, porque a los nueve años cualquier plan le parecía divertido.

—Te toca, River —dijo Nicki.

—No se me ocurre nada.

Ignoró mi escaso ingenio y continuó:

—¡Cuerno de unicornio!

—¡Escupitajo de rana!

Estábamos en la casa del árbol. Las dos hermanas removieron el contenido de un caldero antiguo que mi madre les había dado para jugar. Intenté visualizar todo aquello, las uñas y los rábanos, los cuernos y los escupitajos, pero no conseguí ver nada más allá de hojas, ramas y piedras. Eso me enfadó y me alivió a partes iguales.

—River, es tu turno —insistió ella.

—Bah. Esto es aburrido. Jugad vosotras.

—Pero... —Nicki me miró confundida.

—La magia no existe. Es para niños.

—Perfecto. —A Nicki le tembló un poco el labio, aunque consiguió disimularlo cuando levantó la barbilla—. River Jackson, quedas expulsado del reino de las hadas.

—Es mi casa del árbol —le recordé.

32

—Todo lo tuyo es mío, ya lo sabes.

Puede que hubiese comentado algo por el estilo en alguna ocasión, pero no tenía claro el contexto. En cualquier caso, ¿qué más daba? Ni siquiera me apetecía pasar las tardes en la casa del árbol. Maddox llevaba meses sin subir allí, y yo tenía doce años y los juegos de Nicki ya no me parecían aventuras apasionantes, sino tonterías estrafalarias.

Quería crecer. Deseaba escuchar música *rock* a todas horas, aprender a conducir y usar zapatillas deportivas de marca como todos los demás chicos de Cape Town.

¿Quién quiere magia teniendo el mundo real?

NICKI, 2 DE OCTUBRE DE 2002

(Lo que olvidamos)

Algo había cambiado al empezar aquel curso escolar, pero Nicki no adivinaba qué era exactamente. El ambiente, quizá. O la incómoda sensación de que algunas compañeras de clase la miraban de reojo y se reían bajito de bromas que ella no entendía. O el pasillo, que de pronto parecía más estrecho y, cuando lo atravesaba, tenía la impresión de que sus pasos eran sonoros y pesados. Se respiraba una energía hostil. Puede que fuese más consciente del entorno desde que a ella y a River los habían separado de clase.

—Es porque se distraen si están juntos —explicó el director del colegio cuando se reunió con sus padres—. Ella habla mucho y a él le cuesta seguir el ritmo de la clase. Además, River la incita a saltarse las reglas. Ya lo hablamos en su día, pero es evidente que no fue idea de Nicole atascar uno de los inodoros haciendo bolas de papel.

—Son amigos —replicó Vivien—. Los jóvenes se influencian con facilidad, sí, pero no solo en lo negativo, también aprenden cosas buenas el uno del otro.

—Es una decisión que corresponde al centro escolar. Intentamos pensar en cada clase de una manera global y en lo que es mejor para todos los alumnos. —Se subió las gafas por el puente de la nariz—. Les irá bien. Ganarán independencia.

Lo único que Nicki ganó fue que sus días fuesen más grises.

En clase se sentaba en la segunda fila junto a una chica llamada Tully. Era muy amable, pero apenas le dirigía la palabra y, cuando ella lo hacía, siempre se llevaba un dedo a los labios para indicarle que guardase silencio. Sobre la pizarra había un reloj redondo con un marco rojo y Nicki se pasaba las horas mirándolo y preguntándose si alguien le habría lanzado un conjuro para ralentizar las manecillas.

En cambio, River sí que había hecho más amigos.

Archie, Tom y Luke eran simpáticos, pero ella no entendía sus bromas cuando se sentaba con ellos a la hora del almuerzo. Tampoco ayudaba que Tom se luciese tirándose pedos o eructos. ¿Cómo era posible que los gases les resultasen tan graciosos?

—Solo es aire —puntualizó ella mientras todos se reían.

—Por eso es divertido. Y porque huele mal —dijo Luke.

—Huele mal cuando el hidrógeno, el dióxido de carbono y el metano se juntan con el sulfuro de hidrógeno y el amoniaco en el intestino grueso. —Nicki le dio un bocado al sándwich de queso—. Me lo explicó mi padre.

Luke miró a River y se echó a reír.

—Colega, tu amiga es muy rara.

—¡Tú sí que eres raro! —replicó River.

—Uy, tranquilo. No le diremos nada a tu novia.

—¡No es mi novia! —Le lanzó un trozo de pan.

—Oye, Luke, déjalo ya —intervino Archie.

—Si solo he dicho que la bruja es rara...

River se puso en pie como si fuese una marioneta y alguien hubiese tirado con fuerza de los hilos que lo sujetaban. Nicki estaba tan sorprendida que ni siquiera fue capaz de pestañear mientras la escena se sucedía ante sus ojos.

—Atrévete a volver a llamarla así y...

Pero ella no oyó lo que dijo a continuación porque logró salir de su letargo. Dejó el sándwich en la mesa, se levantó y caminó hacia la puerta del comedor sorteando las sillas que había a su paso. La zarandeó una sensación que tenía a menudo, cuando parecía oscilar entre la realidad y la fantasía. Entonces visualizaba el mundo desde arriba como si fuese un fantasma y lo veía chiquitito e insignificante. Imaginaba que era una canica. O una bolita antiestrés. O el huevo de un dragón.

Hasta que se veía obligada a poner los pies en el suelo.

—Lo siento —dijo River tras ella—. Luke es idiota.

En mitad del pasillo, Nicki se giró hacia él con las mejillas encendidas. Sentía que le quemaban los pulmones y su voz sonó más vulnerable de lo que le habría gustado.

—No vuelvas a hacer eso, por favor.

—Ni siquiera sé de qué estás hablando...

—No me defiendas así. Puedo hacerlo sola.

Quería ser la heroína de su propia historia y no le gustaba que River se convirtiese en un escudo, ese príncipe encantador que siempre estaría dispuesto a socorrerla.

—Pero... —Frunció el ceño—. Somos amigos.

—Lo sé. Y te avisaré si alguna vez te necesito.

La mirada de River era un remolino de incertidumbre. Terminó asintiendo con la cabeza, aunque, desde ese día, Luke nunca volvería a sentarse junto a él. Y ellos no hablarían de aquello hasta quince años más tarde, durante aquella noche...

Un 31 de diciembre. La última noche del año.

NICKI, 14 DE FEBRERO DE 2003

(Lo que olvidamos)

—No lo entiendo —repetí mientras River sacaba la última carta y la dejaba en el montón que había sobre la cama de su habitación—. ¿Cómo es posible que te hayan dejado tantas declaraciones de amor en la taquilla? Si ni siquiera has hablado con todas esas chicas. No tiene ningún sentido.

—¿Es culpa mía ser irresistible?

—No me hagas reír.

River se acercó a la cadena de música que sus padres le habían regalado por Navidad. Era su bien más preciado. Desde la ventana, lo veía a menudo pasarle un trapo por encima y, cuando la tocaba, lo hacía con una delicadeza inusual en él.

—¿Qué te apetece hoy? ¿Nirvana? ¿Oasis? ¿Fleetwood Mac?

—¿No hay algo de Avril Lavigne?

—Tienes que estar bromeando.

—Es divertida. Me gusta su estilo.

—Ni para ti ni para mí. Coldplay.

Las notas de *The Scientist* flotaron por la habitación mientras les echaba un vistazo a las cartas. La mayoría tenían corazones dibujados en el sobre y estaban perfumadas, había un par que llevaban purpurina y otras que tan solo eran papeles doblados.

—Me encantaría leerlas... —susurré.

—Pues hazlo. —River se encogió de hombros—. Escucha

este acorde. Es una genialidad, cada nota encaja con la siguiente. ¿Quieres que vuelva a ponerlo?

—¿No crees que estaría mal? Lo de leerlas.

—Solo son cartas de amor. San Valentín es una tontería.

Aunque sabía que no era lo correcto, me dejé convencer por la idea de que no tenía importancia y abrí la primera con impaciencia. Luego, intenté descifrar las letras diminutas mientras River seguía hablando de la canción.

—«Eres el chico más guapo del mundo. No cambies nunca» —leí y alcé una ceja—. Qué profundo. No ganará un premio de poesía, eso desde luego.

—¿Te apetece algo de Nickelback?

—Abriré alguna más... —Cogí aire antes de leer—: «Sé que probablemente no sabes quién soy, porque nunca hemos hablado, pero se me quedó grabado en la memoria el día que me dejaste usar tu bolígrafo en la clase de Matemáticas cuando al mío se le acabó la tinta. Fue muy amable por tu parte. Eres la persona más divertida que conozco, me encantan las bromas que haces en clase, aunque imagino que te lo dirá todo el mundo. También me encanta tu pelo. Y tus ojos. Firmado: anónimo».

—Qué simpática es «anónimo». O simpático. —River se inclinó y pulsó con cuidado uno de los botones de la cadena de música—. Allá va.

How You Remind Me fue el telón de fondo de la siguiente carta. Me fijé en que el papel tenía una granulación más gruesa y la letra era alargada y bonita.

—«Querido River, no estaba segura de escribirte esta carta porque creo que es algo que deberías haber hecho tú, pero como no pareces captar ninguna indirecta, iré al grano: opino que juntos haríamos muy buena pareja. Piénsatelo».

—¿Quién la escribe? —preguntó River.

—Pauline Harris —pronuncié su nombre despacio, como

si se me hubiese hinchado la lengua. Con aquella carta en la mano y todas las demás formando un montoncito sobre la cama, de pronto sentí algo incómodo retorciéndose en mi tripa.

Pauline era la chica más popular del curso. Parecía un dibujo animado con su largo cabello rubio, los labios rosados y esos pantalones de campana de cadera baja. Siempre era la delegada de la clase por votación y lideraba todas las actividades.

—Tiene las cosas claras —dijo él.

Asentí con la cabeza. Ya no me apetecía leer todas esas declaraciones cursis y edulcoradas que solo hablaban de River como si fuese una divinidad.

—Creo que voy a irme. Es casi la hora de cenar.

—Aún es temprano. Venga, te pongo una de Avril Lavigne. —Lo vi revisar entre uno de los montones de discos que parecían formar rascacielos en el escritorio.

Me tumbé en la cama sin dejar de sonreír.

—Así que al final sí que te gustaba...

—Pues claro que no. La grabé para ti.

Los latidos acelerados de mi corazón se entremezclaron con los primeros acordes de *Complicated*.

RIVER, NAVIDAD DE 2015

(Lo que rompimos)

—¿Vas a darme lecciones de amor?

—Solo es una apreciación. Tómatelo como quieras.

—Mírate... —Nicki tragó saliva, visiblemente alterada—. Te comportas como si lo supieses todo, pero en el fondo no tienes ni idea. ¿Cuál ha sido tu relación más larga? Piénsalo antes de contestar lo primero que se te pase por la cabeza.

River apretó los labios. Abrió la puerta de uno de los armarios de la cocina y sacó más pastelitos navideños, que dejó en la bandeja. Las voces que provenían del salón eran un eco lejano. El silencio entre ellos se volvió opresivo.

—Aparta. Tengo que pasar —dijo River.

—Así que eso es todo. No vas a disculparte.

—Dame una razón por la que debería hacerlo.

—Porque me duele que te comportes así. —Clavó los ojos en él y le sostuvo la mirada, pese a que daba la impresión de estar a punto de llorar—. ¿Sabes cuál es tu problema? Que parecía que lo tenías todo con tan solo chasquear los dedos, pero en realidad era justo al revés. ¿Recuerdas que cuando éramos pequeños tu taquilla se llenaba de cartas cada San Valentín? Mucho en cantidad, poco en calidad.

—Nicki...

—Supongo que es frustrante para ti aceptar la felicidad ajena.

River respiró hondo. La expresión de su rostro se tornó granítica. Cogió la bandeja y se dirigió hacia la puerta, aunque tuvo que rozar a Nicki al pasar por su lado.

—¿No piensas decir nada?

Se paró de golpe. No la miró antes de espetar:

—Si te dijese lo que pienso, nuestra amistad terminaría esta noche. Así que no, no lo haré. Es Navidad y nos están esperando. Coge el maldito tetrabrik de leche.

NICKI, 2 DE JUNIO DE 2003

(Lo que olvidamos)

Cumpleaños número catorce, justo después de soplar las velas. Mi madre repartía los pedazos de la tarta de manzana. Mi padre estaba distraído hablando con Sebastian. Heaven fingía que le dolía el pie para robarme protagonismo en mi gran día. La abuela hablaba con Isabelle Jackson sobre los beneficios de ir sin bragas. Maddox comía en silencio su porción de tarta. Y, en medio del bullicio, River se tocaba la oreja para hacerme saber que había logrado llevar a cabo la misión.

En otras palabras: acababa de robar un cigarrillo.

La delicada tarea formaba parte de la tradición que él instauró al cumplir los siete años y a la que me vi arrastrada sin remedio porque, en cierto modo, River era como la marea, inconstante, y yo me dejaba llevar porque tampoco tenía mucho que perder.

Pese a que ya no éramos niños, él seguía sintiendo fascinación por cualquier cosa que estuviese fuera de su alcance. Cuando era pequeño su forma de actuar se resumía en que si le decían «no toques ese jarrón», la desgraciada pieza de cerámica estaba destinada a convertirse en su objeto de deseo, pero en cuanto le daban permiso para tocarlo perdía el interés. Después, conforme crecimos, le empezó a obsesionar la idea de romper reglas porque estaba convencido de que la libertad consistía en hacer lo que le viniese en gana. Hablaba mucho de eso. De no dar explicaciones y de respirar hondo.

La semana anterior, mientras la abuela Mila se fumaba un cigarrillo en los escalones del jardín, River dijo que tenía que probarlo. «Ya. Ahora», añadió, porque la paciencia no era una de sus virtudes. Le di razones de sobra para que cesase en su empeño, como que el tabaco mata y que huele fatal, pero él se limitó a sacudir la cabeza y replicó: «Nicki, solo quiero dar un par de caladas, no tatuarme el logotipo de Marlboro».

Así que, como no se me daba bien disimular ni mentir, me había pasado la mitad de la fiesta de cumpleaños jugueteando con el tenedor para evitar mantener contacto visual con mi madre, porque todo el mundo sabía que Vivien Aldrich tenía el don de averiguar cualquier cosa que ocurriese en cincuenta millas a la redonda, y yo estaba segura de que le bastaría una mirada para descubrir lo que nos proponíamos.

—River, deja de ponerme el sobaco en la cara —se quejó Maddox con la nariz arrugada y le dio un empujón a su hermano pequeño para apartarlo.

—Si no te echases medio bote de desodorante cada mañana, no se habría acabado y ahora olería a rosas —se burló River, y luego volvió a alzar el brazo.

—Te juro que voy a estampar tu cara en la tarta como no pares.

—¡Maddox! ¡River! ¡Ya basta! —Sebastian les llamó la atención.

—Una de las mejores cosas que aprendí viviendo en la comuna fue que la depilación es un invento macabro —intervino la abuela, y me dirigió una larga mirada porque la semana anterior me había interesado por una crema depilatoria—. Los pelos nos protegen. Los sobacos tienen que oler. Muy bien, River. La aceptación es el primer paso para la revolución.

—Amén, Mila. —Él sonrió como lo haría un demonio.

—Eso, tú dale alas. —Isabelle clavó los ojos en su hijo y lanzó un sonoro suspiro—. ¿He contado ya que ayer nos llamó el director del colegio? Por lo visto, estuvo a punto de fabricar peróxido de acetona.

—¿Qué es eso? —preguntó papá.

—Un explosivo. Se usa en actos terroristas.

—¿Nadie piensa valorar mis conocimientos de química?

—Yo lo valoro, River. Enhorabuena —dijo la abuela.

—¿Alguien quiere más tarta? —Mamá cambió de tema.

—Un trozo por aquí —pidió Sebastian acercando su plato—. Pequeñito —añadió cuando Isabelle, su mujer, le dirigió una mirada de advertencia.

—Recuerda lo que dijo el médico, cariño. Moderación.

Él puso los ojos en blanco. Sebastian Jackson gozaba de buena salud, pero en los últimos análisis le había salido un poco alto el colesterol y, desde entonces, Isabelle se preocupaba en exceso, tal como también hacía con sus hijos. Era el tipo de madre que besaba y abrazaba sin cesar, por mucho que ellos refunfuñasen, e imaginaba a menudo posibles escenarios catastróficos que la mantenían en estado de alerta.

River aprovechó ese momento para levantarse y decir:

—Nicki y yo tenemos que irnos. Hemos quedado con unos amigos.

—Los cumpleañeros abandonando su propia fiesta. —Mi padre nos miró con añoranza como si intentase encontrar algún resquicio de la niñez que dejábamos atrás.

—Yo también me marcho. Tengo entrenamiento —dijo Maddox.

Por un momento, el desorden reinó en el salón. Heaven aprovechó la oportunidad para pedirme que la llevase conmigo, cosa a la que me negué. Le sacaba tres años, así que ella siempre intentaba unirse a mis planes y yo solo cedía cuando mi madre me obligaba, pero el día de mi cumpleaños jugaba con ventaja.

—Heaven, hoy no. Lo siento. Quizá la próxima vez.

—Que sepas que eres la peor hermana mayor del mundo.

—Vale, lo apuntaré en la lista de cosas que no me importan.

Atisbé a ver el gesto ofensivo que me dirigió antes de cerrar la puerta.

Luego, tras despedirnos de Maddox, fuimos hacia la zona del faro.

Era un día desapacible y el mar tenía un tono grisáceo que hacía juego con el cielo plomizo. Pero River deslumbraba. Su atractivo empezaba a ser tan obvio que resultaba casi vulgar. No solo porque el día de San Valentín era el indiscutible protagonista, sino porque, incluso después de estar a punto de incendiar el laboratorio de Química, a los profesores les hacía gracia su descaro. Estaba convencida de que los lemas patéticos de tazas de desayuno como «Sonríe y la vida te sonreirá» iban dirigidos a él.

Nos escondimos entre las rocas y River encendió el cigarrillo.

Dio una calada y frunció el ceño. Probó otra más larga.

—Joder. —Tosió un par de veces.

—Si sabe tan mal como huele...

—¿Quieres probarlo o lo tiro?

La curiosidad ganó la batalla. Le quité el cigarrillo, me lo llevé a los labios y aspiré con suavidad, pero incluso así sentí un ardor intenso en la garganta.

—Puaj. Qué horror.

Se lo devolví a River, que lo apagó.

—Me lo imaginaba mejor. —Luego, se sentó a mi lado con una sonrisa y se ató los cordones de una de sus zapatillas—. A la próxima será el gran golpe.

—¿Hasta cuándo vamos a seguir con esta tradición?

—Hasta que sea aburrido. Ya estoy dándole vueltas a lo que haremos el año que viene...

—Sorpréndeme. —Alcé una ceja.

—Cogeremos el coche de mi padre.

—Tendremos quince años. No podrás conducir.

—Por eso mismo. Si lo hacemos a los dieciséis pierde toda la gracia. No me mires así, solo será un paseo de nada hasta el final de la calle.

River suspiró satisfecho. Tenía una mirada cálida que contrastaba con la tonalidad invernal de sus ojos. Por aquel entonces, al zambullirme en ellos sentía que me ahogaba y que respiraba muy hondo, las dos cosas al mismo tiempo. Llevaba tiempo intentando entender qué significaba, pero no me atrevía a ponerle una etiqueta.

—Centrémonos en lo importante. —Aparté la vista de él y busqué en el bolsillo de la cazadora vaquera el dinero del cumpleaños—. He recaudado treinta dólares.

—Yo cincuenta. Tía Gerta es generosa.

—Está bien. ¿Todo para el bote?

—Todo para el bote —confirmó.

Después, nos quedamos un rato más en las rocas.

El agua parecía escupir espuma y, allá a lo lejos, la inmensidad del mar me recordaba la menudencia de mi existencia. Me sentía como un engranaje que se ve sometido a ciertos ajustes inesperados. Había dejado de liderar el juego cuando River y yo estábamos juntos porque, a los catorce años, ya no había espacio para pociones mágicas, hadas o avistamientos de sirenas en la playa. Y cosas que de pequeña me encantaban, como las brujas o tener el pelo naranja, se habían convertido de pronto en algo que detestaba por culpa de aquellos que, en clase, lo usaban como insulto. El mes anterior habíamos hecho un ejercicio durante la hora de tutoría que consistía en describir a cada compañero con tres adjetivos. En mi caso, las palabras que más se repitieron fueron: «fantasiosa», «rara» y «diferente».

Por lo visto, mi ropa de colores no estaba a la moda (ni siquiera la chaqueta de arcoíris que mi madre me había hecho en otoño). Y casi toda la gente popular había empezado a usar móvil, cosa que a mis padres les parecía una aberración. Las chicas de clase llevaban tops, hablaban de programas de televisión que no veíamos en casa y, desde luego, no estaban interesadas en mi caja de los tesoros, las leyendas de los bosques de Maine o mi afición por las novelas de fantasía y aventuras. Así que no tenía amigas de verdad. Y albergaba serias dudas sobre mi futuro: hasta la fecha nunca me había planteado en serio a qué quería dedicarme, tan solo perdía el tiempo imaginando tontamente que era ornitóloga, ufóloga o buscadora de barcos hundidos.

Pero sentía que había llegado la hora de poner los pies en el suelo.

Y en medio de esa vorágine emocional, era evidente que River había empezado a dar zancadas que se alejaban de mis pasitos cortos. El instituto abrió una brecha entre nosotros, porque a él seguía adorándolo todo el mundo, pero yo no encajaba.

Mientras pensaba en ello (en todo lo que era y no era, en las velocidades, las variables y las bifurcaciones), River se puso en pie y estiró los brazos en alto.

—Tengo que irme ya —anunció.

—¿Adónde? —Lo miré desde abajo.

—He quedado un rato con Pauline.

—Ah. Oh. Claro... —balbuceé confusa, porque por un momento había olvidado que la reina del curso y él salían juntos. Ni siquiera estaba segura de cómo había ocurrido, ya que a River se le daban bien muchas cosas, pero contar historias no era una de ellas y siempre tenía que repetirle: «Detalles, River, más detalles». Así que suponía que las hormonas de él y la belleza de ella se habían encontrado por los pasillos del instituto.

—Pero antes... —River se sacó del bolsillo un objeto cuadrado envuelto en papel azul y me lo ofreció. Parecía avergonzado—. Es para ti. Una tontería.

—¿Me has comprado un regalo?

Era la primera vez que lo hacía. Hasta entonces, había sido cosa mía sorprenderlo con una taza de cerámica, un collar de margaritas del que Maddox se rio o una concha de la playa con nuestras iniciales escritas en la parte cóncava y suave.

Rompí el papel con impaciencia y abrí la cajita. Era una horquilla dorada. Una preciosa y reluciente horquilla para el pelo con un diminuto abejorro en la punta.

—¿Te gusta? —preguntó dubitativo.

—¿Gustarme? ¡Me encanta! Gracias, River.

Él se encogió de hombros como si quisiese quitarle importancia, pero para mí la tenía, claro que la tenía. River conocía mi debilidad por las cosas brillantes, porque me gustaban los destellos que emitían y poseían una belleza obvia e incuestionable.

Lo vi marchar y me quedé un rato más frente al mar.

Mi madre decía que, cuando era pequeña y veíamos atardecer, a mí me angustiaba que el sol se fuese. «Haz que vuelva a subir, por favor», rogaba. Y ella me acariciaba el pelo y me decía: «Tiene que ser así, Nicki. Ocurre con todo. Para que salgan las flores antes deben marchitarse. Para ser capaz de levantarse hay que saber caer. Para disfrutar del amanecer tenemos que aprender a vivir en la oscuridad».

Contemplé el vaivén del agua. Pensé en la antigua caja de latón donde de niña guardaba mis tesoros, todas esas cosas sin valor que centelleaban e intentaba capturar y proteger como lo haría una urraca con su nido.

Mi mundo era chiquitito.

Pero era un gran mundo.

EN LOS VESTUARIOS, MADDOX

(Lo que olvidamos)

El ambiente en los vestuarios era asfixiante. La mayoría de los integrantes del equipo ya habían terminado de ducharse y el vaho cubría los espejos. Con la toalla enrollada alrededor de la cintura y el cabello aún mojado, Maddox Jackson estaba sentado cabizbajo en uno de los bancos. Ninguno de sus compañeros pareció percatarse de que había algo que le preocupaba, excepto el jugador que se encontraba justo a su lado. Su nombre era Dennis Allen y era su mejor amigo desde que tenían seis años y hacían carreras en el jardín trasero de su casa. Por eso, pese a que Maddox era conocido por su habitual ceño fruncido, Dennis podía distinguir que las arrugas que lo surcaban entonces eran más profundas y en cada línea se adivinaba inquietud.

Despacio, apoyó una mano en su hombro.

—Maddox, ¿te encuentras bien?

—Sí, claro. —Alzó la cabeza.

Pero mentía. Y no pudo evitar que su mirada revoloteara asustada hasta posarse otra vez en el tobillo izquierdo. Ahí había algo. Había algo. Lo sabía, por mucho que se esforzase por ignorarlo. Como también intentaba ignorar otras cosas. El desasosiego. Sí, Maddox Jackson tenía frentes abiertos que cada vez pesaban más y más y más.

RIVER, 2 DE JUNIO DE 2003

(Lo que olvidamos)

Me sentía como si estuviese dentro de un chicle de fresa. En la habitación de Pauline todo era rosa: la colcha, las paredes, las cortinas, los almohadones, el armario y el escritorio. Pero no me importaba lo más mínimo, porque mi boca encajaba con la de ella a la perfección y su mano estaba levantándome la camiseta y me rozaba la piel con los nudillos. Nunca habíamos llegado tan lejos. Fue idea suya invitarme a pasar la tarde en su casa aprovechando que sus padres estarían fuera. Y después, cuando subimos a la planta de arriba, me pidió que me sentase en la cama, se colocó a horcajadas sobre mí, sonrió y dijo:

—River Jackson, feliz cumpleaños. Soy tu regalo.

Después, nos besamos. Según mi reloj, estuvimos haciéndolo tres cuartos de hora. Y si tenía que ser sincero, albergaba dudas sobre el siguiente paso. Si ella me tocaba el pecho, ¿podía hacer lo mismo? Es más: ¿era casi una obligación moral corresponder al gesto? Teta por teta. O algo distinto, porque Pauline vestía una falda muy corta de lo más tentadora. Aunque, en el caso de aventurarme a ir más allá, no sabía qué hacer exactamente. Es decir, conocía la teoría al dedillo, pero no tenía práctica. Hasta entonces, toda mi experiencia se limitaba a un poco de besuqueo.

—¿En qué estás pensando?'—me preguntó.

«En la mecánica de los posibles tocamientos».

—En ti. —Le sostuve la barbilla con los dedos y volví a besarla. Sentía los labios entumecidos—. ¿A qué hora dijiste que volverían tus padres?

—A las seis.

—Mmm. ¿Y son las...?

Pauline cogió el despertador de la mesilla. Instantes después, la sonrisa que iluminaba su rostro se borró de un plumazo.

—¡Las seis menos cinco! ¡Mierda, River!

—No me jodas.

—¡Levanta, levanta!

Me puse en pie de un salto y me recoloqué la ropa. Estaba a punto de huir de la habitación corriendo por la escalera cuando se oyó el característico ruido de una puerta al cerrarse. Un alegre «Ya estoy en casa, princesa» confirmó que el señor Harris acababa de llegar. Era el jefe de policía del pueblo y, en ese momento, comprendí que en mi futuro más inmediato se adivinaba una losa de granito con un epitafio.

Pauline giró la cabeza y me dijo:

—¡Sal por la ventana! ¡Date prisa!

—¿Quieres que me rompa una pierna? Dile a tu padre que estamos haciendo un trabajo de clase. —Me fijé en la colcha arrugada de la cama y supe que la excusa no funcionaría, pero me parecía mejor que matarme, claro.

—No puedo. No me deja traer chicos a casa.

Oímos pasos subiendo por la escalera. Pum, pum, pum.

«Aunque una muerte rápida es mejor que la tortura», pensé.

—Joder. Aparta. —Me asomé por la ventana y vi un pequeño saliente de ladrillo que era mi única esperanza—. Ya hablaremos de esto —añadí mientras la miraba ceñudo y, luego, con el corazón desbocado, saqué un pie y después el otro.

Todavía con el cabello rubio revuelto y los labios hinchados, ella me lanzó un beso antes de cerrar la ventana con un chasquido. Me quedé ahí, agarrado al saliente, conté hasta tres y me dejé caer. Ahogué un gruñido de dolor al golpearme el hombro e intenté esconderme entre los arbustos que rodeaban la casa.

Menudo broche final de cumpleaños.

Miré a ambos lados de la calle y esperé hasta que la señora Frietzer, que estaba sentada en su mecedora en el porche de al lado, bajó la cabeza para continuar tejiendo. Después, con sigilo y rapidez, me escabullí y logré llegar hasta la acera, por la que me alejé como si me persiguiese un rottweiler furioso.

Me habría ahorrado la huida por la ventana de haber pasado el resto de la tarde con Nicki. Hacía años, cuando todo se reducía a ella, la vida era mucho más sencilla. No entraba en la ecuación mi interés por otras chicas ni los ratos que salía con el grupo de colegas del instituto, así que el tiempo libre consistía en recoger moras para que la abuela Mila hiciese mermelada, en ir en bicicleta o en jugar a dragones y princesas, hadas y demonios del bosque. Entonces, cuando aún era un niño, ya me hacía gracia la idea de dejar atrás Cape Town para explorar más allá y hablaba a menudo sobre ello.

No sabía que terminaría por obsesionarme.

Los turistas que llegaban durante la temporada de verano solían decir que Cape Town era un pueblo de postal, de esos que aparecen en las series de televisión con sus vecinos sonrientes y sus perros obedientes y sus calles limpísimas. Y en parte tenían razón, sí. Era un entorno tranquilo en el que casi nunca pasaba nada relevante y, precisamente por eso, a sus gentes les encantaba organizar cosas como el mercado de cerveza artesanal, el concurso de repostería o el Festival de la langosta. Porque otra cosa no, pero en esa zona de Maine no existía nada más importante que la dichosa langosta.

Lo que esos turistas no entendían era que, cuando llegaba el invierno y ellos se largaban, Cape Town era húmedo y frío. Ni tampoco que los vecinos, a pesar de sus buenas intenciones, se pasaban el día chismorreando y cualquier cosa que alguien hiciese se sabía en el otro extremo del pueblo antes de que anocheciese. O que algunas tradiciones familiares podían llegar a convertirse en una pesada losa.

Tras girar la esquina, vi a la abuela Mila regando unas margaritas amarillas y blancas. La saludé con la mano antes de entrar en casa. Maddox estaba en la cocina y engullía el plato de los macarrones que habían sobrado el día anterior.

—Eh, no te lo termines todo. —Cogí un tenedor.

—¿No has tenido suficiente con comer babas?

—¿A qué viene eso? —Molesto, le quité el plato.

—Pelo alborotado. Labios hinchados. Ropa arrugada. —La mirada de Maddox se volvió más aguda de lo habitual—. ¿No estarás liado con Nicki? Nuestra Nicki.

—No, joder. Menuda estupidez.

—Tampoco sería tan raro, siempre estáis juntos... —Dejó la frase a medias cuando lo taladré con la mirada—. Entonces, ¿quién es ella?

Me relamí los restos de tomate.

—No es asunto tuyo.

—Pues vale. —Se encogió de hombros.

—¿Cómo ha ido el entrenamiento?

—No ha estado mal.

Recordé que semanas atrás había dicho que esos días serían decisivos. Pese a que Maddox era una promesa del fútbol y su vida giraba en torno al balón, solía enterarme de poco cuando iba al campo. Empezaba animado, pero mi interés caía conforme avanzaba el juego. No tenía paciencia para ver un partido entero sentado y sin moverme.

—Voy a darme una ducha —dije.

—Eso, claro, desahógate —se burló.

—Que te jodan —mascullé en respuesta.

EL DON DE VIVIEN ALDRICH

(Lo que olvidamos)

Se puso de puntillas para guardar las tazas de café en el armario más alto de la cocina, porque Vivien Aldrich era muchas cosas (intuitiva, enérgica, buena cocinera, perspicaz y dulce), pero no era alta. Sin embargo, su metro y medio nunca fue un impedimento a la hora de convertirse en un satélite natural sobre el que giraba su familia y parte del vecindario. No solo porque era psicóloga y ejercía su profesión de una manera libre, atendiendo a la gente del pueblo a cambio de dinero, comida o lo que les venía en gana, sino porque estar al lado de Vivien era tan cómodo como enfundarse una vieja chaqueta usada que se amolda a los hombros que conoce.

Vivien juzgaba poco y, cuando lo hacía, juzgaba bien.

Como tenía la fortuna de poseer un magnífico instinto, se dejaba llevar con la seguridad de equivocarse tan solo lo necesario para no bajar la guardia. Así, supo en cuanto vio a Jim Aldrich que ese hombre de aire excéntrico y cabello pelirrojo algún día sería su marido. «¿A qué te dedicas?», le preguntó tras acercarse a él. «A vivir», le contestó, y ya con eso le robó el corazón. Tampoco se equivocó cuando heredaron la casa y se asentaron en la costa de Maine, porque allí fueron felices y criaron a sus dos hijas. O con los Jackson, que más que amigos se habían convertido en familia. Ni cuando, años después, le pidió a su madre que se mudase con ellos porque deseaba tenerla cerca.

—¿En qué estás pensando, cariño? —Jim había terminado de fregar y la miraba con las cejas arqueadas porque conocía bien la mente sinuosa de su mujer.

—En nada importante. —Suspiró y, luego, cuando él se acercó para abrazarla con ternura, se dejó querer y cerró los ojos—. Hay que arreglar la caldera. —Él asintió con la barbilla sobre su hombro—. También hay que ir a comprar, no queda casi té.

—De acuerdo. Tomo nota de todo.

—Gracias. Ah, una cosa más...

—¿De qué se trata?

«River ha robado un cigarro del bolso de mi madre, porque, aunque estaba sirviendo la tarta, lo he visto, por supuesto que lo he visto. Lo tenían planeado. A Nicki se le ponen rojas las orejas y los mofletes y hasta la nariz cuando sabe que está haciendo algo que no debe. Pero es normal. Tienen que experimentar, como tú y yo lo hicimos».

—Olvídalo. Los niños, que se hacen mayores.

—Lo sé. —Jim le dio un beso—. Lo sé.

EL DIARIO DE NICKI

(Lo que olvidamos)

3 de julio de 1998

Me llamo Nicole Aldrich, pero todo el mundo me llama Nicki. Tengo una hermana pequeña que es muy pesada, los mejores padres de mundo y una abuela que podría ser una hechicera del bosque. Si me asomo a la ventana de la habitación puedo ver a mi mejor amigo. Se llama River Jackson y le dan miedo los animales blandos. Es graciosísimo.

Mi colegio no está mal, aunque prefiero los fines de semana. Me gusta aprender cosas nuevas en clase, pero lo que cuentan los profesores es mucho menos divertido que las historias de la abuela Mila.

4 de enero de 1999

Este año mi madre hizo jerséis navideños con bolas de Navidad, pero en realidad parecían disparos de pintura, o eso dijo Sebastian Jackson. Nos reímos sin parar. Creo que mamá no le pilló la gracia al chiste. Me encantan las fiestas. Estuve semanas pintando piñas para colgarlas del árbol y han quedado genial.

28 de abril de 1999

Me encantaría tener cola de sirena, alas de hada, cuerno de unicornio y lanzar bolas de fuego como un dragón. La vida sería mucho más divertida.

5 de marzo de 2000

River y yo estamos enfadados.
Dice que soy demasiado mandona.
Yo digo que él es demasiado bobo.

18 de julio de 2001

El otro día fuimos a la cafetería Brends y River se pidió un helado de cereza y yo otro de pistacho. Estuvimos discutiendo durante media hora sobre cuál era el mejor sabor (el de pistacho, evidentemente), hasta que al final la abuela Mila se cansó de oírnos y nos dio diez dólares a cada uno a cambio de que estuviésemos un rato callados. Nos encanta el dinero fácil. Lo metimos en el bote en cuanto llegamos a casa.

2 de enero de 2002

La vida era más sencilla antes. De repente lo pienso todo mucho y, aunque mamá se empeña en que me siente con ella en su consulta (que es el garaje) para «desenredar los hilitos de mi cabeza», no siempre me apetece contarle mis problemas. No se da cuenta de que es incómodo que se pase el día detrás de mí preguntándome si me ocurre algo o si estoy contenta en el colegio. Además, me mira de esa manera que me hace sentir desnuda. A veces me pregunto si todas las madres del mundo serán tan pesadas como la mía y entonces pienso en Isabelle Jackson, que es como un perro guardián que nunca duerme, y caigo en la cuenta de que al menos tengo la suerte de que mis padres no suelen ponerme normas ni creen en el uso de los castigos como método educativo.

14 de febrero de 2003

Hoy ha sido un día de lo más extraño. La taquilla de River estaba tan llena de cartas de amor que cuando la ha abierto al final del día se han empezado a caer por el pasillo. Sus amigos, Archie y Tom, se han reído y le han dado palmaditas en el hombro como si fuese toda una hazaña. Linda Evans pasaba por allí y le ha ayudado a recogerlas. Cuando le ha dado el montoncito estaba roja como una sandía madura.

Más tarde, mientras River escuchaba música, he abierto algunas cartas. Sé que está mal. Lo sé. Pero tenía curiosidad por averiguar qué podían escribirle, porque River tan solo pasa el tiempo con sus amigos y conmigo. Nunca lo he visto mantener una conversación larga con ninguna de esas chicas que firmaban las cartas. Incluida Pauline. ¿Qué podrían decirse exactamente? Lo único que los dos tienen en común es que pertenecen a la especie humana. Quizá ni eso. Pauline tiene algo arácnido.

La cuestión es que no he podido evitar pensar que las cosas que le escribían eran de lo más impersonales y vacías, como si estuviesen diciendo que un plátano es amarillo y tiene potasio. Así que me he pasado toda la cena dándole vueltas al asunto y he llegado a la conclusión de que, si una de esas cartas fuese mía, probablemente diría algo así:

Querido River Jackson:

Tengo que confesarte que me gustas. Quizá no entiendas por qué, ya que jamás pillas ninguna indirecta y la ironía no es tu fuerte, así que he hecho una lista de todas las cosas que me encantan de ti y consiguen que a menudo quiera abrazarte: que te dé igual el fútbol, que te encanten las cerezas, que escuches música *rock*, que siempre pidas perdón cuando te equivocas, que tus ojos sean de color azul cerúleo y cambien cada día, que a tus catorce años te hayas roto tantos huesos, que estés obsesionado con saltarte las reglas, que en invierno uses sudaderas con capucha, el lunar de tu dedo, que tengamos un bote juntos para vivir una aventura, que quieras a la abuela Mila como si también fuese tuya, el remolino del lado derecho de tu cabeza, que sonrías como un gato lo haría si pudiese, que pueda confiar en ti a ciegas, la cicatriz que tienes en el labio, lo gracioso que eres al imitar al profesor Stuart, que te muerdas las uñas cuando te pones nervioso y que me hagas reír incluso cuando estoy triste...

Es solo un simulacro, claro, sería ridículo que le dijese a River que me gusta. Porque no es verdad. Es una idea tan estúpida como imposible.

O eso creo.

19 de marzo de 2003

He sacado un diez en la redacción de la clase de lengua. Nos pidieron que contásemos una historia ambientada en primavera y yo escribí más de cuatro folios para relatar la vida de Raisa, una ninfa que vive en una cueva de los bosques de Maine. Tiene un don especial: puede entender a los animales que habitan allí y hablar con ellos, así que es amiga de ciervos de cola blanca, osos negros, alces americanos y castores. Cuando aparecen unos hombres dispuestos a masacrar sus tierras y talar las coníferas, ella logra deshacerse de ellos con ayuda de los animales.

La redacción de River tenía tres líneas y decía así: «Esta es la historia de un chico que odia las langostas con toda su alma, pero está condenado a pasar la eternidad en un barco. Hasta que un día se cae al agua helada y las langostas lo devoran con sus pequeñas tenazas. Y él se libera de la maldición. Fin».

Ha sacado un cinco justo y estaba orgullosísimo. Yo le he dicho que era genial, pero en realidad pienso que algunas etiquetas de botes de champú son más literarias.

3 de junio de 2003

River me regaló por mi cumpleaños una horquilla dorada con un abejorro en la punta. Es tan bonita que no quiero ponérmela, no vaya a ser que se me pierda.

22 de septiembre de 2003

Puede que mintiese. Quizá River sí me guste un poquito.

24 de septiembre de 2003

Mentí del todo. Creo que River Jackson me gusta mucho.

27 de septiembre de 2003

Odio que River me guste.

3 de octubre de 2003

La abuela Mila dice que los hombres son como los cigarrillos, malos para la salud pero adictivos. Siempre te prometes que el que tienes en la mano será el último que te fumes, pero sabes que lo incumplirás incluso antes de aplastar la colilla en el cenicero.

Me parece una gran teoría.

25 de diciembre de 2003

La Navidad era mucho más divertida cuando no sabíamos que Santa Claus no existía y hacíamos guardias para atraparlo en mitad de la noche.

13 de agosto de 2004

Sé que hace mucho tiempo que no escribo en este diario, pero es que no tenía nada interesante que contar. Heaven continúa siendo tan insoportable como de costumbre, Maddox está más raro de lo habitual, mis padres no quieren comprarme un móvil y River sigue saliendo con Pauline Harris. No lo entiendo. Solo le gusta porque es guapa.

2 de septiembre de 2004

Maddox se ha hecho un esguince en el tobillo. Todos estamos un poco preocupados. Él contaba con solicitar una beca deportiva para entrar en la universidad. Cada vez habla menos, aunque la gente lo adora tanto como a River. No tienen que esforzarse por gustar. Qué afortunados. Creo que, más allá del encanto de los Jackson, el pueblo entero los tiene en un pedestal porque su padre, Sebastian, debe de ser descendiente de uno de los fundadores, como poco, con esa pinta de pescador solitario, e Isabelle regenta el restaurante más antiguo de Cape Town. Todo el mundo sabe que fue su abuela la que se preocupó por impulsar el turismo en los años cincuenta y consiguió atraer a visitantes gracias al sabor inigualable de su langosta con mantequilla. Dicen que hay quien ha llorado al degustar un bocado. ¡Hasta Edward Hopper decidió veranear por la zona! Sus cuadros de Maine son increíbles.

27 de septiembre de 2004

El otro día, durante la clase de Literatura, la profesora preguntó si alguien escribía un diario y yo estuve a punto de levantar la mano, pero no lo hice porque la risa estridente de Fiona Speth me dejó confundida. Y luego dijo: «¿Un diario? ¿De los de candadito y llave? Ya tenemos quince años, señorita Rogers». Puaj. Me repele tanto como su amiga Pauline. Ojalá hubiese podido hacer un conjuro para que le creciese una berenjena en la nariz o algo por el estilo. Tengo que bajar a cenar, papá me está llamando.

14 de octubre de 2004

A menudo me tumbo en la cama, contemplo los planetas que pinté en el techo hace años, y me pregunto por qué estoy aquí, si hay alguna razón que justifique mi existencia. Debe de ser lo único que todos los seres humanos tenemos en común: esa duda.

LOS BRILLOS COTIDIANOS

Sabes que abandonas la niñez cuando ya no te detienes a observar todo lo que brilla: las motas de polvo flotando alrededor de la ventana que antes eran el inequívoco rastro de un hada traviesa, el resplandor del papel de aluminio que envuelve el almuerzo, el filo de las tijeras, el sol rebotando alrededor (en las hojas de los árboles, en los cristales de las gafas, en los pomos de las puertas, en los pendientes de tu madre).

Ya no te impresiona. Ya no lo ves.

CRECER ES OLVIDAR

Hacerse mayor es un asco. No lo hagamos nunca. Quedémonos siempre así, viviendo en el bosque y lanzando conjuros y desayunando chocolate con purpurina.

LA BRUJA AGATHA

NICKI, VERANO DE 2004

(Lo que olvidamos)

—Me intriga saber de qué habláis Pauline y tú cuando estáis juntos. No tenéis nada en común. O eso parece. Y, además...

—No hablamos.

—¿Cómo dices?

—Para algunas cosas no es necesario.

River sonrió de un modo que hizo que me sonrojase, no por lo que daban a entender sus palabras de forma implícita, sino por los segundos que tardé en caer en la cuenta. Aparté la mirada de él y hundí los dedos en la arena cálida de la playa. Siempre había sido muy consciente de las texturas que me rodeaban y el mar era el grano fino y áspero, los cantos redondeados de los guijarros, la licra del bañador y la espuma efímera de las olas. Desde niña, sentía la imperiosa necesidad de tocar con la punta del dedo las cosas para memorizar su tacto y me gustaba jugar a cerrar los ojos y distinguir el papel de celofán del de seda, el de crespón o el de charol.

—¿Y qué es lo que te aporta eso?

—Pues... es excitante. —River estiró las piernas y me fijé en su estómago, con esa línea fina de vello que se perdía en la goma del bañador—. Y divertido.

Entonces tenía quince años y nunca había besado a nadie. Pero fantaseaba a menudo con ello. Lo que me interesaba no era el acto de besar en sí mismo, sino todo lo que giraba en torno a ese instante; cerrar los ojos lentamente, las mariposas batiendo sus alas, los violines sonando de fondo, los talones alzándose...

—¿Qué se siente? —insistí, porque todo lo que sabía provenía de un puñado de películas y de las novelas que leía.

—Es como desconectar. Te olvidas de todo.

—¿Y solo es algo físico o también emocional?

River jugueteó con la arena y me miró de reojo.

—Pauline es más simpática de lo que parece.

—Sí —mentí—. Pero no has respondido.

—¿Qué ocurre? ¿Acaso no te cae bien?

—No estoy segura. La conozco poco...

¿Cómo explicarle que la chica con la que salía me trataba como si fuese un chicle pegado a su zapatilla? Cuando él estaba delante era amable. O todo lo amable que podía ser Pauline Harris. Pero, si él no estaba y nos cruzábamos en los pasillos, me susurraba que era tan fea como una bruja o me ignoraba, cosa que en general agradecía porque, al verla, no podía evitar recrear en mi cabeza a Pauline y River juntos, muy juntos, todo labios pegados y manos entrelazadas. Había sido testigo de esa escena en muchas ocasiones, pero seguía sin ser inmune y el corazón se me ponía del revés.

—Ella piensa que eres interesante. —River volvió a sonreír de esa forma lánguida que me ponía nerviosa, pese a que me era familiar—. También dice que a Lee le gustas.

—¿A Lee? Pero si apenas he hablado con él.

Lee Parker se sentaba en la primera fila y tomaba notas con tanta rapidez que su letra era incomprensible. Tenía el cabello oscuro y largo, los ojos rasgados y una boca fina que usaba lo justo y necesario, porque parecía medir cada palabra que decía.

—Pues quizá por eso mismo puede que le intrigues. Pauline está convencida de que el otro día, cuando estuvimos merendando en Brends, no dejaba de mirarte.

Mientras la arena de la playa se escurría entre mis dedos, pensé en lo que sabía sobre el amor. En el instituto a la gente le gustaba otra gente de manera aleatoria, porque nadie se conocía en profundidad, pero eso parecía ser irrelevante. Los líos duraban semanas y las personas eran reemplazables como cromos.

—¿Y tú qué piensas? —le pregunté.

—Pues no sé. Creo que es un buen tipo.

Lo miré a conciencia aprovechando que seguía tumbado y había cerrado los ojos. Me sabía de memoria cada centímetro de River, pero, aun así, disfrutaba contemplándolo como quien relee una novela por el mero placer de hacerlo pese a conocer la historia que se esconde entre sus páginas. El rostro masculino estaba formado por líneas rectas y muy marcadas, la piel de sus mejillas era suave, el párpado izquierdo siempre se le abría más que el derecho, su barbilla era orgullosa, el cabello se ondulaba en la nuca si se lo dejaba demasiado largo, las pestañas espesas se curvaban con una elegancia que no poseía, escondía un lunar diminuto en la punta del dedo corazón, sus pies eran terriblemente feos y tenía cicatrices por todas partes por culpa de su tendencia a cometer estupideces sin pensar en las consecuencias.

Yo sabía la historia de cada una de esas cicatrices.

La ceja se la partió cuando se subió a una silla de la cocina para buscar una caja de cereales de chocolate que le pedí. La rodilla derecha estaba llena de señales porque se hizo una herida de lo más escandalosa al bajar rodando por una pendiente. La izquierda, por otra parte, sobrevivió a esa caída, pero no al día que saltó desde las rocas que rodeaban el faro de Cape Town. En la mejilla tenía una manchita con forma de media luna y, aunque la gente solía pensar que era de nacimiento, en realidad fue el fruto de una quemadura durante una barbacoa en el jardín (tenía siete años y quiso, literalmente, prenderle fuego al fuego) y luego estaba la del labio. Esa era mi preferida, la que miraba a todas horas. Tenía una longitud de dos o tres centímetros y era una línea blanquecina que llamaba poco la atención, pero se la hizo el día que, jugando de pequeños, le aseguré que la poción que acaba de darle era mágica y que, si corría con todas sus fuerzas hacia la valla del jardín, lograría atravesarla como si fuese un fantasma. Lo hizo. Y se partió el labio. Pero se convirtió en un símbolo de la confianza a ciegas que siempre tuvimos el uno en el otro.

—Necesito un chapuzón. —River se incorporó.

—Pero si el agua está helada...

—Y así será durante todo el verano.

—Bien. Pues ve tú, te espero aquí.

—Venga, Nicki. No me dejes solo. —Me cogió de la mano sin titubear y tiró de mí con decisión para que me pusiese en pie—. ¿Una carrera hasta la orilla?

—¿Para qué? Si siempre ganas.

—Te dejo un minuto de ventaja.

—Eres un crío, River —repliqué.

—Empiezo a contar. Uno, dos, tres, cuatro...

—Oh, por favor. —Puse los ojos en blanco, pero luego sentí el gusanillo de la competición y comencé a dar grandes zancadas hacia el mar. Al menos, hasta que hundí los pies en el agua fría y unos brazos me alzaron por la espalda sin previo aviso—. ¡Ahhh! ¡River! ¡Suéltame! Sabes que necesito aclimatarme, así que...

—Eres una tortuga —se burló divertido.

—Si me dejas caer te odiaré eternamente.

—Cinco minutos.

—¿Qué?

—Eres incapaz de odiarme más de cinco minutos.

—Yo que tú no tentaría a la suerte porque...

Y eso fue todo lo que logré decir antes de caer al agua. Apenas unos segundos después, me impulsé con los pies para salir a la superficie y ahí estaba él: con el cabello mojado pegado al cráneo y una sonrisa ridícula que me calentó el corazón. «Eres idiota, River Jackson —quise decirle—. Eres idiota y tienes razón: no puedo odiarte».

Me subí más el escote del bañador floreado y hortera que vestía. Se lo había cogido prestado a la abuela Mila y, pese a que podía considerarse una pieza *vintage*, me gustaba mucho más que el biquini negro que me habían regalado por mi cumpleaños.

—Ojalá el verano no terminara nunca —dijo.

—Entonces no lo valorarías tanto como lo haces.

—Es posible. —River hizo el muerto. El mar lo mecía con suavidad y él parecía estar reflexionando sobre algo—. ¿Crees que soy un inconformista?

—Creo que eres un niño mimado —bromeé, y luego me lancé hacia él para hundirlo en el agua y la tarde se deshizo entre risas y confidencias.

LA BODA DE NICKI, 2016

(Lo que rompimos)

Con un nudo en la garganta, aparté el delicado velo de chifón hacia atrás y me miré en el espejo. Encontré unos ojos grandes e insondables que parecían contener el agua de un pantano, porque había una calma plomiza en ellos. El vestido blanco de novia se ceñía a mi cuerpo: las mangas eran de encaje, el corpiño me abrazaba la cintura y la falda caía en capas como si fuese un delicioso pastel de merengue listo para engullir.

Me giré un poco para verme de perfil y comprobar que cada mechón de pelo estuviese en el lugar adecuado. El recogido se mantenía intacto.

«Todas las chicas brillan el día de su boda».

¿Dónde había leído esa frase? No estaba segura, pero sonreí cuando las palabras calaron en mí. Y luego aparecieron otras flotando en el aire como lo hacen las hojas del otoño. «Brillas», con esa voz ronca que conocía perfectamente. «Brillas». Dejé caer las palabras al suelo. Los vestidos de novia no tienen bolsillos, no había dónde guardarlas.

RIVER, VERANO DE 2004

(Lo que olvidamos)

Existía una larga lista de cosas que no me gustaban, como los animales invertebrados, la gente que gesticulaba demasiado al hablar o el rostro arrugado de los recién nacidos, pero nada era comparable a lo mucho que odiaba salir a pescar. Y, sin embargo, allí estaba, despierto desde las cuatro de la mañana y sentado junto a Maddox mientras mi padre se hacía cargo del timón. Al igual que ellos, vestía unas botas altas hasta la rodilla y un chubasquero azul oscuro de lo más incómodo.

El barco se balanceaba con suavidad entre la espesa niebla.

—Uno solo se siente vivo en el mar —dijo papá sonriente.

—Yo me sentiría bastante más vivo en mi cama. Bajo las mantas. Con el despertador apagado —puntualicé irritado, porque pescar aniquilaba mi buen humor.

—¿Cómo puedes considerarte un Jackson?

Una ráfaga de viento nos sorprendió y tuve que hacer un esfuerzo para que no me castañeteasen los dientes. Aquello era horrible. Espeluznante. Casi trágico. El restaurante familiar generaba suficientes beneficios como para mantenernos a todos, así que era incapaz de comprender por qué razón mi padre se empeñaba en continuar con aquella tradición tan desapacible. A nadie en su sano juicio debería gustarle la idea de levantarse de madrugada, salir a la mar y revisar las trampas de langostas haciendo un esfuerzo para no morir por congelación. En invierno las temperaturas eran tan demoledoras que el frío calaba hasta los huesos y ya no había manera de entrar en calor, ni siquiera tras regresar al hogar y sentarse frente al fuego de la chimenea.

La única razón por la que me encontraba en la embarcación era porque mi padre nos ofrecía parte de las ganancias si trabajábamos con él durante las vacaciones de verano o los fines de semana. Y, aunque resultaba irónico, necesitaba ese dinero para conseguir alejarme más pronto que tarde de Cape Town y sus langostas.

—Esto es la libertad. Justo esto —insistió papá.

—Terminemos con el trabajo —gruñó Maddox mientras realizaba un nudo con facilidad. Como su ceño parecía estar permanentemente fruncido, en ocasiones no era capaz de adivinar si le fascinaba salir a la mar o lo odiaba tanto como yo.

Papá le quitó la cuerda de las manos:

—¿Puedes relajarte por un momento?

—Estoy relajado —aseguró Maddox.

—Pues cualquiera diría que un cangrejo te está mordiendo el culo. No hay quien te entienda últimamente... —murmuró papá antes de volver a la cabina abierta, en la que había varias radios, un radar, el GPS y una antigua guía de navegación.

Dejamos atrás las boyas de colores que señalaban las trampas para langostas y se balanceaban en el agua formando constelaciones imposibles. Por un instante, ignoré el olor a pescado y el tonel con sebo que tenía al lado porque, allá a lo lejos, el amanecer se abría paso y las hebras de luz, finas y rosadas, se estiraban hacia nosotros. Sí, salir a pescar era un incordio y me daba igual regresar con platija, bacalao o lubina. Tampoco me importaban las conversaciones sobre la jornada que se sucederían a lo largo y ancho del muelle tras amarrar la embarcación. Pero no podía resistirme a ese destello de magia. Era hipnótico. Era una belleza tan salvaje que lograba silenciar al resto del mundo.

NICKI, VERANO DE 2004

(Lo que olvidamos)

Habían encendido unas hogueras en la playa y las chispas revoloteaban en la oscuridad de la noche con un suave crepitar. La despedida de otra promoción de jóvenes que terminaba el instituto tan solo era una excusa como otra cualquiera para celebrar aquella fiesta, pero a Nicki la invadió la nostalgia al pensar que en apenas unos años serían ellos los que cerrarían esa etapa. ¿Quiénes se quedarían en el pueblo para buscar su camino o continuar con negocios familiares? ¿Quiénes entrarían en la universidad soñada? ¿Quiénes se largarían lejos para no volver y dentro de unos años serían recordados al contar alguna anécdota? La gente suele decir que es preferible vivir sin saber el futuro, pero a Nicki le hubiese encantado tener una bola de cristal.

—¿Todo bien? —Maddox se sentó a su lado.

—Sí, aunque ha empezado a refrescar.

—Puedes ponerte mi chaqueta.

—No quiero que te congeles por mi culpa.

Maddox la ignoró y le cubrió los hombros con un cariño fraternal que a ella la sobrecogió; puede que por esa mencionada nostalgia que se ceñía sobre la noche o quizá porque fue un consuelo mientras contemplaba a River tontear con una rubia sureña que veraneaba en Cape Town. No debería haber sido una sorpresa que, tras romper con Pauline porque, según

75

dijo él, «todo tiene fecha de caducidad», se dedicase a divertirse con cualquier chica simpática y guapa que se cruzaba en su camino.

Menos si se trataba de ella, claro.

Nicki era invisible para él.

Suspiró y aceptó el vaso de zumo que Maddox le ofreció.

—¿Alguna vez tienes la sensación de que no encajas?

—Unas veintitrés horas al día —contestó Maddox.

—Ya me siento mejor. —Le dedicó una sonrisa pequeña y luego apoyó la mejilla en la curva de ese hombro masculino que no era el de River, no, pero se le parecía mucho, porque la ropa olía al suavizante de los Jackson y usaban la misma colonia, una que a ella le recordaba a los bosques de la zona que tan bien describía Thoreau.

El mar rugía a lo lejos.

Un poco más allá, River había empezado una competición con otros jóvenes por ver quién saltaba con más habilidad las hogueras. Tomó impulso antes de lanzarse hacia el fuego y, luego, gritó satisfecho al aterrizar en la arena.

—Te quedaste con todas las neuronas —susurró Nicki, aunque era incapaz de apartar la mirada de aquel chico estúpido que desafiaba a las llamas.

—Lo sé —bromeó Maddox, y después lanzó un suspiro—. Pero, en ocasiones, lo envidio. Míralo. Tan... ligero. Nunca parece preocupado.

—Es que nunca *está* preocupado.

—Pues eso. Así todo es más fácil.

RIVER, NAVIDAD DE 2004

(Lo que olvidamos)

—Chicos, echadme una mano —pidió mamá.

Maddox y yo cogimos las cajas que quedaban en la barra. Habíamos estado ayudando a repartir por el pueblo los pedidos de comida del restaurante y ya era tarde. Apagamos las luces del local. La noche era fría y húmeda.

Como cada año, fuimos a casa de los Aldrich.

Nosotros preparábamos la cena en el restaurante y, a cambio, ellos tenían la mesa lista cuando aparecíamos, el fuego chisporroteaba en la chimenea y el ambiente navideño reinaba en cada rincón del hogar: villancicos, un frondoso árbol lleno de adornos, galletitas de jengibre recién horneadas y suéteres de lana tejidos por Vivien.

—Este es el tuyo, River. Toma, cielo.

—Gracias. —Le eché un vistazo a la prenda y sonreí al ver un reno con gafas de sol. El del año anterior había sido más cursi: dos pingüinos con corazones.

—Esta vez te has superado. —Maddox se lo puso por la cabeza.

Tras el caos inicial, nos reunimos alrededor de la mesa vestidos igual y las voces se entremezclaron mientras engullíamos deliciosas croquetas de bacalao, sopa cremosa de almejas, pastel de patata y pavo asado relleno con zanahorias caramelizadas.

—¿Alguien me pasa la salsa de arándanos? —pidió Jim.

—Aquí la tienes. —Mi padre se la ofreció con una sonrisa.

—La sopa está deliciosa, Isabelle —comentó Vivien.

—Gracias. Hemos tenido muchos pedidos este año. Fue una buena idea hacer entregas a domicilio, los mayores que no tienen a la familia cerca lo agradecen.

—Aunque a Owen Maddison le ha faltado poco para sacar la escopeta cuando hemos llamado a su puerta —dije, mientras untaba un pan con mantequilla—. Por lo visto no recordaba que había reservado la cena casi con dos meses de antelación.

—Oh, ese viejo cascarrabias. —Mila negó con la cabeza y lanzó un suspiro—. Pero no hablemos de cosas desagradables el día de Navidad. Este villancico me encanta. Era el preferido de mi segundo marido. O del tercero.

—Mila, eres mi ejemplo a seguir —le aseguré.

—A mí Owen me parece un hombre muy amable —comentó Vivien con aire distraído, pero sin apartar los ojos de su madre—. Y es atractivo de una manera tierna.

—Hija, no quiero alarmarte, pero deberías ir al oculista con urgencia.

—Heaven, ¿quieres croquetas? —le preguntó Jim con su amabilidad habitual una vez se hubo servido cinco porciones—. No las has probado.

—Estoy a dieta —contestó ella sin inmutarse.

—No sabemos a quién ha salido —dijo Mila.

—Cariño, no digas tonterías. —Vivien la miró.

Con un gruñido, Maddox deslizó una croqueta hasta el plato de Heaven, que estaba sentada a su lado, y luego volvió a concentrarse en devorar su cena. Durante la siguiente hora se habló de fútbol, del último cotilleo del pueblo, de los encargos que Jim había conseguido (hacía de todo: pintar vallas, mantener los faros y los jardines, limpiar canalones...) y de la temporada de pesca (era, por lo visto, un tema inagotable).

Vivien fue la primera en levantarse para recoger.

—¿Esperamos un poco antes de sacar los postres?

—Sí, por favor. —Mi madre se palmeó el estómago.

Aprovechando que todos se fueron poniendo en pie, Nicki y yo nos escabullimos escaleras arriba para ir a su habitación, que era, sin lugar a dudas, una extensión de ella misma y uno de mis lugares favoritos. No solo por ser lo opuesto a los dormitorios femeninos en los que había estado, con una colcha de estampado étnico, el escritorio de madera oscura propio de un decano de la universidad y su peculiar desorden dándole personalidad, sino porque allí dentro me sentía tan cómodo como en mi propia habitación.

Por eso me dejé caer en la cama, boca arriba, con las manos tras la nuca. En el techo, Nicki había pintado años atrás todos los planetas. El dibujo estaba lejos de ser perfecto, pero era la clave de su encanto, porque Saturno poseía una forma ovalada y Venus era violeta. El colchón se hundió cuando ella se tumbó a mi lado. Nos quedamos callados escuchando la cacofonía de nuestras familias en el piso de abajo.

—Cada vez me gusta menos la Navidad.

—Mientes. La adoras. Aunque quizá guardes un poco de rencor porque nunca lograste atrapar a Santa Claus —bromeó divertida—. Si lo piensas bien, es una época perfecta: regalos, dinero para el bote, adornos, muchas cosas que brillan, luces de colores y la idea de que el mundo es, por un momento, un lugar mejor.

La miré en silencio.

Nicki tenía las palas un poco grandes y daba la impresión de que no le gustaban sus dientes porque rara vez se reía en público de forma abierta y relajada. Las pecas desdibujadas que la caracterizaban estaban por todas partes, mejillas y barbilla, y hasta se subían por el puente de la nariz e intentaban camuflarse bajo las cejas.

—¿Te he dicho alguna vez que me encantan tus pecas?

—Muy gracioso —masculló y se incorporó de golpe.

La imité, confundido, porque no pretendía hacer una broma. Cuando era pequeño, jugaba a unir sus pecas para formar un dibujo, como en esas fichas llenas de puntitos que hacíamos en el colegio. Lástima que, el día que se quedó dormida y yo me acerqué con un rotulador, mi madre me pillase antes de poder ponerlo en práctica. Hubiese sido una de esas anécdotas infantiles y míticas que tanto nos gustaba recordar.

Nicki suspiró hondo y cambió de tema:

—¿Al final cuál es el plan de fin de año?

—El único posible: escaparme de casa.

En teoría, estaba castigado porque me había saltado el toque de queda tres veces, que era el límite establecido por mis padres antes de tomar medidas. Pero planeaba fingir que me iba a dormir temprano para poder escabullirme por la ventana. No tenía intención de perderme la fiesta que iba a celebrar el primo de Archie.

—Sabes que si te pillan el castigo será peor.

—Así es la vida. Todo tiene riesgos. —Me encogí de hombros y di una vuelta por la habitación. Encima del escritorio había un cuaderno granate—. ¿Qué es esto?

Al cogerlo, me sorprendió su peso.

—¡No lo abras! —gritó nerviosa.

Alcé una ceja y la miré divertido.

—¿Por qué? ¿Está maldito?

—No seas idiota. Es mi diario.

—¿Y? ¿Acaso hay algo de ti que no sepa?

Nicki me miró muy seria, terriblemente seria, y hubo algo distinto en la manera en la que su pecho subía y bajaba al ritmo de cada respiración. Y en sus ojos, sí. También en sus ojos. Un brillo singular que no entendí.

—Pues claro. No lo sabes todo, River.

—Hagamos la prueba —la reté, seguro de que la conocía mejor que nadie, porque ninguna otra persona había jugado con ella mezclando flores, raíces y arena de la playa para hacer pociones. Y sabía infinidad de cosas sobre Nicki, como que le daban miedo las gallinas y que se fijaba en las texturas, que valoraba los detalles y que le costaba entenderse con Heaven, que su helado favorito era el de pistacho y que durante una época quiso dedicarse a la entomología y perseguía insectos por el jardín con una lupa en la mano—. ¿Acaso estás enamorada de alguien y no me lo has contado?

—No. —Pero enrojeció. Toda ella. Desde la barbilla hasta la frente.

—Vaya, vaya. ¿De quién se trata? —Acaricié el lomo del cuaderno.

—No es asunto tuyo, River —replicó enfadada—. Dame el diario.

El tono afilado de su voz flotó entre nosotros y me sacudió. Yo lo compartía todo con Nicki. Éramos como hermanos. Siempre habíamos tenido un vínculo profundo y trascendental, por eso era la única persona con la que podía hacer o decir lo primero que se me ocurriese, porque sabía que nos veíamos el uno al otro sin disfraces y no nos juzgábamos. Aunque podíamos ser críticos, sí. O bromear. Precisamente por esa confianza anidada desde que llegamos al mundo con cuarenta y siete minutos de diferencia. En el salón de casa, había una fotografía enmarcada de nosotros dos con cuatro meses, tumbados sobre una vieja alfombra y mirándonos entre sonrisas desdentadas.

—¿Qué es lo que te pasa?

—Es que me estás poniendo nerviosa.

—¿Por hablar «de chicos»? —me burlé con la intención de romper la tensión del momento. Hice un esfuerzo por soltar el diario y lo dejé sobre el escritorio, aunque, de pronto, deseaba abrirlo más que nada en el mundo. Todos lo decían: bastaba que algo estuviese prohibido o fuera de mi alcance para que me obsesionase.

Pero Nicki era Nicki. Había límites inquebrantables.

—Sí, es posible que me incomode un poco.

Me senté en la silla del escritorio y apoyé la barbilla en la madera curva del respaldo. Hice memoria, pero lo único que encontré fueron comentarios sueltos sobre que los chicos mayores eran más interesantes o la evidente belleza de algún actor de moda.

—Somos amigos, Nicki.

—Lo sé. —Apartó la vista.

—¿Te gusta Archie?

—¿Qué? No.

—¿Tom?

—No. Oye, River...

Una idea fugaz me atravesó.

—Mierda. No me digas que estás pillada por Maddox. —No supe por qué me incomodó imaginarla junto a aquellas chicas que se sentaban en las gradas para verlo jugar e intentar captar su atención—. ¿Por eso no quieres hablar de ello?

El ceño de Nicki se frunció como un acordeón.

—¡No! Claro que no.

—¿Y Dennis? ¿O...?

—¡Es Lee! —dijo.

—¿Lee Parker?

—Sí, el mismo. ¿Contento? Dejemos el tema. —Se acercó al escritorio, cogió el pequeño candadito que estaba sobre la mesa y lo usó para cerrar el diario granate antes de meterlo en uno de los cajones—. Será mejor que bajemos ya o vendrán a buscarnos.

Justo en ese instante, oímos la voz de barítono de mi padre avisándonos de que estaban sirviendo el postre. Me puse en pie sin dejar de observar a Nicki, que parecía estar deseando dar la conversación por concluida de una vez por todas.

—Haríais buena pareja si él no saliese con Camilla.

—Sí, es una desgracia.

Nicki se dirigió hacia la puerta.

—Estás muy rara. —La seguí.

—Será porque me sacas de quicio.

Pasé por su lado y le rocé la cintura para hacerle cosquillas. Nicki se retorció y gritó. Se giró en busca de venganza y escapé bajando los escalones de dos en dos.

—¡River! ¡Maldito seas!

Me alcanzó en el salón y me devolvió la jugada. Sin dejar de reírnos caímos al suelo. La chimenea chisporroteaba cuando le inmovilicé las manos tras la espalda.

—Adorables —dijo Maddox.

—Métete en tus asuntos —gruñí.

—River y Nicki, a la mesa. —Vivien señaló las dos sillas vacías que ocupamos al instante—. Hay pastelitos de chocolate rellenos de fresa, naranja y menta.

La abuela Mila cogió uno, lo miró con desinterés antes de darle un mordisco y dijo:

—En mis tiempos hacíamos pastelitos más divertidos.

—¿De qué? —preguntó Heaven.

—De marihuana, claro. ¿De qué iban a ser si no?

EL BRILLO DE RIVER

Hay personas que son capaces de captar la luz. River era una de esas personas. Daba la sensación de que los rayos de sol le atravesaban la piel, se le colaban dentro y se quedaban allí en forma de energía palpitante. Pum, pum, pum. La contracción era más lenta que el latir de un corazón. Y luego él caminaba por ahí como si fuese un cuerpo incandescente. Llamaba la atención porque es natural sentir atracción por todo lo que brilla y reluce. El ojo humano está al acecho de cualquier destello inesperado.

NICKI, VERANO DE 2005

(Lo que olvidamos)

El Festival de la langosta duraba cinco días y se celebraba en Rockland desde 1947. El desfile de apertura, los conciertos en plena calle y los mejores cocineros de langosta del mundo eran el aliciente perfecto para atraer a la población de los alrededores. Eso y la famosa carrera internacional de cajas, que consistía en correr sobre jaulas de langosta que flotaban en el océano formando una pasarela resbaladiza e inestable.

—He oído que este año el ganador se lleva cien dólares —comentó Dennis, que se había unido al plan en el último momento—. No está mal.

River lo miró con los ojos brillantes.

—¿Y dónde hay que apuntarse?

—Me imagino que sabes que el noventa y nueve por ciento de los participantes acaban haciendo el ridículo y cayéndose al agua.

—No me importa —aseguró.

—Es en la tienda de *souvenirs*.

—¿Me acompañas, Nicki?

Fuimos al pequeño establecimiento que estaba junto al puerto. Nos atendió una mujer de cejas espesas que apuntó su nombre en una libreta y nos indicó la hora a la que empezaría la competición. Las campanillas de la tienda tintinearon cuando salimos. River estaba tan emocionado como cada vez que algo inesperado se le metía en la cabeza.

—¡Pienso ganar los cien dólares para el bote!

—Participa mucha gente...

—Gente que no me preocupa. Lo único importante es no pesar demasiado y ser veloz para que no se hundan las jaulas. Mierda, no tendría que haberme comido ese gofre.

Sebastian Jackson nos sonrió cuando volvimos con ellos, que estaban haciendo cola en uno de los puestos de comida. Le pasó a River un brazo por los hombros.

—Me gusta que hayas tomado la iniciativa de apuntarte a esa carrera.

—Solo lo hago por la pasta —contestó él secamente.

—También sería una buena manera de cerrar el Festival de la langosta. Este año no ha sido el más animado. —Le sacudió el cabello y River se apartó.

—Querido, ¿qué te apetece? —Mientras el hombre que regentaba el puesto esperaba, Isabelle se giró hacia su marido con la cartera en la mano.

—La langosta con mantequilla estará bien. Soy un clásico.

—¿Y vosotros? Nicki, River...

—Yo pizza de langosta —dije.

—¿Hay algo que no lleve langosta? —River ignoró la mirada dolida que su padre le dirigió y observó con hastío el mostrador de la caseta—. Veamos: gofres de langosta, raviolis de langosta, sándwich de langosta, bollos de langosta...

—River. —El tono de Isabelle era severo.

—Agua. Sin trozos de langosta. Gracias.

Ocupamos una mesa de madera con bancos a los lados. Cada uno se concentró en su plato, excepto River, claro, que se dedicó a juguetear con el tapón de la botella de agua. Le ofrecí un trozo de pizza a Dennis cuando empecé a sentirme llena y, a mi lado, Isabelle analizó con todo lujo de detalles las especias que llevaba su bollito para compararlo con los que ella hacía en el restaurante (que, por supuesto, consideraba mejores).

Ya habían llegado casi todos los participantes cuando nos acercamos al lugar donde se celebraba la competición. Las jaulas, unidas con una cuerda roja, formaban en el agua una hilera de varios metros que se balanceaba con suavidad.

River se quitó la camiseta y estiró los brazos.

—Vamos allá. Puedo hacerlo.

—Imagina que cada caja está ardiendo —dije, y él sonrió, quizá porque le recordó a esos juegos de la niñez que habían quedado atrás—: Tienes que pasar por ellas lo más rápido posible, porque el mar estará lleno de sirenas. No te caigas al agua.

—Mmm. Sirenas. —La curva de sus labios se acentuó.

—Qué idiota eres, River Jackson —repliqué riéndome.

—No hacen falta estudios para corroborarlo —añadió Maddox tras acercarse a Dennis. Los dos llevaban la camiseta del equipo de fútbol en el que jugaban.

Los espectadores se congregaban alrededor de la plataforma y en las embarcaciones amarradas; bebían cerveza, reían y disfrutaban del apacible día. Hacía sol y las nubes algodonosas que surcaban el cielo eran inofensivas. La competición arrancó al ritmo de una musiquilla alegre y pegadiza. Ninguno de los tres primeros participantes logró llegar al final de la temblorosa superficie y dar la vuelta sin caerse al agua. River salió en cuarto lugar con la mirada fija al frente.

—¡Vamos, River! ¡Tú puedes! —grité.

Corrió con agilidad. Las jaulas se hundían suavemente en el agua tras su efímero paso antes de volver a flotar. Contuve el aliento cuando le tocó dar media vuelta, porque era el momento más crítico, pero lo logró. Regresó hasta la pasarela con pasmosa facilidad y una sonrisa chulesca cruzó su rostro al ser recibido entre vítores.

—Calma. Quedan varios participantes —dijo Maddox.

Esperamos con impaciencia. Como hubo una chica que

también consiguió no caer, ella y River se batieron en un duelo final. Así que lo animamos entre gritos y silbidos cuando cogió carrerilla y volvió a repetir la hazaña. Después fue el turno de ella, que tuvo una buena salida, pero un instante de vacilación provocó que se precipitase al agua. A mi lado, pletórico y con el cabello revuelto, River saltó con los brazos en alto.

—¡Cien dólares, joder!

—Esa boca —lo regañó Isabelle.

—¡Cien putos dólares, recórcholis!

—¡River! —La mirada que le dirigió su madre podría haber congelado el infierno, pero él estaba tan eufórico que le dio igual.

No era solo cosa del dinero, porque Sebastian le pagaba bien cuando iba a pescar, sino la emoción del momento en aquel ambiente tan festivo. Lo celebramos tomando un refresco mientras atardecía, así que casi había caído la noche cuando fuimos a la tienda de *souvenirs* para reclamar el premio antes de regresar a Cape Town.

—Vengo a por mi premio. —River seguía contentísimo.

—Ah, sí, una gran carrera. —La mujer le sonrió y se agachó para buscar algo debajo del mostrador—. Toma, aquí tienes tu vale. Espero que lo disfrutes.

—¿Mi vale? —Miró el papelito con el ceño fruncido.

—Cien dólares para gastar en el Festival de la langosta. ¡Hay de todo, chico! Tienes globos de langosta, puestos de comida, peluches de langosta... incluso artículos de pesca. Porque imagino que a un marinero como tú le encantará salir a la mar, ¿verdad?

River era un volcán. Un volcán a punto de entrar en erupción. Las risitas de Maddox y Dennis podrían haber sido el detonante perfecto, así que lo cogí de la muñeca y tiré de él con suavidad hasta que salimos de la tienda. Parecía entre enfadado y confuso.

—Pero... Mis cien dólares...

—River, cálmate. No pasa nada.

—Si llego a saberlo... —Todavía iba sin camiseta y su pecho subía y bajaba al ritmo de cada respiración. Toda la alegría vibrante del día se convirtió en frustración. Le dio una patada a una lata de cerveza que había en el suelo—. ¡Malditas langostas!

FRAGMENTOS PREVIOS A LA BODA, 2016

(Lo que rompimos)

Las lágrimas caían por sus mejillas y no podía hacer nada por contenerlas. Se llevó una mano al corazón. Evitó mirarse al espejo porque no quería enfrentarse a la imagen que sabía que le devolvería: ella con aquel vestido de novia tan mágico como improbable, las manos temblorosas y los labios todavía húmedos de él, de ella, de los dos juntos.

Intentó calmarse. Respiró hondo. Alzó la vista hacia el techo y la fijó en la luz cálida que caía sobre ella. Las paredes estaban recubiertas por un papel cremoso de color lavanda que a ella le había parecido precioso al entrar allí por primera vez. No entonces, cuando tenía la impresión de que el estampado de flores se cernía sobre ella como una amenaza.

Se sentó en el suelo. Tuvo cuidado porque no quería estropear el delicado encaje de las mangas y la parte superior del escote. Echó la cabeza hacia atrás y cerró los ojos.

LA NOCHE DE HALLOWEEN, 2005

¿Por qué la gente teme a las brujas? Si son tan humildes que vuelan en escobas en lugar de hacerlo en jets privados. Eso tiene que significar algo.

LA BRUJA AGATHA

RIVER, LA NOCHE DEL VAMPIRO

(Lo que olvidamos)

—Me encantaría ser un vampiro.

Se miró en el espejo y dejó a la vista los colmillos de plástico. A su lado estaba Maddox, con el mismo disfraz pero la mitad de entusiasmo. A River le fascinaba Halloween: disfrazarse, salir en busca de dulces y aprovechar el amparo de la oscuridad para cometer travesuras. El año anterior había asustado a un grupo de críos fingiendo que un hombre lobo le había mordido la pierna. Y un par de otoños atrás, se coló en el instituto por una ventana y escribió en el espejo del baño con sirope de fresa: «Todos vais a morir».

—Esos son tus colmillos —le dijo a Maddox.

—Da igual. —Su hermano se encogió de hombros.

—¿No piensas llevarlos? —River lo miró horrorizado—. Entonces, ¿qué tipo de vampiro eres? ¿Vegetariano? Esto de la lesión te está consumiendo el cerebro.

Le incomodó que Maddox ni siquiera se molestase en taladrarlo con la mirada antes de abandonar el cuarto de baño sumido en un agudo silencio.

River puso los ojos en blanco y volvió a admirar su reflejo. Tocó con la punta del dedo uno de los colmillos y pensó en todos los planes que tenía para esa noche. Cogió la polvera que su madre les había dejado y se retocó el maquillaje para darle más palidez al rostro. Se ajustó la capa negra y roja. Se atusó el pelo. Y cuando no le quedó nada más que hacer para distraerse, comprobó que seguía sin poder ignorar la culpa que se había asentado en su estómago tras ver la expresión afligida de Maddox.

A River no le interesaba el fútbol. Le parecía muy aburrido.

Sin embargo, recordaba ver a Maddox cerca de un balón desde que él tenía memoria, incluso antes de que entrase en el equipo juvenil junto a Dennis, aunque había sido entonces cuando aquel deporte se convirtió en algo tan sólido como aquella amistad. Ya de pequeños, si querías encontrar a Maddox, tan solo debías buscar a Dennis, y si andabas tras la pista de Dennis, darías sin remedio con Maddox. Eran inseparables y sus vidas avanzaban de forma paralela. Los dos llamaban la atención del entrenador y de los adversarios, tenían metas comunes y un temperamento similar, aunque Dennis era alegre y extrovertido. A River le caía bien. En ocasiones, incluso mejor que su propio hermano. Es decir, quería a Maddox como se quiere a la familia, un afecto congénito, pero pensaba que Dennis era más divertido, más deslumbrante y más encantador.

—¿Ya estáis listos? —preguntó su madre cuando bajó al salón—. Venga, os acompaño a recoger a las chicas. Oh, River, tienes la capa arrugada. Siempre igual. Si la hubieses colgado en el armario como te pedí, ahora estaría impoluta.

—Quería darle un aire auténtico. Ya sabes, como si me acabase de levantar después de dormir durante ciento cuarenta años en un ataúd tras un atracón de sangre.

Al salir, River se percató del semblante inescrutable de Maddox. Recorrieron la acera adoquinada que separaba su casa de la de los Aldrich y llamaron al timbre. Heaven abrió y dio una vuelta sobre sí misma para enseñarles el atuendo desde todos los ángulos.

—¿De qué se supone que vas disfrazada?

Heaven miró a River como si fuese tonto.

—De hada diabólica, evidentemente.

—Solo llevas una falda y un top diminuto.

—La gracia está en que el mal lo llevo por dentro.

—Eso desde luego —dijo Nicki tras ella mientras se abría paso—. No, mamá, no hace falta que inmortalices el momento. Ya hemos hablado de esto...

Pero los intentos por disuadirla fueron en vano. Vivien Aldrich apareció en la puerta con una cámara de fotos y la abuela Mila pisándole los talones.

—Vampiros. No hay nada más excitante.

—¡Abuela! —protestó Nicki azorada.

—Venga, juntaos más para la foto.

Se situaron en los escalones de la entrada, ellas en el primero para estar a la misma altura. Heaven miró con descaro a la cámara tras apartarse el pelo hacia atrás, Nicki esbozó una sonrisa insegura y River le pasó una mano a Maddox por los hombros y lo atrajo hacia sí como si con el gesto desease decirle «Lo siento» y «No te alejes».

Clic. El instante se congeló para siempre en el tiempo.

—Perfecto. Ya está. —Vivien bajó la cámara y los miró con dulzura—. Qué emocionante que salgáis los cuatro juntos. ¡Disfrutad de la noche más terrorífica del año!

—Y recordad el toque de queda —añadió Isabelle.

Lo sorprendente de la amistad entre Isabelle y Vivien era que tan solo tenían en común que vivían al lado, usaban el mismo tinte para el pelo de color caramelo y poseían un gusto obsesivo por todo lo relativo a las manzanas, desde el pastel a la sidra.

—A las once. —Le dirigió a su hijo River una mirada de advertencia—. Ni un minuto más. Y no quiero que la ropa huela a nada raro cuando lleguéis.

—¿Con «raro» te refieres a «ilegal»?

—River... —Maddox apretó los labios con evidente irritación—. Vamos. He quedado con Dennis y a este paso llegaremos cuando sea casi la hora de volver.

—Dennis, Dennis, siempre Dennis —replicó River.

A fin de cuentas, desde que Maddox se había lesionado, el condado entero parecía tener el ojo puesto en Dennis Allen como la gran promesa. Y River no se había atrevido a preguntarle a su hermano cómo se sentía al respecto. Si le entristecía haber caído incluso antes de poder demostrar su valía. Si le inquietaba descubrir que todos somos fácilmente reemplazables. Si le molestaba que sus caminos fuesen a bifurcarse cuando su mejor amigo consiguiese una beca deportiva y se marchase a la universidad. O si se habría planteado qué haría con su futuro tras tantos planes truncados.

No, no le había preguntado nada pese a querer hacerlo.

Al final, las intenciones solo son eso. Intenciones.

Y están destinadas a caer en el olvido.

NICKI, LA NOCHE DEL MIEDO

(Lo que olvidamos)

Dimos un paseo entre las viviendas decoradas con motivos terroríficos y conseguimos varias bolsas de dulces antes de llegar a la fiesta que se celebraba en casa de una chica de último curso del instituto con la que jamás había hablado. Una vez allí, Maddox desapareció en cuanto vio a su amigo Dennis y nosotros nos refugiamos en un rincón de la cocina porque River tenía..., bueno, digamos que tenía cosas que hacer. Y esas cosas implicaban un frasco de picante que se sacó del bolsillo de la capa. A mi hermana le brillaron los ojos con deleite cuando lo vio coger una botella de Coca-Cola.

—Pienso tomar nota de todo esto —aseguró Heaven.

—No lo dudo —dije con sarcasmo, y luego miré por encima de mi hombro para comprobar que nadie nos prestaba atención—. ¿De verdad tenemos que hacerlo?

—Es mi responsabilidad asegurarme de que la fiesta sea memorable.

River sonrió y repitió la jugada con un refresco de naranja y otro que era de color azul. Como un niño pequeño, siempre sacaba la punta de la lengua entre los labios al hacer una travesura. Las gotitas de color granate oscuro caían una tras otra.

—Déjame a mí, eres lentísimo —se quejó Heaven.

—Esta cría es el demonio —replicó River divertido.

Me puse un vaso de zumo tropical. Unas cuantas chicas de

clase aparecieron en la cocina. Olían a marihuana. Linda, la última conquista de River, le rodeó el cuello con los brazos y le dio un beso que me obligó a apartar la vista de golpe como si acabasen de quemarme con un hierro candente. Me concentré en Tully, que vestía un disfraz de novia desgarrado y con manchas rojas que simulaban ser sangre.

—Muy logrado —le dije.

—Gracias. ¿Y tú por qué no te has disfrazado?

Heaven me dio un pisotón en cuanto abrí la boca para explicarle a Tully que, en realidad, sí lo había hecho: era Circe, la diosa hechicera, hija de Helios, el dios del Sol, y de Perseis. Me mantuve varada en un silencio incómodo hasta que otra chica gritó:

—¡He oído que hay un túnel del terror en la primera planta!

Todas se dispersaron al instante. Miré a mi hermana confusa.

—¿Por qué has hecho eso?

—Porque tengo una reputación que mantener. Además, hay una regla de Halloween no escrita: o te disfrazas de algo sexi o de algo que dé miedo. Lo tuyo es tristísimo. —Heaven me miró de los pies a la cabeza.

—Mi disfraz es aterrador y también interesante.

—Pareces una mendiga con esa túnica andrajosa y ni siquiera te has molestado en cepillarte el pelo. —Bajó la voz—. Además, él nunca se fijará en ti si vas de Circu.

—Se llama Circe. Y no sé de qué me hablas.

Heaven me lanzó una sonrisa malévola antes del golpe final.

—Eres muy cursi y predecible. ¿A quién se le ocurre esconder la llave del diario entre los calcetines navideños? ¿Y colarse por su mejor amigo? Qué cliché.

—¡¿Has leído mi diario?!

—Era demasiado tentador.

—Te odio —siseé entre dientes, con el corazón encogido en un puño por culpa de la decepción y la vergüenza. Quise decirle algo más, algo que lograse borrar esa estúpida sonrisa que siempre conseguía hacerme enfadar, pero me tragué la rabia.

La dejé atrás y eché a caminar hacia el salón de la casa. Habían apartado todos los muebles junto al perímetro de la pared para conseguir un espacio diáfano en el centro, bajo las lámparas ovaladas de bombillas rojas. Heaven me siguió y, durante un rato, se mantuvo callada a mi espalda mientras yo bebía sorbitos pequeños de zumo tropical. Quería irme a casa, meterme en la cama y abrir una de esas novelas que me transportaban a otro lugar y otra vida y otros ruidos en la cabeza. No sabía muy bien por qué asistía a fiestas en las que nunca lograba sentirme cómoda. Quizá porque anhelaba hacerlo, sí. Deseaba ser la chica que bailaba en medio del salón, la que se reía con despreocupación un poco más allá y también la que se besaba con River contra el marco de la puerta.

Mi hermana se plantó delante de mí y me tapó la visión.

—Oh, ¡venga ya! Deja de babear detrás de él. Es caer demasiado bajo incluso para ti. Vayamos a lo del túnel del terror y disfrutemos de la noche. Piénsalo, ¿prefieres divertirte o ver como intercambia fluidos con esa chica?

—Bien. El túnel. Vamos. —Solo quería que se callase.

A medio camino, oí un par de grititos y vi a unos chicos con la lengua fuera, así que supuse que habrían caído en la trampa de River. El pasillo del primer piso estaba decorado con cuadros sobrios y una moqueta grisácea. Había un grupo de gente congregada alrededor de la última puerta, que era la entrada al túnel.

No me apetecía estar allí, pero la alternativa era aún peor.

—¡Las chicas Aldrich! —Pauline nos dirigió una sonrisa tan

espeluznante como su disfraz de animadora muerta—. ¿Queréis ser las siguientes?

—De acuerdo. —Heaven no vaciló al dar un paso al frente.

—Bien, pues empezaremos contigo. Y luego tú, Nicole —añadió pronunciando mi nombre completo, porque sabía que tan solo lo hacían algunos profesores y prefería que me llamasen Nicki—. El juego consiste en entrar en la habitación a oscuras, ir hasta el final para tocar las tripas de mono y regresar. ¿Lista?

—Claro. —Heaven soltó un bufido de aburrimiento.

La puerta se abrió, pero todo estaba tan oscuro que fui incapaz de ver nada antes de que mi hermana se internase en la habitación y volviesen a cerrarla. Las amigas de Pauline, que parecían clones de ella, soltaron un par de risitas mientras me miraban de reojo. Le eché un vistazo rápido a la túnica marrón que vestía y después, cohibida, me quedé contemplando el papel de la pared pintado con motivos geométricos.

—¿Dónde está River? ¿Acaso han conseguido separaros con una espátula? —En la voz de Pauline había burla y también un poco de rencor, aunque no supe por qué.

—En alguna habitación con Linda, seguro —bromeó otra chica.

—Qué lástima das, bruja. Debe de ser terrible ser el segundo plato de alguien. ¿Qué digo? El tercero. O el cuarto. Quizá ni eso. —Se limpió una uña con gesto teatral.

—Si estás dolida porque te dejó, ve y habla con él —repliqué.

La boca de Pauline se transformó en una «O» al tiempo que sus ojos se abrían. Supe de inmediato que no había sido buena idea enfrentarme a ella.

Heaven salió por la puerta con gesto triunfal.

—Ha sido demasiado fácil —dijo sonriente.

—Nicole, te toca. —El tono de Pauline era glacial y me dio un empujón en la espalda cuando me situé delante—. Suerte.

Luego, oí un clic y el mundo se quedó a oscuras.

Tomé aire antes de decidirme a dar los primeros pasos. Uno, dos, tres. Ir al final, tocar las tripas de mono, que probablemente sería un bol lleno de gelatina, y regresar. Era fácil, ¿verdad? Sí, sí que lo era. Avancé algo más, pero entonces tropecé con algo y se me escapó un grito. Se oyeron risas estridentes que provenían de fuera. ¿Qué era aquello? Algo se me había enredado en el pelo. ¿Las manos de un esqueleto de atrezo? El corazón me palpitaba con fuerza y sin razón. Tragué saliva. Tenía un nudo en la garganta. Me moví hacia el lado contrario y me di cuenta de que me había desorientado. ¿Dónde estaba el final y el principio? La habitación no podía ser muy grande. Extendí las manos para tocar lo que me rodeaba, pero allí todo era de una negrura densa. Respiré hondo, aunque curiosamente no tuve la sensación de que los pulmones se llenasen de aire, sino todo lo contrario: me vaciaba. Me estaba vaciando y noté que el estómago se me retorcía...

—Voy a salir... —grité.

Seguí el rastro de las carcajadas para llegar hasta la puerta. Logré palpar el picaporte, le di la vuelta y empujé, pero no cedió. Volví a intentarlo.

—Venga, chicas. Abrid de una vez... —insistí y, entonces, oí a mi espalda una voz de ultratumba que me hizo dar un respingo. Las pulsaciones se me dispararon. Golpeé la puerta con el puño cerrado—. Por favor... Por favor...

Sentía que me ahogaba y, por más que intentase racionalizar la situación y supiese que la voz provenía de un altavoz y que me encontraba en una habitación corriente, aquello no parecía calar en mi cabeza y resbalaba, todo resbalaba. El oxígeno, el miedo y las risas. Se caían por el suelo y yo también. «Dejadme salir, dejadme salir», pero al otro lado nadie abrió la puerta y me sentí como si me precipitase en aguas heladas.

MADDOX, LA NOCHE DEL VODKA

(Lo que olvidamos)

Cuando llegó a la fiesta, Maddox ignoró al grupo que bailaba en la entrada de la casa, al muñeco diabólico que fingió atacarlo y a su compañero del laboratorio de Química. Se adentró en el salón porque distinguió el pelo rubio de Dennis junto a varios integrantes del equipo de fútbol. Era de un tono similar al trigo, aunque se volvía cobrizo en los lugares cerrados.

Le tocó el hombro.

—Pensaba que te habías perdido —bromeó Dennis.

—River y las chicas me han retrasado.

—Cierto, que hoy hacías de niñera. —Se oyeron varias risitas—. Estaba hablando con Arthur sobre el último partido y la ventaja que sacamos al final...

—Hemos empezado bien la temporada —intervino Arthur.

—No está mal. Pero hay que hacer ajustes —contestó.

—Deberías relajarte, Dennis. Toma. Bebe un trago.

—¿Qué es? —le preguntó a Arthur al coger el vaso.

—Sangre fresca de frambuesa. O eso me han dicho.

—Yo creo que Dennis está relajado. —Uno de los defensas del equipo le palmeó la espalda—. Nueve de la noche y se rumorea que ya le has quitado el vestido a Gina.

—Joder, deja algo para los demás. —Arthur soltó una carcajada—. Tiene que ser difícil escapar de la sombra de tu entrepierna. No sé cómo lo soportas, Maddox.

—Yo tampoco —murmuró el aludido, y luego le quitó a Dennis el vaso que tenía en la mano y se alejó del grupo, porque de pronto sentía que no encajaba allí. No quería hablar de conquistas ni de un juego que llevaba semanas viendo desde el banquillo.

—¡Oye! ¿Adónde vas? —Dennis alzó la voz tras él.

—Por ahí. —Dio un trago largo que le supo a poco, así que, antes de alejarse sin mirar atrás, cogió de la mesa una botella de vodka.

No supo por qué lo hizo. Lo del vodka. Y lo de dejarlos a todos plantados de esa manera tan brusca. Él rara vez bebía. No porque todavía tuviese diecisiete años, ya que era fácil conseguir alcohol en el pueblo, sino porque hasta entonces le preocupaba estar al mejor nivel por el equipo y, además, no soportaba perder el control.

Pero aquella noche lo perdió.

Ocurrió de forma tan paulatina que, cuando quiso darse cuenta, ya no podía dar marcha atrás, así que decidió seguir adelante. No se separó de la botella. Se la llevó al baño cuando fue a mear, subió con ella la escalera, la paseó por el salón, la mantuvo agarrada cuando sonó esa canción de moda que todos bailaron, la sacó al jardín y la sujetó con firmeza contra su pecho cuando se dejó caer en el sofá. Fue entonces cuando se relajó. Cada músculo de su cuerpo se convirtió en una sustancia gelatinosa y tuvo la sensación de ser un astronauta que flotaba entre arañas que colgaban del techo, calabazas terroríficas y huesos blanquecinos. Si se despojaba de todo lo que pesaba, nada importaba tanto. Qué más daba su estúpido tobillo imperfecto. Qué más daban las dudas. Qué más daba el miedo que llevaba anudado en el pecho. El vodka lo sacaba todo fuera y lo vaciaba. En algún momento de la noche, apareció a su lado Sarah. Era muy guapa. Y lista. Una chica de ciencias. La semana anterior le había contado en clase un chiste que le hizo gracia;

decía así: «El oxígeno y el potasio tuvieron una cita. Les fue OK». Y, para ser sinceros, a Maddox pocas cosas le hacían gracia. Así que se quedó allí con ella mientras seguía dándole a la botella un trago tras otro. Cuando se la ofreció, Sarah la aceptó con una sonrisa y él pensó que era agradable no estar tan solo y tenerla a su lado.

Mientras el vodka calentaba su estómago y el salón empezaba a dar vueltas, Maddox vio a lo lejos a Dennis hablando con una chica disfrazada de calabaza, vio a River riéndose de quién sabe qué con su último ligue (¿cómo se llamaba? ¿Laila? ¿Leti? ¿Linda?) y vio a Nicki desaparecer escaleras arriba junto a Heaven. En ocasiones, la mayor de los Aldrich le recordaba un poco a Alicia en el País de las Maravillas, solo que en Cape Town no había agujeros, sombrereros locos ni reinas que cortasen cabezas.

Y entonces...

Entonces dejó de fantasear porque Sarah se sentó en su regazo. El peso de aquel cuerpo le resultó ajeno al principio, pero cuando ella le acarició la mejilla hubo algo en la ternura del gesto que lo conmovió. Igual que su manera de besarlo, casi como si sobrevolase sus labios con lentitud. Así que no hizo nada.

No se apartó.

No se movió.

Apenas respiró.

RIVER, LA NOCHE DE LOS ANHELOS

(Lo que olvidamos)

—¿Qué es lo que está ocurriendo? —preguntó Linda cuando un par de chicos pasaron por delante con la lengua fuera y buscando agua desesperadamente.

—Será alguna bebida en mal estado. —Me encogí de hombros.

Linda jugueteó con el cuello de mi capa de vampiro y sus dedos se detuvieron en el ojal de un botón. Había precisión en cada uno de sus movimientos y eso me fascinaba. Mi hermano estaba convencido de que las relaciones me duraban poco porque me fijaba en los detalles equivocados, pero en ese momento de mi vida me parecían determinantes aspectos tan simples como la seducción de una mirada al decirme:

—¿Buscamos arriba una habitación libre?

—Dudo que a estas horas no estén todas ocupadas...

—Me conformo con un lugar un poco más apartado.

Sonreí y cogí su mano dispuesto a atravesar la estancia para dejar atrás todo aquel ruido. Al hacerlo, vi a Maddox con una chica encima y una botella en la mano. «Extraño», pensé, porque él no solía beber ni liarse con chicas en cualquier rincón, pero no le di más importancia. Estaba ocupado. Muy ocupado. O iba a estarlo...

Hasta que Heaven apareció en mi campo de visión.

—¡River! Tienes que venir arriba, ¡rápido!

—¿Qué ocurre?

—Es Nicki.

Ni siquiera me di cuenta de que había soltado la mano de Linda hasta que no estuve al final de la escalera. No miré a mi espalda, tan solo al frente. Recorrí el pasillo enmoquetado y llegué a la puerta que Pauline y sus amigas mantenían cerrada.

—¿Qué está pasando? —gruñí preocupado.

—Nicki está dentro y creo que ha tenido un ataque de pánico. —Heaven le dirigió al grupo una mirada asesina—. He intentado que la dejasen salir, pero...

—Oh, por favor. Si solo es una broma. Os lo tomáis todo a la tremenda. —Pauline puso los ojos en blanco y después sonrió coqueta—: ¿Cómo va eso, River? Te sienta tan bien el disfraz de vampiro que hasta te dejaría que me mordieras un poquito.

—Quítate de en medio. —Giré el picaporte y abrí la puerta.

La luz del pasillo se coló en la habitación y distinguí a Nicki sentada en el suelo con la espalda contra la pared y el rostro escondido entre las rodillas. Me agaché junto a ella y la abracé mientras algunos invitados a la fiesta se acercaban con curiosidad.

—Soy yo, Nicki. ¿Estás bien?

Ella negó sin alzar la cabeza.

—Voy a sacarte de aquí.

La levanté con suavidad y le pasé un brazo por los hombros para guiarla hacia la salida. Mantuvo el rostro escondido en mi cuello mientras recorríamos el pasillo y bajábamos la escalera. Después, tras cruzar el salón, el aire frío de la noche nos sacudió y eso pareció hacerla reaccionar, porque se apartó de mí con brusquedad. Tropezó con el bordillo de la acera cuando se enjugó los ojos. La sujeté.

Luego, nos sentamos en el suelo tras un muro.

—Respira hondo. Despacio. Otra vez.

La luz de la farola de la calle se derramaba sobre los rizos que enmarcaban el rostro de Nicki. Quise cogerla de la mano para decirle sin palabras que estaba allí, que podía contar conmigo, pero no lo hice por miedo a que resultase raro. Era lo que opinaban algunos compañeros de clase y también Linda. Sobre todo, Linda. «No me gusta que tu mejor amiga tenga vagina» había sido el inicio de nuestra última discusión.

—Heaven dice que has tenido un ataque de pánico.

—Es posible. Tuve un encontronazo con Pauline y luego todo estaba muy oscuro y yo... yo... me asusté. Suena ridículo, pero cuando estaba ahí dentro...

Ella me miró con esos ojos que recordaban a la miel por culpa de las lágrimas. Y deseé decirle que no, que no era ridículo y que la entendía, pero justo cuando estaba a punto de hacerlo apareció Linda acompañada por Heaven, Maddox y Dennis.

—Os hemos buscado por todas partes —protestó Linda.

—Nicki necesitaba tomar el aire —dije un poco molesto.

—Vale. Pues ahora que eso está solucionado, ¿podemos centrarnos en el siguiente problema? —Heaven señaló a Maddox—. Está borracho.

—¿En serio? —Lo miré—. Joder. Qué oportuno.

—Puedo acompañaros hasta casa —dijo Dennis.

—No. No te necesitamos... —balbuceó Maddox.

—¿Ya te marchas? —Linda no parecía contenta.

—Sí. De hecho, vamos a llegar tarde. —Con cuidado, sujeté a Maddox por la cintura y apoyó parte de su peso en mí—. Está bien, Dennis. Yo me ocupo.

—Pero...

—Vuelve a la fiesta, Dennis —siseó Maddox.

—Creo que haré lo mismo. —Linda se alejó sin despedirse.

Al menos, Dennis sacudió la cabeza y espetó un seco «adiós».

Recorrimos el centro de Cape Town sin detenernos en las casas decoradas. Maddox se tropezaba con sus propios pies y no dejaba de gruñir por lo bajo como un perro moribundo. Mi madre abrió la puerta de casa antes de que encontrase las llaves. Vestía un batín de color rosa a juego con las zapatillas de estar por casa. Se cruzó de brazos y apretó los labios con disgusto. Conocía esa expresión como la palma de mi mano.

—Las once y cuarenta y seis minutos.

—¿Podrías especificar los segundos?

—Estáis castigados hasta nuevo aviso.

—Mierda. Voy a vomitar —dijo Maddox.

Se inclinó sobre un macetero grande. Todos dimos un paso hacia atrás de forma instintiva, excepto mi madre, claro, que le apartó el pelo de la frente al tiempo que murmuraba: «Cariño mío, pero ¿qué te pasa? ¿Te ha sentado mal la cena?».

—Uy, muy muy mal. —Reprimí una carcajada.

Si aquello me hubiese ocurrido a mí, nunca se le habría pasado por la cabeza otra posibilidad en la que no entrase en juego la bebida, pero, claro, Maddox era la gran esperanza de la familia Jackson. «Es el único responsable y sensato», solía decir mamá mientras se daba unos golpecitos en la sien. Y luego me miraba y añadía: «Menos mal que tienes esa cara, siempre puede encontrarte algún cazatalentos en el supermercado».

Regresé sobre mis pasos tras acompañar a Nicki y Heaven hasta su casa.

Quizá debido al escaso año y medio que me llevaba con Maddox, nuestros padres pensaron que sería una idea brillante que los dos compartiéramos habitación. No lo fue. Cuando éramos niños tuvo su parte divertida, pero después se convirtió en un martirio. Maddox disfrutaba del silencio y a mí solo me interesaba escuchar música *rock*. Maddox se acostaba temprano y yo nunca tenía sueño. Maddox era ordenado y yo era experto en sembrar el caos. Hubo una época en la que nos peleábamos a todas horas por cualquier tontería y, al final, se dieron cuenta de que necesitábamos un espacio privado. ¿Cómo se designaron las habitaciones? Como se hace todo en la familia Jackson: con una competición de pesca. No sorprendió a nadie que quedase en segundo lugar, así que me tocó el dormitorio más pequeño; tenía el techo abuhardillado y anteriormente se había usado de trastero; fue un milagro que lográsemos meter una cama y un escritorio.

Me quité la capa de vampiro. Mientras me ponía una camiseta limpia, vi que se encendía la luz de la habitación de Nicki. Me asomé por la ventana y silbé bajito para llamarla. Algunas noches hablábamos durante horas entre bostezos y, en otras ocasiones, ella se sentaba en el alféizar y yo le pedía que escuchase una canción tras otra. «¿Has oído ese acorde?». «Atenta al estribillo, fíjate en la letra». «Espera, que viene el solo de guitarra». A veces, Nicki cerraba los ojos y sonreía. Esos eran los mejores días.

—¡Chsss! ¡Nicki! ¿Estás ahí?

La ventana se abrió y ella apareció.

—Sí. ¿Cómo está Maddox?

—Sobrevivirá. ¿Quieres bajar un rato?

—Vale. Quedamos en la casa del árbol.

Me puse una chaqueta vieja y descendí la escalera de puntillas.

Las hojas del otoño, que a plena luz del día eran rojizas y doradas, crujieron bajo mis pies mientras atravesaba el jardín, porque la casa de madera estaba en uno de los árboles más alejados. Sus raíces retorcidas agrietaban el suelo como si cualquier día fuese a largarse de allí por su propio pie. Conocía cada centímetro del tronco por el que ascendí. Sentí algo cálido en el pecho al ver allí a Nicki. Hacía tiempo que no subíamos.

—Deberíamos venir más a la casa del árbol. —Me acomodé a su lado como pude, porque apenas había hueco. Resulta curioso lo mucho que cambia la percepción del espacio conforme crecemos: lugares que antes parecían amplios se vuelven estrechos y da la impresión de que el suelo y las paredes han encogido. Se lo dije a Nicki.

—Y, en realidad, lo único que ha cambiado somos nosotros.

—Supongo que sí. —Rebusqué en el bolsillo de la chaqueta y saqué parte del alijo de la noche—. Chocolatinas de cacahuete y caramelo. Tus preferidas.

Cogió una y empezó a comérsela con aire ausente. Hacía frío, pero estábamos tan juntos que nos dábamos calor el uno al otro. Miré a Nicki de reojo.

—¿Hay algo que pueda hacer?

Negó con la cabeza. Hubo una pausa larga y después dijo:

—Es solo que a veces siento que no encajo con nadie.

—No es verdad. Encajas conmigo —le recordé.

—Tú no cuentas, River, es casi como si fueses de mi familia. Además, hablo de una sensación general, como si nunca dijese o hiciese lo adecuado. Y mira mi disfraz.

—¿Qué le pasa?

—Nadie sabe quién es Circe.

—Yo sí lo sé.

—Porque te lo expliqué la semana pasada.

—Pues explícaselo a los demás.

—¿Crees que debería haberme disfrazado de fantasma sexi?

—Solo si te apetece. Además, ¿cómo sería ese disfraz? ¿Una sábana blanca muy agujereada en lugares estratégicos? Mmm, ahora que lo pienso...

—Idiota. —El insulto me supo a gloria porque logré arrancarle una sonrisa, aunque se esfumó tan rápido como había llegado—. Tú encajas. La gente te adora y ni siquiera te esfuerzas para conseguirlo. No entiendo por qué tienes tantas ganas de alejarte de Cape Town. Yo, en cambio, tengo un buen puñado de razones porque quiero, ya sabes, encontrar mi sitio. No busco nada extravagante, solo un rinconcito...

Juegueé con el envoltorio de un caramelo ácido de cereza.

—Quizá toda esta seguridad sea asfixiante. Quiero ponerme a prueba.

—¿A lo Chris McCandless? —adivinó, porque fue ella la que me había regalado las Navidades anteriores el libro *Hacia rutas salvajes* y la historia de aquel chico que lo dejó todo atrás para internarse en los bosques de Alaska me marcó. Aún recordaba la carta que Chris le había escrito a un amigo: «No eches raíces, no te establezcas. Cambia a menudo de lugar, lleva una vida nómada... No necesitas tener a alguien contigo para traer una nueva luz a tu vida. Está ahí fuera, sencillamente».

—Tampoco tanto. Nunca cortaría los lazos con mi familia. Lo que me gustaría es vivir un poco al día, sin planificar demasiado cada paso. La idea es ir a la universidad y después tomarme un año sabático para ir en busca de aventuras.

—El gran James Cook del siglo XXI.

—Surcaré los mares... —canturreé.

Nicki se mordió el labio inferior y suspiró.

—A veces me da miedo pensar en el futuro.

—Pero si el futuro es hoy, ya, ahora.

—River, ¿y si no es como lo imaginamos? ¿Y si todo se complica? La abuela siempre dice que crecer es entender que la vida se enreda por mucho que intentes evitarlo, como ocurre con las tiras de luces navideñas.

—No negarás que a Mila le gustan los enredos...

—Hablo en serio. Al menos, Cape Town es seguro.

La miré entre sorprendido y horrorizado cuando me di cuenta de que, incluso después de lo que le había ocurrido aquella noche, Nicki temía tanto arriesgarse que se planteaba la idea de conformarse con lo que conocía, pese a que no le gustaba.

—En Cape Town solo hay langostas.

—Ya, sin embargo...

—Odio las langostas.

—Estás obsesionado. —Nicki se rio y sacudió la cabeza—. También tenemos los mejores otoños del mundo, con todos esos árboles de tantos colores...

—Es posible —concedí y estiré las piernas junto a las de Nicki. Ella llevaba unas zapatillas deportivas mostaza con los cordones rosas. Las mías eran negras.

—Y el sirope de arce. O los donuts de patata. La cerveza de Maine. Tampoco negarás que los faros tienen algo mágico porque están llenos de nostalgia... —dijo enumerando con los dedos—. ¿Y qué me dices de los edificios coloniales?

—Todo eso está bien, pero es un pedazo de tierra minúsculo en comparación con lo que nos espera ahí fuera. El bote de la aventura está cada vez más lleno. El próximo verano pienso trabajar en el restaurante toda la temporada para darle un empujón.

No me avergonzaba admitir que contaba a menudo el dinero que habíamos ahorrado desde niños porque sentía un inmenso placer al toquetear los billetes y deslizar la punta del dedo por el canto suave de esas monedas que simbolizaban la libertad.

Nos quedamos callados. Estábamos acostumbrados a habitar con comodidad en los silencios del otro. Pasado un rato, le aparté un mechón de pelo de la frente. Y entonces ella cogió aire y hubo algo brumoso en sus ojos, algo diferente.

Se puso en pie.

—Deberíamos irnos ya. Es tarde.

Tras bajar de la casa del árbol, distinguí bajo la luz de la luna la silueta de Nicki unos metros por delante. Quise preguntarle por qué de pronto tenía tanta prisa, como si estuviese huyendo de alguien, pero allí no había nadie más. Solo estábamos nosotros. La alcancé justo cuando se agachaba para cruzar por el hueco de la valla.

—¿Para qué me sigues? Vete a casa.

—Solo quería darte las buenas noches.

—Ya. Claro. Buenas noches, River.

Se escabulló como lo haría un ratón de campo.

Todo estaba en silencio cuando entré por la puerta trasera, subí la escalera sin hacer ruido y me puse los cascos antes de dejarme caer en la cama. A unos metros de distancia, la luz de la habitación de Nicki seguía encendida. Me di la vuelta, subí el volumen y me dormí con los Red Hot Chili Peppers sonando una y otra vez.

BAILE DE GRADUACIÓN, MAYO DE 2006

Te diré algo, amiga: no hay suficientes nenúfares en el mundo para tanta rana.

LA BRUJA AGATHA

RIVER, SIETE DE LA TARDE

(Lo que olvidamos)

Llevábamos semanas trazando el plan para no dejar cabos sueltos. Como mi madre era miembro honorífico en la asociación
de padres del instituto, solían encargarle la comida para el baile
de graduación. Bollitos de langosta, emparedados de huevo y
pescado y crujientes de hojaldre serían el resultado de una larga jornada en El Anzuelo Azul, así que tenía vía libre tras decir
que había quedado con Archie y Tom para ver una película.
Por suerte, los padres de Nicki establecían límites ambiguos, así
que ni siquiera hubo que elaborar una excusa para ella, pero sí
mantener el secreto porque, pese a la transigencia de los Aldrich, no consentirían que cometiésemos ninguna ilegalidad.

Llegar a Portland fue sencillo. Ni siquiera salimos del condado de Cumberland. Recorrimos unas cuarenta millas en un
autobús que olía a rancio y que nos dejó a quince minutos a pie
del recinto donde se celebraba el concierto.

—Deja de temblar —le susurré en la fila.

—No tiemblo de miedo. Es que hace frío.

Sonreí porque sabía que mentía y le di un apretón en el
hombro para infundirle ánimo conforme nos acercábamos a
los dos tipos de seguridad que recogían las entradas y revisaban
las identificaciones de los asistentes. El único cabo suelto del
plan era que las nuestras eran falsas y se notaba un poco en uno
de los bordes.

—Recuerda tapar bien la esquina.

—Cierra la boca. Me estás poniendo nerviosa.

—Dudo que puedas estar *más* nerviosa.

Me taladró con la mirada justo cuando uno de los hombres extendió la mano hacia ella. Vi que se detenía en su rostro unos segundos antes de suspirar con indulgencia, ponerle una pulsera reservada a los mayores de veintiún años y dejarla pasar. Yo la seguí mientras contenía una carcajada.

—Te juro que se me ha detenido el corazón...

—Me lo creo. —Como el lugar ya estaba atestado de gente cuando entramos, cogí a Nicki de la mano para evitar que nos separáramos entre la multitud—. No tengo dudas de que la locura de nuestro decimoséptimo cumpleaños va a ser inolvidable.

—Me alegra oírlo y espero que te dure el subidón, porque no pienso terminar robando un banco un día de estos para complacer este fetiche tuyo por lo ilegal...

—No es mi único fetiche —bromeé.

Nicki bajó la vista al suelo y yo tiré de ella antes de dirigirme hacia la barra que había a un lado del recinto. Pedimos dos cervezas y brindamos con las latas.

—Por la libertad —dije.

—Y por la buena suerte.

—Y por los Arctic Monkeys.

El público enloqueció instantes antes de que comenzase el concierto y, después, cuando sonó *A Certain Romance* y *When The Sun Goes Down* el ambiente se llenó de brazos en alto. Fui a por otra cerveza. Canté a pleno pulmón. Me dejé llevar por la euforia. Salté hasta terminar sudando y, cuando miré a Nicki de reojo, los dos estallamos en una carcajada que me calentó el pecho.

—¡Quiero casarme con Alex Turner! —gritó ella.

Me eché a reír y brindé con el chico de pelo alocado que

estaba a mi lado porque, ¿qué más daba?, nos habíamos hecho amigos en cinco minutos y ni siquiera recordaba su nombre. En algún momento, me quité la camiseta y me la colgué tras la nuca.

—Oye, ¿estáis juntos? —preguntó él señalándola.

—¿Nicki y yo? No, qué va. Somos amigos.

Al chico le complació la respuesta y se acercó para hablarme entre los golpes de la batería.

—¿Crees que me daría su número?

—Lo dudo. No tiene móvil. Sus padres...

Pero dejé la frase a medias cuando aparecieron sus colegas y lo rodearon. Le di un trago largo a la cerveza y miré a Nicki, que se había alejado un poco. Tenía los ojos cerrados mientras bailaba al ritmo de *Mardy Bum*. No saltaba como el resto del público. No cantaba. Solo se balanceaba con suavidad como si fuese etérea y flotase entre aquel mar de gente. Pensé que su pelo era del mismo color que el atardecer. Y que, si ella hubiese podido verse a través de mis ojos, habría dicho que parecía una de esas criaturas mágicas que tanto le gustaban. Entendí que aquel chico se hubiese fijado en ella. Y quise decírselo. Quise que supiese que destacaba entre la multitud y no por su pelo anaranjado ni por la colorida camiseta, sino por algo más profundo, más intrínseco, más íntimo.

Incapaz de apartar los ojos de ella, me acerqué y le rocé la cintura. Esa noche me di cuenta de que en ocasiones no importa el qué, sino el con quién. Porque todo lo llenaban la música y ella. Me incliné para susurrarle al oído:

—Brillas.

—¿Qué?

—Que tú...

—¡Oh, me encanta esta canción! —Y se apartó de mí dando saltitos al son del bajo que marcaba el ritmo al que se incorporó la guitarra.

Seguí con la vista clavada en ella y fue entonces cuando me pregunté por qué demonios lo estaba haciendo. Eso. Mirarla tanto. Mirarla así. Sobre todo teniendo a los putos Arctic Monkeys a unos metros de distancia. Y entonces caí en la cuenta de que, en todos aquellos años, nunca había visto bailar a Nicki Aldrich. Intenté hacer memoria... ¿Quizá durante alguna comida navideña? No. ¿En una de las fiestas que Archie celebraba en su casa? Tampoco. Nicki no bailaba. Pero en ese momento, puede que gracias a la combinación de la cerveza y la música, se balanceaba con esa suavidad ingrávida que me mantenía fuera de su órbita. Cada movimiento era hipnótico y desprendía una delicadeza que contrastaba con la voz del cantante que enardecía el ambiente.

Sonrió cuando me vio allí plantado delante de ella.

—¿Qué te pasa? ¿No bailas?

—No tan bien como tú.

—No te burles, River.

Tenía las mejillas encendidas por la mezcla de calor y timidez.

—No lo hago. Va en serio. Enséñame a bailar así, como si dejases de pensar.

—Vale. —Soltó una risita que la música engulló—. Cierra los ojos. Y relaja los brazos. Más. Un poco más. —Apoyó las manos en mis hombros desnudos y me zarandeó con suavidad para romper la rigidez muscular—. Mejor. Ahora escucha la música e imagina que no hay nadie más a tu alrededor...

Tenía que ponerse de puntillas para hablarme al oído. Y cada vez que lo hacía, cada vez que su pelo me rozaba la mandíbula y cada vez que sus labios se acercaban, me preguntaba si la cerveza me había afectado demasiado o si estaría incubando algo.

Porque todo se incuba. Todo. Los virus. El rencor. La amistad. El amor.

A veces, los primeros síntomas aparecen sin avisar. Fiebre, un corazón acelerado, náuseas, un golpe inesperado en el pecho. Y cuando llega la enfermedad ya es demasiado tarde y lo único que puedes hacer es rendirte e intentar paliar el dolor.

Cuando ella bailó siguiendo mis movimientos, cogí su mano y la hice girar. El sonido de su risa borboteaba entre las notas de música. Al empezar a sonar *I Bet You Look Good on the Dance Floor* volvimos a saltar y allí, brincando sin dejar de sonreír, ocurrió el antes y el después; aunque, si me hubiesen pedido años más tarde que situase aquel instante en la historia de nuestras vidas, me hubiese sentido como en clase de Geografía intentando inútilmente adivinar dónde demonios estaban las islas Tuamotu.

Aún eufóricos, salimos del recinto cuando el concierto terminó. La gente se quedó rezagada en las calles colindantes y nosotros nos dirigimos hacia la parada del autobús. Todo hubiese salido según lo previsto si mi estómago no hubiese rugido al oler aquellas deliciosas y grasientas patatas fritas. Pero lo hizo. Rugió.

—¿Hueles eso?

—La parada está a tres calles.

—Espera. Creo que viene de allí. —El establecimiento se llamaba Duckfat Frites Shack y había tiras de luces sobre una pequeña terraza de madera oscura que invitaba a sentarse—. Necesito comer algo. Tenemos tiempo de sobra.

—No sé, River. —Se mordió el labio y, por alguna razón incomprensible, me quedé contemplando el gesto durante un segundo de más. O dos. Quizá dos, sí.

—Será el broche perfecto para nuestra locura de cumpleaños.

Entramos y pedimos la especialidad de la casa: patatas fritas en grasa de pato con huevo de pato por encima. Ocupamos una mesa libre y compartimos la ración.

—Joder. Me casaría con un pato —dije cuando el sabor de la primera patata explotó en mi lengua—. Comería esto durante el resto de mi vida. Desayuno incluido.

—Es fascinante que puedas vivirlo todo tan intensamente.

—¿Y acaso eso es algo malo?

—No, bueno... —dijo dubitativa.

—No muerdo. —Cogí otra patata.

—Lo que quiero decir es que algo puede maravillarte y, en menos de lo que dura un pestañeo, resultarte indiferente. Eres de blancos o negros. Extremo.

—No es verdad. Tengo mis constantes.

—¿Cómo cuáles? —Se apartó el pelo.

—Como tú. —Me encogí de hombros.

—Hablaba de algo más general. —Luego, sin muchas ganas, bañó una patata en la yema anaranjada del huevo—. Ni siquiera lo decía de manera negativa.

—Pues sonaba como si lo fuese...

Nicki se llevó la patata a la boca y fijó la vista en algún punto que estaba a mi espalda. Me pregunté si estaría pensando en lo variable, en las cosas o las personas que mutan sin cesar porque necesitan ser escurridizas como anguilas. Estaba dispuesto a averiguarlo cuando se reclinó en la silla y cambió de tema.

—Ha estado bien el concierto. Muy divertido.

—Aún noto la adrenalina. Tenemos que repetirlo.

Sobre la mesa, mi teléfono móvil vibró.

—¿Linda quiere saber si sigues vivo?

—Eso parece. —Sonreí, aunque tenía un nudo en la garganta mientras volvía a dejar el móvil junto al plato. No contesté, porque me incomodó que Linda no hubiese existido en mi cabeza aquel día. Todo había sido Nicki, Nicki y Nicki. ¿O era así siempre y no me había dado cuenta?—. ¿Vas a comer más patatas? Se están enfriando.

—No. Por cierto, ¿qué hora es?

Lo consulté en el teléfono.

—Mierda, Nicki.

—¿Qué pasa?

—¡Corre! ¡Vamos!

Nos alejamos a la carrera. El viento de la noche acompañaba el sonido contundente de nuestras zancadas. Nicki iba unos metros más atrás. El corazón me dio una sacudida al girar la última esquina y llegar a la parada, y entonces... entonces...

—¡No, no, no, no! —gritó Nicki.

—¡Joder! —El último autobús que salía aquella jornada dejó tras de sí una estela de humo y luego desapareció al torcer a la derecha. Sin nosotros.

Nicki se llevó las manos a la cabeza.

—¿Qué hacemos, River? Nos van a matar. Nos van a...

—Mantén la calma. Siempre hay un plan B.

—¿Cuál? ¿Ir pidiendo plaza en un internado?

—Maddox. —Y marqué su número.

MADDOX, NUEVE DE LA NOCHE

(Lo que olvidamos)

Se le ocurrían unas veinte torturas menos dolorosas que aquella: estar en el interior del polideportivo del instituto, bajo los focos y las guirnaldas horteras hechas por el grupo de arte, rodeado por sus compañeros y ponche sin alcohol. Alzó la muñeca para echarle un vistazo a su reloj. Era la cuarta vez que lo hacía en los últimos minutos, así que la manecilla corta seguía congelada en la misma posición. Desolador.

—¿Quieres un poco más de ponche? —le preguntó Sarah.

—No. —Preferiría ahogarse en ponche que bebérselo.

—Pues, ¿bailamos otra vez?

—Esto... Vale.

En realidad, la única razón por la que Maddox accedió fue porque se sentía como si la cabeza le pesara varias toneladas y fue incapaz de dar con una excusa razonable para evitar aquel baile. Así que lo hizo. Bailó. Otra vez. Sonaba una de esas canciones de moda que nadie recordaría meses después y, como era lenta, Sarah apoyó la cabeza en su hombro. Maddox solo había estado así de tenso cuando tuvo que ir a la consulta del médico para que le confirmasen lo que ya sospechaba sobre su maltrecho tobillo.

—¿Te lo estás pasando bien?

—Sí. —La mentira le supo amarga y se propuso hacer un esfuerzo para no arruinarle la velada a su acompañante.

Debería haber dicho que no cuando ella le preguntó si le apetecía ser su pareja esa noche. Maddox odiaba aquellos eventos. Nunca había logrado sentirse cómodo entre multitudes y, era curioso, pero quizá por lo esquivo que resultaba emanaba esa atracción que despierta la idea de lo inalcanzable.

Cogió aire y se balanceó con torpeza. Tampoco le gustaba bailar.

Al alzar la vista, vio a Dennis unos metros más allá. Le estaba diciendo a Gina algo al oído que la hacía reír tontamente y, por un instante, deseó ser igual que él. Poder camuflarse entre la gente. Poder... sentirse bien sin pensar.

Tenía la mirada perdida cuando la canción finalizó y la delegada del curso subió al escenario y sonrió mientras ajustaba la altura del micrófono.

—Buenas noches. Me alegra ver que os estáis divirtiendo, así que prometo que la pausa será corta porque no quiero robaros demasiado tiempo. En primer lugar, quería dar las gracias a toda la promoción. Ha sido un honor compartir con vosotros tantos años y haber podido crecer en un entorno tan familiar y confortable como Cape Town. Creo que hablo en nombre de todos al decir que hemos vivido una etapa irrepetible y...

Maddox desconectó.

Se fijó otra vez en las guirnaldas que oscilaban sobre su cabeza y, luego, al bajar la vista al suelo, toda su atención se concentró en los coloridos zapatos de fiesta que lo rodeaban. Los suyos eran negros, tan clásicos como aburridos.

—Y sin más dilación me complace anunciar al rey y la reina de este año por votación popular. —Abrió el sobre que llevaba en la mano y su sonrisa se ensanchó—: ¡Maddox Jackson y Gina Gibson! ¡Menuda pareja! ¡Enhorabuena!

Él solo volvió en sí cuando Sarah le dio un codazo.

—Mierda —masculló por lo bajo.

—Ven, te arreglaré la camisa...

—Da igual. Déjalo —gruñó.

Maddox se dirigió al escenario como si arriba lo esperase la horca. Sentía algo frío en su interior. Y espeso. Muy espeso. Allí en lo alto, junto a una emocionada Gina, fijó la vista en el público e intentó mantener la calma. Se detuvo en Dennis como punto de referencia. Su amigo alzó el pulgar hacia arriba, pero hubo algo burlón en sus ojos porque, como era de esperar, sabía lo que estaba sintiendo en aquellos momentos. Irrealidad. Sí, esa era la palabra. Maddox pensaba a menudo que el mundo era el escenario de una obra de teatro donde ocurrían cosas, cosas que a él le resultaban lejanas o estúpidas, y nunca dejaba de sentirse como un actor en pleno acto, preparado para pronunciar despacito la siguiente frase del guion que le había tocado. Era agotador.

—¿Queréis decir unas palabras?

—Por supuesto. —Los dientes blanquísimos de Gina relucieron cuando sonrió. Luego se inclinó hacia el micrófono—. ¡Estoy tan conmovida! No sé cómo agradeceros este regalo inesperado que recordaré durante el resto de mi vida... —Y entonces empezó a nombrar a la mitad de la promoción entre lágrimas hasta que la delegada se acercó y consiguió arrebatarle el micrófono con poca sutileza.

—Maddox, te toca.

—Yo... No. Creo que no.

—Pues... ¡que siga la fiesta!

Maddox se quitó la ridícula corona mientras bajaba los escalones del escenario. Miró su reloj, probablemente el gesto más repetido de la noche, y comprobó que aún quedaba un buen rato para que terminase el baile. Así que se dijo que no pasaría nada si se ausentaba para ir al servicio. Es más, decidió que iría a los del instituto en lugar de usar el del polideportivo por dos razones: estarían más limpios y se situaban más lejos, lo que se traducía en librarse de aquel suplicio durante unos quince minutos.

Respiró hondo cuando salió y las puertas se cerraron a su espalda.

El suelo de linóleo chirrió bajo la suela de esos zapatos que, con un poco de suerte, no volvería a usar. Y, después, cuando todavía no había girado a la derecha al final del pasillo, oyó unos pasos firmes tras él.

—Oye, rey del baile, ¿adónde vas?

—¿Acaso te importa?

—Sé que no te gusta toda esta mierda de ser el centro de atención, pero no lo pagues conmigo. —Dennis tenía las manos metidas en los bolsillos de su traje oscuro cuando lo alcanzó y, en silencio, caminó junto a él hasta llegar a los servicios.

Maddox se inclinó sobre el lavabo para refrescarse la cara con agua fría. Al alzar la cabeza tropezó con la mirada divertida de Dennis en el espejo. Estaba a su espalda, con el hombro apoyado en la pared.

—¿Por qué no vuelves al baile?

—Es muy aburrido sin ti.

—Parecías entretenido con Gina.

—Uno hace lo que puede.

—Pero no lo que quiere.

Dennis ladeó la cabeza y frunció el ceño.

—¿El ponche llevaba alcohol? Te estás poniendo trascendental...

—Dennis.

—¿Sí?

—Estoy muy cansado.

—Pues aún es temprano...

—Cierra la boca. —Y la miró. Miró esa boca que había mirado otros cientos de veces desde todos los ángulos posibles. Entonces sintió algo intenso abriéndose paso en su pecho, una mezcla de frustración y rabia y deseo, todo amalgamado.

—Mira, no sé qué es lo que...

Pero no le dejó decir nada más, porque Maddox dio un paso hacia él y no pensó en las consecuencias antes de inclinarse y besarlo. Fue un segundo, solo uno, pero fue, aunque se apartó tan rápido como se había acercado.

—Lo siento, joder. Lo siento. No debería... —Cogió aire y negó con la cabeza, nervioso—. No pretendía hacer eso...

Dennis parecía una estatua griega de piedra ahí parado, atravesándolo con la mirada como si Maddox estuviese hecho de humo. La rigidez de sus hombros podría divisarse desde el espacio. El único indicativo de que seguía con vida era su respiración agitada. Daba la impresión de que nunca volvería a moverse. Llevaban siendo amigos desde que los sentaron en el mismo pupitre a los seis años, pero por primera vez Maddox pensó que no lo conocía, porque él había creído... él tenía una absurda intuición...

—Mierda, Dennis. —Intentó tragar saliva para deshacer el nudo que le cerraba la garganta—. ¿Puedes olvidarlo? Ha sido un gran error. Volvamos a la fiesta.

Los ojos de Dennis eran dos glaciares cuando dio un paso hacia él con decisión y lo sujetó por el cuello de la camisa. Había enfado en su expresión y por un segundo, solo uno, Maddox dudó sobre sus intenciones. Pero entonces aquella boca tensa presionó la suya y sintió que el suelo temblaba bajo sus pies, porque fue un beso apremiante que lo dejó aturdido. Necesitó un par de segundos para recuperar el control y hundir los dedos en el cabello rubio de Dennis mientras su lengua rozaba la suya. Y pensó... que no quería que ese instante terminase jamás, porque tenía el presentimiento de que cuando ocurriese sería como hacer estallar un globo con un alfiler. Así que memorizó aquel sabor que llevaba años imaginando. Y la humedad de la boca de Dennis. Y la suavidad de sus labios, que se habían relajado conforme el beso se alargaba.

Un escalofrío lo atravesó cuando Dennis se apretó contra él. La frialdad de los azulejos a su espalda contrastaba con la calidez y la familiaridad de su cuerpo. Cerró los ojos cuando la boca de Dennis lo abandonó y se deslizó por su cuello. Notó los labios erizándole la piel mientras sujetaba su camisa en un puño para mantenerse en pie.

Y entonces algo vibró en el bolsillo de sus pantalones.

El hechizo se rompió. Dennis se separó bruscamente, con los labios enrojecidos y la respiración agitada. Había miedo en su mirada. No, miedo no. Peor. Confusión. Culpa. Rechazo.

—Deberías cogerlo.

Maddox apartó la vista de él y buscó el teléfono. Era River. Conociendo los antecedentes de su hermano, no podía significar nada bueno que lo llamase a esas horas. Todavía con el corazón acelerado, descolgó y se lo llevó a la oreja.

—¿Maddox? ¿Estás ahí? Tengo un problema. Tenemos. Resulta que Nicki y yo lo habíamos planeado todo al milímetro, pero hemos perdido el último autobús...

—¿Dónde estáis? —gruñó irritado.

—En Portland. ¿Puedes acercarte?

—¿Portland? Joder, River. Espera.

Tragó saliva cuando miró a Dennis y no hizo falta que le preguntase si podían ir a recogerlos en su coche, porque lo entendió al instante y asintió. Le pidió la dirección a River antes de colgar.

Después, siguió a Dennis hasta el aparcamiento.

Caminaron sin hablar, sin mirarse, casi sin respirar, aunque el ritmo de sus pulsaciones delataba la creciente inquietud. Cuando el ronroneo del motor del coche quebró el silencio que se había instalado entre ellos, Maddox pensó que dar un paso atrás le parecía casi tan osado como hacerlo hacia delante. Pero no imaginó que permanecer en medio de ninguna parte sería, sin duda, el principio de la erosión.

NICKI, DIEZ Y MEDIA DE LA NOCHE

(Lo que olvidamos)

La tensión parecía haberse apoderado del vehículo mientras los limpiaparabrisas se movían de un lado a otro. Crash. Crash. Y luego el repiqueteo de la lluvia, tic, tic, tic, que empezó a caer justo cuando llegaron a recogernos y Maddox pronunció aquel seco: «Subid al coche. Ya». No estaba contento, no. Miraba por la ventanilla con aire ausente y el ceño fruncido. Era evidente que les habíamos fastidiado la noche, aunque River no mostraba señales de darse cuenta de ello. Deseé darle un codazo en las costillas cuando relató por tercera vez consecutiva lo bien que lo habíamos pasado en el concierto.

«Brillas».

Maldito River.

Eso fue lo que dijo. «Brillas».

Había tenido que fingir que no lo oía, porque de lo contrario le habría respondido: «¿Y por qué, si brillo, tú nunca me ves como me gustaría que lo hicieras?». Y no era una opción, claro. No cuando me había pasado la mitad del concierto evitando fijarme en el movimiento de la nuez de su garganta, y en su pecho desnudo, y en su estúpida sonrisa lánguida, y en su manera de bailar como si nada en el mundo pudiese ruborizarlo, y en su aliento cálido en mi oreja cada vez que me susurraba algo, y en su dichosa seguridad al cogerme de la mano para hacerme girar y girar entre la multitud.

Casi dos horas más tarde, allí en el coche, tuve la sensación de que aquel día había sido como cuando pasas rápido cerca de un espejo y crees ver algo reflejado (un borrón, una emoción, un objeto pequeño), pero al detenerte para mirar más de cerca compruebas que no, que no había nada y solo era cosa del efecto de la luz.

En los asientos traseros había espacio de sobra, pero River estaba muy cerca, con su pierna rozando la mía cada vez que se movía (que era todo el tiempo; si no fuese inviable, habría pensado que tenía cafeína en las venas).

—¿Puedes subir el volumen? Me encanta esta canción.

—Lo que tendrías que hacer es empezar a pensar en lo que les dirás a los papás cuando nos vean bajar del coche juntos —masculló Maddox.

—Que habéis venido a recogerme a casa de Archie.

—Deberías usar todo ese talento para mentir en hacerte vendedor de seguros o alguna mierda por el estilo —bromeó Dennis, que había estado muy callado.

River repiqueteó con la pierna al ritmo de la música. La lluvia empezó a caer con más intensidad. Cuando la canción terminó, él posó una mano en cada uno de los asientos delanteros y se asomó por el hueco que había entre ambos. Miró a Maddox.

—¿Qué es eso que llevas ahí? ¿Un chupetón?

—¿Qué? —Se pasó una mano por el cuello.

—Vaya, vaya. Alguien se lo ha pasado bien...

—Cállate, River —siseó Maddox malhumorado.

—¿Ya se te ha subido a la cabeza lo de ser el rey del baile? Controla ese ego, que no es para tanto —protestó River y, luego, se giró hacia Dennis, que mantenía la espalda recta y las manos aferradas al volante—. Cuéntame, ¿han tirado confeti cuando ha subido al escenario? Dime que has hecho fotos, porque necesito ver qué cara ha puesto justo en ese momento. Seguro que no tiene precio. Y, por cierto, ¿he interrumpido el magreo con Sarah? Porque está claro que mi hermano sigue... tenso.

Maddox gruñó por lo bajo y subió el volumen de la radio.

River puso los ojos en blanco mientras volvía a reclinarse en el asiento. Cerca. Otra vez muy cerca. Me mantuve tan callada como Dennis y Maddox, con la vista clavada en la ventanilla al tiempo que recorríamos la carretera que serpenteaba junto a la costa. A lo lejos, creí distinguir la luz de un faro e intenté concentrarme en ese punto para ignorar la presencia de River y ese halo magnético que lo rodeaba, y crecía y crecía...

«Brillas». Maldito fuese. «Brillas, brillas».

Qué horror. Con lo mucho que me gustaba esa palabra e iba a tener que aniquilarla de mi mente antes de que su efecto doliese demasiado. Porque, a fin de cuentas, casi todas las cosas que me gustaban brillaban: el agua del mar al atardecer, la purpurina, las auroras boreales, los ojos de River, las piedras preciosas y las estrellas.

Y luego se había empeñado en ir a por esas patatas. Claro, cómo no. Así que había tenido que mirarlo bajo las luces que pendían de la terraza mientras River masticaba y sonreía, sonreía y masticaba. Pensé que, pese al evidente encanto de Portland con su histórico Puerto Viejo, sus calles adoquinadas y su arquitectura victoriana, él parecía destacar en la ciudad como si se le quedase pequeña. Lo imaginé en París. O en Praga. O en Dublín. Tenía sentido que conquistase alguno de esos lugares lejanos.

—Ya hemos llegado. —Dennis no apagó el motor del coche cuando frenó en la calle donde vivíamos—. Nos vemos... Nos vemos pronto.

—Yo hablo cuando mamá pregunte —dijo River.

La boca de Maddox se mantuvo cerrada, así que no hubo ni respuesta ni despedida. Les dije adiós cuando lo vi encajar la llave en la cerradura de la puerta y me alejé hasta llegar a la mía.

Mis padres estaban en el salón jugando al ajedrez y bebiendo vino.

—Oh, Nicki, ya estás aquí... —Mamá me miró distraída.

—Sí. —Le di un beso en la mejilla y luego otro a papá.

—Bien, bien, esa es mi chica —canturreó él—. Si tienes hambre, hay restos de lasaña en la cocina. Creo que también ha sobrado algún pastelito de manzana.

—Gracias, pero voy a acostarme ya.

—Descansa, cariño —dijo mamá.

Subí la escalera con la culpa a rastras por no haberles contado dónde había estado aquella noche, aunque ni siquiera me lo habían preguntado.

River me llamó antes de que pudiese ponerme el pijama.

—¿Bajas a la casa del árbol?

—No. Estoy cansada.

—De acuerdo... —Estaba a punto de cerrar la ventana cuando añadió—: Nicki, lo he pasado genial. Y he estado pensando... que el año que viene será el último cumpleaños antes de la universidad. Creo que deberías elegir tú la locura de los dieciocho.

—Mmm. Me parece bien.

—Buenas noches, Nicki.

En la soledad de mi habitación, me agaché delante de la mesilla de noche y abrí el primer cajón. Metí la mano hasta tocar el fondo y dar con el cuaderno granate. Luego volví a colocarlo todo en su lugar y subí a la cama. Hacía meses que el diario acumulaba polvo en su escondite. Hojeé algunas páginas. Casi todo lo que había escrito en él sonaba tan ridículo, tan pueril, tan lamentable...

Tomé una decisión y cogí un bolígrafo.

26 de mayo de 2006

Próximo propósito: olvidarme de River Jackson.

LA VIDA ENTRE DOS VERANOS

¿Sabes lo que más me gusta del verano? Que es como vivir dentro de un hechizo: todo sabe mejor, huele mejor y sienta mejor. Es una lástima que sea tan efímero como el aroma de los jazmines. Así que respiremos hondo: un, dos, tres, ¡ahora!

LA BRUJA AGATHA

RIVER, 23 DE JULIO DE 2006

(Lo que olvidamos)

El barco se balanceaba con suavidad entre las boyas de colores mientras surcábamos la costa atlántica. En Maine hay dos tipos de langosta: las *Brinier Hard Shell* se pescan durante todo el año; sin embargo, a las preciadas *New Shell* se las considera delicias de temporada y solo están disponibles de junio a noviembre. En cualquier caso, las dos me parecían igual de desagradables con sus cinco pares de patas y las inútiles pinzas. Pero allí estaba. Casi dos millas mar adentro, alzando una trampa de las frías profundidades y, después, midiendo a uno de esos bichos para ver si era comestible o aún no había crecido lo suficiente y era su día de suerte.

—Hazlo bien, River. Cógela con la otra mano —ordenó mi padre con los ojos entrecerrados por el viento—. Ya lo sabes, mínimo ocho centímetros.

Medía más, pero decidí lanzarla al agua.

«Sé lo que es anhelar la libertad. Huye».

—Qué raro. Hubiese dicho que era buena.

—Y te hubieses equivocado —le contesté.

Mi padre frunció el ceño con desconfianza y se alejó hacia el timón.

Maddox, que estaba sentado a mi lado, me dio un codazo. Vestíamos el mismo chubasquero, las mismas botas altas y, aunque él era más fornido, hubiésemos podido hacernos pasar por gemelos si mi hermano no tuviese siempre esa expresión adusta con la que parecía estar oliendo mierda fresca.

—Deja de hacer el tonto, River.

—Tonto es el que hace tonterías —imité a Forrest Gump.

—Es increíble que tengas diecisiete años —masculló.

—No, qué va. Lo increíble es que tú tengas ochenta y cuatro y estés dentro de un cuerpo de dieciocho. Deberían estudiarte en algún laboratorio científico.

—Eres idiota —dijo Maddox por lo bajo.

—Oye, no es culpa mía que te hayas peleado con Dennis. Estás insoportable desde que el principito se ha buscado otros amigos. ¿Por qué no descargas tu mal humor con él? Todos te lo agradeceríamos.

—Cierra esa bocaza que tienes o iré yo a cerrart...

—¡Chicos! ¿Qué está pasando? —Papá se acercó y nos miró ceñudo—. A este barco se viene a trabajar y no quiero problemas, ¿entendido? El que sea incapaz de comportarse como es debido puede quedarse en el restaurante o buscarse otro empleo.

Mis labios se sellaron de inmediato. No porque me arrepintiese de mis palabras, que no lo hacía, sino porque volver a El Anzuelo Azul no era una opción. Lo había intentado semanas atrás, en cuanto el curso terminó. Pero, sorpresa, si existe algo peor que pescar langostas es verlas cocerse en una cazuela. Nauseabundo. Además, según mi madre y la tía Gerta, ser camarero se me daba tan mal como guardar silencio en los momentos adecuados (funerales, misas, ese tipo de cosas). Bastaron tres días para comprender que no era tan fácil no lanzarles café hirviendo a los clientes o recordar el orden de las comandas. Así que, muy amablemente, mi propia madre me invitó a irme.

Lo que me llevó de vuelta al dichoso barco.

En mi defensa diré que compartir espacio con Maddox no estaba siendo fácil.

Como todos los hermanos, discutíamos a veces, aunque sabíamos cuándo echar el freno. Sin embargo, tras graduarse, Maddox había cambiado. Siempre había sido reservado y parco en palabras, pero esos rasgos se habían cronificado desde el distanciamiento con Dennis. Su amigo ya no aparecía por casa para jugar a la videoconsola o proponerle algún plan. Tampoco se paraba a charlar conmigo cuando nos cruzábamos por el pueblo. Y esa actitud soberbia de Dennis me repateaba, porque, total, tampoco era para tanto que le hubiesen concedido esa beca deportiva.

Nos mantuvimos en silencio mientras revisábamos algunas trampas más antes de volver al puerto y amarrar la embarcación. Papá bajó por la rampa hasta el muelle y se fue directo al restaurante para dejar allí las capturas de la jornada. Maddox y yo nos quedamos a solas limpiando el barco, recogiendo los sedales y guardando los anzuelos.

Me acerqué a él con un trapo en la mano.

—¿Vas a ir ahora a casa?

—Sí —contestó sin mirarme.

—¿Tienes hambre? He cogido manzanas esta mañana. Y un par de chocolatinas; no pensaba compartirlas, pero creo que necesitas algo dulce con urgencia.

—River, ¿puedes dejar de hablar? Es lo único que te pido.

Maddox volvió a concentrarse en sus tareas. Podría haber sido complaciente y dejarlo estar, sí. Eso era lo que mejor se me daba: no darles demasiada importancia a las cosas y relativizar, porque, en esencia, evitaba complicarme la vida. Pero no pude hacerlo. Porque era mi hermano y porque, narices, no soportaba el rastro melancólico que iba dejando a su paso, como si fuese un cantante de música *grunge* de los noventa.

—Si quieres contarme por qué has discutido con Dennis... —comencé con torpeza—. Puedo escuchar. O al menos intentarlo.

—River...

—Y si todo esto tiene que ver con que tú vayas a quedarte en Cape Town y él se marche, entonces no vale la pena ni que perdamos el tiempo hablando de él. Aunque podría ayudarte a vengarte. Tengo algunas ideas ingeniosas.

—No lo dudo. —Maddox sonrió.

Hacía mucho que no lo hacía. Lo de sonreír. Después, lanzó un suspiro y dejó a sus pies la red que había estado desenredando.

—Te agradezco... la intención.

—Pero no vas a contarme qué ha pasado. —Me senté a su lado e ignoré a los demás pescadores que merodeaban por el muelle—. ¿Habéis discutido por una chica? ¿Se ha metido en una secta e intentas que abra los ojos? ¿Tiene una enfermedad contagiosa?

—River.

—Deja de repetir mi nombre. Ya sé cómo me llamo.

Maddox sacudió la cabeza y me miró en silencio. Las gaviotas nos sobrevolaban en busca de restos de pescado y lanzaban graznidos al aire. Vi la duda bailando en aquellos ojos que tanto se parecían a los míos.

—No puedo decírtelo. No es por mí. Es por él. No estoy seguro... —Sacudió la cabeza, y luego abrió y cerró las manos—. No creo que Dennis quiera que lo cuente...

Los engranajes de mi cerebro se pusieron en marcha.

—Mierda. Creo... Creo que lo he pillado.

—River, no necesito que te metas en esto.

—No pensaba hacerlo. Solo iba a decirte que deberías arreglarlo antes de que se marche a la universidad. Es tu mejor amigo. Habéis crecido juntos. —Maddox asintió y continué—: Y lo digo solo por ti, no por él. Porque te conozco y sé que te arrepentirás.

Maddox respiró hondo y su mirada se perdió en el mar.

—Es posible que tengas razón. Gracias, River.

Me incorporé y seguí poniendo a punto la embarcación para la próxima salida mientras él se quedaba un rato más allí sentado con aire ausente. No me costó ponerme en su piel, porque sabía lo que era dejar atrás la niñez al lado de otra persona y seguir conociéndola conforme todo cambiaba; el mundo, nosotros, la vida.

Entendía que algunos vínculos eran eternos porque se habían forjado en la raíz. Y las raíces no pueden romperse solas, ¿verdad? A menos que alguien tire de ellas con todas sus fuerzas hasta lograr sacarlas de cuajo. Entonces sí. Entonces todo muere.

NICKI, VERANO DE 2015

(Lo que rompimos)

River la miró fijamente a los ojos.
—Ya no sé quién eres, Nicki.
—Yo tampoco sé quién eres tú.

ELLAS, 3 DE AGOSTO DE 2006

(Lo que olvidamos)

—Ten cuidado, hay que tamizar la harina. —Vivien se acercó para darle indicaciones a Nicki—. Sí, así, despacio. Con calma. En la cocina no hay que tener prisa.

—A menos que dirijas un restaurante y te estén esperando quince comensales. Entonces es conveniente ser ágil —bromeó Isabelle con una sonrisa.

—Yo me encargo de la ralladura de limón —dijo Heaven.

—Y yo de beber vino. Qué maravilla. —La abuela Mila sonrió, le dio un sorbito a su copa y cerró los ojos mientras degustaba el sabor afrutado.

Había sido cosa del azar que aquellas cinco mujeres terminasen reunidas alrededor de la mesa de la cocina. Vivien y Nicki estaban preparando la masa del pastel e Isabelle, cuchillo en mano, se encargaba de pelar las manzanas.

—¿Echo ya las ralladuras? —Heaven se acercó.

—No, al final —dijo Vivien—. Pero si quieres puedes ir precalentando el horno.

—Oh, sí, qué tarea más fascinante.

—Heaven, no nos arruines la tarde. —La abuela se levantó para rellenar las copas de Vivien e Isabelle—. Hazle caso a tu madre y sonríe, que la vida son dos días.

—Eso le decía el otro día a Sebastian... —Isabelle dejó caer la piel de una manzana con forma de espiral—. Se piensa demasiado las cosas. Le propuse irnos juntos un fin de semana; solo él y yo, como en los viejos tiempos. ¿Y qué respondió? «Vale, cariño, lo meditaremos más a fondo cuando tengamos un rato».

—Hombres. —Mila puso los ojos en blanco.

—No quiero meditarlo, quiero hacerlo y punto.

—Es una buena idea. —Vivien cogió el cuenco con las manzanas cortadas y se las llevó a la otra encimera—. A veces se agradece romper la rutina.

—Lo mejor para romper la rutina es divorciarse.

—Mamá... —Vivien se echó a reír.

—Lo digo en serio. Sabes que adoro a Jim. Pero, según mi experiencia, nada como estrenar marido para que vuelva... el calor. Ya me entendéis.

—¡Abuela! —protestó Nicki.

—Uy, cuidado, que Nicki se sonroja si alguien habla de cualquier cosa relacionada con los genitales. De cintura para abajo todo es tabú. —Heaven soltó una risita maliciosa—. Me apuesto lo que sea a que ni siquiera ha besado a nadie todavía.

—¡No es verdad! —Sí era verdad.

—Ah, sí, ¿a quién? No vale un ser imaginario, así que nada de hechiceros o protagonistas de novelas, gracias.

—Heaven, deja tranquila a tu hermana.

—¿Y tú por qué vas besando a gente por ahí? —contraatacó Nicki tras ignorar los intentos de su madre por restaurar la paz—. Tienes catorce años.

—Por eso mismo. Pruebo cosas. Experimento.

—En mis tiempos, no estaba bien visto eso de «catar». —Mila balanceó su copa con aire pensativo—. Un gran error, claro. La sorpresa llegaba cuando ya te habías casado. Recuerdo el caso de mi amiga Gelda. Estaba enamoradísima, sí. Él era un alto funcionario: guapo, elegante e inteligente. Ella decía ser muy «pudorosa», que, por cierto, es una palabra terrible, así que solo se dieron unos besitos hasta la noche de bodas...

—¿Y qué pasó? —Isabelle se había sentado a la mesa tras terminar de cortar las manzanas y miraba a Mila con atención mientras bebía sorbitos de vino.

—Los pies.

—¿Qué?

—Él estaba loco por los pies. No conseguía terminar si ella no usaba las extremidades inferiores para darle al manubrio. Una desgracia.

—Venga ya, mamá. No puede ser cierto.

—Nunca bromearía con un asunto tan serio, Vivien.

—No creo que los jóvenes de hoy en día tengan ese problema. Hablo por mis hijos, que son dos hormonas andantes. Parece que no piensen en nada más. Al menos River, porque, siendo sincera, es imposible saber qué tiene el otro en la cabeza.

—Los hombres han sido así desde que el mundo es mundo, Isabelle. Sé de lo que hablo. Pero no es cosa de la edad, mi tercer marido siempre tenía la *baguette* preparada.

—¿La *baguette*? —preguntó Nicki.

—La polla. —Heaven se echó a reír.

—¿Por qué eres tan vulgar?

—¿Y tú tan mojigata?

—Niñas, parad. Las dos sois perfectas y diferentes, como debe ser. ¿Qué gracia tendría que pensaseis igual? Vuestro padre y yo no os hemos educado así.

—A River le iría genial un poco de esa mojigatería —dijo Isabelle, y luego soltó una risita tonta que sin duda propició el vino—. Estoy harta de ver su mesilla de noche llena de pañuelos cuando entro en la habitación cada mañana.

—¡Oh, joder! —Nicki se tapó los oídos.

—¿Acaso pensabas que no se masturbaba? —Heaven se

echó a reír antes de apretar los labios para ponerse seria—. Voy a contarte un secreto, pero promete que no saldrá de esta cocina. ¿Lista? Allá va: a los niños no los trae la cigüeña.

Vivien metió el pastel en el horno y se giró hacia sus hijas.

—¡Heaven, basta! Tu hermana sabe todo lo necesario sobre el sexo, ¿verdad que sí, cielo? Hemos tenido muchas charlas al respecto. También sobre la masturbación y sus beneficios.

—Admito que de esa me libré. —Isabelle sonrió mientras Mila rellenaba su copa de vino—. Se adelantaron. Sebastian estuvo en lo cierto: cuando fui a hablarles del asunto ya llevaban años dándole al tema. Cada vez crecen más rápido.

Un olor dulzón flotaba en la cocina; mezcla del vino, las risas, la masa que crecía gracias a la levadura y las manzanas que se tostaban lentamente.

Vivien se sentó en la silla que quedaba libre alrededor de la mesa, apuró el contenido de su copa y, después, lanzó un sonoro suspiro.

—Quizá sea el momento de admitir que Jim y yo atravesamos el año pasado una época de sequía. No había manera... No estábamos en sintonía...

—Mamá, por favor... —Nicki cerró los ojos.

—Los juguetes nos fueron genial —añadió.

—¡Te lo dije! —Mila sonrió triunfal.

—Creo que voy a irme —dijo Nicki.

—Ni se te ocurra mover el culo de la silla. Esto es una reunión de mujeres. Escucha y aprende. —Mila sostuvo la barbilla de su nieta para mirarla a los ojos—. Al sexo no hay que tenerle miedo, tan solo disfrutarlo con la debida precaución. Pero es tuyo, Nicki. El sexo es tuyo. Que nadie te arrebate eso, ¿me oyes bien?

Heaven se dio unos golpecitos en la sien y dijo:

—Si a alguien le interesa mi opinión, creo que Nicki necesita deshacerse de las primeras veces para quitarse toda esa presión de encima. No entiendo por qué se le da tanta importancia, ¿acaso tienen más valor que las de en medio o la última?

—Oh, mi primera vez... —Mila sonrió—. Fue dulce. Pero no me corrí. Qué diantres, tampoco lo hice hasta que Ronnie la palmó en Vietnam y conocí a otro hombre.

—Menudo partido. —Isabelle chasqueó la lengua.

—El pobre no sabía lo que era el clítoris.

—¿Y tu segundo marido?

—Lo tenía localizado, sí.

—Algo es algo. —Vivien miró su copa de vino vacía—. Mi primera vez fue con el hijo de aquella mujer que fumaba maría para desayunar, ¿cómo se llamaba? Marco, sí. Era miembro de la comuna en la que vivimos unos años.

—Qué tiempos aquellos. Era un buen chico.

—Aunque aburrido —puntualizó Vivien.

—Como una ostra. —Mila se echó a reír.

—Mi primera vez ya la sabéis. Odio ser tan predecible. —Isabelle lanzó un suspiro y apoyó el codo en la mesa—. Sebastian fue muy considerado. Siempre lo ha sido, debo admitir. Aunque no es fácil mantener la chispa cuando llevamos juntos desde los dieciséis.

—Es bonito —susurró Nicki a media voz.

Mila extendió los brazos como una flor que se abre.

—Todo es bonito: los genitales, el amor, el sexo, la vida...

Justo en ese instante se oyó un ruido procedente de la puerta. Allí, con las cejas en alto, estaban Sebastian y Jim, todavía dejando a su paso el rastro a salitre que se adhería a la piel y la ropa en las inmediaciones del puerto.

—¿Estáis borrachas? —preguntó Sebastian.

Mila alzó su copa hacia él y soltó una risita.

—No lo suficiente, querido. No lo suficiente.

MADDOX, 19 DE AGOSTO DE 2006

(Lo que olvidamos)

Desde arriba, allá en el acantilado, las hogueras que había en la playa parecían farolillos encendidos. Maddox llevaba un buen rato contemplando a sus compañeros durante la tradicional fiesta de despedida. Le vino a la memoria aquella noche que había pasado allí junto a Nicki años atrás, cuando ella miraba a su hermano pequeño como ahora River parecía hacerlo a la inversa, aunque ninguno de los dos fuese realmente consciente de ese cambio. Porque era sutil, sí. Pero casi todas las cosas importantes de la vida lo son. Las palabras grandilocuentes, las miradas grandilocuentes y los gestos grandilocuentes solían anestesiar a Maddox. En cambio, era capaz de percibir qué miembro de su familia había llegado a casa al oír el ritmo de las pisadas, o de notar la dilatación de una pupila, o de distinguir a Dennis entre las personas que rodeaban las hogueras.

Ya era tarde cuando encontró el coraje para recorrer el sendero escarpado que conducía hasta la playa. Sintió su andar ralentizarse cuando pisó la arena, pequeñas chispas brillaban antes de verse engullidas por la oscuridad de la noche, y allí, apenas a unos metros de distancia, estaba él. La forma del cráneo y la curvatura de los hombros le resultaron insoportablemente familiares. ¿Cómo era posible que llevasen casi dos meses comportándose como dos desconocidos? Si lo sabía todo de él. Todo. La talla de zapatillas. Que si cenaba algo picante tenía pesadillas. Que su jugador preferido era Joe Montana y que de pequeño coleccionaba cromos en un álbum, así que Maddox se gastó la paga de varias semanas en sobres hasta que logró encontrar el cromo dorado de su ídolo.

Dennis estaba hablando con Gina y no se percató de su presencia hasta que lo tuvo justo delante. Hubo un leve gesto de sorpresa en su expresión, pero se recompuso pronto.

—Maddox.

—Dennis...

—Me alegra verte por aquí —dijo, y parecía sincero—. ¿Quieres beber algo? Tenemos de todo. Ron, vodka, cerveza, creo que también ginebra...

—Una cerveza estará bien.

Sacó un par de una bolsa y le tendió una. Maddox le dio un trago largo a la suya en busca de valor. Las llamas se reflejaban en el cabello de Dennis.

—¿Podemos... hablar? —inquirió dubitativo.

—Claro. —Dennis se giró hacia el grupo—. Ahora volvemos.

Se alejaron de la multitud hasta que las voces y las risas se convirtieron en un sonido enlatado. Dennis fue el primero en sentarse delante del mar. Él lo imitó. Permanecieron en silencio mientras bebían cerveza y las olas lamían la orilla de la playa.

—Mañana te marchas —dijo Maddox—. Llegó el día.

—Eso parece. —Dennis asintió con incomodidad.

—No quería... No quería que te fueses sin que nos despidiéramos.

Dennis lo miró en la oscuridad.

—Yo tampoco, Maddox.

—Bien.

—Bien.

Otro silencio largo.

Tardó unos minutos en dar con las palabras perfectas para

empezar la siguiente frase, porque a Maddox su madre siempre le había explicado que para curar un rasguño primero hay que desinfectarlo. Nadie pone una tirita sobre una herida sucia.

—Lo que pasó...

—No pasó nada.

Casi pudo notar algo vivo aleteando en su estómago, como si uno de esos feos peces que viven en las profundidades del mar se le hubiese colado dentro.

—Está bien. Lo entiendo.

Pero no era cierto. No entendía que aquel beso hubiese sido «nada», tampoco la manera en la que Dennis lo sostuvo contra él como si no quisiese soltarlo, ni que hubiese dejado una marca rojiza en su cuello, la misma que al día siguiente él tocó con los dedos mientras se miraba al espejo.

—Siento haberme alejado —dijo Dennis—. Necesitaba pensar.

—Lo sé. De todas formas, he estado ocupado...

—¿Muchas horas en el barco?

—Depende de para quién. Pero sí, he estado saliendo con mi padre y con mi hermano, y luego me iba a solas otro rato. Ya sabes, para hacerme a la idea.

—Así que vas a quedarte. Está decidido.

Maddox asintió y se llevó la lata a los labios.

Había meditado mucho sobre aquel asunto, más por las inquietudes de su familia que por las propias. Sus padres le habían asegurado que lo ayudarían con los gastos si decidía estudiar y se vio obligado a asistir a una sesión improvisada con Vivien Aldrich, que parecía empeñada en plantar en su cabeza dudas sobre el futuro y la toma de decisiones. Sin embargo, él lo tenía claro. Si su tobillo no lo hubiese traicionado, habría seguido los pasos de Dennis: beca deportiva, universidad, una vida diferente. Pero, cuando ese plan dejó de ser viable, supo que su lugar estaba allí, en aquel mar que conocía y en aquellas calles donde había crecido. Aunque nadie lo entendiese, quería seguir los pasos de su padre y terminar cada jornada de trabajo con los músculos entumecidos y la mente en blanco, porque si algo regalaba salir a pescar era eso: el vacío y la soledad.

—¿Cuándo volverás?

—Imagino que en Navidad.

—Ya. —Bebió un trago más.

—Seguiremos en contacto.

—Claro.

—Maddox.

—Dime.

Dennis cogió aire con fuerza.

—Somos amigos, ¿verdad?

—Sí. Sabes que sí.

—Vale. Pues entonces olvidemos los últimos meses. No quiero que volvamos a recordarlos. —Tragó saliva—. Te echaba de menos. Ya sabes. Estar. Hablar.

—Yo también.

Luego, dejaron que el rugido del mar llenase el silencio y se terminaron las cervezas allí sentados, el uno junto al otro pero separados por un muro invisible.

NICKI, 4 DE NOVIEMBRE DE 2006

(Lo que olvidamos)

Abrí la mochila, cogí la revista que acababa de comprar y me tumbé en el sofá. No me molesté en quitarme los zapatos ni el gorro de lana. Estaba sola en casa. Pasé de largo la entrevista de Evanescence y doblé la esquina de la página donde había un reportaje sobre The Strokes, porque pensé que a River le gustaría leerlo. Fui hasta el apartado del horóscopo y los test. Me detuve en Géminis: «Van a producirse cambios importantes en tu vida. Sé paciente y mantente serena. Es posible que gente de tu alrededor reclame tu atención: abre bien los ojos. Recuerda que la sensibilidad es un don».

Pues bien. Lancé un suspiro, cogí un bolígrafo de la mesa y revisé los primeros test. La pregunta «¿Eres extrovertida o introvertida?» se ramificaba así:

Cuando acudes a una fiesta te gusta:

a. Ser el centro de atención y darlo todo.
b. No llamar la atención, pero pasártelo bien.
c. ¿Fiesta? ¿Qué es eso?

Estuve un rato marcando respuestas y leyendo el resultado. Cuando llegué al último test, mi mano se quedó suspendida en el aire durante unos segundos. Decía: «Descubre si sabes besar». Leí por encima algunas de las opciones, «No me gusta mover mucho la lengua», «Procuro usar poca saliva» o «Cierro los ojos».

Tragué con fuerza y, pese a estar sola, me sonrojé.

Recordé algo que mi hermana había comentado meses atrás, en verano, mientras el pastel de manzanas se horneaba. «Nicki necesita deshacerse de las primeras veces». Y, sin que sirviese de precedente, pensé que podría tener razón. Casi todas mis compañeras habían besado a alguien y la idea me obsesionaba porque temía que llegase el momento y no fuese como lo había imaginado o todo saliese mal.

Como si la hubiese invocado, Heaven apareció.

—Los pompones dejaron de estar de moda allá por 1973 —dijo al ver el gorro de colores—. Qué horror.

—Lo ha hecho mamá. Tú tienes otro igual.

—Ya. Menos mal que la lana arde fácil.

—No seas desagradecida.

—¿Qué estás haciendo?

Se sentó a mi lado y me arrebató la revista. Intenté quitársela, pero fue en vano. Leyó en voz alta algunas de las respuestas que había marcado mientras se reía.

—Uy, ¿por qué no has hecho el test de los besos? Si es el único interesante. Bien, dame el bolígrafo y déjamelo a mí, aunque no tengo dudas de que soy la persona que mejor besa de todo Cape Town. —Me miró con una sonrisa perversa—. Después de River, claro. Él tiene que estar aburrido de tanto besar y follar.

—Para tu información, ya no me gusta. Y eres estúpida.

Lo segundo era totalmente cierto. Lo primero tan solo a medias.

Había empezado a hablar más con Lee Parker desde que nos habían sentado juntos. Me gustaba. Un poco. Un poquito. Como cuando descubres una marca distinta de cereales y, pese a que adoras los de siempre, te das cuenta de que los otros tampoco están nada mal. No iba a discutir que Lee seguía siendo un chico callado, pero cuando se decidía a decir algo era gracioso, porque tenía un sentido del humor inteligente, nada de pedos y eructos. En ocasiones era un poco cuadriculado, aunque la seguridad y la constancia tenían su encanto. Sabías qué podías esperar de él.

—«¡Enhorabuena! Eres una experta en besos». —Con voz cantarina, Heaven leyó en voz alta el resultado de su test—. «Allá donde vas dejas una huella imborrable».

—Menuda tontería. —Me quité el gorro y me levanté.

Lo que en realidad quería decirle era: «¿Me cuentas algún truco? No quiero hacer el ridículo cuando llegue el día de mi primer beso. Si es que llega». Pero, claro, pedirle eso a mi hermana estaba fuera de consideración, a menos que estuviese dispuesta a aceptar sus burlas hasta que un meteorito se estrellase contra la Tierra y todos nos extinguiésemos.

RIVER, 3 DE MARZO DE 2007

(Lo que olvidamos)

Los padres de Archie se habían ido a visitar a unos amigos durante el fin de semana, así que estábamos haciendo buen uso de su casa. El viernes habíamos estado fumando maría, aunque después del desagradable viaje había jurado que no volvería a probar esa mierda. Al día siguiente, decidimos ampliar horizontes e invitamos a más gente para pasar una velada de terror. Nada demasiado complicado. Palomitas, dos cajas de cervezas Budweiser, un puñado de amigos y películas sangrientas.

Estaba sentado en el sofá junto a Nicki, que vestía pantalones vaqueros y una sudadera verde menta a juego con las zapatillas. Llevaba el cabello recogido en dos trenzas que enmarcaban su rostro mientras hablaba de algo que me resultaba confuso. En algún momento había perdido el hilo de la conversación, porque la manera en la que se movían sus labios era hipnótica. No significaba nada, no. De verdad que no. En absoluto, no. Hacía meses que me repetía aquello como si fuese una de esas cintas que vendían para aprender idiomas mientras dormías y que tenías que oír en bucle.

Aunque era extraño. Porque a veces todo parecía como siempre, nuestras vidas ancladas en la rutina. Dos amigos divirtiéndose, retándose o compartiendo confidencias. Y era cómodo, tan fácil como de costumbre, sin contratiempos.

Pero en otras ocasiones...

Digamos que había pensamientos intrusivos que se colaban en mi cabeza como pequeños gusanos. Me preguntaba por qué lo había dejado con Linda tras el concierto de los Arctic Monkeys. O me tumbaba en la cama, cerraba los ojos y ahí estaba ella. Alargaba nuestras conversaciones en la ventana. La miraba demasiado (¿su pelo se alborotaba igual tiempo atrás al montar en bicicleta?, ¿desde cuándo gemía bajito al probar la mermelada?). Me fijaba en sus labios. Peor aún. Me preguntaba cómo sería besarla. Y solía ser llegados a ese punto cuando intentaba racionalizar aquella idea, porque, veamos, éramos inseparables y mi madre hablaba siempre de que si la testosterona esto o la testosterona lo otro, así que tenía que ser eso. Si hubiese prestado más atención en clase de Biología, seguro que podría haber explicado de manera sensata, casi científica, la situación.

Y también explicaría el tirón de incomodidad que sentí cuando Lee Parker apareció en escena y se sentó en el hueco que quedaba libre en el sofá, al lado de Nicki.

—¿Cómo va eso, Jackson?

—Bien. No sabía que venías.

—No tenía nada mejor que hacer. —Se encogió de hombros y añadió—: Aunque no es que me vayan demasiado las pelis de miedo. ¿Qué sentido tienen?

Nicki sonrió y abrió los ojos de forma exagerada.

—¡Exacto! Es una estupidez torturarse sin motivo.

—Hay una cosa llamada adrenalina... —puntualicé.

—No todos somos adictos a eso, River —dijo ella.

Me mantuve en silencio mientras hablaban sobre las clases, el trabajo biográfico que estaban haciendo juntos sobre Marie Curie y de las solicitudes universitarias, que era el tema estrella y prometía coger más protagonismo hacia el final del curso.

Archie puso una película y alguien le pasó un bol de palomitas a Nicki. Apagaron la luz. La música de piano acompañaba la primera escena siguiendo a un coche negro que recorría sinuosos acantilados de aire lúgubre. Todos miraban la pantalla, pero yo estaba distraído. Pensaba en Nicki y en lo poco que le iba el terror. Y también pensaba... en lo mucho que me gustaba a mí que cerrase los ojos y me pidiese que fuese contando en voz alta lo que sucedía, porque, aunque no soportaba verlo, le podía la curiosidad.

Nuestros dedos se rozaron cuando cogí una palomita.

—¿Hay alguna Coca-Cola a mano? —me preguntó.

—Creo que solo cerveza. Espera. Iré a la cocina.

Me levanté y salí del salón. Miré en la nevera, pero allí no había nada. La cocina de los padres de Archie era inmensa, así que estuve un buen rato buscando en los armarios hasta que se me ocurrió ir a la despensa al recordar que habíamos metido ahí un *pack* de latas la tarde anterior. Cogí una y, satisfecho, regresé al salón. Pero la emoción se desvaneció cuando me quedé parado en el marco de la puerta. Mirándola. Mirándolos.

Nicki tenía los ojos cerrados y sonreía. Él se inclinaba sobre su hombro para poder susurrarle al oído lo que estaba ocurriendo en la película. Incluso en la penumbra de la estancia pude distinguir las mejillas sonrosadas de ella, la tensión con la que aferraba el cuenco de palomitas, la forma nerviosa de cruzar las piernas.

—¿Qué haces ahí parado, River? —Tom apenas me miró antes de añadir—: Has llegado en el mejor momento. Por fin se ha puesto interesante.

Reaccioné. Atravesé el salón, le tendí el refresco y me senté en el mismo lugar, solo que unos centímetros más lejos. Y ahí me quedé durante las siguientes dos horas, incapaz de concentrarme mientras oía sus susurros y sus risitas.

Siempre escuchaba música antes de dormir.

Estaba a punto de elegir un disco de la pila que había sobre el escritorio cuando ella me llamó. Me asomé a la ventana. No se había puesto el pijama, aún llevaba la sudadera y las dos trenzas apretadas. Parecía inquieta.

—¿Podemos vernos en la casa del árbol?

—Vale. Dame cinco minutos.

Cogí algo de abrigo y pasé por el baño antes de salir por la puerta trasera. El viento era frío y había empezado a lloviznar. De tantas veces que lo había hecho siendo un niño, estaba convencido de que era capaz de recorrer aquel camino con los ojos cerrados. Subí por la escalera del árbol. Nicki ya estaba allí, aguardando junto a una vela encendida que había dejado en un rincón para que el viento no la apagase.

Daba dos pasos a la derecha, dos pasos a la izquierda y vuelta a empezar.

Hasta que me miró de reojo y dejó escapar un sonoro suspiro.

—¿Qué te ocurre? ¿Es por Lee?

—No. Sí. Bueno... Tal vez. —Se paró delante de mí—. Después de ver la película, cuando os habéis ido al cobertizo a buscar quién sabe qué, ha estado a punto de besarme. Creo. No puedo estar segura porque en el último momento me he apartado.

Las alarmas se activaron en mi cabeza.

—¿Te ha...? ¿Lee ha intentado algo...?

—¡No! No es eso. Yo quería que me besara.

—¿Entonces por qué te has apartado?

—¡Porque me ha entrado el pánico! Ay, es horrible, River. Tú no lo entiendes. No puedes entenderlo porque para ti besar es algo tan cotidiano como lavarte los dientes.

—Yo no diría tanto —apunté, pero me ignoró.

—Y por eso mismo he pensado en este arreglo. En ti. En mí.

En deshacerme de la primera vez. Es una idea imprevista, sí, pero brillante.

—No te sigo.

—Bésame.

—¿Qué?

—Necesito que lo hagas. —Me miró suplicante—. Nunca he besado a nadie, River. Nunca. Y me da pánico no saber hacerlo o usar mucha saliva. Dios, repiten eso una docena de veces en esa revista que me gusta y en los libros que leo y yo...

—No. No pienso hacerlo.

«Al menos, no así», quise añadir.

Porque la confusión dio paso al enfado. Lo último que me apetecía era convertirme en un trámite para Nicki, algo que dejar atrás para poder llegar al verdadero objetivo.

Retrocedí, dispuesto a irme.

—Espera, River, por favor.

—Oye, todo esto es muy raro...

—Lo sé, pero yo he hecho cosas peores por ti. He robado huevos. He atascado retretes. He metido plastilina en cerraduras. He pinchado ruedas de bici. Además, me debes una locura, la de nuestro decimoctavo cumpleaños. Lo dijiste, ¿recuerdas? Así que...

—¿Quieres que la locura sea que te bese?

—Es un poco estrafalario.

—Y absurdo —añadí.

—Probablemente.

—¿No crees que a Lee no debería importarle si eres una experta en besos o un desastre? A mí me parece una preocupación estúpida. Porque si piensas que para él es un problema, entonces tendrías que plantearte si eso es...

—No te he pedido que analices la situación. En serio, te lo agradezco, pero es cosa mía. Quiero quitarme de encima toda esta presión...

—Presión —repetí, todavía anonadado.

—Sí, River, sí, presión. Ya sé que no lo entiendes, pero está bien, no siempre tenemos que estar de acuerdo en todo. A pesar de eso, ¿lo harás? Solo di sí o no.

—Mierda, Nicki.

Me pasé una mano por el pelo con nerviosismo. Me sentía un poco aturdido mientras intentaba poner en la balanza los pros y los contras, aunque ¿a quién pretendía engañar? Sabía la respuesta. La sabía. No solo porque jamás incumpliría nuestra tradición, sino también porque no soportaba fallarle y rara vez le llevaba la contraria.

—Mira, ya sé que no soy la chica más guapa de Cape Town, pero...

—Joder, ¿puedes dejar de decir tonterías? Menuda noche... —Lancé un largo suspiro—. Está bien, hagámoslo. Será mejor que nos sentemos.

Nicki cruzó las piernas al estilo indio y yo me arrodillé frente a ella. Me quedé mirándola en silencio durante unos instantes que me parecieron eternos. La luz de la vela creaba sombras en su rostro. Fuera, el sonido de la lluvia suave parecía un murmullo ahogado. Pensé que para estar tan acostumbrado a besar, como ella decía, me sentía tan nervioso y expectante como un niño al llegar a la feria. Intenté calmarme. Intenté que...

—¿Vas a tardar mucho?

—No. Es solo que... esto es raro, ya sabes.

—¿Como si fueses a besar a tu hermana?

Era lo último que habría pensado en ese instante, pero me vi asintiendo como un idiota. Y después miré su boca. Y respiré hondo. Y la besé.

Me incliné y besé a Nicki Aldrich.

Al final resultó la cosa más sencilla que he hecho en toda mi vida. Porque cuando mis labios rozaron los suyos fue como si ya hubiésemos hecho aquello cientos de veces, durante los días de verano comiendo helado o las tardes en mi habitación escuchando canciones de *rock*. Ella titubeó al principio, pero luego su boca se abrió por instinto ante las caricias y aquel beso se volvió húmedo y cálido y demasiado intenso para tratarse tan solo de un ensayo. Le lamí los labios y gimió bajito.

Los latidos del corazón me retumbaban en los oídos.

Me acerqué más. Acogí su mejilla con la mano mientras marcaba el ritmo y la instaba a ir más despacio, a saborear el momento, a no tener tanta prisa...

Pero Nicki se apartó con brusquedad.

Después, se tocó los labios con los dedos como si quisiese cerciorarse de que había sido real. Acabábamos de besarnos en nuestra casa del árbol.

—Esto... Vaya...

—Me lo tomaré como un halago —dije en cuanto logré encontrar la voz, porque tenía un nudo en la garganta—. Espero que haya sido suficiente.

En la penumbra, Nicki me taladró con la mirada.

—Sí, tranquilo. No pensaba pedirte más.

—No quería decir... —Suspiré—. Da igual.

Me levanté y me recoloqué los pantalones con disimulo porque, joder, estaba excitado por un maldito beso de nada y me preocupaba que se diese cuenta. Lo dicho: de haber prestado atención en Biología podría haberlo explicado todo con argumentos de esos, ¿cómo eran?, ah, sí, irrefutables. Pero no era el caso. Estaba duro y punto. Me había gustado besarla. Me había gustado demasiado.

—Deberíamos irnos.

—Tienes razón. —Nicki se inclinó y sopló para apagar la vela. Cuando todo lo inundó la oscuridad y el olor a cera, me cogió de la muñeca—. Gracias, River.

No supe qué responder a eso.

Así que descendimos en silencio por los tablones del tronco

161

del árbol. Las hojas crujieron cuando aterrizamos en el jardín y luego avanzamos hasta el agujero de la valla.

—Buenas noches, River.

—Buenas noches, Nicki.

Entré en casa. Me dejé caer en la cama sin cambiarme de ropa ni quitarme las zapatillas. Todavía me sentía inquieto, confuso e incómodo. Con un suspiro, cogí los cascos de la mesilla de noche y *The Libertines* llenó el vacío latente, aunque la música no evitó que su rostro se colase en mi mente y se quedase ahí, grabado a fuego. Ella. Con los ojos cerrados, los labios húmedos por mi saliva, las mejillas encendidas.

Una semana después, Nicki empezó a salir con Lee Parker.

FRAGMENTOS PREVIOS A LA BODA, 2016

(Lo que rompimos)

River contempló los cuatro pedazos de tartas de boda que tenían delante; los colores iban desde el chocolate más intenso hasta un blanco empolvado. Probó la primera, que no le sorprendió. Después, hundió el tenedor en la que ella acababa de llevarse a la boca y la saboreó despacio. Nicki miró sus labios mientras esperaba el veredicto.

—¿No crees que está deliciosa? —le preguntó—. Es preciosa con todas estas flores alrededor y, además, sabe a rosas. Pero las notas finales dejan un regusto a...

—Cerezas —adivinó River en voz baja.

—Eso es. —Nicki asintió y le sonrió.

—Pues creo que ya tenemos el pastel.

—Sí. Este es... perfecto.

NICKI, MAYO DE 2007

(Lo que olvidamos)

Había algo maravilloso en el suave frufrú de las capas de tul que se oía cada vez que se movía. Nicki no solía usar vestidos. Quizá por eso se miraba con tanta fascinación en el espejo. Porque era ella, pero también otra. La tela de color azul pálido caía hasta los pies, el cabello ondulado le rozaba la cintura y se había puesto una sombra dorada en los párpados. Resplandecía. Y por un instante, oyó aquella voz ronca susurrándole al oído esa palabra que tantas veces había rememorado.

«Brillas».

Nicki empezó a creérselo justo un año después y sonrió contemplando su reflejo.

Cerró la boca en cuanto asomaron esas dos palas grandes que tan poco le gustaban. «Nota mental: curvar los labios con moderación, sin llegar a enseñar los dientes».

Hubo unos golpecitos en la puerta y Nicki se preguntó quién sería, porque por la habitación ya habían pasado sus padres, su abuela, Heaven y hasta Isabelle. Al final, había pedido que le diesen unos minutos antes de bajar y reunirse con Lee Parker, que no tardaría en llegar a su casa.

Pero era River.

A través del espejo, lo vio entrar y cerrar la puerta a su espalda. Se acercó a ella lentamente hasta situarse a su lado, como si fuese su perfecto compañero para el baile. Olía a esa colonia que parecía evocar el mar y los bosques de Maine.

—Estás impresionante, Nicki.

—Tú tampoco estás nada mal.

Más que eso. El traje oscuro se ajustaba a sus hombros y resaltaba el azul de aquellos ojos que eran capaces de verla a través de la piel y la carne y los huesos.

Nicki se estremeció, porque recordó lo que había sentido cuando la besó meses atrás en la casa del árbol. Esa sensación burbujeante en la tripa. Ese sabor singular e inconfundible. Esa manera de acariciarle la mejilla con ternura.

Sacudió la cabeza y se obligó a regresar al presente.

—River, sigue en pie tu promesa, ¿verdad? Nada de hacer saltar la alarma de incendios para animar la fiesta...

—Que sí. Sabes que siempre cumplo mi palabra.

Nicki cogió una horquilla dorada del escritorio, esa que él le había regalado cuando cumplieron los catorce, e intentó sujetarse con ella un mechón de cabello en el lado derecho de la cabeza. No quedó como esperaba y volvió a repetir el proceso.

—¿Puedo? —preguntó River.

Asintió y se la dio. Él se colocó a su lado y deslizó la horquilla con delicadeza. Se quedó unos instantes quieto con la vista clavada en el pequeño abejorro que pendía de la punta. Parecía estar conteniendo el aliento. Le sacaba una cabeza de altura.

—Al final no te has puesto zapatos de tacón.

—Llegué a la conclusión de que era más sensato seguir siendo más baja que la media en lugar de matarme en mitad de un baile. —Nicki se echó a reír y se levantó un poco el vestido para enseñarle las deportivas de siempre.

—Buena elección. —River le sonrió y luego sacó algo rectangular que llevaba en el bolsillo y se lo ofreció—. Tengo una cosa para ti. Toma.

—¿Un regalo? Aún falta una semana para el cumpleaños.

—Da igual. Tú ábrelo.

Nicki abrió el envoltorio y sus ojos se agrandaron.

—¡Venga ya, River! Pero esto... es muy caro...

—El próximo curso estarás en Boston y yo en Florida. No pienso llamar al teléfono fijo de la residencia para hablar contigo.

Ella admiraba el móvil sin dejar de sonreír.

—¿Cómo lo has pagado?

—Con lo que he ganado este año durante los fines de semana, así que nuestro bote no está pasando por su mejor momento, pero era necesario.

Se abalanzó sobre él y lo abrazó.

—Gracias, River.

En ese momento se oyó desde el piso de abajo el sonido del timbre. La expresión de Nicki cambió, dejó atrás la calma y florecieron los nervios.

—Será Lee.

—Claro.

—¿Estoy... estoy bien?

Se alisó la zona del escote con forma de corazón.

—Estás... perfecta.

—¿Seguro? ¿De verdad?

—Joder, ¿quieres que te lo escriba en un grafiti? —Hubo algo agridulce en el tono de River que ella no supo interpretar—. Tienes un espejo delante.

—Ya, pero es que no sé si Lee...

—¿La versión suave o la otra?

—¿Suave? —Nicki vaciló.

—Pareces una de esas hadas que tanto te gustaban cuando eras pequeña y Parker va a ser el tío más afortunado de toda la graduación.

Ella sintió que se le hinchaba el pecho.

—¿Y la otra? —Quiso saber.

—Espero que no lleve pantalones muy ajustados, porque seguro que va a pasarse toda la noche duro como una piedra pensando en lo que le gustaría que...

—¡River! —Le lanzó un almohadón.

—Solo quería disipar tus dudas.

—Deberíamos ir bajando ya.

—Sí. Ve. No lo hagas esperar.

Nicki salió de la habitación y él la siguió de cerca mientras descendían la escalera y entraban en el salón. Lee Parker estaba allí, con un ramo pequeño en la mano y rodeado por todos los Aldrich que, como de costumbre, hablaban sin cesar.

—Estás preciosa —dijo al verla.

Vivien y la abuela se sonrieron con nostalgia. Nicki sabía que no era por el comentario de Lee ni tampoco por el baile, sino por lo que simbolizaba. Una cuenta atrás. Una despedida. El comienzo de otra etapa lejos del calor del hogar.

—Te has hecho mayor demasiado rápido —le susurró su padre al oído mientras la abrazaba—. Espero que disfrutes de la noche, cariño.

Hicieron las típicas fotos en la escalera de casa. Y luego fuera, en la entrada principal, junto al parterre lleno de flores que cultivaba la abuela. Nicki cogió a Lee de la mano, le gustaba que fuese firme y suave. Se sonrieron. Y solo cuando estaban a punto de dirigirse hacia su coche cayó en la cuenta de que hacía rato que River había desaparecido. ¿Cuándo se había ido? Imaginó que tendría prisa por recoger a su pareja. Ya lo vería más tarde en el baile. Tomó aire y ocupó el asiento del copiloto. Esa noche no sería «la bruja» ni «la rara», tan solo una chica normal y corriente.

—¿Lista, señorita Aldrich? —bromeó Lee.

Y ella asintió con una sonrisa contenida.

Nada de enseñar los dientes.

RIVER, MAYO DE 2007

(Lo que olvidamos)

El orden de eventos aburridos a los que River había asistido a lo largo de su vida era el siguiente: la última misa de Navidad, una charla sobre langostas que un pescador dio en el instituto, el entierro de una vecina del pueblo y aquel baile.

No había ni gota de alcohol, no podía saltarse las reglas y Nicki no era su pareja.

En cierto modo, todo guardaba relación. Porque si hubiese tenido a mano una botella de algún licor dulce habría estado mucho más relajado y no se habría pasado la mitad de la fiesta pendiente de ella, que reía junto a Parker con los ojos brillantes. Y si aquel día no hubiese sido tan importante para Nicki, él habría logrado que la noche fuese memorable. Qué diantres. Había planificado durante un mes cada paso: salir del baile cuando estuviese a punto de terminar, coger la escalera del conserje, prenderle fuego a un papel y acercarlo a la alarma de incendios para activar los aspersores. Menudo espectáculo. Todos empapados saliendo en tropel del polideportivo con la seguridad de que no olvidarían el cierre del baile de graduación.

Pero no.

Nicki le había pedido que no lo hiciese. Con la voz firme, con la mirada firme, con una expresión de firmeza en su rostro. «El baile es importante para mí —le había dicho—, aunque tú no lo entiendas».

Así que River prometió que sería un buen chico.

Y allí estaba, intentando no pensar en su magnífico plan (pese a que sería perfecto para que Parker le quitase las manos de encima), haciendo un esfuerzo para que no se le ocurriese otro (¿Nicki vería con malos ojos que cambiase el disco que sonaba por uno de *rock*? Porque aquella música era insoportable) y bailando con Kinsley Mallory, cuya belleza era tan destacable como lo poco que tenían en común. La conversación más fluida que habían mantenido a lo largo de la noche había sido sobre las flores decorativas.

Cuando la música cesó para nombrar al rey y la reina del baile, no fue una sorpresa que Pauline Harris y él fuesen los elegidos. Subió al escenario y se puso su corona. Por fin algo interesante. La cosa mejoraba un poco. Aplausos. Silbidos. Miradas de admiración. Aguantó cuando les hicieron fotos.

Volvió a sonar una canción lenta al reanudar el baile y él se abrió paso entre la gente para llegar hasta ella. No habían intercambiado ni dos palabras a lo largo de la noche. Tocó el hombro de Nicki, que se giró y le sonrió.

River miró a Parker e intentó mostrarse amable.

—No os robaré mucho tiempo. Solo una canción.

—Te busqué antes, pero no quería interrumpirte durante tu momento de gloria delante de tus súbditos —bromeó Nicki mientras se acercaba a él.

—Yo iré a por algo de beber —se excusó Lee.

River respiró hondo cuando sus manos encontraron el hueco perfecto en la cintura de Nicki y empezaron a moverse despacio al ritmo de la balada. La recordó en el concierto, cuando parecía flotar con los ojos cerrados, y se dio cuenta de que aquella noche bailaba diferente; más contenida, más cauta.

—Qué honor estar con el rey del baile.

—Lo sé. —River sonrió—. Tú concéntrate en respirar, no

vayas a hiperventilar. Coges el aire por la nariz y lo sueltas por la boca despacio.

Y fue solo un segundo, pero miró la boca de Nicki.

—Eres idiota. —Aferrada a sus hombros, se rio.

La hizo girar con precisión en mitad de la pista.

Permanecieron en silencio unos instantes. River tenía la vista clavada en la horquilla del abejorro. ¿Sería muy raro que parase de bailar para colocársela bien? Así podría concentrarse en algo concreto y dejaría de pensar en cómo encajaban y en lo estupendo que de pronto le resultaba aquel baile que antes le parecía soporífero. Si hasta sonaba una canción del jodido James Blunt y a él le entraron ganas de tarareársela al oído.

River se inclinó hacia ella y olió su perfume afrutado.

—Se me ha ocurrido una idea... —le susurró—. Nos largamos del baile sin mirar atrás, subimos al coche y luego... —la hizo girar con lentitud antes de volver a atraerla hacia él—, luego nos acercamos a la gasolinera y compramos un par de hamburguesas y patatas. Cogemos la manta que tengo en el maletero y hacemos un pícnic nocturno en la playa. Hasta dejaré que uses un rato mi corona —bromeó al final.

Le rodeó a Nicki la cintura mientras ella lo miraba seria.

—No puedo. Es que...

—¿Cuál es el problema?

—Creo que me iré con Lee.

River se concentró en respirar.

—¿Estás segura?

Ella asintió. La canción terminó y se separaron.

Se quedó unos instantes aturdido mientras Lee Parker aparecía con un par de vasos en las manos. Después se alejó de ellos y merodeó por la zona. Archie y Tom estaban bromeando con una chica, pero apenas oyó la conversación. River pensó que aquel momento era lo más parecido que había vivido a tener un enjambre de abejas en la cabeza. Y, en medio del zumbido molesto, se obligó a ser sincero consigo mismo por primera vez, como si durante el último año hubiese logrado esquivar todas las señales para, al final, darse de bruces contra un gigantesco cartel luminoso en el que ponía: «Sientes algo por Nicki». Más aún: «Sientes... Lo que sientes...».

—¡River! Llevo un rato buscándote. —Kinsley le sonrió.

—Estaba... —Dudó—. Me duele un poco la cabeza.

Preocupada, ella le tocó la frente y, luego, le acarició la mejilla. River se fijó en su cabello castaño y ondulado, en aquellos ojos amables y la expresión dulce.

—¿Quieres que nos vayamos?

—Sí, será lo mejor —contestó él.

Se marcharon cogidos de la mano. No mucho después, los dos estaban dentro del coche de Maddox, con el motor encendido pero sin moverse del aparcamiento. Su hermano se lo había prestado tras hacerle prometer que no haría ninguna tontería.

—¿Se te ocurre algún lugar al que podamos ir?

—Yo... —¿Qué estaba haciendo ahí parado como un memo? River suspiró e intentó volver a ser él mismo. Práctico. Claro. Decidido—. ¿Tienes hambre?

—No diría que no a unas patatas —aseguró Kinsley.

—Perfecto. —Por fin, pisó el acelerador del coche.

Una hora y quince minutos más tarde, las olas rugían cerca. Los restos de la cena estaban dentro de una bolsa. River se encontraba tumbado encima de una manta vieja que habían extendido sobre la arena y contemplaba el cielo nocturno. A su lado, Kinsley hacía lo mismo. Era agradable no estar solo allí y sentir la calidez de aquel cuerpo menudo que, de pronto, se movió hacia él.

—Me lo he pasado muy bien esta noche.

—Yo también —contestó River.

Era una verdad a medias. Podría haber sido mejor si él y Nicki se hubiesen escapado juntos del baile; y también peor, porque quedarse a solas en su habitación a la espera de ver encenderse la luz de Nicki de madrugada habría sido una tortura.

El rostro de Kinsley apareció en su campo de visión cuando ella se inclinó hacia él y le rozó los labios. No se apartó. El beso se alargó lo suficiente como para despertar el inevitable deseo. No supo muy bien cómo terminaron abrazados sobre la manta arrugada, con sus manos acariciándose por todas partes bajo la bóveda del cielo.

Ella se sentó a horcajadas sobre él y le desabrochó el pantalón.

—Kinsley...

—Shhh. No lo estropees.

Bien. Bien. No lo estropearía. Estuvo de acuerdo en cuanto los labios de ella rodearon su miembro. Cerró los ojos. El resto del mundo quedó fuera de aquel instante, del gozo que lo catapultó de golpe hasta el presente. Se sintió pletórico. No pensó en nada cuando ella sacó un preservativo de su bolso y se lo puso. Ni tampoco cuando se sentó sobre él y empezó a moverse con suavidad. Y no pensar en nada era una sensación adictiva y de lo más infravalorada.

Luego... se abandonó al placer.

NICKI, 2 DE JUNIO DE 2007

(Lo que olvidamos)

—Cumpleaños feliiiiiiz.

Soplé con todas mis fuerzas porque el año anterior River había apagado antes las velas y no pensaba dejarle ganar un segundo asalto. Él sonrió cuando lo entendió.

—Pequeña rencorosa —me susurró al oído.

—Bienvenido a los dieciocho, perdedor.

—Quién pudiera coger toda esa juventud y exprimirla al máximo. —Mila lanzó un suspiro—. Si me diesen la oportunidad de vivir una segunda vez...

—¡Te casarías cuatro veces más! —bromeó Heaven.

—Quizá. Pero, sin duda, sería la presidenta del país.

—No hay sueños pequeños. —River se echó a reír.

Mi padre me ofreció una ración de pastel que devoré sin pausa, porque había quedado con Lee para pasar la tarde. En su casa. A solas. Sin que su madre estuviese merodeando cerca mientras veíamos una película. ¿Cómo iba a ser capaz de tocar a otra persona? Más complejo aún: de desnudarla. Si a veces me peleaba con el cierre de mi propio sujetador y ponerme unas medias me parecía una tarea de alto riesgo.

Me levanté y le di dos tragos al vaso de agua.

—¿Ya te marchas? —preguntó Isabelle.

—Sí. Tengo... He quedado...

Me fijé en que River no se había terminado la tarta y mantenía la vista fija en la ventana. ¿Qué estaría mirando? ¿El pajarillo que danzaba de un lado a otro? O quizá se miraba por dentro, algún pensamiento lejos de mi alcance.

—Yo tengo ensayo de teatro. Te acompaño —dijo Heaven.

Caminamos juntas por las calles de Cape Town. El día era fresco y le había cogido prestada a mamá una chaqueta de color crudo con pequeñas manzanitas bordadas.

—¿Podría decirse que, oficialmente, tienes novio?

—Mmm, estamos saliendo —contesté dubitativa.

—Y, por lo tanto, sois novios —insistió Heaven.

—Supongo que sí. Aún no lo hemos hablado.

—Admito que me sorprende que hayas sido capaz de besar a un chico sin vomitarle encima por culpa de los nervios —se burló Heaven—. Aunque eso hubiese sido divertido. Imagínate. Por cierto, ¿ya se la has chupado?

—¿Por qué tengo que aguantarte?

—Oh, venga, si estoy de broma. Es que es muy divertido ver como te ruborizas por todo. Mira, te diré un truco para evitarlo. Cuando notes que estás a punto de transformarte en una guindilla gigante, visualiza la cara de una jirafa. No falla. Es tan graciosa que no podrás pensar en otra cosa. De nada.

—Tu mente es un misterio para la humanidad.

—Gracias por el halago.

—Pero si no pretendía... —Suspiré—. Olvídalo.

Sin dejar de caminar, me cogió del brazo como hacían las ancianas dando sus paseos matutinos por el puerto. Mi hermana y yo éramos la noche y el día, aunque en ocasiones lográbamos encontrarnos en el crepúsculo.

Nos adentramos en la calle donde vivían los Parker.

—Habrías hecho buena pareja con River.

—¿A qué viene eso ahora? —repliqué.

—No lo sé. Eres tan cursi que siempre pensé que vivirías un

primer amor idílico con tu mejor amigo y blablablá... —Puso los ojos en blanco—. Y él parecía...

—¿Qué? —Paré delante de la puerta.

—Mira, ahí está tu amado. —Señaló la ventana desde la que Lee nos saludó antes de levantarse para recibirme—. Pásalo bien. Y recuerda lo de la jirafa.

Heaven se puso los cascos que llevaba en la mochila y se alejó.

Besé a Lee en la mejilla cuando entré. Luego, como siempre, me quedé cohibida al llegar al salón. Demasiadas decisiones. ¿Dónde sentarme, en el sillón o el sofá? ¿Me quitaba la chaqueta o me la dejaba puesta? ¿El saludo había sido demasiado frío?

—¿Quieres tomar algo?

—Agua —le contesté.

Cuando regresó con el vaso, había decidido sentarme en el sofá y quitarme la chaqueta. Él se sentó a mi lado, esperó a que terminase de beber y luego se inclinó para besarme. Fue dulce y delicado. Me sostenía la mejilla como quien sujeta una figurita de cristal. Nos acercamos. No sé cuánto tiempo estuvimos explorando la boca del otro hasta que la mano de Lee bajó a mi escote.

Aquello era... interesante.

Llevaba dieciocho años dentro de mi cuerpo y, de pronto, comprendía que aún estaba descubriéndolo. Me estremecí cuando me acarició con menos sutilezas y colé una mano bajo su camiseta para palparlo por debajo de la ropa. Nunca nos habíamos tocado así. La noche del baile de graduación tan solo nos habíamos besado sin parar delante de la puerta de mi casa hasta que River apareció conduciendo el coche de Maddox y dejamos de hacerlo. River llevaba el pelo alborotado, la camisa mal abrochada, restos de arena en los pantalones y una sonrisa lánguida en la boca.

—¿Una noche ajetreada? —bromeé.

—De las de feliz final —me contestó.

Volví al salón de Lee Parker. A sus ojos oscuros y sus labios mullidos. Los tenía enrojecidos por mis besos. Acabamos los dos tumbados, explorándonos con una torpeza que nos hacía reír. Al menos, hasta que oímos el chasquido de la cerradura.

—Mierda. —Se incorporó.

Afortunadamente, yo me abroché el sujetador a la primera y me bajé la camiseta de un tirón justo cuando la señora Parker entraba por la puerta cargada con las bolsas de la compra. Sonrió al verme y fingió no darse cuenta de lo que hacíamos.

—Qué bien verte por aquí, Nicki. ¿Os apetece comer algo? He comprado los pastelitos de coco que tanto te gustan, Lee.

—Lo agradezco, pero ya me iba.

Noté que empezaba a sonrojarme y, de forma inconsciente, pensé en jirafas. No pude evitar sonreír cuando visualicé la cara del animal con los dientes alineados.

—Vuelve cuando quieras. Tenéis que aprovechar el verano, sobre todo ahora que, bueno, ya sabes... —miró a Lee con orgullo—, nuestro pequeño deja el nido.

—Sí, todos vamos a hacerlo.

—Ya, pero en su caso...

—Mamá...

—¿No se lo has contado?

—¿Contarme el qué?

Lee suspiró con pesar y dijo:

—Ha habido un cambio de planes y me voy a estudiar a Japón. Mis tíos viven allí, así que me han ofrecido su casa. Y también está mi hermano...

—Ah. Oh. Bueno...

¿Debería haber sentido que se me encogía la tripa y me quedaba sin aliento? Pues no ocurrió. Así que, en lugar de lloriquear o estar dolida por saber que lo nuestro tenía los días contados, tan solo lo felicité y le di un abrazo antes de marcharme.

Regresé sobre los pasos que poco tiempo atrás había recorrido junto a Heaven. Pero, antes de entrar en casa, distinguí algo en la casa del árbol que se alzaba en la propiedad de los Jackson. Me acerqué con cautela. No sería raro que algún animal se hubiese colado dentro. Cuando estuve justo debajo, me di cuenta de que era River.

Subí y lo encontré tumbado en la madera. Leía el libro de Kapuściński que le había regalado esa misma mañana con la esperanza de satisfacer su lado más aventurero.

—¿Qué estás haciendo aquí?

—Será que los cumpleaños me ponen nostálgico. —Se encogió de hombros con indiferencia mientras me tumbaba a su lado y continuó leyendo en silencio.

—¿Te importa si me quedo un rato?

—¿Necesitas que te responda a eso?

Le enseñé una sonrisa amplia que dejaba a la vista mis dientes, porque, a fin de cuentas, él había sido testigo de la caída de la mayoría de ellos, me había visto mellada y lloriqueando; no tenía nada que esconderle. O casi nada. Y teníamos esa complicidad que me invitaba a relajarme y a mostrarme más atrevida que con el resto del mundo.

—Nunca está de más oír obviedades.

River me miró de reojo.

—Quédate. Siempre.

MADDOX, JULIO DE 2007

(Lo que olvidamos)

Pese a que Maine no era un lugar soleado, la piel de Maddox se había dorado tras pasar tantas horas navegando. Lo demás no había cambiado: seguía frunciendo el ceño a menudo, en parte por costumbre y en parte porque la luz le resultaba molesta, así que sus ojos azules eran dos rendijas en el rostro adusto.

Cargó los cubos y los bajó de la embarcación sin esfuerzo.

Distinguió el cabello rubio de Dennis en el muelle. Vestía pantalones cortos deportivos y su pecho subía y bajaba, por lo que dedujo que había ido hasta allí corriendo.

—Ya pensaba que no volverías este verano.

—Estuve a punto de no hacerlo. —Dennis se limpió el sudor de la frente mientras él amarraba el barco—. Unos colegas me invitaron a ir con ellos a Europa para hacer un *road trip* un poco improvisado...

—¿No te convenció la idea de dormir en albergues?

—¿Te estás burlando de mí?

—Sabes que no. —Maddox dejó escapar una sonrisa y luego cogió los cubos llenos de pescado y echaron a caminar hacia el restaurante—. Me alegra que hayas vuelto.

—Eso está mejor. ¿Haces algo esta tarde?

—Sí, tengo planes. Pero mañana estoy libre.

—Bien. Me alivia no tener que pedir cita en tu apretada agenda. —Le quitó el cubo de la mano derecha—. He oído que estás muy entretenido últimamente.

—¿Qué quieres decir?

—Pues eso. Corren rumores...

—Sé más específico, Dennis.

—La gente del pueblo habla, ya sabes. Que si se te ha visto con uno o dos chicos. Que si frecuentas ese bar de carretera que tiene fama de... —Sacudió la cabeza—. En fin. Admito que me ha sorprendido un poco.

Maddox paró en seco de caminar y lo miró.

—¿Te sorprende que no me esconda?

—No, no quería decir... No es eso...

—Dennis.

—¿Qué?

—Siempre has ganado mucho con la boca cerrada.

—¡Eh! ¿Qué demonios significa eso?

Lo siguió cuando reanudó el paso, pero no pudo decir nada más porque la puerta de El Anzuelo Azul, pintada de aguamarina, apareció frente a ellos. Maddox cogió el cubo que Dennis cargaba y entró sin mirar atrás. Su madre, que acababa de servirle el café a un cliente, sonrió al verlo. Él se internó en la cocina para dejar el pescado.

—¿No está la tía Gerta?

—Hoy vendrá más tarde. —Isabelle se ajustó bien el delantal—. ¿Te preparo algo?

—No. Dennis me está esperando fuera.

—Pues dile que pase a tomarse un café.

—Mejor otro día.

—Como quieras.

Ella se despidió dándole un beso en la frente. A Maddox no le entusiasmaban las muestras de cariño, pero a su madre se lo permitía todo sin rechistar. Sentía debilidad por esas manos que lo habían sostenido de niño, esos ojos pacientes y ese cabello largo que solía llevar trenzado.

Cuando salió, Dennis estaba apoyado en el marco de la puerta. Le lanzó una mirada larga y luego los dos se dirigieron hacia el centro del pueblo.

—Has malinterpretado lo de antes. Lo que quería decir era que me sorprende que te dejes ver porque siempre has sido muy reservado.

—Y sigo siendo reservado. No lo estás arreglando.

—Vale, a la mierda. Olvídalo. —Dennis resopló mientras enfilaban una calle larga sembrada de casas casi idénticas—. Estoy harto de discutir cada vez que nos vemos.

—Pues entonces piensa antes de hablar.

No se dijeron mucho más hasta que dejaron atrás el buzón de los Jackson. Maddox se sacó las llaves del bolsillo y se giró para echarle un último vistazo a su amigo.

—Nos vemos mañana.

—Sí. Podemos acercarnos a la playa o echar una partida a la videoconsola como en los viejos tiempos. —Le mostró su sonrisa más deslumbrante, esa con la que conseguía encandilar al público y a los compañeros del equipo. El teléfono empezó a sonar—. Es mi novia. Tengo que cogerlo. Ya hablamos.

Maddox asintió, entró en casa y dejó escapar el aire contenido.

RIVER, AGOSTO DE 2007

(Lo que olvidamos)

—Tío, deberías ver qué cara has puesto. —Tom se rio.

—Muy gracioso —refunfuñó Archie—. ¿Crees que estoy para bromas después de trabajar todo el día? No sé cómo mi padre aguanta el ritmo.

Me senté en el muro que rodeaba el camino que bajaba hasta la bahía. Archie, todavía vestido con el mono de la empresa familiar, se encendió un cigarrillo. No había querido irse a la universidad. Pensaba quedarse en el pueblo y trabajar pintando casas durante el resto de su vida. «Me tranquiliza tener un sueldo cada mes sin plantearme nada más», decía. Aquella filosofía de vida me atraía tanto como ir al dentista para que me arrancasen las muelas sin anestesia.

—Entonces, ¿hay plan esta noche?

—Hay plan —confirmó Tom—. En mi casa a las nueve.

—Iré si consigo no dormirme antes —dijo Archie.

Tras despedirme de ellos, me alejé caminando a paso lento. Fue uno de esos momentos en los que el cielo parece más azul, las nubes tienen un aspecto muy esponjoso y el aire es fresco y limpio como uno imagina que debe de ser al respirar en un glaciar. Pensé que en dos semanas dejaría atrás aquel lugar que me había visto crecer y lo miré desde una perspectiva más lejana, como si no conociese cada rincón de memoria.

Entré en El Anzuelo Azul.

Mi tía Gerta me recibió con un beso distraído en la mejilla y me preguntó si me apetecía tomar algo. Le dije que no rechazaría un café poco cargado y fui hasta la cocina. Maddox estaba inclinado sobre la encimera con un cuchillo en una mano y un pescado abierto en la otra. Me miró de reojo y luego siguió a lo suyo.

—Pensaba que eras alérgico a este sitio —masculló.

—Perdóname por no venir por aquí a todas horas para olfatear el delicioso aroma de las tripas de pescado. —Miré el cadáver con una mueca—. Pobrecillo. Debe de existir algún tipo de psicoanálisis que explique que disfrutes haciendo esto.

—Alguien tiene que limpiarlos. —Se encogió de hombros.

Salí y me llevé el café a la mesa del fondo. Maddox vino a hacerme compañía; el olor a pescado flotaba tras él pese a que siempre se lavaba las manos con una precisión obsesiva, como hacía casi todo lo demás.

El teléfono me vibró en el bolsillo. Vi que era mi madre y lo silencié porque pensaba ir directo a casa en cuanto me terminase el café.

—Así que ¿lo tienes todo listo? La residencia, la matrícula...

—Aún no me han asignado la habitación, pero no debería haber problemas. ¿Sabes lo que me resulta raro? Pensar que ocurrirán cosas en el pueblo y yo no me enteraré. Al menos, no al instante. —Me di unos golpecitos en la sien—. Y hablando de eso, el otro día te vi con Dennis.

—Sí, seguimos siendo amigos.

—¿Cómo le va por Chicago?

—Bien. Ya sabes, es Dennis.

Charlamos sobre alguna cosa más, como la pesca de la jornada, la tormenta eléctrica que anunciaban para el día siguiente o el restaurante italiano que había abierto. Después, él regresó a la cocina y yo continué mi camino.

Al llegar a casa, no me fijé en el coche rojo que había aparcado fuera y que no era de ninguno de los vecinos. Entré, dejé las llaves en el cajón y avancé hasta el salón. Las voces amortiguadas se volvieron más nítidas. Y, luego, de pronto, un hondo silencio.

—¿Dónde estabas, River? Te he llamado una docena de veces...

La escena era la siguiente: mamá con el móvil aún en la mano y los nervios a flor de piel, papá apurando un vaso de whisky y, sentada en nuestro sofá color burdeos, una chica morena de ojos almendrados a la que conocía bien. Kinsley Mallory.

Me quedé paralizado.

Y no hicieron falta palabras. Podría haberlo intuido aunque ella no hubiese estado llorando en silencio. Fue el gesto. La manera en la que se llevó una mano a la tripa. La delicadeza que escondía aquella caricia protectora.

EL EXTRAORDINARIO OÍDO DE
VELMA ABBOT

(Lo que olvidamos)

Si la vida se medía en tiempo, Velma Abbot había fundado treinta y dos años atrás la cafetería Brends junto a su marido, con el que estaba casada desde hacía treinta y seis, de los cuales él llevaba fingiendo que la escuchaba en torno a treinta y cinco años y medio. A lo largo de su vida, por tanto, había sido testigo del ir y venir de los vecinos de Cape Town que ocupaban las mesas de su negocio. Solía decir que el establecimiento era como un aeropuerto, siempre en constante cambio, solo que más interesante porque la cerveza artesanal relajaba a los clientes y el café los estimulaba. Y hablaban mucho. Una cafetería es, sin lugar a dudas, el lugar perfecto para confesar secretos y desahogarse. Mucho mejor que ir a la iglesia, por supuesto, porque allí nadie te servía bollitos dulces de canela.

Aquella tarde, Velma Abbot estaba pendiente de la mesa que quedaba más apartada. Ellos tenían la costumbre de sentarse allí desde que eran dos niños que discutían sobre cuál era el mejor sabor de helado: él estaba convencido que el de cereza; ella defendía con fervor la cremosidad del de pistacho. Nicki Aldrich y River Jackson no pasaban desapercibidos. No solo porque el pelo de ella podía verse desde la lejanía, sino porque el apellido de él formaba parte de la historia del pueblo.

Los había visto crecer, aunque lo más probable era que ninguno de los dos fuese consciente de ello, porque los jóvenes tienen tendencia a, en fin, vivir hacia dentro, como si fuesen agujeros de gusano dispuestos a absorberlo todo sin dar demasiado a cambio. Ella también había tenido dieciocho años. «Los adultos no llegamos al mundo siendo adultos, ¿sabes?», le repetía a su hijo durante la agotadora adolescencia. Y precisamente por eso podía intuir lo que escondían las mejillas encendidas de Nicki y también esa mirada intensa que él solía dirigirle a la chica sin venir a cuento. El problema era que estas dos actitudes se habían sucedido en distintas líneas temporales. Como su adorada madre, que en paz descansase, solía decirle: «La fortuna consiste en estar en el lugar y en el momento adecuados. Todo lo demás es irrelevante».

—Lee y yo hemos roto definitivamente. —Nicki le echó dos sobres de azúcar a su infusión. Usaba la misma medida para el café y también para el zumo de naranja si estaba demasiado ácido—. Aunque ni siquiera sé si en algún momento hemos estado juntos. No importa. No tenía futuro. Yo... Bueno... Me gustó ir al baile con él y luego...

Nicki continuó hablando sin apartar la vista de la cucharilla que movía con aire ausente. No fue hasta que alzó la cabeza hacia él cuando se dio cuenta de que el chico tenía un aspecto lamentable. Velma Abbot hizo memoria y llegó a la conclusión de que solo recordaba haberlo visto así un domingo de buena mañana con resaca y sin dormir después de una noche de juerga.

—River, ¿estás bien?

—Joder, no, no lo estoy.

—¿Qué te pasa?

Con evidente preocupación, Nicki cogió la mano de River por encima de la mesa y el silencio flotó alrededor durante unos instantes. Velma pensó que era un silencio bonito porque ya nunca podrían volver a él, y si uno se detenía el tiempo suficiente casi parecía latir entre ellos. El pulgar del chico trazó una caricia delicada sobre el dorso de la mano de ella. Y hubo más... Hubo un instante de vacilación, de anhelo, de pesar...

—Yo... —Él cogió aire—. Kinsley está embarazada.

—¿Qué?

—Está...

—Lo he oído.

Nicki apartó la mano justo cuando Velma cogía un par de vasos y los limpiaba con parsimonia mientras ignoraba a unas mujeres que acababan de sentarse en otra mesa. No quería perderse nada. Sus ojillos pardos, cobijados tras las gafas, estaban fijos en ellos.

A River le faltaba el aire. Se revolvió el pelo. Se frotó el brazo. Se mordió las uñas. Se encogió sobre sí mismo cuando volvió a mirar a Nicki.

—¿Cómo es posible...?

—¿Quieres que te lo explique paso a paso?

—Mierda, River. Siempre has sido imprudente, pero nunca pensé que no tomarías las medidas necesarias cuando se tratase de...

—Sí lo hice. Lo hicimos. Fue un accidente —siseó él y, para desgracia de Velma, bajó la voz, así que no logró escuchar lo que dijo a continuación, pero quiso imaginar que tendría que ver con alguna estadística sobre la fiabilidad de los preservativos.

—¿Y ahora qué?

—Quiere tenerlo.

—¿Va en serio?

River se tapó la cara con las manos y agachó la cabeza.

Sin saber muy bien qué hacer, porque todavía parecía intentar encajar la noticia, Nicki se levantó y se sentó en la silla que había junto a él. Le acarició la nuca.

—Lo siento, River. Esto es...

—Una pesadilla. No dejo de pensar que de pronto me despertaré y descubriré que todo era cosa del jodido sentido del humor de mi subconsciente...

—¿Qué piensas hacer? Va a ser difícil compaginar los estudios con esta situación. ¿Kinsley no se ha planteado todos los problemas que implicará seguir adelante?

—¿Estudios? Joder, Nicki, no voy a ir a la universidad.

—Pero...

—No puedo marcharme lejos ni pedir un préstamo universitario.

—River, esto es... No sé ni qué decir...

Velma Abbot no pudo soportarlo más. Le pidió a su marido que se ocupase de atender las mesas y luego, con decisión, abrió la caja de galletas de mantequilla, puso cuatro en un plato y se acercó a los jóvenes que acaparaban toda su atención. Las dejó con su mejor sonrisa tras asegurarles que invitaba la casa.

—Gracias —contestó la chica sin mirarla.

El azul de los ojos de River parecía pintado con acuarelas y Velma supo que estaba conteniendo las lágrimas. Durante los siguientes minutos, ninguno dijo ni una sola palabra más, ninguno se movió, ninguno tocó las deliciosas galletas.

—¿Y ahora qué? —preguntó ella finalmente.

—Ahora nada, Nicki. —Y se puso en pie.

SEGUNDA PARTE

LO QUE ROMPIMOS

(2007-2016)

NADA HA CAMBIADO. O CASI NADA

No digo que sea mejor o peor, más bonito o menos interesante. Pero de lo que sí estoy segura es de que si al arcoíris le quitas el color rojo ya no es un arcoíris. Es otra cosa.

LA BRUJA AGATHA

RIVER Y NICKI AL TELÉFONO

(Lo que rompimos)

12 de septiembre de 2007

River aceptó la llamada cuando ella ya estaba a punto de colgar.

—¿Cómo estás? —le preguntó con prudencia.

—He tenido días mejores, pero, según dice Maddox, no debería quejarme porque no tengo ninguna enfermedad terminal. Todavía. Así que...

—River...

—Olvídalo. ¿Cómo ha sido la primera semana?

—Bien. Tranquila. Ha hecho sol.

—Nicki, no intentes... —Hizo una pausa, se llevó la mano a la nuca y fijó la mirada en el techo de su habitación, el mismo techo que pensó que estaba a punto de dejar atrás—. No es necesario que suavices las cosas. Quiero que puedas contármelo todo.

Se oyó un suspiro hondo de Nicki.

—Es que... es violento. Quiero decir, deberías estar en Florida, probablemente organizando la fiesta de bienvenida de la universidad, y yo... Me siento un poco incómoda por estar viviendo esta etapa sin ti cuando tú...

—Quítatelo de la cabeza. Y aclárame una duda, ¿todas las estudiantes de periodismo llevan gafas de pasta, usan Converse y bolsos marrones, y guardan pancartas debajo de la cama para acudir rápido a cualquier manifestación?

Nicki sonrió con cariño, porque supo que estaba haciendo un esfuerzo por romper el hielo y bromear. Se sentó en la cama de la residencia con las piernas cruzadas al estilo indio; un poco más allá, tras la ventana, el viento balanceaba las copas de los árboles y a ella le resultó extraño estar hablando con él en un lugar tan distinto y desconocido.

—Sí —continuó divertida—, ayer mismo tuve que hacer mi propia pancarta a toda prisa; la tengo justo al lado, por si surge alguna protesta a media noche.

—¿Y qué escribiste?

—«Basta de maltratar a los pepinillos de las hamburguesas».

—Totalmente de acuerdo. Tienen derecho a existir y no podemos excluirlos socialmente. Es decir, incluso los antipepinillos son conscientes de que prescindir de ellos no es una opción. ¿Qué gracia tendría? Las hamburguesas serían trágicas.

—Muchos niños llorarían al ir al McDonald's.

—Me está entrando hambre. Es casi un milagro. Llevo semanas con un jodido nudo en la garganta tan fuerte que no sé ni cómo soy capaz de beber agua...

—River...

—Mierda. Ya paro.

—No. Yo también quiero que puedas hablar conmigo.

—Mmm, sí. Oye, voy a colgar.

—Baja a por algo de comer.

—Lo haré. Buenas noches.

Pero no cumplió su palabra. River no se levantó, tan solo se dio la vuelta en la cama y se quedó allí, con la vista clavada en la ventana que tantas veces había abierto para hablar con Nicki. Imaginó su habitación vacía, con todos esos libros, esos dibujos y esos botes llenos de cosas inútiles que ella solía almacenar. Él también debería haber estado lejos de allí, muy lejos, exactamente a más de mil quinientas millas de distancia.

Se obligó a coger aire, pero lejos de encontrar alivio, fue como si un globo se hinchase en su pecho invadiéndolo todo y dejándolo sin respiración.

23 de septiembre de 2007

—Tengo una duda... —dijo ella vacilante, porque había intentado en varias ocasiones adentrarse en ese terreno, pero no sabía cómo hacerlo—. Sobre lo ocurrido con Kinsley... Es que...

—Por favor, ve al grano.

—¿Habéis hablado del futuro? Quiero decir, ni siquiera sabía que tuvieseis algo. Cuando me contaste que irías al baile con ella no diste a entender que estuvieseis saliendo juntos.

—Es que solo fue una noche. Una estupidez.

—¿Y ahora...?

—Si lo que preguntas es si nos planteamos estar juntos, la respuesta es no. Ya es suficientemente jodido que vayamos a tener un hijo en común como para complicarlo todavía más. Tenemos una buena relación. O eso creo.

—¿Eso crees?

—No hemos hablado mucho estas semanas. Necesito... Ya sabes, necesito algo de tiempo. Aún estoy dándole vueltas a lo que voy a hacer. Mamá me ha propuesto que empiece a trabajar en el restaurante y papá insiste en que vaya con él de pesca.

—¿Y qué opción prefieres?

—Que me maten con una motosierra.

—River...

—Mierda. Es que odio las dos posibilidades, así que supongo que en algún momento debería intentar buscar trabajo, pero la idea de levantarme de la cama es...

—Lo sé. Lo entiendo.

—Te echo de menos.

—Yo también.

8 de octubre de 2007

—He conocido a la persona más interesante del mundo. Se llama Babette y es divertidísima. Su madre es tailandesa y su padre francés, los dos están metidos en el mundo del arte. Lee a Lipovetsky y a Joan Didion. Tiene memoria fotográfica. Y sabe decir «esto es una mierda» en trece idiomas.

—Haber empezado por ahí.

—Te caería genial.

—Eso parece.

—¿Qué tal la semana?

—Fui con Kinsley a una ecografía.

—¿Y...?

—Yo qué sé. No vi nada. Era... Bueno, una cosa por ahí entre sombras.

—¿No os dijeron el sexo del bebé?

—Kinsley no quiere saberlo.

—¿Y tú?

—Me da igual.

—Vale. —Lanzó un suspiro largo—. ¿Te importa si pongo el manos libres mientras me peino? Ay, espera. Me he dado un golpe con el marco de la puerta.

—¿Vas a salir esta noche?

—Sí, he quedado con Babette.

—Pásatelo bien. No hagas nada que yo no haría.

—Eso amplía hasta el infinito las posibilidades.

9 de octubre de 2007

—Tengo resaca. Es horrible.
   —Casi puedo olerte el aliento desde aquí.
   —¡River! Eso es asqueroso.
   Él estaba sentado en una de las rocas que rodeaban el faro. Solía ir allí por la mañana y mataba las horas contemplando el mar infinito hasta que, en torno al mediodía, Archie terminaba su jornada laboral. Las tardes pasaban más rápido entre cerveza y cerveza compartida con su amigo y otros colegas. De pronto, uno de los grandes propósitos de River era lograr que los días se acortasen todo lo posible.
   —Me alegra que lo pasaras bien.
   —No sé si compensa el dolor de cabeza...
   —¿Has probado a beberte un batido de apio con limón y ajo?
   —¿Qué?
   —Dicen que se te va la resaca casi al instante.
   —¿En serio?
   —Pues claro. Ve a comprar. Lo machacas todo y te lo tragas sin pensar.

10 de octubre de 2007

—¡River, maldito seas!
   —¿Qué he hecho ahora?
   —¡No era verdad lo del batido del otro día! Babette dice que no lo ha oído en su vida y estuvimos buscando en internet y... y... Te mataré con mis propias manos en cuanto te vea, lo sabes, ¿verdad? —La risa de él era el único sonido al otro lado de la línea—. Vomité, River. Estaba tan asqueroso que terminé vomitando.
   —Joder, Nicki.

—Grrr.

—Eres divertidísima.

—Y tú, un imbécil crónico.

Luego colgó. Tardó cuatro días en volver a cogerle el teléfono.

21 de noviembre de 2007

—¿Qué haces? —preguntó River—. Oigo papeles.

—Estaba terminando un trabajo sobre Nietzsche, Baeumler y Heidegger. Tengo que analizar cómo y por qué ha cambiado la visión social sobre el mensaje que transmitían.

—Apasionante.

—Cuéntame cómo van las cosas por allí.

—¿Por dónde empiezo? Kinsley tiene antojo de galletitas saladas y esta mañana me ha contado que anoche no le quedaban y se fue a la gasolinera para comprar más. Adorable o perturbador, según cómo te apetezca verlo. Maddox sigue comportándose como un hombre octogenario. Tu abuela discutió el otro día con el vecino porque su perro se meó en las margaritas. Mis padres... —Hizo una pausa—. Él no dice mucho, pero mi madre conseguirá que me estalle la cabeza en cualquier momento. Y Heaven se hizo un *piercing* en la nariz hace un par de días.

—Tampoco es para tanto...

—Ella misma. Con una aguja de costura.

—Venga ya. —Nicki soltó una carcajada.

—Lo tenía tan infectado que su nariz parecía una berenjena deforme. Lleva desde entonces pidiendo que nadie le haga fotos como si fuese una estrella de Hollywood.

Nicki volvió a reírse. Se tumbó en la cama.

—En cuanto a lo de tu madre...

—Da igual. No tengamos esta conversación.

—Quiero ayudarte. Es raro estar lejos de casa. Hablo con mis padres y la abuela, aunque sabes que no son de los que se extienden mucho al teléfono, pero no es lo mismo.

—La cuestión es... —River se rascó la cabeza—. Fuimos con Kinsley a una tienda de cosas para bebés. Y mi madre estaba... emocionada. Me jodió. Tengo la sensación de que todos lo han asimilado tan fácilmente y yo... no consigo visualizarlo.

—Yo tampoco, River. —Se mordió el labio.

—Me alivia saberlo. —Hubo un silencio largo que él se apresuró a romper con un tono más distendido—: No te haces una idea de la cantidad de artículos inútiles que existen. Puericultura, lo llaman. O algo así. Es más complicado elegir un carro de paseo para un bebé que un puto coche en el concesionario. Y las cunas... Y las hamacas... Y esos parques que parecen prisiones diminutas... Hasta para comprar un dichoso biberón hay que hacer un cursillo previo: los hay de vidrio o de polipropileno; tetinas de látex, silicona, de flujo lento, anatómica... ¿Te puedes creer que algunas deforman el paladar?

—Es como si me hablases en otro idioma.

—Bien, me alegra saber que sigo cuerdo.

—¿Sabes? Deberías usar el dinero de nuestro bote de la aventura para todo lo que vas a necesitar. Sé que no hay mucho, pero es lo justo. Me regalaste el móvil y, además, casi todo lo ganaste tú trabajando con tu padre.

—Qué bien. En lugar de hacer el viaje de mi vida compraré pañales.

—Lo siento, River. Sé que no es lo ideal, pero...

—Ya. Nada. Gracias. Tengo que colgar.

16 de diciembre de 2007

—Babette celebra la Navidad en los Hamptons.

—¿Tengo que fingir que estoy fascinado?

—Deberías. Sus padres poseen un imperio. Tendrías que ver el piso que tiene alquilado aquí en Boston para ella sola, nada de compartir habitación. Me ha pedido que el próximo año deje la residencia y me vaya con ella.

—Tienes una flor en el culo, Nicki Aldrich.

—No estoy segura de hacerlo porque no puedo pagar lo que costaría una habitación en ese barrio. Ella insiste en que bastará con que colabore con la cesta de la compra y las facturas, pero...

—Sabes que vas a decirle que sí, así que no sigamos hablando del tema. —River se llevó a la boca el sándwich de pavo y queso que acababa de prepararse—. En otro orden de cosas, seré padre dentro de, exactamente, dos meses.

—La fecha de parto es orientativa...

—Ya. Pero no sé si... No estoy preparado. —Dejó el sándwich a un lado, incapaz de seguir comiendo—. Te confesaré algo: a menudo fantaseo con meter ropa en una bolsa de viaje, subirme al coche y alejarme sin rumbo fijo. Así, a la aventura.

—River...

—¿Crees que soy una mala persona?

—No. Eres humano. Estás asustado.

—Tengo ganas de verte.

—Pronto. En días.

RIVER, NAVIDAD DE 2007

(Lo que rompimos)

El frío calaba hasta los huesos. Calzaba botas de goma y llevaba una chaqueta gruesa y chubasquero. Frente a mí, sentado en la borda del barco, estaba Dennis. Unos metros más allá, Maddox cogía el timón para cambiar el rumbo.

—Así que... eres toda una promesa —dije.

—Yo no diría tanto. —Dennis se pasó una mano por el pelo para mantenerlo bajo control, aunque era evidente que no tenía nada que hacer contra el temporal.

—¿Cómo es el ambiente de Chicago?

—Tremendo. Siempre hay algún plan.

—¿Puedes echarme una mano, River? —me llamó Maddox para pedirme que me hiciese cargo de dirigir el barco—. A este paso no habrá comida para Navidad.

—Genial. Compraremos unas pizzas —respondí.

—En una buena mesa tiene que haber langostas, pescado, sopa de almejas y...

—Sí, sí, lo pillo. No sigas, por favor. —Me reí y vi que Dennis también curvaba los labios. Enderecé el timón—. Salvaremos la Navidad con un par de lubinas.

La sonrisa de Dennis se transformó en una carcajada.

Una racha fuerte de viento nos golpeó y me castañetearon los dientes. Pensé en una taza de chocolate caliente. En el calefactor. En el vaho que se quedaba en el espejo al salir de la ducha. En calcetines gruesos. En chimeneas encendidas. En el sol de verano.

Dennis abrió el tonel del cebo. El olor rancio del arenque me provocó una sacudida en el estómago y reprimí una arcada.

Maddox nos dio algunas indicaciones que seguimos sin rechistar. Dejamos atrás las hileras de boyas de colores. Las olas rompían contra el casco de la embarcación. Paramos un poco más allá y cada uno se concentró en una tarea distinta. Pasado un rato, mi hermano rompió el silencio con aire pensativo.

—River, ¿puedo pedirte un favor? ¿Podrías repartir mis pedidos más tarde? Yo limpiaré el pescado en cuanto lleguemos y ayudaré a mamá en la cocina.

—Claro, no hay problema.

La pausa que siguió fue tan larga que ya había dado la conversación por concluida cuando Dennis preguntó:

—¿Has quedado con alguien?

—Sí. Con Jordan. —Maddox cogió sedal.

El agua nos mecía sin tregua.

—¿Quién es Jordan? —Dennis frunció el ceño—. Nunca antes lo habías nombrado.

—Llevas un año y medio fuera. No te lo cuento todo.

—Aun así... —Dennis suspiró y se quedó allí plantado con las manos en la cintura y mirando a mi hermano que, en cambio, no levantó la vista hacia él.

Carraspeé y me aclaré la garganta para romper el momento.

—¿Y qué hay de ti? ¿Sigues con esa chica?

—Se llama Rose —contestó.

—Rose... Suena erótico.

—River —me advirtió Maddox con aire distraído.

—¿Qué pasa? ¿No puedo decir que un nombre me parece erótico? Es por la musicalidad. O la entonación. Lo que sea. —Estiré los brazos en alto y sonreí porque, por un instante, logré olvidar mis propios frentes abiertos—. Lo dicho, Maddox. Ve tranquilo.

La boca de Dennis formó una línea recta hasta que regresamos al puerto.

MILA, NAVIDAD DE 2007

(Lo que rompimos)

Los Jackson y los Aldrich formaban un ejército de hormigas liderado por el azul petróleo de los suéteres navideños que Vivien había tejido aquel año para todos. El color simulaba la noche y en el centro del pecho destacaba una estrella fugaz.

—Ahora que ya estamos listos, vayamos a lo importante. —Mila se arregló el cabello blanquecino con los dedos—. ¿Dónde está la comida? Me muero de hambre.

—En esas bolsas de ahí. —Isabelle las señaló y, luego, se dio una palmada en la frente—. Se nos ha olvidado entregar el pedido del señor Maddison. Siempre lo dejamos para el final porque vive en esta calle. Mila, ¿te importaría acercárselo?

—¿Al tipo que tiene un perro bobo? No, gracias. Me pone de mal humor. Siempre me destroza las margaritas con sus malditas pezuñas.

—Venga, es Navidad. Además, a mí me parece un hombre muy simpático.

—Oh, demonios, está bien. —Mila suspiró con resignación.

Salió tras abrocharse los siete botones de su abrigo morado. Estaba nevando. Los copos, diminutos y ligeros, bailaban bajo las farolas de la calle. Mila se paró delante de la puerta y llamó al timbre. Ding dong.

Mientras esperaba, se fijó en la oscuridad que reinaba al otro lado de la ventana. Había una mesa pequeña con una llama titilante y se distinguía el fulgor de la televisión encendida. Pero no había griterío como en el hogar donde ella vivía, tampoco carcajadas ni villancicos. En ocasiones, el silencio y la soledad son la misma cosa. Mila alzó la cabeza y contempló las hileras de luces doradas que pendían de los árboles. Un espumillón abrazaba el buzón, había una corona de acebo en la puerta y renos de plástico en el jardín. Se preguntó para quién los habría puesto. Un copo de nieve se derritió en la punta de su nariz justo cuando la puerta se abría con un suave crujido.

Mila siempre sabía qué decir, pero al ver a Owen Maddison allí le costó cazar las palabras que revoloteaban por su cabeza. Llevaban años cruzándose por la calle y saludándose con secos «buenos días» o «buenas tardes», pero nunca habían mantenido una conversación que los obligase a hacer un alto en sus caminos.

Hasta ese día de invierno.

—¿Traes el pedido?

—Sí, claro. Toma.

—Muchas gracias. Y feliz Navidad —dijo Owen sin demasiado entusiasmo y, luego, se giró para volver a meterse en aquella casa vacía.

—¡Espera! —Ella tragó saliva—. ¿Estás solo?

—Sí. —Abrazó la bolsa con fuerza.

—¿Acaso no tienes familia? —insistió Mila.

El rostro de Owen se arrugó. Lanzó un suspiro.

—Mi esposa falleció hace dieciséis años. Tengo un hijo y no nos llevamos mal, pero su mujer es francesa y celebran las fiestas allí. Son seis hermanas y docenas de primos, entiendo que es más divertido que venir hasta este lugar para ver a una sola persona. También tengo una nieta, Annie. Acaba de cumplir siete años.

—¿Y ese hijo tuyo sabe que estás solo?

—Tan solo es un día como otro cualquiera.

—No es cierto. Me parece muy desconsiderado, lo menos que podría hacer es invitarte a pasar las fiestas allí. Además... —contempló el jardín—, mira todo lo que te has esforzado en la decoración de la casa, ¿por qué hacerlo si no esperas a nadie?

Owen vaciló y el silencio se prolongó.

—Nunca se sabe. Podrían aparecer.

—¿Tu familia?

—La posibilidad siempre está ahí. No me gustaría que mi nieta llegase y se encontrase la casa sin luces ni árbol. Además, a mi mujer le encantaba la Navidad.

Mila notó una punzada de frío entre las costillas.

—Recoge tus cosas. Te vienes a casa.

—¿Qué has dicho? —preguntó confuso.

—Ya me has oído, no me hagas repetirlo. Nosotros tenemos sitio de sobra y todos estarán encantados. Tienes cinco minutos. No me gusta esperar.

Owen parecía tan sorprendido como dubitativo.

—Esto no es... Te lo agradezco, pero...

—Es Navidad. Odio discutir en Navidad.

Él se rascó la cabeza y miró a su espalda como si esperase encontrar una excusa en el vestíbulo de la casa. No ocurrió. Así que asintió lentamente.

—Está bien. Iré a buscar mi abrigo.

NICKI, NAVIDAD DE 2007

(Lo que rompimos)

Estábamos tumbados en la cama de mi habitación. La voz de Nat King Cole cantando villancicos trepaba por la escalera y se colaba por debajo de la puerta. Al mirar a River, volví a fijarme en que estaba más delgado y más ausente que meses atrás. Llevábamos puestos los suéteres azules a juego que mi madre había tejido y parecíamos dos trozos de una misma cosa.

—¿Estás bien, River?

—Deberíamos bajar.

—No has respondido a mi pregunta.

Apartó la vista de los planetas pintados en el techo.

—Lo sé. Venga, vamos.

El señor Maddison llevaba puesto un viejo sombrero y se frotaba las manos con adorable nerviosismo. La abuela se quitó el abrigo y dijo sin titubear:

—Pasará la Navidad con nosotros. Trae un vaso más, Jim. Y cubiertos.

—Bienvenido. —Mamá le sonrió a Owen y le indicó su sitio.

El delicioso aroma de la comida flotaba en el aire y los platos fueron pasando de unos a otros mientras se servían langosta, carne de cangrejo, almejas con salsa de tomate, bocaditos fritos de gambas con beicon, pan de maíz y pescado al limón con almendras.

—No sea tímido, señor Maddison. Sírvase —le dijo Isabelle.

—Gracias. —Cogió con el cucharón un puñado de almejas y las volcó en su plato con satisfacción—. Pero preferiría que me llamaseis Owen.

Sebastian masticó mientras lo miraba y le preguntó:

—Trabajabas en los faros, ¿verdad?

—Sí, lo hice hasta que mi mujer enfermó. Son lugares especiales. Es una lástima que el oficio esté destinado a desaparecer, porque ahí uno siente que forma parte de otra época.

—Mira, igual que en esta casa —dijo Heaven—. Sin móvil y sin internet es como vivir en 1912. Seguro que tú y yo tenemos mucho en común, Owen.

—Sé educada —la reprendió mamá.

—Solo me siento identificada...

A River se le escapó una risita, pero no pude evitar percibir que había algo distinto en él incluso cuando se mostraba jovial. ¿Qué era exactamente...? Un regusto amargo. Era leve, casi imperceptible, pero estaba ahí.

—Recuerdo a tu mujer. Tenía una tienda de golosinas y dulces. Cuando era niña iba allí a menudo para comprar bolitas de anís —dijo Isabelle.

—Sí. —Owen sonrió con nostalgia. Miró a la abuela—. ¿Tú has estado casada?

—¿Yo? Bueno... Un poco, sí. Bastante casada. Digamos...

—Estamos expectantes —bromeó River.

—Cuatro veces. Solo.

—¿Qué? —Alzó las cejas.

—Cuatro maridos. —Mila se encogió de hombros y se limpió con una servilleta los restos de salsa—. Si lo piensas bien, no es para tanto. Tengo sesenta y siete años. A un marido por década, sale una media razonable.

Owen parpadeó sin dejar de mirarla.

—Debes de haber tenido una vida intensa.

—No te haces una idea. —Mi madre sonrió.

—Oh, no habléis de ese modo, ¡como si ya me hubiese muerto! Me queda un mundo por descubrir. Si soy poco más que una adolescente madura... —La abuela apuntó a Owen Maddison con el tenedor—. Por ejemplo, acabo de apuntarme a clases de baile. Voy todos los jueves. Deberías venir conmigo en alguna ocasión.

—Pues... vale. —Owen sonrió lentamente.

—Menudo cursillo exprés para ligar, abuela. —Heaven alzó una ceja con una sonrisilla y luego me miró—: Nicki, saca una libreta y toma nota.

Sin remordimientos, le di un pisotón por debajo de la mesa.

Al llegar la hora del postre, mi padre trajo muñecos de nieve de chocolate de Vermont, galletas de jengibre y ponche de huevo con brandy. Ya habíamos arrasado con la mitad de los dulces cuando a Isabelle se le ocurrió decirle a mamá que el próximo año tendría que tejer un suéter más. «Para el bebé», aclaró en medio de la confusión general.

River se puso en pie, cogió una de las botellas y salió del comedor.

Solo los villancicos rompían el silencio que se abrió paso.

—Ve y dile a tu hijo que traiga de vuelta esa botella.

—Dale un respiro, Isabelle —le contestó Sebastian.

—Yo iré a hablar con él —se ofreció Maddox.

—No, dejadme a mí, por favor —les pedí.

Encontré a River en la casa del árbol. No dije nada. Tan solo le quité la botella de las manos, di un trago y luego apoyé la cabeza en su hombro. Se intuía el fulgor de la luna y las estrellas en el cielo, aunque no lograba desafiar a la impenetrable oscuridad. Pensé que, en ocasiones, lo único que necesitamos es sentirnos arropados.

Me quedé un rato en el porche cuando la reunión familiar terminó. No dejaba de intentar encontrar algún rastro luminoso allá arriba; de pequeña, estaba segura de que el trineo de Santa Claus dejaba a su paso chispas brillantes. Me convencía tanto de ello que, a veces, mi imaginación me jugaba malas pasadas y creía verlo. «Es imposible», decía siempre River. Pero yo insistía: «Lo he visto, de verdad que lo he visto».

La abuela Mila se sentó en la mecedora de al lado.

—¿Qué estás haciendo aquí? Hace mucho frío.

—Voy abrigada. Y me apetecía tomar el aire.

Nos mantuvimos en silencio durante un rato.

—¿Vas a contarme en qué estás pensando?

—Tan solo recordaba lo mucho que me gusta la Navidad. Ya sabes, reunirnos, decir tonterías y que todo esté decorado con cosas brillantes...

—Es muy divertido, sí.

—¿Crees que siempre seguirá siendo todo igual?

—¿Por qué me preguntas eso, Nicki?

—No lo sé. Tengo miedo de que las cosas cambien.

—La vida es... impredecible.

—Ya. —Tragué saliva con fuerza.

—Todos queremos llegar a la fiesta y que caiga confeti dorado.

—Estoy de acuerdo. —Le sonreí.

—Pero en ocasiones ni cae confeti ni nada.

Jugueteé con la manga del suéter azul. Pensé en mamá eligiendo los ovillos de lana y, luego, con las agujas de coser entre las manos dando un punto tras otro desde comienzos de verano, previsora como siempre, generosa sin pedir nada a cambio.

—Abuela.

—Dime, Nicki.

—Owen me cae bien.

—Mmm.

—Es dulce.

—No diría tanto...

—Muy muy dulce.

—Veremos qué tal se le da bailar.

—No seas demasiado dura con él.

—Lo intentaré. —Me mostró una sonrisilla y se sacó del bolsillo uno de esos caramelos de regaliz que solía llevar encima desde que había dejado de fumar.

—Abuela, de todos tus maridos, ¿cuál fue el peor?

—Ya lo sabes, Nicki. No hay demasiado espacio para la duda teniendo en cuenta que al tercero intenté matarlo con una sartén.

—Pero nunca me dijiste lo que ocurrió.

—Digamos que algunos hombres son tan pequeños que necesitan levantarle la mano a una mujer para sentirse grandes. Nunca lo permitas, Nicki.

—Lo siento. —Entrelacé mis dedos con los suyos, porque me encantaba el contraste de su piel arrugada con la mía.

—Tranquila. La sartén estaba al fuego.

Le sonreí. No la solté. Ella tampoco lo hizo.

—¿Y el mejor de los cuatro?

—Oh, Ronnie, claro.

—¿Por qué?

—¡Porque murió!

—¡Abuela!

—Lo digo en serio. Estuvimos juntos poco tiempo, él se fue a Vietnam y no volvió. Mira, durante los primeros dos años todo es bonito y fácil. El ser humano es como las urracas, tú lo sabes bien, Nicki. Primero te fijas en lo que brilla por impulso y, después, cuando ya lo tienes, empiezas a darle vueltas al tesoro y te das cuenta de que tan solo era un botón de latón, ni rastro de oro. No es fácil querer a alguien por quién es de verdad, porque para eso hay que conocer sus defectos y sus vacíos. ¿Me estás entendiendo?

—Sí.

—Bien.

—Abuela.

—Dime, pequeña preguntona.

—¿Y qué pasa cuando quieres a alguien pese a sus defectos y sus vacíos?

RIVER, EL DÍA DEL FUNERAL, 2017

(Lo que somos)

Tengo un nudo en la garganta tan grande que apenas puedo respirar, pero por fuera parezco sereno, casi como una de esas estatuas de piedra que son ajenas al frío o al calor, a los insectos o a las enredaderas que trepan por las rígidas extremidades. Y las manos responden a cada orden. Arriba, hacia dentro, dedos como pinzas. Pero el resultado es mediocre, así que tiro de la corbata con tanta fuerza que me hago daño, deshago el maldito nudo y vuelvo a empezar. Arriba, hacia dentro, cojo uno de los extremos...

No funciona. No está bien. No está como debería estar.

Hago una pelota con la tela y la lanzo contra la pared.

A la mierda la corbata.

A la mierda todo, joder.

Me siento en la cama. Escondo el rostro entre las manos. Me escuecen los ojos. Respiro hondo. Me obligo a alzar la vista y, luego, aún un poco aturdido, saco el móvil del bolsillo. Lo reviso una vez más. La esperanza se disuelve lentamente como una pastilla efervescente en el agua.

No puedo retrasarlo más. El funeral empieza en una hora.

NICKI, 22 DE FEBRERO DE 2008

(Lo que rompimos)

Anclada en el condado de Suffolk y considerada un paraíso intelectual, Boston es una de las ciudades más antiguas del país, aunque, paradójicamente, tiene una población muy joven debido a sus más de cincuenta universidades. Me encantaba la biblioteca inspirada en un palacio renacentista italiano, los cafés y las tiendas de Newbury Street y el intenso ambiente nocturno de Fenway Park.

El local donde nos encontrábamos poseía un aire clásico gracias al mobiliario de aspecto robusto, pero jugaba al despiste con todas esas lámparas modernas que colgaban del techo inclinado, las luces azules y el suelo gris de estilo industrial. Me miré en uno de los muchos espejos que vestían las paredes.

—Deja de hacer eso —dijo Babette.

—No hago nada, tan solo estaba...

—Pensando demasiado —me cortó.

Me había acostumbrado tanto a mis vaqueros con deportivas y a la ropa que me hacía mi madre, que no podía evitar sentirme rara usando aquel vestido de mi amiga. Era de color azul, ajustado en la cintura, y luego caía suelto hasta la rodilla. Me quedaba bien, eso no iba a negarlo. Babette insistió para que me lo pusiese cuando pasó a recogerme.

—¿Te has fijado en esos chicos de allí? Son guapos.

—No están mal —dije, pero creo que no me oyó porque ella ya caminaba hacia el lugar donde se encontraban, al lado de la barra.

—¿Estáis disfrutando de la noche? —Babette tenía un tono de voz sugerente que, unido a una seguridad envidiable, le ponía las cosas muy fáciles—. Me llamo Babette Roux. Y ella es mi amiga Nicki Aldrich.

—Sam Preston —dijo el rubio.

—Y Edward Rubbs. Un placer.

Nos contaron que estaban en tercer curso. Hablamos un rato de cosas triviales hasta que empezó a sonar una canción animada y Babette le pidió a Edward que bailase con ella, así que se alejaron hacia la pista.

Sam me digirió una sonrisa discreta.

—Me había asegurado que si salíamos por ahí no me abandonaría a la primera de cambio, pero creo que tu amiga le ha hecho replantearse su promesa.

—Así es Babette. Siempre consigue lo que quiere.

—¿Y qué hay de ti? ¿También eres decidida?

—No mucho —admití y le di un sorbo a mi copa—. Pero podría serlo algún día, quizá. ¿Quién sabe? Todos tenemos diferentes caras, ¿no es eso lo que dicen?

—Comprendo.

—¿El qué?

—Que eres de las filósofas.

—¡Venga ya! —Me eché a reír.

—Está claro. —Volvió a sonreírme y pensé que era muy guapo, con esos hoyuelos y el cabello rubio y despeinado. Daban ganas de pasarle los dedos entre los mechones para colocarlos en su lugar—. Podrías haber respondido «sí» o «no», pero has preferido abrir todas las puertas. Me apuesto lo que sea a que te gusta divagar.

—Un poquito —admití risueña.

Me tensé con expectación cuando dejó caer su mano en mi rodilla de forma casual. El ruido alrededor creaba un efecto contrario al silencio que se abrió entre nosotros.

—¿Te apetecería intentarlo esta noche?

—No sé a qué te refieres...

—Ser más decidida.

—¿Por qué?

—Porque puedes. —Llamó al camarero y pedimos dos copas—. Si le dieses una tregua a tu cabeza durante unas horas, ¿qué harías ahora mismo?

—Bueno... —Miré sus labios.

—¿Sí? —Me animó juguetón.

—Probablemente saldría a bailar.

—Mientes. Me has mirado la boca.

—¡No es verdad! —protesté riendo.

—Venga, Nicki, déjate llevar.

—Lo intento. —Tomé aire y luego lo solté—. Bien. Tienes razón, tú ganas. Quizá te besaría, sí. Sería divertido. Nunca he tenido un lío de una noche.

—¿Nunca?

—No. Y ahora que lo pienso... debe de ser excitante.

—Lo es. Confía en mí.

—Me refiero... —Me entró la risa y tragué con dificultad mientras dejaba la copa en la barra—. Pensaba en la idea de enrollarse con alguien a quien no volverás a ver.

—Sí. Sin presión. Se respira mejor.

Sam bajó de su taburete, me tendió la mano y me preguntó si quería bailar. Acepté con una sonrisa nerviosa. Al mezclarnos entre la multitud, creí ver de lejos a Babette, pero la perdí de vista en cuanto clavé mis ojos en los del chico que tenía delante. Era ingenioso y divertido. Le rodeé el cuello con los brazos mientras nos movíamos al ritmo de la música. Sam colocó una mano en mi espalda y me apretó contra él.

—Así que nunca has tenido un lío de una noche...

—No. —Al inclinarme hacia su cuello, me di cuenta de que olía a Musk de Lorenzo Villoresi. Era mucho más intensa que la colonia que solía usar River, Boss Bottled, una mezcla perfecta de ciruela, musgo, manzana y limón.

—¿Cuántos años tienes?

—Cumpliré diecinueve en junio.

—Aparentas menos.

—No eres el primero que me lo dice.

—Es por los dientes, quizá. O la nariz.

—¿Qué les pasa a mis dientes?

—Nada. Son muy graciosos. —Incómoda, me alejé un poco, pero él acortó la distancia—. Lo digo en serio. Relájate.

—¿Qué te hace pensar que no lo estoy?

—Toda tú eres una señal gigantesca de «stop».

—No es cierto.

—¿Estás segura?

Lo estaba. Sí, sí, sí.

O, más bien, quería estarlo.

Así que me puse de puntillas y busqué su boca. No tuvo nada que ver con el beso que me había dado con River, esa espera burbujeante y la mezcla de ternura y cariño. Tampoco guardaba semejanzas con mi experiencia con Lee, porque solía ser torpe y rara. Ese beso fue más húmedo y rudo. No hubo mariposas aleteando, tan solo deseo.

—Creo que hemos dejado atrás la señal de «stop» —dijo Sam mientras su mano descendía hasta mi trasero—. ¿Qué dirección te gustaría seguir?

—¿Todo recto? —Respiraba agitada.

—Tú vas al volante —contestó.

Recuerdo algunos fragmentos del trayecto hasta su apartamento. Fuimos a la cocina y buscamos algo para beber entre risas. En la habitación de al lado, se oían las voces de Babette y el amigo de Sam. Acabamos en el dormitorio poco después.

—Perdón por el desorden, no esperaba visita.

—No pasa nada —le aseguré algo nerviosa.

Él se acercó y se quedó parado frente a mí.

—Pues aquí estamos.

—Aquí estamos.

Volvimos a besarnos. Las manos de Sam abandonaron mis mejillas y bajaron hasta el dobladillo de la falda. Gemí en su boca cuando me acarició entre las piernas y me apreté más contra él. Palpé los músculos bajo su camiseta y luego le ayudé a quitársela por la cabeza. Él encontró la cremallera del vestido.

Nos tumbamos en la cama.

El cuerpo de Sam era sólido y yo me sentí inesperadamente serena cuando él se inclinó para sacar un preservativo del cajón de la mesilla. Las primeras veces suelen estar ligadas a lo emocional, pero había algo liberador en el hecho de desnudarme delante de una persona a la que no conocía y que no me conocía. Así que estaba convencida de querer aquello cuando me aferré a su espalda mientras se hundía en mí despacio.

Cerré los ojos ante la punzada de dolor.

—¿Te hago daño?

—No, no, es solo...

—Oh, joder. No me digas que... —Paró en seco—. Mierda.

—Sigue, por favor. Deseo esto. De verdad. —Lo miré a los ojos.

Sam vaciló unos segundos antes de continuar. Fue delicado. Fue contenido. Sus movimientos se volvieron más pausados. Intentó en vano que terminase con él, a la vez. Después, se levantó para ir al baño y quitarse el preservativo.

Yo estaba vistiéndome cuando salió.

—¿Adónde se supone que vas?

—Debería volver a casa. Es tarde.

—Dudo que tu amiga salga de la habitación de al lado antes del amanecer. Quédate. Podemos ver una película o descansar —propuso con amabilidad.

—De acuerdo. —Me tumbé y el peso de Sam hundió el otro lado de la cama.

—Tendrías que habérmelo dicho —susurró Sam.

—Ya, es que... No lo pensé... Me apetecía hacerlo.

—Todo ha sido un poco raro. Quizá sea una señal para que lo repitamos en otro momento. No será difícil mejorar la experiencia de esta noche.

—¿Y qué pasa con lo de los líos de una noche?

—Sobrevalorados —bromeó antes de besarme.

Se quedó dormido poco después. Yo fui incapaz de conciliar el sueño, así que me quedé despierta oyendo los golpes que provenían de la habitación de al lado. Ya despuntaba el alba cuando percibí ruidos en la cocina y salí caminando de puntillas.

Babette tenía un par de magdalenas de chocolate en la mano.

—Mira quién está aquí. Nicki, la devora hombres.

—No eres graciosa. Y dame una de esas.

—Robemos el paquete entero. Vámonos.

—¿Ya? Mierda, espera. Me he dejado el coletero en la mesilla y... —Pensé que no le había dado mi número de teléfono, pero me dije que quizá era mejor así.

—¿Puedes sobrevivir sin tu coletero?

—Sí. —Reprimí la risa.

—¡Pues corre!

Salimos del apartamento entre carcajadas. Ya en la calle, le di un bocado a la magdalena mientras el sol se desperezaba. Vetas rosas y anaranjadas surcaban el cielo que parecía hecho de mármol. De vez en cuando nos mirábamos de reojo y volvíamos a reírnos, aunque no sabíamos qué nos hacía tanta gracia.

—Menuda noche. —Babette sonrió—. Busquemos algún lugar abierto. Necesito café. Apenas he pegado ojo y me apuesto lo que sea a que tú tampoco.

Mi teléfono vibró. Lo miré distraída. Era River.

«Agatha Jackson Mallory acaba de nacer».

RIVER, 23 DE FEBRERO DE 2008

(Lo que rompimos)

La primera vez que sostuve a Agatha en brazos no sentí nada. O, al menos, nada apropiado. Sentí miedo, eso sí. Un miedo tan intenso que me temblaron las rodillas y empecé a marearme. Ella tenía la cara arrugada, el pelo aplastado contra el cráneo y los labios fruncidos en una mueca. Alguien comentó: «Qué guapa es» y yo me contuve para no contestar que mi concepto sobre la belleza distaba bastante de aquello.

—Me estoy... Estoy... —empecé a decir.

—¿Te estás mareando? —Mi madre se levantó—. Dame al bebé. Ve a sentarte por ahí —añadió sin mirarme cuando me arrebató a Agatha de los brazos.

Me sentí más liviano de inmediato. Más entero.

Ocupé un hueco a los pies de la cama de Kinsley. Estaba tan cansada que no parecía capaz de murmurar ni una palabra, pero le brillaban los ojos. Vaya si le brillaban. No apartaba la vista de la pequeña mientras su madre y la mía se la rifaban como si acabasen de comenzar una competición por ver quién la sostenía más tiempo.

—¿Te encuentras mejor?

—Creo que eso debería preguntártelo yo a ti —contesté, porque después de asistir a gran parte del parto (entraba y salía cuando pensaba que estaba a punto de desfallecer), estaba convencido de que esa chica era una superheroína.

—Aún me dura la anestesia...

—Deberían dejar esa droga por aquí para que nos chutásemos un poco cada vez que nos apeteciese. Lo pondré en el apartado de sugerencias del hospital.

Kinsley sonrió en respuesta.

Luego, pidió coger al bebé. La sostuvo con delicadeza mientras le tarareaba una canción de cuna al oído. Imaginé que también estaría asustada, porque ninguno de los dos sabíamos nada sobre ser padres, pero Agatha encajaba junto a ella como si las hubiesen moldeado con arcilla, y la pequeña apenas tardó unos minutos en cerrar los ojos y dormirse.

RIVER Y NICKI AL TELÉFONO

(Lo que rompimos)

28 de febrero de 2008

—No sé si voy a poder hacerlo. ¿Cómo demonios aprende uno a ser padre? Jamás les he prestado atención a los bebés, eran invisibles para mí. No tenía ni idea de que tienen la cabeza blanda o de que existe la muerte súbita. Ahora mismo mi única meta es conseguir que la niña sobreviva. —River lanzó un suspiro cansado—. ¿Sabes cuántas veces caga al día? Yo tampoco, porque es imposible llevar la cuenta.

—Dios mío, River. —Se le escapó una risita.

—No es gracioso, Nicki. La primera vez que cagó casi me muero. Era una mierda negra y espesa como el puto pegamento. Resulta que se llama meconio.

—¿Meco... qué?

—Es una mezcla de bilis, lanugo y células muertas.

—¡River! Que acabo de comer —protestó ella.

—La enfermera me miró como si fuese imbécil. Tampoco fui capaz de bañarla, estaba convencido de que la ahogaría sin querer. Darle el biberón es otro infierno, porque regurgita siempre y todo huele a leche rancia. Según Kinsley, le doy demasiado fuerte los golpes para que eructe. No duerme; al menos, no de noche. Ha decidido hacerlo solo durante el día. Al final, resulta que la mejor tarea es cambiarle el pañal.

—En unos días podré verlo en directo.

—Sí. Necesito... Necesito que vengas.

—Lo sé. Ya estaría allí si no nos hubiesen puesto el examen de mañana. Intenta descansar, River. Suena manido, pero todo se ve mejor después de dormir.

—Eso díselo al demonio que he engendrado.

13 de marzo de 2008

«Has llamado a River Jackson. El teléfono se encuentra apagado o fuera de cobertura. Por favor, inténtalo en otro momento. Piiiii».

17 de marzo de 2008

—¿River? ¿Va todo bien?

—Sí, sí.

—Te he llamado estos días. Imaginé que estarías ocupado.

—Lo siento. He ido un poco liado. —Lanzó un largo suspiro—. ¿Se te ocurre una tortura peor que la de no dormir? El primer día es asumible, el segundo también... Cuando llevas semanas sin pegar ojo empiezas a pensar que tampoco sería una tragedia que un meteorito se estrellase contra la Tierra.

—Si te sirve de consuelo, Agatha es adorable. De verdad, no pensé que diría esto sobre ningún bebé, pero cuando la conocí sentí que conectábamos.

—¿Antes o después de que te vomitase encima?

—Antes, sin duda. —Nicki se echó a reír—. Así que ahora eres un hombre ocupado. Uno de esos padres de familia que visten suéteres con coderas en invierno y enceran el coche los domingos. Interesante. Quizá me guste esta faceta tuya.

—El humor nunca ha sido tu fuerte.

—Me infravaloras —bromeó Nicki.

—Es que me lo pones en bandeja. Y sí, tengo cosas que hacer. Como trabajar, por ejemplo. Es un asco. No entiendes lo maravilloso que es estudiar hasta que llega la siguiente etapa. En general, si lo piensas, la vida funciona al revés.

—Quiero más detalles sobre tu teoría.

—Pues eso, que nos damos cuenta de la mitad de las cosas cuando ya han pasado, no durante o antes de que ocurran. Y, además, bueno, ¿por qué los mejores años son cuando eres tan pequeño que luego no puedes recordarlos? Imagínate. Todo el día durmiendo, comiendo, cagando, recibiendo toneladas de amor gratuito...

—Tienes razón. Necesitas dormir urgentemente.

—La cuestión es que voy a empezar a trabajar con Archie. Buscan un par de manos más y no creo que pintar paredes con un rodillo sea muy complicado.

—Por lo que sé, es una tarea bastante tediosa.

—Bah. Me vale cualquier cosa con tal de no tener que salir a pescar con mi padre y Maddox. No soporto el jodido olor del sebo ni a las malditas langostas.

—¿Cuándo empiezas?

—El próximo lunes.

26 de marzo de 2008

—Si fuese un sádico haría lo siguiente: encerraría a mis prisioneros en una habitación con un bebé cerca y una brocha de pintura en la mano.

—Deduzco que la primera semana ha sido dura.

—No atino a hacerlo bien ni usando veinte cintas de carrocero. Y el padre de Archie piensa que las pausas que hago son demasiado largas, pero a mí siempre se me hacen cortas. En cualquier caso, lo único bueno es que al terminar nos acercamos un rato a la taberna del puerto y nos tomamos algunas cervezas.

—¿Y Agatha?

—Si me toca, se queda con mis padres. Pero esta semana está con Kinsley, aunque me acerco a verla a veces. Tampoco sé de qué sirve. Le da igual todo mientras su madre esté cerca. He leído en algún lugar que ni siquiera es capaz de distinguir las caras.

—Pero el apego va más allá.

—Supongo. —River se encogió de hombros, dejó el teléfono en la mesilla en manos libres y se quitó la camiseta llena de manchas de pintura. Buscó una limpia en el armario—. Cuéntame algo que no tenga que ver con responsabilidades.

—Pues... —Nicki dudó un instante—. Mañana por la noche tengo una cita. Se llama David y va a llevarme a cenar a un restaurante italiano.

—Qué clásico.

—¿Verdad? Me gusta.

—Bien. —Se sentó en la cama y contempló el hueco de la minicuna que, al final, había acabado en la habitación de sus padres porque, sin duda, era lo mejor para Agatha.

—No sé qué ponerme.

—Ya. Tengo que colgar.

27 de marzo de 2008

—¿River? ¿Estás ahí? Te oigo fatal.

—Perdona, me pillas en la taberna. Espera, voy a salir. —Se oyó el sonido firme de sus pasos y el chirrido de una puerta—. Ya está. ¿Mejor ahora?

—Sí. Pero si estás ocupado te llamo en otro momento.

—Qué va. No me perdería el informe sobre tu cita por nada.

—Fue bien. —Nicki soltó una de esas risitas cálidas que a él le recordaban al verano—. Cenamos pasta con nata y luego me llevó en coche a la residencia.

—¿Y eso es todo? —River se subió la cremallera de la chaqueta y caminó unos metros hacia delante, como si se dirigiese al mar que tan bien conocía.

—Bueno, digamos que les dimos uso a los asientos traseros.

—Nicki, Nicki... —susurró divertido, aunque tuvo la incómoda sensación de que las cervezas que se había tomado se agitaban en su estómago.

—Me gusta porque no es nada serio.

—¿Y cómo estás tan segura de eso?

—Porque quiero experimentar. Tú tenías razón. Venir a Boston ha sido un antes y un después en todos los sentidos. Es como si el mundo hubiese empezado a expandirse y, ya sabes, me estoy conociendo a mí misma. Allí en casa era Nicki la bruja, pero aquí soy Nicki a secas. Es liberador, porque puedo ser quien quiera ser.

—Oh, vamos, aquello fue hace mucho tiempo.

—No es verdad. No hace tanto. Y, además, ¿qué sabrás tú? Si a ti siempre te ha adorado todo el mundo, no puedes imaginar lo que es que te etiqueten como «la rara».

—Si tú lo dices...

—No me gusta tu tono.

—¿Qué tono?

—Ese. El que estás usando.

—Venga ya. Mira, no me apetece aguantar esto después de toda la semana trabajando. Si quieres, hablamos cuando estés de mejor humor.

Nicki colgó antes de que él pudiese hacerlo.

—¿Nicki?

—...

—Te oigo respirar.

—¿Qué quieres?

—Disculparme. Fui un poco brusco la otra noche. —Hizo una pausa y pensó bien sus siguientes palabras—: Es probable que todo eso que dijiste... Lo de necesitar irte lejos para buscarte a ti misma... Quizá me recordó mis propias limitaciones.

—Mierda, River. Lo sé. No me di cuenta en ese momento, pero luego he estado dándole vueltas... —Suspiró hondo—. Perdóname. Sé que ha sido duro para ti renunciar a todo lo que siempre habías deseado.

—No importa. Lo voy asimilando.

—¿Cómo estás?

—Bien, ¿y tú?

—Un poco agobiada con los exámenes, pero mejor ahora que volvemos a hablarnos. —Se rio con nerviosismo—. No nos enfademos así nunca más.

—Vale. Te lo prometo.

—¿Y Agatha?

—Caga menos. Duerme un poco mejor. Lo de dejar de vomitar leche agria se le sigue dando regular. Le gusta que la cojan a todas horas.

—¿Y tú con ella?

—Bueno... Yo...

—Puedes hablar conmigo, River.

—Es que no sé... No consigo... —Tragó saliva—. A veces la miro mientras duerme y me repito «Es mi hija, es mi hija», pero sigo sin creérmelo. Aunque tiene mis ojos, está claro que son míos. Tengo ganas de verla cuando no está. Y tengo ganas de que su madre la recoja cuando sí que está. Así que siempre me siento confuso.

—Ya.

—Antes ni miraba a otros padres, pero últimamente me fijo cuando paso por el parque. Los veo sonrientes mientras los críos se lanzan por el tobogán o se manchan la camiseta con la merienda y pienso..., pienso que nunca podré ser así. Tener ese vínculo. Kinsley y Agatha lo tienen. Pero yo solo gravito alrededor...

—Date tiempo, River.

—Mi madre piensa que estoy siendo un capullo.

—Ya, bueno, no es fácil...

—Creo que mi padre también lo cree.

—River...

—Maddox me lo dijo el otro día. —Tomó una bocanada brusca como si le faltase el aire—. La única persona con la que puedo hablar es con tu abuela.

—Y conmigo.

—Y contigo. Pero tú...

—Lo sé. —Lo cortó—. ¿Cómo va todo con Kinsley?

—Aunque no me lo diga a la cara, estoy seguro de que también apoya mi candidatura para capullo del año. Ella empezará en septiembre un curso de administración. Todavía no sé cómo nos organizaremos con Agatha.

—Quizá tú también podrías plantearte estudiar algo.

—¿El qué? ¿La proliferación de las algas en la zona? Aquí no hay nada interesante que hacer. Al menos, hasta que llega el verano y los turistas aparecen como setas.

—Iré a pasar el próximo fin de semana a casa.

—Bien. Coge ropa de sobra. La niña sigue tirando leche como si fuese un aspersor.

—Sí que eres un capullo —contestó Nicki con una carcajada.

—Todavía sigo riéndome cuando recuerdo la escena —dijo ella con el teléfono entre el hombro y la mejilla mientras se dirigía hacia una de las mesas del fondo de la cafetería. Dejó la bandeja con un café y un *brownie* de chocolate—. Nunca había visto a mi hermana gritar de esa manera. Solo por eso, valió la pena cada segundo.

—Me parecería más divertido si no fuese algo frecuente.

—Qué cara puso Heaven al ver que la mierda se había salido del pañal y, luego, cuando se dio cuenta de que llevaba las manos manchadas... —Echó los dos sobres de azúcar al café—. Uno de los momentos más maravillosos de mi vida.

—¿Has olvidado que también te ensuciaste con...?

—No —afirmó aún sonriente—. Pero a mí no me importa. En cambio, Heaven parecía que estaba a punto de arrancarse la piel a tiras.

—¿Te da igual mancharte de mierda?

—Dicho así... —Probó el café y volvió a dejarlo en la bandeja porque estaba ardiendo—. No está entre mis pasatiempos preferidos, pero Agatha es tu hija, no un bebé cualquiera. La quiero. Y eso lo cambia todo. Además, no es nada que no se solucione con una ducha rápida. Aunque creo que Heaven usó lejía en lugar de gel —bromeó.

Babette apareció y se sentó enfrente de ella.

—¿Es River? —le preguntó.

—Sí. —Nicki apartó el teléfono.

—¿Con quién hablas?

—Ha llegado Babette, tengo que...

—No, no, espera, deja que charlemos un rato. —Babette le arrebató el móvil antes de que pudiese impedírselo—. Hola, ¿cómo va eso? Te preguntaría sobre tu paternidad, pero los dos sabemos que sería una conversación aburridísima. Mira, estaba pensando que deberías venir a vernos a Boston en algún momento...

—Babette, dame el teléfono —protestó Nicki.

—Claro, tengo sitio de sobra en mi piso. Podrías quedarte allí. —Él debió de decirle algo divertido, porque Babette soltó una risa vibrante y se apartó el pelo de la cara con esa gracia natural que Nicki tanto envidiaba—. Oh, sí, nos lo pasaríamos en grande.

—Déjalo ya. River está pasando una época que...

—¡Por supuesto que me encanta el tequila!

—¡Babette!

—Cielo, tengo que dejarte porque Nicki está a punto de sacarme los ojos con la cucharilla del café. Hablamos pronto, ¿de acuerdo? Cuídate.

Nicki puso los ojos en blanco cuando logró recuperar el móvil y se lo llevó a la oreja mientras Babette gesticulaba haciendo gestos obscenos. Podría haber resultado vulgar, dado que lo era, pero tan solo le daba un toque transgresor.

—River.

—Dile a tu simpática amiga que este no es el mejor momento para hacer esa escapada, pero que tomo nota de la invitación para más adelante.

—Bien, hablamos mañana.

25 de abril de 2008

«Has llamado a River Jackson. El teléfono se encuentra apagado o fuera de cobertura. Por favor, inténtalo en otro momento. Piiiii».

RIVER, 25 DE ABRIL DE 2008

(Lo que rompimos)

La taberna del pueblo que solía frecuentar estaba decorada con motivos marítimos, por si acaso alguien a cien millas a la redonda no se había enterado de que en Cape Town se concentraban la mitad de los pescadores del país. Había redes colgadas del techo, cuadros con fotografías de ballenas, premios relacionados con la langosta y un flotador de salvamento marítimo detrás de la barra. Lo contemplé ensimismado mientras me bebía la cuarta cerveza de la noche. Y pensé que, sin duda, debería pedir una quinta.

A mi lado estaba Archie. En las mesas de alrededor se sucedían partidas de cartas que siempre acababan mal y charlas sobre, sorpresa, la temporada de pesca.

—Mañana empezamos a trabajar en la casa del alcalde. —Sin mirarme, Archie dio unos golpecitos en la madera con la punta de los dedos.

—Qué alegría —ironicé.

—Vas a tener que espabilar, amigo —dijo dubitativo—. Quiero decir... Bueno... Su mujer es bastante exigente. Tienes que tener más cuidado con las gotas de pintura, porque esos muebles valen una fortuna y... en fin...

—Hago lo que puedo —protesté.

—Lo sé, pero necesito que te esfuerces un poco más. —Archie me miró con compasión y luego sacudió la cabeza—. Descansa. No pidas otra cerveza. Nos vemos mañana a primera hora en la puerta del taller para cargar el material.

Dejó un par de billetes en la barra antes de irse.

El dueño de la taberna, Michael, alzó una ceja y yo me encogí de hombros, porque lo cierto era que no tenía nada que decir. Pintar paredes se me daba mal, muy mal, y era consciente de que Archie y su padre me estaban dando una oportunidad que no merecía, pero no me sentía capaz de hacerlo mejor. Quitar muebles era más tolerable; al menos, usaba la fuerza física y no pensaba en nada. Porque cuando lo hacía, cuando sí pensaba, todo conducía un poco a lo mismo. La incómoda idea de que no estaba dando la talla. En mi reciente paternidad. En el trabajo. En mi familia.

Decepcionar era una sensación abrumadora y horrible.

Pero quizá no lo suficiente como para obligarme a coger las riendas. Porque sentía toneladas de algún material invisible que me aplastaba y no podía quitarme todo eso de encima, no tenía fuerzas ni el suficiente interés. Ver pasar los días era más fácil.

—Oye, Michael, ponme otra cerveza.

—Deberías hacerle caso a tu amigo. —Se giró para dejar un par de vasos en la estantería de atrás—. Además, sabes que ni siquiera debería servirte...

—No me vengas con esas. Conoces a mi padre.

—La última. —Me dirigió una mirada severa.

Me bebí la cerveza lentamente para alargar el rato.

No quería volver a casa. Quedar con Archie y otros colegas al final de la jornada era lo único que me mantenía cuerdo, aunque a esas horas ya todos se habían marchado. De hecho, Michael había empezado a recoger y no tardaría en cerrar.

Al final me levanté y me despedí con desgana.

Me puse la capucha de la sudadera cuando salí al frío de la noche. Todo estaba a oscuras y no se oía ni un alma. Era un martes. La gente suele acostarse temprano los martes. Podría haberme dirigido a casa por el camino más corto, pero estaba tan mareado que decidí evitar el atajo y rodear parte del pueblo. Las luces de las farolas bailaban alrededor. El olor a sal y a mar lo impregnaba todo. Dejé atrás el hogar de Maddox, una pequeña propiedad destartalada y vieja que se había comprado a las afueras y que estaba reformando él mismo. Le encantaba aquello. Le encantaba usar cada maldito músculo para arreglar cosas. A veces, cuando el sol se iba, hasta seguía trabajando con ayuda de uno de esos cascos con linterna. A mí me parecía una jodida pesadilla.

Era de madrugada cuando llegué a casa.

Tras tres intentos, logré encajar la llave en la cerradura y abrir. Todo estaba en silencio. Me quité las zapatillas en la entrada. Subí a mi habitación. Me cambié de ropa y me puse una camiseta cómoda. Contemplé de reojo el hueco vacío que al principio había ocupado la cuna de Agatha. No había sido fácil lograr encajarla en un espacio tan reducido, pero me había negado a mudarme a la habitación que Maddox había dejado. Apenas aguanté dos semanas. La niña se despertaba cuatro, cinco, seis veces. Lloraba como si la cuna quemase. Ni siquiera atinaba a prepararle el biberón: o la leche estaba ardiendo o demasiado fría. Al final mis padres aparecían y se hacían cargo de la situación, sobre todo ella. Mi madre sabía cogerla, sabía mecerla, sabía calmarla. Yo la miraba impotente. Un día, cuando llegué a casa, la cuna ya no estaba.

—Es más fácil así —dijo mi madre, y luego se encogió de hombros—. Total, si todas las noches termino despertándome cuando llora y llevándomela.

—Bien —contesté con indiferencia.

Pero, en realidad, sentí un profundo alivio.

Así que, aunque aquel espacio nunca había sido un hueco,

se convirtió justo en eso porque ya no podía borrar el recuerdo de la cuna de Agatha junto a mi cama.

Fui al baño. Aún me duraba el efecto de las cervezas.

Cuando salí, en lugar de volver a la habitación, giré a la derecha y me dirigí hacia el dormitorio de mis padres. Los ronquidos de él rompían el silencio. Los tres dormían. Me acerqué a la cuna, que estaba bajo la ventana. La luz de la luna caía sobre ella como si fuese un escenario preparado para empezar el rodaje de una película.

Miré a Agatha. Acababa de cumplir dos meses. Tenía el cabello castaño de su madre, la nariz chata, las pestañas larguísimas, los labios rosados y la piel tan suave que me aterraba dañarla cada vez que la cogía. Dormía boca arriba, «es muy importante», me repetía siempre Kinsley, aunque a la niña no le gustaba nada. Me ocurría algo curioso cuando la observaba durante un rato y era que, de pronto, su existencia me parecía irreal, lo cual era contradictorio porque lo pensaba mientras veía su pecho subir y bajar con esa placidez que solo se tiene de niño. No podía asumir que ese cuerpo partía también del mío, que sus genes eran mis genes, que su diminuta uña del dedo meñique era igual que mi uña del dedo meñique.

Despacio, le rocé la mejilla con el dorso de la mano.

Agatha se movió un poco y me aparté.

Volví a mi habitación.

NICKI, 7 DE MAYO DE 2008

(Lo que rompimos)

Me dolía el estómago de tanto reírme, pero cada vez que miraba a Babette volvía a carcajearme hasta las lágrimas. Ella también. Las dos estábamos tumbadas sobre la alfombra de estilo persa de su salón. Una botella de ginebra medio vacía descansaba entre las dos. En breve empezaría a amanecer, pero no teníamos intención de movernos.

Habíamos estado horas antes en un local de moda de la ciudad y Babette había invitado a un grupo de estudiantes a su casa para alargar la velada. Uno de ellos, Paul, se había pasado toda la noche coqueteando conmigo hasta que, al final, nos liamos en el cuarto de la colada. No llegamos a más, afortunadamente.

—Era como un aspirador —continué con una risita—. Sigo sin sentir la lengua, es probable que nunca me recupere.

—Nickiiiiiii. —Y volvía a troncharse de risa.

—En realidad me da pena. No me mires así, lo digo en serio. —Me incorporé un poco para alcanzar la botella y beber a morro—. Hace unos años a mí me preocupaba mucho no saber besar. Tenía pesadillas con ese tema.

—Dime que estás bromeando.

—¡No! —Me reí—. Es que me avergonzaba hacerlo mal...

—Pero si todo es ensayar y estar atenta a las señales. Si ves que se atraganta, pues comprendes que hay un exceso de saliva. Si va frenando, es que vas rápido. Si las narices se chocan, inclinas la cabeza...

—No tenía experiencia.

—¿Qué quieres decir? —Me quitó la botella. Llevaba un vestido dorado espectacular que yo jamás me hubiese puesto ni para celebrar el Año Nuevo, pero ella podía permitirse usarlo un día cualquiera—. ¿Cuándo fue tu primer beso?

—¿Cuándo fue el tuyo?

—A los doce.

—¡¿Doce?!

—Con mi primo.

—¡¿Con tu primo?!

—Fue por probar. Pero, venga, hablemos de ti.

—Es que... —Dudé unos segundos—. Fue a los diecisiete.

—¿Y qué hiciste mientras tanto?

—Tampoco es tan raro.

—Oh, Nicki... —Sonriente, se relamió los labios. En general, a Babette todo le parecía divertido. Como tenía el mundo a sus pies porque las cosas le venían de cuna, podía permitirse no tomarse nada en serio—. ¿Y con quién fue?

—Mmm... River.

—¿Qué? ¿Tu mejor amigo?

—Es una larga historia. Yo...

—Sigue —dijo impaciente.

—Le pedí que me besara. —Babette volvió a reír. La habitación daba vueltas alrededor y las paredes de un verde musgo se entremezclaban con el sofá granate, pero eso no impidió que cada vez quedara menos ginebra—. A mí me gustaba un chico que se llamaba Lee, pero no quería estrenarme con él porque estaba tan nerviosa...

—Eres como un personaje de telefilm. —Tumbada sobre la alfombra, se giró hacia mí—. De esas chicas que llevan rebecas de lana y no han roto un plato en toda su vida. Adorable. Pero, volviendo a la historieta del beso, asumo que se lo pediste a River y él aceptó encantadísimo.

—Tampoco te creas...

Dudé y fruncí el ceño mientras intentaba recordar aquel momento. River no se mostró especialmente complaciente al principio y a mí me dolió que para él fuese un mal trago, aunque sabía que no podía culparlo por sentirse así. Y la casa del árbol estaba en silencio. Y la noche había caído. Y River me sujetó las mejillas con una delicadeza que ningún extraño podría fingir jamás. Y su boca... Yo pensé que su boca era perfecta.

Desde entonces, habían pasado dos años y, en esos dos años, nuestras vidas se habían bifurcado hacia direcciones tan distintas que casi era un milagro que nada hubiese cambiado, porque la amistad seguía intacta, de eso estaba segura.

—¿Pero fue a más o se quedó en un beso?

—Solo un beso. —Y me sonrojé al imaginar lo que sugería, porque aquella idea era una fantasía tan reprimida que nunca la dejaba salir—. Nos conocemos desde que nacimos. Luego crecimos y entonces...

—Entonces... —insistió Babette.

—Empezó a gustarme. Pero era una niña y, en realidad, si me paro a racionalizarlo, estoy convencida de que se trataba de uno de esos amores platónicos.

No le dije que aún entonces, al verlo, se me encogía la tripa. Porque era un segundo. Solo uno. Y después River era River, y yo era yo, y todo volvía a la normalidad.

—No te culpo. Es muy atractivo. Al menos, en fotos. —Babette le dio el último trago a la botella—. Asumo que no besaba como si fuese un aspirador.

—No. —Me reí—. Nada de eso.

—¿Alguna vez has probado con una chica?

—¿Qué? No. Si hasta la fecha puedo contar con una mano los chicos con los que he estado... —Saqué los dedos uno a uno de forma cómica—. Además, estoy casi segura de que no es lo que me va...

—Oh, Nicki, cielo, a mí tampoco. Pero probar cosas es divertido. Te enseñaré a besar como es debido. Mira, cierra los ojos. —Lo hice y sonreí—. ¿Lista?

Asentí, y luego sus labios rozaron los míos y pensé que eran muy suaves. Me pareció agradable. Sabía a ginebra. El beso fue corto y las dos nos reímos cuando se separó y se tumbó junto a mí, con las cabezas muy juntas, su cabello rubio entremezclándose con los mechones pelirrojos de mi pelo enredado.

Nos cogimos de la mano en silencio.

—Eres mi mejor amiga —susurró Babette—. Nunca había conocido a nadie que se pareciese tan poco a mí y que me gustase tanto. ¿Sabes por qué? Porque eres una buena persona, Nicki Aldrich. No te interesaste por mi dinero ni buscabas nada.

Y sentí que se me hinchaba el pecho, porque siempre había anhelado conectar así con alguien que no fuese River, que casi era familia. Una amiga. Un vínculo irrompible. Una persona que me hiciese sentir querida y llenase los vacíos.

RIVER, 28 DE MAYO DE 2008

(Lo que rompimos)

El llanto de un bebé es intenso por cuestiones evolutivas y la teoría tiene sentido si nos remontamos a la época de las cavernas: los bebés que lloraban más no solo respiraban mejor, sino que tenían más probabilidades de sobrevivir porque acaparaban la atención. El sonido que emite un lactante tiene una estructura melódica que cae y sube, vuelve a caer y vuelve a subir, porque si se mantuviese uniforme dejaría de ser estimulante.

Las sirenas de la policía imitan este patrón.

Y era justo lo que en esos momentos sentía que tenía dentro de la maldita cabeza: una sirena a todo volumen que me estaba volviendo completamente loco.

Agatha llevaba dos o tres horas llorando de forma constante. Para ser sincero, había perdido la noción del tiempo y los minutos se solapaban como láminas de gelatina. Mis padres se habían ido a cenar con los Aldrich a Brunswick. Era la primera vez que salían desde que Agatha había nacido y no pensaba llamarlos bajo ninguna circunstancia. Tampoco a Kinsley. Era mi hija. Se suponía que debía saber cuidar de ella.

Pero estaba lejos de lograrlo.

—¿Qué quieres? ¿Qué es lo que te pasa? —La miré lleno de frustración—. No sé qué más hacer... No sé cómo narices conseguir que te calmes de una vez...

Me dio la impresión de que mis palabras causaron el efecto

contrario y Agatha lloró con más fuerza. Tenía unos pulmones de acero. Me levanté, la mecí en brazos mientras caminaba de un lado al otro del salón y volví a repasar punto por punto todas las posibles causas: el pañal estaba cambiado y limpio, se había bañado el día anterior, le había ofrecido varias veces el biberón, dormir no parecía estar entre sus prioridades, la había cambiado de postura por si eran los dichosos cólicos de los que todo el mundo hablaba y hasta le había cantado una canción de *rock* mientras seguía sollozando.

Me sentía... impotente.

Estaba a punto de echarme también a llorar.

Desesperado, saqué el aspirador y lo conecté. Buzzzzzz. Empezó a sonar con fuerza. Buzzzzzz. En algún lugar, había oído que el ruido blanco calmaba a los bebés. Buzzzzzz.

Agatha siguió llorando con tenacidad.

Tenía la cara roja, los puños apretados, la boca abierta.

El corazón me latía tan rápido que estaba empezando a sufrir taquicardias o algo por el estilo. Cogí la manta arrugada que estaba a los pies de su cuna, la cubrí con ella y salí de casa. Mientras paseaba por el jardín, se quedó unos instantes aletargada, como si el cambio de temperatura la hubiera desbloqueado, pero fue apenas un espejismo.

Cuando volvió a llorar, lo hizo con más fuerza.

Desesperado, me acerqué a casa de los Aldrich y llamé al timbre con la esperanza de que Mila pudiese ayudarme. Abrió Heaven con una piruleta en la boca.

—¿Necesitas azúcar o café?

—¿Está tu abuela en casa?

—Ha salido con sus amigas.

—Mierda. —Cerré los ojos.

—¿Qué le pasa a la niña? Alguien debería decirle que está feísima cuando llora así, se le arruga toda la cara. —Lamió la piruleta sin inmutarse.

Agatha seguía llorando sin consuelo.

—No sé qué le ocurre —dije.

—Quizá esté enferma. Un resfriado.

—Le he tomado la temperatura y no tiene fiebre.

—¿Has probado a ponerle un poco de whisky en el chupete? O métele un chorrito en el biberón. Seguro que eso la calma al instante. —Heaven se encogió de hombros y luego miró a su espalda—. Lo siento, River, no puedo ayudarte más. Sé lo mismo sobre bebés que sobre los gusanos calamar. Además —bajó el tono de voz—, un chico me está esperando en el salón. Suerte con eso —señaló a Agatha antes de cerrar la puerta.

Gusanos calamar...

Me estremecí, porque aunque no tenía ni idea de qué especie era aquella, los animales invertebrados seguían siendo una de mis debilidades.

La otra debilidad, sin duda, era el llanto de los bebés.

Mecí a la niña unos segundos más antes de rendirme y empezar a caminar a paso rápido. Era tarde. Algunos insectos revoloteaban entre las luces de las farolas. Agradecí no cruzarme con nadie, porque pensé que hasta el vecino más benevolente creería que estaba torturando a la cría. Agatha dejaba de llorar durante algunos segundos, pero tan solo para coger impulso y volver a hacerlo con más energía.

Cuando llegué, esta vez aporreé la puerta.

Maddox abrió con cara de pocos amigos. Llevaba una sudadera vieja y pantalones cómodos de estar por casa. Imaginé que lo habría despertado, porque solía acostarse temprano y se levantaba de madrugada para salir a pescar antes del amanecer.

—¿Puedes cogerla...? ¿Puedes solo hacerte cargo de ella cinco minutos...? Porque te juro que me va a estallar la cabeza si sigo oyéndola y yo...

No me di cuenta de que estaba temblando hasta que Maddox la sostuvo entre sus brazos con delicadeza, porque pese a su rudeza habitual era muy tierno con Agatha.

—Yo me ocupo. Ve arriba y descansa un rato.

Subí la escalera. A la casa aún le quedaba mucho que reformar, pero me pareció el lugar más confortable del mundo cuando me dejé caer en la cama de la habitación de invitados. Miré el teléfono. No tenía ningún mensaje de Nicki. Imaginé que estaría por ahí en alguna fiesta, o con algún chico, o pasándoselo en grande con sus amigas. Pensé en lo mucho que nuestras vidas habían cambiado. Luego, el silencio llegó.

Agatha había dejado de llorar.

Así, de golpe. Sin magia negra.

Sentí que me ardían los párpados de pura impotencia. Las sábanas olían a detergente y me quedé un rato allí tumbado, con el corazón aún acelerado como si acabase de correr una media maratón.

Bajé al salón pasados veinte minutos.

Maddox estaba sentado en el sofá con la niña en brazos, dormida plácidamente. La miraba como si fuese algo insólito, como si hubiese atrapado con las manos un rayo de luz. Y quise abrazarlo, pero también me entraron ganas de darle un puñetazo en la nariz. Porque pensé que mi hermano era todo lo que yo nunca sería. Que sabía calmar mejor a mi propia hija. Que sí daba la talla cuando tocaba hacerlo. Que tenía coraje y valores.

DOS NIÑOS, PRIMAVERA DE 1994

(Lo que olvidamos)

—Tú serás el papá y cuidarás del bebé.

—¿Por qué me toca a mí?

—Porque yo soy la mamá bruja y tengo mucho trabajo.

—Nicki miró a River como si aquello fuese algo evidente—. Toma, cógelo y dale de comer.

El bebé era un oso de peluche maltrecho lleno de ramitas y suciedad al que le faltaba un ojo. Según Nicki, por culpa de una maldición de las hadas. Según River, porque se lo habría arrancado algún oso de verdad al darse cuenta de que era un intruso.

—¿Y qué le doy de comer?

—Pues chocolate, ¡toma! —Nicki le ofreció un puñado de tierra—. O también puedes ir a coger semillas, seguro que le encantarán a nuestro hijo.

—¿Por qué no vas tú a buscarlas?

—¡Tengo que hacer un conjuro!

Ceñudo, River dejó el oso a un lado.

—Hagamos otra cosa. Sabes que no me gusta jugar a mamás y papás. Es muy aburrido. —Se le iluminaron los ojos—. ¿Por qué no hacemos una carrera hasta la valla? Venga, te dejo un poco de ventaja. ¿Lista? Un, dos, tres, ¡ya!

Y echó a correr antes de que ella pudiese contestar.

NICKI, 2 DE JUNIO DE 2008

(Lo que rompimos)

Lo bonito de las tartas de cumpleaños es que simbolizan un momento efímero. El pastel es perfecto hasta que alguien empieza a descuartizarlo con el cuchillo, con todas esas virutas de colores sobre la nata montada. Y las velas. Oh, sí, las velas son lo mejor. Se encienden para apagarse, su función dura hasta que termina la canción y luego se guardan en el cajón de la cocina sin miramientos.

En aquella ocasión todo fue diferente.

Porque tenía a Agatha en brazos y el verano anterior nadie imaginaba ese giro del destino. Cuando River y yo soplamos las velas, todos aplaudieron. La niña se asustó un poco y la mecí contra mi pecho mientras le susurraba:

—Ya está, ya está, pequeña...

Mi padre cortó la tarta. Nos sentamos alrededor de la mesa. Heaven robó una de las flores del pastel y abrió la boca para enseñármela antes de tragársela. Me hubiese cabreado de no haberla echado de menos durante aquel primer año fuera de casa. Maddox nos contó que estaba ahorrando para comprarse su propia embarcación y poder salir a pescar por su cuenta. La abuela dijo algo sobre los torpes avances de Owen Maddison en las clases de baile: «Es como un burro cojo, aunque todos sabéis que no tengo nada en contra de los burros cojos». Y Kinsley, que se había unido al cumpleaños, se

interesó por mis clases en la universidad y luego hablamos sobre sus estudios.

Agatha se quedó dormida en mis brazos.

River, a mi lado, comía tarta en silencio.

EL BRILLO DE LAS COSAS INTANGIBLES

(Lo que rompimos)

—Hay que tener unas gafas especiales para ver el brillo de las cosas intangibles. No todo el mundo puede hacerlo. Pero si lo consigues, te las pones y empiezas a buscar el rastro que deja tras de sí cada emoción. El cariño posee un brillo tenue pero constante. Y el brillo de la infancia es como el del nácar, con reflejos iridiscentes de colores. Cuando era pequeña imaginaba que los castillos de las sirenas en el fondo del mar estarían hechos de nácar, sin duda. Los recuerdos tienen un brillo intermitente, porque se va apagando con el paso del tiempo igual que las estrellas. Es curioso. Hay personas capaces de centellear. Y a veces las miradas también brillan.

River no apartó los ojos de Nicki. Si en ese momento ella no hubiese estado fijándose en las vigas de madera de la casa del árbol, quizá hubiese sido capaz de encontrar ese mismo brillo del que hablaba en los ojos de él.

—Se me olvidaba que nada brilla tanto como el amor —continuó Nicki—, porque su resplandor es tan intenso que puede llegar a cegar como los faros de un coche en mitad de una noche cerrada. Pero es el más bello y delicado. ¿Recuerdas cuando de pequeña jugaba a guardar las emociones en tarros de cristal? Pues el del amor siempre se me rompía. Claro, ¿es que a quién se le ocurre intentar contener algo tan indómito?

RIVER, EL DÍA DEL FUNERAL, 2017

(Lo que somos)

Bajo a la cocina. Me bebo un vaso de agua en silencio. Cuento hasta cinco. Vuelvo a llenar el vaso, aunque al final lo vacío en la pila. Apoyo las manos en la encimera unos segundos. Lo cierto es que lo único que uno debe hacer para seguir vivo es respirar, pero hay momentos en los que da la impresión de que una habitación llena de aire no es suficiente. Quiero llorar y no puedo hacerlo. Las lágrimas están atascadas en algún lugar cerca del pecho, porque quizá eso explique el dolor que siento ahí, justo ahí.

—¿Papá? ¿Estás bien?

Me giro. Agatha me mira con sus redondos ojos azules. Tiene nueve años. Viste una falda negra de pana, una camiseta del mismo color y zapatillas rojas que desentonan con la sobriedad del atuendo. Se ha recogido el cabello en una coleta baja.

—Creo que no. Yo...

Tomo una bocanada de aire.

Se acerca y me abraza. Me aferro a su cuerpo cálido porque tengo la sensación de que en estos momentos Agatha es la única que me mantiene a flote. Se lo diría si encontrase la voz, aunque sé que lo sabe porque se lo repito cada noche antes de ir a dormir. Fue ella la que me hizo darme cuenta de que todo es volátil y efímero y frágil. Beso su cabeza y alargo unos segundos más el abrazo.

—Te quiero, pequeña *rockstar*.

—Yo también te quiero, papá.

RIVER, 15 DE OCTUBRE DE 2008

(Lo que rompimos)

Había sido una semana catastrófica por tantas razones que era incapaz de enumerarlas. Sobre todo entonces, cuando ya llevaba varias copas de más. Desde que perdí el control en la taberna del pueblo y vomité detrás de la barra, se negaban a servirme hasta que cumpliese los veintiuno, así que esa noche conduje sin rumbo y solo paré cuando encontré un local que tenía un letrero con luces de neón y un par de grafitis en la fachada. El coche, un viejo Ford que había dejado atrás todo su esplendor, lo había comprado ese verano. Y, quizá por culpa del cansancio y las ojeras, aparentaba más edad.

Me llevé el vaso a los labios y di otro trago.

Dentro, el ambiente era un poco decadente. Había algunos jóvenes reunidos, chicas saltando al ritmo de la canción que sonaba por los altavoces y varios matrimonios que tenían pinta de llevar sin salir una eternidad y no saber muy bien qué decirse.

Yo estaba solo. Completamente solo.

Normalmente solía pasar las tardes con Archie y otros colegas del pueblo, pero aquel día había perdido mi trabajo. Más o menos. Es decir, que el padre de mi amigo me había dado un ultimátum y yo lo había mandado a la mierda, porque en realidad solo necesitaba una excusa para quitarme aquel lastre de encima. No se me daba bien pintar. Ensuciaba más de lo que

248

arreglaba. Odiaba la sensación de levantarme cada mañana con la expectativa de lo que me esperaba por delante: ponerme el mono, ir a por las herramientas, asentir cuando una clienta se quejaba porque había dejado una salpicadura de pintura en el maldito alfeizar de la maldita ventana de su maldita casa.

—Hola. ¿Qué estás bebiendo?

La chica que se sentó a mi lado en un taburete era morena, tenía corazones rojos dibujados por la cara con pintalabios y llevaba un pañuelo atado al cuello.

Miré mi vaso y fruncí el ceño, confuso.

—La verdad es que no tengo ni idea.

—No eres de la zona. Me habría fijado —dijo con una sonrisa lenta—. ¿Sabes que tienes los ojos más azules que he visto en toda mi vida? Me llamo Prim.

—River.

—Oh, como Phoenix.

—Espero no acabar igual.

Prim se rio, aunque no pretendía ser gracioso.

Se inclinó hacia la barra y pidió ron con zumo.

—¿Te importa que me quede aquí contigo?

—No, está bien. —La miré con más detenimiento. Me gustaban sus labios: eran gruesos y parecían suaves—. ¿Por qué llevas corazones en la cara?

—He venido con mis amigas para celebrar que una de ellas se casa la próxima semana y a mi prima se le ha ocurrido la divertidísima idea de hacernos estos diseños. ¿Crees que deberíamos patentarlo?

—Sin duda. Y rápido.

Nos sonreímos. Ella se acercó.

—¿Te pinto uno?

—Claro. Siempre he querido tener un corazón en la mejilla. Quizá me lo tatúe por la mañana si el dibujo no se ha borrado.

—Bien, espera. No te muevas.

Prim sacó un pintalabios de su bolso, lo abrió y se inclinó para trazar la forma. El contacto de sus dedos en mi rostro me calentó por dentro tanto como el alcohol.

—Ya está. Te queda genial. —Volvió a guardarse el pintalabios—. Y dime, River, cuéntame algo sobre ti. ¿Estudias o trabajas? ¿Vives cerca?

Podría haberle dicho la verdad, porque no había nada que ganar o perder, pero de pronto sentí un deseo irrefrenable de ser otro, esa versión de mí mismo que había imaginado durante toda mi vida y que se había esfumado de la noche a la mañana.

—Estudio en Northeastern. Fui a ver a la familia, pero la visita se alargó. La noche me pilló a medio camino y pensé que este era un buen sitio donde parar.

—Tu subconsciente sabía que me encontrarías.

—Probablemente —coqueteé—. ¿Y tú?

—Trabajo en una peluquería que queda a cuatro manzanas. Si alguna vez necesitas un corte de pelo gratis, ya sabes dónde estoy.

—Tomo nota.

—¿Y sales con alguien?

Prim alzó una ceja y bebió de su pajita.

Pensé en decirle: «No tengo pareja, pero sí una hija de ocho meses que ahora mismo está con su madre», pero lo descarté porque quería seguir siendo el estudiante de Northeastern que no tenía ninguna responsabilidad más allá de seguir vivo un día más.

—No. Estoy solo. Muy solo.

—Terriblemente solo —dijo.

—Sí. La soledad puede ser devastadora —bromeé divertido mientras ella se acercaba más—. ¿Conoces alguna manera para ponerle remedio?

Prim deslizó la mano tras mi nuca y me besó sin titubear.

Cinco minutos después, los dos estábamos en el asiento trasero de mi coche. Colé mi lengua en su boca y pensé que aquello era perfecto, perfectísimo, justo lo que necesitaba. Le quité la camiseta por la cabeza y contemplé los pechos tersos y llenos dentro del sujetador de encaje negro. Me peleé un poco con el cierre.

—Creo que está en huelga. No quiere que follemos.

—Déjame a mí. —Prim se rio y se lo desabrochó.

—Joder. —Los acaricié y los probé. Prim echó la cabeza hacia atrás y gimió en respuesta. Luego intentó bajarme los pantalones con torpeza—. Espera, te ayudo.

No terminamos de desnudarnos. Me puse un preservativo y ella empezó a moverse encima de mí. Cerré los ojos. Prim me besó en el cuello.

Y fue bueno. Fue muy muy bueno.

RIVER Y NICKI AL TELÉFONO

(Lo que rompimos)

31 de octubre de 2008

—¿No vas a salir en Halloween? ¿He oído bien?

—No es para tanto. Solo me gustaba porque era una excusa para que nos dejasen volver más tarde por la noche. Me quedaré en casa viendo películas de terror.

—River Jackson, ¿qué es lo que te pasa? —Nicki parecía confundida al otro lado del teléfono—. Si tú amas Halloween. Además, será mucho más divertido si te llevas a Agatha contigo, podrías disfrazarla de esqueleto o de pulpo...

—Está con su madre y Ben.

—Ah, al final iban en serio.

—Eso parece. Llevan juntos desde el verano. Él es un buen tipo y me hace descuento cuando llevo el coche al taller. No me quejo.

—Me alegra que te entiendas con Kinsley.

—¿Y tú qué vas a hacer esta noche?

—Hay una fiesta.

—Cuéntame más.

River abrió una cerveza y se sentó en el sofá de la casa de sus padres, esa en la que todavía vivía porque no podía permitirse independizarse y, además, para ser sincero, tampoco se sentía capaz de hacerse cargo de su hija sin ayuda.

—Es en casa de un chico con el que Babette queda a menudo. La única norma es que hay que llevar dentaduras fluorescentes.

—Veo que la cosa promete.

—Deberías salir, River.

—¿Para qué? Si ni siquiera tengo la excusa de buscar barritas de cacahuete y caramelo para ti.

—Pues me las guardas hasta Navidad.

—Pásatelo bien, Nicki.

—Tú también. Anda, ve.

River le dio un trago a la cerveza, encendió el televisor y les echó un vistazo a los especiales de Halloween que se emitían. Eligió uno. Al rato, se aburrió y subió a dormir.

9 de noviembre de 2008

—¿Quieres saber lo que hice este fin de semana? —Se percibía emoción en la voz de River porque, por primera vez en mucho tiempo, pensaba que tenía algo que contarle que no tratase sobre pañales ni biberones—. Cogí una tienda de campaña y me fui a la isla de Mount Desert. Dormí solo en plena naturaleza. No se oía nada, Nicki.

—¿Cómo se te ocurrió?

—Porque quería, ya sabes, volver a ser yo mismo. O lo que creía que sería. Bah, da igual. El caso es que se veían cientos de estrellas. Era como estar en el puto vértice del mundo.

—¿Y cómo va la búsqueda de trabajo?

—No demasiado bien. —River se llevó una mano a la nuca y el recuerdo de la noche que había pasado en la isla se desdibujó bajo el peso de la realidad—. Me llamaron de una tienda, pero el horario no coincide con lo que tengo pactado con Kinsley ahora que ella ha empezado a estudiar.

—Bueno, seguro que surgirá algo.

—¿Qué tal tu semana?

—He empezado a colaborar con una de las revistas de la universidad. No es la más conocida, pero me gusta el equipo. Quedamos todos los viernes a tomar café y debatimos sobre los reportajes previstos para el próximo mes.

—Me alegra que hayan visto tu potencial.

—Sí. Y hay un chico... —bajó la voz— que es muy mono.

—¿«Mono» en el sentido de tener pelo y subirse a los árboles?

—River. —Se rio—. Creo que me gusta. Se llama Aston, cursa tercero y es un poco tímido, lo cual es un problema, porque a mí me cuesta dar el primer paso.

Un silencio se abrió camino al otro lado de la línea.

—¿Estás esperando algún consejo? Ah, joder, bueno... —River tenía la mente en blanco—. No sé, finge que le tiras un café encima y luego intenta limpiarle los pantalones.

—¡River! —Se rio—. Es la peor idea del mundo.

—Conmigo funcionaría.

—¿Te enamorarías si una chica te tirase una bebida y después te limpiase los genitales? —Nicki agradeció que él no pudiese verla sonrojarse.

—¿Enamorarme? Pensaba que hablabas de follar.

—No puedo tener una conversación seria contigo. Adiós.

14 de noviembre de 2008

—Le gusto.

—Qué bien.

—Me ha dicho que se fijó en mí desde que asistí a la primera reunión de la revista, pero que no se atrevía a decírmelo. Vamos a quedar mañana para dar un paseo.

—¿Un paseo estilo años cincuenta? —Había un deje de burla en su voz.

—Sí, exactamente —replicó Nicki con irritación—. Me pondré las enaguas y cogeré mi paraguas para protegerme del sol. Quizá montemos en un coche de caballos.

—Oye, si no he dicho nad...

Pero se dio cuenta de que ella ya había colgado.

16 de noviembre de 2008

—¿Qué te pasó el otro día?

—Lo siento, es que acababa de discutir con Babette porque ella piensa que Aston es muy aburrido, así que cuando dijiste aquello puede que exagerase un poco.

—¿Tuviste algún problema con las enaguas?

—Eres un idiota, River Jackson. —Se rio bajito—. Fue bien. Aston es dulce y se puede hablar con él. Por cierto, iré un día antes a casa para celebrar Acción de Gracias.

—Bien.

—¿Cómo está Agatha?

—Ya gatea y balbucea cosas sin sentido. Le han salido dos dientes y se lleva cualquier cosa que pille a la boca.

—Por favor, qué ricura...

—A mi madre le mordió la nariz ayer.

—Tienes que estar bromeando.

—No. La llamo la niña rottweiler.

—¿Kinsley lo sabe?

—Lo sabe y lo apoya. Si sigue así, le compraremos una correa.

—No tienes remedio. —Sonrió y suspiró—. ¿Sigue durmiendo con tus padres?

—Es lo mejor para todos. Lo intento, de verdad que sí, pero no estoy seguro de que ser padre sea algo que se me dé bien...

—Todo es ensayo y error y vuelta a empezar.

—Hablamos de un ser humano, Nicki.

—Ya.

—No puedo permitirme ensayar.

—¿Y no formar parte de la obra de teatro es más fácil?

—¿Qué insinúas? Hago lo que puedo...

—Lo sé, pero...

—¿Qué sabrás tú? ¿Qué narices puedes saber sobre la presión que supone tener una responsabilidad así? Si tu mayor preocupación es si te gusta un chico o qué harás el fin de semana.

—Estás siendo injusto.

—Tú me estás juzgando.

—¡Pero si te juzgas solo!

River tenía el corazón acelerado cuando colgó el teléfono. Se sentó en la cama y respiró hondo. A unos metros de distancia estaba la ventana por la que Nicki se había asomado tantas veces. La ventana permanecía cerrada.

19 de noviembre de 2008

«Has llamado a River Jackson. El teléfono se encuentra apagado o fuera de cobertura. Por favor, inténtalo en otro momento. Piiiii».

2 de diciembre de 2008

—¿Podemos aclarar las cosas? Porque ya sé que en Acción de Gracias nos comportamos como si nada hubiese pasado, pero los dos sabemos que estabas raro. No eras tú mismo. Además, no me pareció que esa noche fuese un buen momento para hablar.

—¿Qué te preocupa?

—Tú, principalmente.

—Estoy bien, Nicki.

—A mí no me da esa impresión. Es como si fueses tú, pero al mismo tiempo... no fueses tú. Quiero decir, nunca te había visto tan apático. Me gustaría ayudarte.

—Le das demasiadas vueltas a las cosas.

—River, por favor...

—Tengo que irme.

—¿Has encontrado trabajo?

—No. He quedado con unos colegas.

16 de diciembre de 2008

Nicki se mordió el labio inferior.

—No iré a casa estas Navidades.

—¿Y dónde pasarás las fiestas?

—Babette me ha invitado a ir a los Hamptons. Sus padres quieren conocerme ahora que compartimos piso y pensé que podría ir a Cape Town en febrero para ver a Agatha. Como me dijiste que también pasaría las vacaciones con la familia de Kinsley...

—Claro. Ya nos veremos.

—¿Estarás bien, River?

—Yo siempre estoy bien.

25 de diciembre de 2008

«Has llamado a River Jackson. El teléfono se encuentra apagado o fuera de cobertura. Por favor, inténtalo en otro momento. Piiiii».

MADDOX, 1 DE FEBRERO DE 2009

(Lo que rompimos)

Lo último que Maddox había esperado aquel día al abrir la puerta de casa fue encontrarse allí a Dennis Allen con una caja de cervezas en una mano y un paquete de nachos en la otra. No se veían desde el verano anterior y se fijó en que llevaba el pelo rubio más largo y una sonrisa lenta cruzaba su rostro.

Se hizo a un lado para dejarlo entrar.

—¿Qué te trae por aquí?

—Tenía que venir a casa para arreglar unos papeles del seguro médico y pensé que hacerlo coincidir con la Super Bowl sería un buen aliciente.

—¿Vienes a ver el partido?

—¿Es que no lo ves? —Alzó las manos cargadas, luego fue al salón y dejó las cosas encima de la mesa auxiliar. Miró a su alrededor—. La casa ha cambiado mucho desde que la compraste. Veo que tiraste la pared que había ahí...

—Sí, quería un espacio más diáfano.

Maddox fue a por el abridor para las cervezas.

—¿Has tenido ayuda?

—No.

—¿A tu hermano no le va lo de ser un manitas?

—Suficiente tiene River con cuidar de sí mismo y de su hija. —Frunció el ceño de manera inconsciente—. Le está costando un poco encajar el cambio.

—Joder, no me extraña. Yo tampoco sabría qué hacer con un bebé.

—Uno tiene que hacerse responsable de sus acciones.

Se miraron fijamente y Dennis alzó una ceja.

—No todos somos perfectos como tú, Maddox.

—Yo no he dicho eso. Sabes que estoy lejos de serlo, pero creo en la constancia y en... ¿cómo decirlo?, la introspección. A River le falta bastante de eso.

—¿Y a mí?

—Nadie está hablando de ti, Dennis.

—¿En serio?

—Sí. Hoy no eres el protagonista. Relájate.

—¿Eso también va con segundas?

—¿Quieres ver el partido o no?

—Para eso he venido.

Maddox sirvió los nachos en un plato y sacó un bote de salsa de queso que tenía en la despensa. La televisión estaba encima de un aparador antiguo que le había dado Vivien Aldrich, porque todavía quedaba mucho trabajo para terminar la reforma y poder comprar muebles. El partido entre los Pittsburgh Steelers y los Arizona Cardinals acababa de comenzar, pero Maddox estaba distraído porque... tenía a Dennis apenas a unos centímetros de distancia y, aunque habían pasado años desde aquel beso que parecía un espejismo, en ocasiones él aún seguía rememorándolo.

—Santonio Holmes es un receptor increíble.

—Sí —contestó Maddox por inercia; aunque le seguía gustando el fútbol, había perdido el interés desde que dejó de jugar y se centró en preocupaciones terrenales.

—Si los Steelers ganan este año batirán un récord.

—Seis victorias en la Super Bowl, ¿no?

—Eso es. Aún estás al día, Jackson.

Le dirigió una mirada que a Maddox lo dejó sin respiración, aunque sabía que era solo cosa suya, así que clavó los ojos en la pantalla y se obligó a no apartarlos de allí hasta que llegó el primer descanso. Vio que Dennis se abría otra cerveza y bebía.

—Deberías cuidarte ahora que eres una promesa.

—Lo hago, pero de vez en cuando... —Se le marcaron los hoyuelos cuando sonrió de medio lado—. Ya sabes, también está bien relajarse un poco.

—Supongo.

—¿Es que tú nunca lo haces? —Dennis empezó a quitarle la etiqueta a su cerveza con fingida indiferencia—. Seguro que sí. Vivimos en un pueblo, todo se sabe. Uno puede trabajar duro durante el día y después dejarse llevar...

Maddox notó que se tensaba.

—¿Adónde quieres llegar?

—Yo solo exponía un hecho.

—¿Quieres preguntarme si cuando termino de trabajar me veo con alguien?

—No. —Una pausa—. ¿Pero lo haces?

Molesto, Maddox se puso en pie. Los jugadores habían vuelto a salir al campo y el partido estaba a punto de reanudarse, pero ninguno le prestó atención.

Fuera, había empezado a nevar.

—¿A qué viene todo esto?

—Solo tenía curiosidad. —Dennis también se levantó, pero lejos de quedarse parado en mitad del salón como él, se acercó como lo haría un león acechando a su presa—. He pensado en aquella noche... He pensado a menudo...

—Me pediste que lo olvidásemos.

—Lo sé.

—Dennis...

—Pero la cabeza va por libre... —Paró cuando llegó hasta él. Tan cerca que compartían el mismo aire—. Y creo que podríamos divertirnos un rato. Nadie tiene por qué enterarse. ¿Comprendes lo que quiero decir?

Las últimas palabras fueron un golpe en el pecho de Maddox, pero estaba tan aturdido por el magnetismo de Dennis que no le prestó atención a nada más. Contuvo la respiración cuando su amigo se acercó y lo besó. Sabía a cerveza y Maddox tardó unos segundos en ser capaz de responder, porque aún se sentía confuso...

—Espera. —Maddox cogió aire y se esforzó por reordenar sus ideas hasta que encontró un hilo suelto—. ¿No tenías novia?

—¿A ti qué más te da?

—¿Tienes o no?

—Sí, pero eso es asunto mío.

—Joder, no deberías...

—Tú tampoco deberías dejar que tu maldito sentido de la justicia nos arruine la noche, porque no va contigo y, además, me apetece esto..., me apetece mucho... —Dennis bajó la mano por su espalda—. Y no sé cuándo volveremos a vernos, ¿lo entiendes?

Maddox no lo entendía, pero sí lo deseaba.

Lo había deseado desde que tenía memoria.

Así que acalló la voz de su conciencia y siguió ignorando el dolor en el pecho cuando Dennis volvió a besarlo, porque tenerlo así, aunque fuese un espejismo, era más de lo que había imaginado. Y quiso seguir besándolo. Y luego morderlo. Y conseguir que no pudiese olvidar aquella noche fácilmente. Eso fue lo último que logró pensar con claridad antes de quitarle por la cabeza el suéter que vestía y arrodillarse frente a él.

EL MUNDO BLANCO DE NICKI, 2017

(Lo que somos)

Tic, tac, tic, tac.

Todo está limpio.

Increíblemente limpio.

Absurdamente limpio.

Nicki desliza la punta del dedo por la encimera y comprueba que no hay ni una mota de polvo. Debería sonreír con satisfacción, pero no consigue curvar los labios.

No sabe hacerlo.

Ha olvidado cómo sonreír.

Todo está tan limpio...

Respira hondo.

Se sienta.

Espera.

RIVER, MAYO DE 2009

(Lo que rompimos)

Era un día soleado. River le había comprado un helado a Agatha y se lo habían comido entre los dos mientras daban un paseo por el puerto. Después, se acercaron hasta las rocas porque a la niña le gustaba observar a los pequeños cangrejos que se escondían entre las cavidades.

—Ten cuidado —le dijo cuando la vio levantarse para perseguir a un cangrejo—. Mejor quédate sentada.

Había empezado a caminar tres meses atrás, justo al cumplir el primer año de edad, pero aún se tambaleaba en superficies escarpadas como aquella y se caía tan a menudo que Kinsley siempre llevaba en el bolso todo tipo de tiritas y geles para golpes.

Como ella estaba estudiando por las tardes y River continuaba sin tener trabajo estable (lo habían despedido del último por llegar con retraso cuatro días seguidos), él se ocupaba de Agatha a partir del mediodía, aunque seguía teniendo muchas más dudas que certezas cuando trataba de sacar a relucir sus dotes paternales.

—Ca-can —balbuceó llamando a los cangrejos.

Podría haber estado mirando el espléndido paisaje que se dibujaba a su alrededor: el mar golpeando las rocas, el sol redondo como un pomelo. O podría haber mirado a las gaviotas que planeaban por el cielo en busca de pescado fresco. O mejor aún hubiese sido que mirase a su hija cuando volvió a lanzarse en busca de cangrejos.

Pero lo único que River estaba mirando era su teléfono móvil. En concreto, leía un artículo cómico que un amigo le había enviado y revisaba mensajes antiguos de Nicki y de otra chica con la que quedaba algunas veces.

Por eso no vio como Agatha se tambaleaba entre las rocas y caía hacia delante como si fuese una muñeca con más peso en la cabeza que en las extremidades.

Pero sí oyó el golpe.

—¿Agatha?

Levantó la mirada y un escalofrío lo atravesó al verla boca abajo. Se acercó corriendo. La niña lloraba. No, no lloraba. Estaba gritando. La cogió con fuerza como si una parte de él pensase que así lograría alejarla del peligro e iría atrás en el tiempo diez segundos, solo eso, solo tenía que sostenerla contra su pecho y esperar.

Los agudos gritos de Agatha lo sacaron de su ensoñación.

Le apartó el pelo de la frente y comprobó que tenía una brecha sobre la ceja, la piel estaba levantada de forma grotesca, la sangre se escurría mejilla abajo.

—Joder, joder. —Echó a correr con la niña en brazos.

Dejó atrás las piedras. El corazón le martilleaba como si tuviese dentro del pecho un reloj de cuco. Agatha seguía gritando y sacudía los pies. A River le ardían los pulmones cuando consiguió llegar a la carretera que bordeaba la costa. Vio un coche azul a lo lejos. Alzó la mano y vociferó para pararlo. Reconoció a través de la ventanilla una cara conocida: era Velma Abbot, la dueña de la cafetería Brends.

—¿Puedes llevarnos al hospital? Por favor...

—Claro. Subid atrás. —Ajustó el espejo retrovisor mientras él se sentaba con Agatha en brazos. Arrancó de inmediato.

—¿Tiene...? Joder. ¿Tiene pañuelos?

—Mira a ver ahí abajo. —Le señaló un compartimento.

River encontró un paquete y sacó un par. Le limpió a Agatha la mejilla con cuidado, pero no quiso presionar la herida por miedo a empeorarlo. Tenía mal aspecto. Muy mal aspecto. Apenas era capaz de mirarla sin marearse.

—Pa. —Agatha lo llamaba así—. Pa...

—Lo sé, lo sé. Aguanta un poco más... —Nervioso, alzó la vista hacia Velma Abbot—: ¿Crees que podríamos ir más rápido?

—Voy a intentarlo —contestó ella y pisó el acelerador.

Tuvo tiempo de llamar a sus padres y a Kinsley antes de llegar al hospital. Los atendieron en urgencias y entraron en una consulta pediátrica. La médica y la enfermera fueron amables y pacientes, sobre todo cuando Agatha se negó a dejar que nadie la tocase y se aferró a él con desesperación. Al final, River tuvo que sostenerla a la fuerza mientras le ponían un sedante local, la curaban y le cosían la herida.

Necesitó varios puntos.

En aquel momento, mientras las veía hurgar en la herida de esa niña que lo miraba con ojos suplicantes, River comprendió lo que era el amor. Tenía mucho que ver con el miedo. Un miedo atroz y visceral que lo sacudió por completo como si él también se hubiese dado un golpe esa tarde. Le entraron ganas de vomitar. Y también de abrazar a Agatha con todas sus fuerzas y prometerle que nunca jamás permitiría que volviese a sufrir ningún daño, que él se encargaría de cuidarla, que no le fallaría.

Cuando la madre de River entró en la habitación, estaba tan aturdido tras el volcán emocional que le permitió que la cogiera en brazos una vez terminaron de curarla. La enfermera le repitió por décima vez consecutiva que se calmase, que no era grave, que podría haber sido mucho peor y había tenido suerte.

—Voy a salir un momento —logró decir.

Tenía la boca seca. Le temblaban las piernas. Había sido un susto. Solo un susto. Pero la culpa flotaba a su alrededor como algas en un mar revuelto.

—¡River! —Kinsley corrió hacia él.

Se le pasó por la cabeza que fuese a gritarle que era un idiota, pero lo que hizo fue abrazarlo. River tomó una bocanada de aire y todos sus músculos se relajaron. Pensó que Kinsley era la única persona del mundo que entendía perfectamente cómo se sentía.

—Lo siento —susurró—. Lo siento mucho.

—Ha sido un accidente —le aseguró ella.

—Está dentro con mi madre. Ve a verla.

Él se quedó unos minutos sentado en una de las sillas de plástico de aspecto anodino. Se dijo que los productos químicos que usaban para limpiar debían de ser exclusivos para hospitales, porque todo era aséptico; ni rastro de aroma a limón o lavanda. Luego, cuando su padre y Ben aparecieron por el pasillo, dejó de pensar en trivialidades.

No recuerda con exactitud la siguiente hora.

Sintió que, después de toda la tensión, se desinflaba como un globo. Pero, aunque solo deseaba dormir y despertarse habiendo dejado la culpa atrás, logró sobreponerse y le pidió a Kinsley que los planes siguiesen según lo previsto y que Agatha se quedase con él esa noche. Ella accedió y se despidió de la pequeña cuando él la cogió en brazos.

River y sus padres fueron al aparcamiento del hospital.

Se dio cuenta de que la niña se había dormido cuando la apartó de su pecho para sentarla en la sillita del coche. La ató con cuidado. Su madre dijo que la máquina del ticket no funcionaba bien y se alejó para buscar una oficina de información.

Mientras esperaban, River se sentó en el asiento del copiloto y miró a su padre. Sebastian Jackson era un hombre de pocas palabras, en eso se parecía a Maddox, amante del mar y especialista en evitar meterse en líos. Nunca llamaba demasiado la atención, pero siempre estaba ahí. El eterno secundario al que recurrir en los momentos difíciles. Y, en ese instante, mientras Agatha dormía atrás con una brecha en la frente, River tomó conciencia (una conciencia plena y vasta) de lo maravilloso que era su propio padre y de lo difícil que debía de haber sido para él desempeñar ese papel sin titubear.

Comprendió que era afortunado por haber tenido un hogar sólido.

—Papá, ¿crees que podría volver a salir contigo a pescar?

—Claro que sí, River. Eres mi hijo, ¿me oyes? Mi hijo. Ahora ya sabes lo que eso significa. —Le pasó una mano por el pelo como hacía mucho tiempo atrás y el gesto lo hizo sentir un niño otra vez y muy vulnerable—. Mañana zarparemos temprano.

No pudo contestar porque el nudo que le atenazaba la garganta se deshizo hasta convertirse en lágrimas. Clavó la vista en la ventanilla mientras lloraba en silencio.

Al llegar, cargó a Agatha en brazos y negó con la cabeza cuando su madre se ofreció a cogerla. Fue directo a su habitación, la arropó en su cama, se tumbó a su lado. En la oscuridad, contempló el perfil de su hija como un arqueólogo que acaba de descubrir un fascinante yacimiento. Al día siguiente iría a pescar, sí. Y cuando regresase desmontaría la cuna y volvería a montarla en el hueco.

Y así ya no habría hueco.

SEBASTIAN, MAYO DE 2009

(Lo que rompimos)

Los dos estaban sentados en el sofá del salón, a oscuras, buscando la calma perdida tras los acontecimientos de aquel día. Ella aún llevaba el abrigo puesto.

—¿Crees que estará bien? —preguntó Isabelle.

Sebastian miró a su mujer y dijo en tono sereno:

—Sí. Y si no lo está, terminará por estarlo. Tienes que confiar más en él. Dale un poco de tiempo. Lo está intentando. Sé que no es perfecto, pero...

—Me preocupo por ellos.

—Ya. Yo también lo hago.

Se inclinó y le dio un abrazo torpe a su mujer. Luego, junto a ella, subió al piso de arriba. Como cada noche, se cambiaron de ropa, se lavaron los dientes y se tumbaron en la cama. La única diferencia era que, ese día, Agatha estaba bajo aquel techo, pero no dormía en la cuna que había en su dormitorio. Sebastian encendió la luz de la mesilla de noche y leyó un rato hasta que Isabelle se durmió. Tenía que despertarse temprano, pero eso no impidió que se levantase de puntillas y avanzase por el pasillo a oscuras hasta la habitación de River. La puerta estaba entornada. La abrió con cuidado y tardó unos instantes en distinguir en medio de la oscuridad las dos figuras, la más grande abrazando a la pequeña. Tomó una bocanada de aire, satisfecho, y regresó sobre sus pasos.

¿QUIÉN ERES? ¿Y QUIÉN QUIERES SER?

Las hadas no vuelan cuando nacen. Los dragones no dominan el fuego. Las brujas como nosotras ni siquiera saben que son brujas. Todo se aprende. Solo necesitas una pizca de paciencia, un puñado de tenacidad y comerte la punta de una estrella fugaz.

LA BRUJA AGATHA

NICKI, 2 DE JUNIO DE 2009

(Lo que rompimos)

Babette había reservado mesa en un restaurante cerca de Fenway Park. Los invitados al cumpleaños eran varios compañeros de la revista, una chica llamada Shirley que a veces se sentaba con nosotras en un par de optativas y Aston.

Desde el respaldo de una de las sillas se alzaban varios globos, así que me senté allí tras deducir que sería el sitio de la cumpleañera. Todos habían llegado puntuales. Leímos la carta tras pedir la bebida. Era comida tailandesa y no entendí la mitad de los platos.

—Me encanta este lugar —dijo Babette.

—¿Pedimos varias cosas para compartir? —sugerí con fingida indiferencia y le di un trago a mi copa—. Gracias a todos por haber venido hoy, de verdad.

Estaba visiblemente emocionada, aunque no compartí las razones porque eran demasiado íntimas. Podría haber empezado diciendo que por primera vez en toda mi vida no iba a celebrar el día de mi cumpleaños junto a River Jackson, y que ese hecho en apariencia irrelevante me entristecía más de lo esperado, porque a fin de cuentas había sido idea mía quedarme en Boston y permitir que Babette organizase la velada, lo que me llevaba directa a la siguiente razón: había superado mi segundo año en la universidad, lejos de casa, y estaba rodeada de gente con la que había logrado establecer lazos.

Me sentía menos sola. Menos rara. Menos diferente.

—Brindemos por la cumpleañera —dijo Babette.

—Y por ser la única chica a la que sigues hablándole después de haber combinado el rosa y el rojo entre diferentes estampados —bromeó Shirley alzando su copa.

—Oh, no recordemos catástrofes durante la cena. —Babette me miró sonriente y se apartó el pelo hacia atrás—. Además, ya tuve en cuenta tu nula relación con la moda cuando fui a comprarte el regalo de cumpleaños. No pensaba dejar pasar la oportunidad.

En realidad, mi relación con la moda no era nula, sino tan solo extraña. Babette no entendía que me gustasen las coloridas chaquetas de lana que mi madre tejía, los vaqueros acampanados estilo años setenta, las zapatillas de tela o que usase prendas antiguas de la abuela que me parecían especiales.

—Espero que no sean unos zapatos de tacón, porque de verdad que no sé andar con ellos —le recordé mientras nos servían varios platos.

—Es mejor. De hecho, voy a dártelo ya, porque es ridículo seguir un orden cuando todos sabemos que Aston te regaló hace días ese libro de poesía...

Sentado a mi lado, Aston sonrió admitiendo su culpabilidad y se limitó a darme un apretón en la rodilla por debajo de la mesa. Nunca prestaba atención a los comentarios mordaces de Babette. Era un chico tranquilo. Muy tranquilo. Quizá excesivamente tranquilo. En su residencia había sonado la alarma antiincendios unos días atrás, mientras nos liábamos en su habitación, y apenas se inmutó, así que tuve que sacarlo casi a rastras.

Babette dejó frente a mí un regalo rectangular. Lo abrí despacio ante las miradas de expectación. La tela resbaló entre mis dedos. Era un vestido negro de seda de Versace. Las líneas eran rectas, aunque tenía un toque seductor gracias a los tirantes finos.

—¿Qué te parece? Ya iba siendo hora de que tuvieses algo sofisticado en el armario. Un clásico. Nunca pasará de moda. Cada vez que no sepas qué ponerte, tienes la respuesta correcta en las manos.

—Pero... Esto... Es demasiado.

—En absoluto. Te quedará perfecto.

—Es impresionante —dijo Shirley.

Doblé el vestido con cuidado y volví a meterlo en la caja. No estaba segura de ser capaz de ponérmelo si averiguaba el precio exacto de ese trocito de tela, porque probablemente la perspectiva de dañarlo pesaría más que la satisfacción de usarlo.

La velada continuó de forma distendida hasta que los trabajadores del restaurante empezaron a recoger y pedimos la cuenta. Babette insistió en pagar.

La noche era fresca. Aston me cogió de la mano.

—¿Dormimos juntos?

—Yo... —Vacilé—. Mañana tengo que levantarme temprano para terminar el último reportaje. Mejor te llamo el domingo.

Aston asintió y me sentí un poco culpable por no ser del todo sincera, porque podría haber pasado la noche con él y regresar a mi apartamento a primera hora, pero me apetecía tumbarme sola en la cama, a oscuras, y quizá llamar a River y preguntarle qué tal le había ido el día, si se sentía diferente a los veinte o si había comido pastel.

Marqué su número en cuanto me puse el pijama.

—Tu madre se empeñó en colocar una vela de más en tu honor. Me toca compartir el día incluso cuando no estás aquí. —River parecía animado.

—¿Has comido pastel? ¿De qué era?

—Claro que sí. Un cumpleaños no es un cumpleaños sin pastel. Esta vez tocó de chocolate. Heaven se negó a probarlo porque dice que le salen granos solo de olerlo.

No le conté que en el restaurante nos habían servido más de una docena de platitos de deliciosa comida tailandesa, pero no hubo ni rastro de pastel. Sentí una añoranza profunda al imaginarlos a todos alrededor de la mesa; el ruido entremezclado de sus voces, mi hermana diciendo idioteces, la abuela contando viejas batallas, mi madre e Isabelle escapándose a la cocina para tomarse a solas una copa de vino...

—Tengo ganas de ver a Agatha. Iré pronto a casa.

—Aquí estaremos. —Pero no lo dijo con resignación ni con tristeza, sino con una convicción serena—. Feliz cumpleaños, Nicki.

—Feliz cumpleaños, River.

Luego, me di la vuelta en la cama e intenté dormirme. Pasado un rato empecé a desesperarme, encendí la lamparita de noche y cogí el libro de poesía de Emily Dickinson que descansaba en mi mesita de noche. Leí:

Corazón, le olvidaremos
en esta noche tú y yo.
Tú, el calor que te prestaba.
Yo, la luz que a mí me dio.

MILA, JULIO DE 2009

(Lo que rompimos)

—Auch.

—Lo siento.

—Es la tercera vez que me pisas, Owen. Te agradecería que prestases más atención a las clases el próximo curso, porque si no tendré que amputarme los pies.

—Lo intento, pero es que tú...

Mila alzó la cabeza para mirarlo a los ojos.

—Yo ¿qué?

—Me despistas.

—Menuda tontería. ¡Auch!

—¡Perdón!

Estaban en el garaje de la casa de Owen. Era un lugar húmedo y sombrío, pero mejoraba bastante con la puerta abierta. En el interior había muebles cubiertos por sábanas, herramientas y trastos viejos. También un radiocasete que aún funcionaba y habían usado para poner música. Hacía tiempo que el señor Maddison acudía con ella a bailar cada jueves, pero no parecía ser capaz de coordinar sus piernas, así que Mila se había propuesto darle clases durante el verano con la esperanza de ver mejoría.

Por eso se encontraban en aquel garaje con vistas al jardín y a la calle, ajenos a las miradas indiscretas de algunos vecinos que los observaban con curiosidad.

—No es tan difícil, Owen. Una pierna hacia delante y luego atrás, después lo repites con la otra. Y vuelta a empezar, pero siguiendo el ritmo. Un, dos. Un, dos.

—Parece sencillo, pero en la práctica...

—Shhh. Concéntrate. No te concentras.

—Mila...

—¡Auch! ¡Maldito seas!

Lo miró enfurruñada tras otro pisotón y se separaron. Mila se acercó al radiocasete y lo apagó. Owen se había quedado parado y respiraba profundamente, como si acabase de correr una maratón.

—¿Qué voy a hacer contigo?

—Quizá bailaría mejor con otra pareja.

Mila apretó los labios y se cruzó de brazos.

—¿Sí? ¿Tú crees? ¿Qué problema tengo?

—Ya te he dicho... que... me despistas...

—¿Le pasa algo a mi nariz? ¿O a mis ojos? ¿Es por el peinado...?

—Oh, qué mujer más irritante y ciega y torpe.

—¿Torpe? ¡Tú sí que eres torpe!

—¡Torpe de corazón!

Entonces acortó los tres pasos que los separaban, la rodeó con sus brazos y la meció contra su pecho. Mila se quedó paralizada y pensó... pensó que ningún hombre la había abrazado de esa manera tan dulce y sincera. Tragó saliva y sintió una emoción desconocida trepando por su espalda. ¿Qué era exactamente? No estaba segura. ¿Melancolía? ¿Nostalgia? ¿Satisfacción? Quizá una mezcla de las tres. Con la barbilla apoyada en el hombro de Owen, se le inundaron los ojos de lágrimas.

—Todo el mundo puede vernos... —susurró.

—A mí no me importa. ¿A ti te importa? —Él se inclinó hacia atrás para poder mirarla a la cara y Mila negó con la cabeza—. La primera vez que bailamos y me cogiste de la mano, caí en la cuenta de que hacía dieciséis años que no tocaba así a una mujer. Y me gustó. Y, luego, empezaste a gustarme tú. Haces que la soledad duela menos.

—Ay, Owen...

—¿Estás llorando?

—No. Claro que no.

Él deslizó el pulgar por su piel y atrapó una lágrima.

—No pretendía entristecerte ni tampoco incomodarte. Entiendo que no sientas lo mismo. Solo quería explicarte por qué me distraigo cuando estás cerca.

Mila acogió la mejilla de Owen en la palma de su mano y pensó que quería seguir conociendo a ese hombre y bailando a su lado. Porque la vida, al final, era eso. Un baile. Y a ella le encantaba dar vueltas y vueltas, incluso a riesgo de marearse. Así que se puso de puntillas y le dio un beso suave en la comisura de los labios, porque la experiencia le había enseñado que el amor también hay que dosificarlo, no vaya a ser que se gaste demasiado rápido. Con una sonrisa, apretó el botón del radiocasete. Después, se cogieron de la mano y ella respiró hondo.

—Sigamos bailando.

RIVER, AGOSTO DE 2009

(Lo que rompimos)

Había sido una buena jornada. De camino al puerto, nos seguían algunos cormoranes y las gaviotas descendían en picado como si quisiesen intimidarnos. Pese a que aquel verano estaba siendo más caluroso de lo habitual, el aire era fresco.

Maddox se había comprado una embarcación semanas atrás, cuando surgió una buena oportunidad. Papá estuvo de acuerdo con la decisión, aunque él quiso continuar con la suya, pese a que fuese más pequeña, de unos diez metros de eslora. Le cedió la licencia de la mitad de las líneas de nasas de langostas y estuvimos dos días pintando el casco de blanco, haciendo arreglos y adecentando la cubierta.

Desde entonces, mi padre y yo salíamos a solas.

Y ocurrió lo impensable: que la rutina me sentó bien.

La primera semana fue dura, más porque seguía descentrado por lo ocurrido con Agatha en las rocas que por el trabajo. Pero, conforme fueron pasando los días, me fui acostumbrando a irme a la cama temprano, casi cuando dormía a la niña, y a levantarme antes de que saliera el sol. El café me sabía mejor que nunca en el profundo silencio que reinaba a esas horas. Y luego, una vez salíamos a la mar, flotaba alrededor una calma que se me pegaba a la piel como el salitre. Comprobábamos cada trampa que aguardaba a quince metros de profundidad. Medíamos las langostas. Preparábamos un par de anzuelos que iban rentabilizando la mañana. No hablábamos mucho.

—Lo estás haciendo bien —me decía a veces papá.

—En dos días te quito el puesto —le contestaba.

—Para eso tendrías que tirarme por la borda.

—No me des ideas —bromeaba dándole una palmadita en la espalda que lo hacía reír, aunque nunca había sido un hombre muy jovial—. Es hora de volver.

Entonces, cuando llegábamos al puerto, rivalizábamos con otros pescadores del pueblo y contábamos los ejemplares que cargaba Edna Brooke, porque siempre llevaba ventaja. Íbamos a El Anzuelo Azul, dejábamos parte del botín y me tomaba el segundo café del día. Y mientras lo hacía, mientras daba sorbos pequeños y contemplaba los jirones de niebla a través de la ventana, pensaba que aquello no estaba tan mal.

Que era lo que necesitaba. Que era un trabajo. Que era digno.

La primera semana de agosto había sido más fructífera de lo habitual y yo estaba de buen humor cuando salté a tierra firme y amarré la embarcación. Aquel día había salido solo porque mi padre tenía cita con el dentista y la experiencia había sido gratificante. Estaba distraído y no me fijé en el joven que se me acercó.

—¿Te importaría que le hiciera una foto al barco?

—¿A mi barco? —Lo miré preso de la confusión.

El tipo llevaba una perilla bien arreglada, ropa de marca y una cámara Nikon colgada del cuello. No iba solo, lo acompañaba su mujer con dos críos y, junto a ellos, había otra pareja. Probablemente fuesen familia, porque todos eran rubios.

—Sí, claro. Acercaos para salir delante.

Se movieron con cierta torpeza para posar.

Los turistas que aparecían en verano cada vez provenían más de grandes ciudades, así que les resultaban insólitas cosas tan rudimentarias como un barco pesquero o ir a coger moras. Daba la sensación de que la vida entre grandes edificios se alejaba tanto del día a día en el pueblo que cualquier cosa que hacíamos les parecía fascinante.

—¿Los niños podrían subir al barco para la foto?

—Claro. Por diez dólares hasta les doy una vuelta.

—Oh, no sabíamos que ofrecías excursiones. En ese caso, ¿hay algún descuento para grupos? ¿Y tenemos que reservar una hora o tienes disponibilidad?

—¿Estás bromeando?

El hombre me miró con evidente desconcierto y entonces comprendí que hablaba en serio. Estaba dispuesto a pagarme diez pavos por cabeza para dar un paseo en ese barco que tiempo atrás tanto odiaba. Recalculé la situación con rapidez.

—Está bien. Los niños van gratis.

—Hecho. —Me sonrió satisfecho.

Así que lo hice. Los ayudé a subir y luego solté el amarre. El sol iluminaba sus caras llenas de entusiasmo. Los niños no dejaban de señalarlo todo (las boyas, las gaviotas, la isla que se divisaba a lo lejos). Los adultos me hacían preguntas sin cesar.

—La pesca de la langosta está muy controlada —expliqué y no dejaron de hacer fotografías mientras subía una de las trampas—. Cuando encontramos una hembra reproductora que tiene huevas la marcamos y la volvemos a soltar.

—Impresionante —dijo el hombre.

Les di una vuelta más larga de lo planeado. Uno de los críos, el más pequeño, gritaba feliz cada vez que cogía velocidad y las olas rompían contra el casco.

Cuando me despedí de ellos en el puerto tenía una sonrisa en la cara y llevaba cuarenta dólares en el bolsillo de los pantalones.

La sonrisa me acompañó mientras entraba en el restaurante y al ver a Agatha en la cocina con una galleta en la mano. La cogí en brazos y le di un beso en la frente.

—¿Dónde está la niña más bonita del mundo?

—¡*Apiiiii!* —gritó señalándose el pecho.

—Es la tercera galleta que roba —me dijo tía Gerta—. Hoy tenemos todas las mesas reservadas, así que será mejor que busquéis otro sitio más tranquilo.

Agatha me cogió de la mano cuando salimos del restaurante y caminamos a paso de tortuga hasta la casa de los Aldrich.

—¿Quieres tocar el timbre? —le pregunté, porque sentía fascinación por todos los botones, incluidos los de las camisas. Ella estiró el dedo—. Bien hecho.

Nicki todavía llevaba el pijama puesto cuando abrió.

NICKI, AGOSTO DE 2009

(Lo que rompimos)

Me cambié a toda prisa. Por un instante, tuve la misma sensación que cuando éramos unos niños y River llamaba a la puerta de casa cualquier día, a cualquier hora y en cualquier momento para proponerme el primer plan que se le hubiese pasado por la cabeza. «¿Quieres ir a escalar árboles?, ¿quieres que bajemos la colina en bicicleta?, ¿quieres que vayamos a buscar un fantasma a la casa abandonada?». Aunque aquella mañana la pregunta había sido: «¿Quieres venirte a la playa con nosotros?».

El mar estaba en calma cuando llegamos y el día era soleado.

Extendimos dos toallas junto a Agatha, que había empezado a jugar con un cubo y una pala. El viento suave le sacudía el pelo, que se rizaba en las puntas, y me acerqué para recogérselo como pude, porque aún no le había crecido lo suficiente. El azul de sus ojos recordaba a dos topacios, iguales que los de su padre. Y su manera de apretar los labios cuando se concentraba en algo también me trasladaba a él.

River se quitó la camiseta por la cabeza y se sentó al lado.

—Es una niña muy buena —dije apartando la mirada de él—. Tienes suerte de que no se parezca a ti. Seguro que con año y medio ya estarías ideando travesuras.

—Solo lo hacía para complacerte y sacarte de la monotonía.

—Eres... idiota. —Le lancé un puñado de arena.

—Violencia delante de la cría no, Nicki.

Me reí y, luego, me quité el peto que vestía y me quedé en bañador. Recordé que Babette solía decir que el gobierno debería sacar una ley que prohibiese la existencia de los petos, aunque era una de mis prendas favoritas. Pensaba que me sentaban bien.

—Tengo que contarte algo. —Había emoción en los ojos de River—. Esta mañana una familia me ha pagado a cambio de que los llevase a dar una vuelta en el barco.

—¿Que has hecho qué?

—Y desde entonces no he dejado de darle vueltas al asunto. Podría sacarle partido durante el verano. ¿Te imaginas? Haría folletos informativos: «¿Quieres conocer la tradición pesquera de la zona? Sube a nuestro barco y descúbrelo todo sobre las langostas, ¡podrás alzar una trampa con tus propias manos!».

—Estoy... sorprendida.

—El paseo duraría una hora, con una guía completa y la posibilidad de hacerse fotos. Tendría que comprar chalecos salvavidas y le pediría a Kinsley que me echase una mano, ahora que va a empezar a trabajar en la gestoría. ¿Qué te parece?

—Creo que es genial, River.

—¿De verdad? Porque necesitaba..., ya sabes, que alguien me dijese que no estoy loco al pensar en todo esto como un negocio, aunque sea un extra.

—No estás loco, sin que sirva de precedente. Y es una gran idea. —Suspiré al tiempo que estiraba las piernas—. Yo estoy planteándome participar en un proyecto para conseguir una beca y estudiar en Nueva York.

—¿Qué es lo que te frena?

—Estaría más lejos de casa.

—Sería temporal, ¿no? Y, además, no cambiaría nada. Seguiríamos aquí cada vez que quisieses venir a vernos, como esa canción... ¿Qué era lo que decía la letra? Algo sobre un faro y un barquito que buscaba su luz cuando necesitaba volver.

—Qué profundo. ¿Dónde está River Jackson?

—Me estoy curtiendo —contestó divertido.

Nos sonreímos y, luego, permanecimos un rato en silencio. Se estaba bien allí, los dos codo con codo y Agatha llenando el cubo de arena y vaciándolo después de forma sistemática. Distinguí la pequeña cicatriz en su frente, una marca que para mí representaba un antes y un después en la relación de River con su hija, como si el golpe se lo hubiesen dado los dos. Al mirarla, nos vi también a nosotros casi veinte años atrás. En ese mismo trozo de tierra, disfrutando de la misma brisa y del mismo murmullo de las olas.

El mundo era solo un lugar de paso.

—Así que... ese chico... —River jugueteaba distraído con la arena entre sus dedos cuando volvió a hablar—. ¿Ya no estáis juntos?

—No. Creo que nunca tuvo mucho futuro.

—¿Por qué dices eso?

—Bueno... Nos aburríamos.

—¿Así de simple?

—¿Qué quieres que te diga? —Me reí un poco nerviosa, sin razón—. No es tan fácil encontrar a otra persona con la que encajar. Está el tema de tener los mismos valores y de que exista una complicidad... —Enumeré con los dedos—. Y luego que sea sencillo, ¿me entiendes?, que no resulte forzado. Y el sentido del humor, porque creo que reírse es uno de los pilares de la vida. Y... el sexo.

—El sexo. —La voz de River sonó ronca.

Hubo un resplandor en su mirada que me provocó un tirón en la tripa. Aparté la vista de él y la centré en el mar, porque pensé que se trataba de un lugar seguro. Aquel día parecía hecho de papel celofán y los rayos de sol incidían sobre la super-

ficie; las olas se balanceaban incansables al ritmo de una melo-
día misteriosa. Todo estaba lleno de destellos efímeros que
nacían y morían, nacían y morían, así hasta la eternidad.

—Me encanta cómo brilla el mar.

—La chica que ama las cosas que brillan —bromeó él y,
luego, me pareció que estaba a punto de añadir algo más, pero
sus labios se cerraron y ya no dijo nada.

RIVER, EL DÍA DEL FUNERAL, 2017

(Lo que somos)

A los veintiocho años, comprendo que la muerte es una ausencia abismal, un río que se extingue, una grieta irreparable en la pared, un vacío ensordecedor, una casa abandonada, un desguace de recuerdos, una herida que se cierra pero deja cicatriz.

RIVER Y NICKI AL TELÉFONO

(Lo que rompimos)

26 de septiembre de 2009

—He sacado a Agatha de ese jardín de infancia. Lloraba como loca cada vez que la dejábamos y, joder, me pasaba la mañana con el corazón en un puño...

—Eres un sentimental.

—Así que he ideado un horario infalible. Verás, cuando mi padre y yo salimos, se queda con mi madre hasta el amanecer. Después mi madre se la pasa a tu madre. Tu madre empieza las consultas a las diez y entonces o bien se encarga tu padre si tiene menos trabajo o recurrimos a Mila, aunque se empeña en darle golosinas a escondidas. Intento que tu hermana se acerque lo menos posible a la niña porque no quiero que se le contagie nada de ella —bromeó, porque los dos sabían que River adoraba a Heaven—. La recojo cuando termino la jornada de pesca, aunque los días que echo una mano en el restaurante, el novio de Kinsley se encarga de ella hasta que su madre acaba de trabajar.

—Te noto... diferente.

—Cuando llega la noche me siento tan cansado como si un camión me hubiese pasado por encima, pero estoy mejor que nunca. Creo que las cosas empiezan a encajar.

—Me alegra mucho oírlo.

—Voy a inscribirme para conseguir esa beca. Sé que es bastante improbable, pero sería una gran oportunidad. Imagínate, de Cape Town a Nueva York.

—Buena decisión.

Se oía un chapoteo.

—¿Qué estás haciendo?

—Intento bañar a la niña.

—¿Lo intentas?

—¿No recuerdas el baño de mis padres? Es minúsculo y la bañera portátil apenas entra en la ducha. Tengo que arrodillarme como si rezase.

—Es una visión muy divertida.

—En algún momento tendré que irme.

—¿Irte? ¿Tú solo?

—Con Agatha.

—¿Y podrás afrontar todo lo que implica un hogar? No me refiero solo a pagar las facturas, sino a la limpieza, tener la nevera llena, etcétera.

—Tenemos veinte años, Nicki. Además, no es una elección, a veces en la vida tienes que hacer cosas y ya está. Lo que necesito es ganar más dinero. En cuanto sea primavera y lleguen los primeros turistas le sacaré partido a esa idea que te comenté. Maddox cree que es interesante y me dejará su embarcación, que es más grande.

—La quieres —dijo entonces Nicki refiriéndose a Agatha.

—Ni siquiera sabía que se pudiese querer así —contestó él y, luego, se oyó otro chapoteo y una risa traviesa que desafió la distancia hasta contagiar a Nicki.

1 de noviembre de 2009

—¿Disfrazaste a Agatha?

—Claro. De pequeña calabaza diabólica. Yo aproveché el traje de payaso, ¿lo recuerdas? Hace años estuve a punto de matar a una anciana del susto que le di.

—Cierto. Faltó poco para el homicidio involuntario.

—La señora era muy susceptible. Si solo me quedé diez minutos congelado en su jardín con un hacha en la mano y sonriendo de forma siniestra...

—No entiendo por qué la gente del pueblo te adora.

—¿Tú qué hiciste?

—Hubo una fiesta. Estuvo bien.

—No suenas muy convencida.

—Es que Babette me dejó colgada cuando apareció su novio y me pasé un par de horas buscándola por todas partes. Al final, estaba en casa montándoselo con él. Se llama Peter y es, bueno, intenso. Tiene un grupo de música. Supongo que encajan.

—¿Sigues quedando con los compañeros de la revista?

—Los viernes acudo al ritual del café, sí. ¿Y tú aún ves a Archie y los chicos?

—Sí, pasamos el rato.

—Son buena gente.

28 de noviembre de 2009

—¿Cómo puedes seguir pensando que el helado de cerezas es mejor que el de pistacho? ¡Si nadie lo pide! En todas las cafeterías está el recipiente intacto.

—Nicki, lo que tú tomas es solo una mezcla química de aromatizantes y colorantes. Además, solo te gusta porque tiene un color diferente.

—¿Qué estás diciendo?

—Sí, joder, cuando eras pequeña lo señalabas siempre porque era verde. ¿Recuerdas el día que llegó a la cafetería Brends ese que era de color azul? Lo querías. ¿Por qué? Porque era diferente. Pero ni siquiera tú pudiste comerte eso.

—Eres un ignorante de los helados.

—El próximo verano haremos la prueba con Agatha. La colocaremos enfrente del escaparate de helados para ver cuál quiere. Seguro que señalará el verde. Es lo que hacen todos los menores de cuatro años.

—River Jackson...

—Asume que te sientes fascinada por las cosas que brillan o son de colores. Pero si el helado de pistacho fuese blanco jamás te lo pedirías.

—¿Sabes quién se come el de cerezas?

—Sorpréndeme.

—Tú y el resto de la población mayor de noventa años de Cape Town. A nadie en su sano juicio se le ocurriría pedirse un helado de fruta. Adiós.

River seguía riéndose cuando Nicki colgó el teléfono.

9 de enero de 2010

—Espero que a Agatha le gustasen los cuentos que Santa Claus le dejó de mi parte.

—Uno ya está roto, el otro le fascina.

—Maravilloso. Por cierto, ¿has pensado en lo que hablamos? Ya sabes, la idea de que puedas venir un fin de semana a Boston. Te vendría bien.

—No sé si es el momento...

—¿Por qué no? Seguro que puedes faltar al trabajo un par

de días. ¿Cuánto tiempo hace que no sales por ahí a divertirte un rato, River? Tómate un respiro.

Él tuvo que hacer memoria para llegar hasta aquella noche del año anterior en la que había conducido sin rumbo y había terminado la velada con una chica en el asiento trasero de su coche y un corazón pintado en la mejilla. Desde entonces, los engranajes de su vida habían empezado a girar a la inversa y él creía que por fin había encontrado la dirección correcta, porque cuando respiraba ya no se sentía como si tuviese una pelota de golf en la garganta, y el aire bajaba, lo llenaba y lo calmaba.

—Lo pensaré. Tengo que dejarte, hablamos mañana.

23 de febrero de 2010

—¿Puedes ponerle a Agatha el teléfono? Me gustaría felicitarla.

—Inténtalo, pero está viendo los dibujos animados, así que no creo que consigas acaparar su atención más de... cuatro segundos. Tres, con mucha suerte.

—¡Agatha! —exclamó Nicki con ese tono de voz algo chillón que usaba solo para ella—. ¡Has cumplido dos añitos!

—Sí —contestó la niña en voz baja.

—¿Has soplado las velas?

—...

—¿Agatha?

—Se terminaron los anuncios, ya no tienes nada que hacer.

4 de marzo de 2010

—Mi madre acaba de pedirme que te llame. —River se rascó el mentón—. Dice que habéis organizado una sorpresa o no sé qué...

—Estás de mal humor.

—No, es que apenas he dormido y ha sido una semana dura.

—Pues entonces es tu día de suerte porque... ¡te vienes a Boston! Podrás descansar. Más o menos. Babette ha preparado un montón de actividades.

—¿Qué?

—Sí, mete algo de ropa en una mochila, súbete al coche y no mires atrás. Tu madre me ha dicho que pueden prescindir de ti estos próximos días tanto en el restaurante como en el barco y Agatha estará con Kinsley, así que ya no tienes excusa...

—Pero... —River suspiró—. No sé...

—Te estoy esperando con una botella de tequila como bienvenida.

—¿Desde cuándo eres tú la que idea las locuras?

—No me has dejado más remedio. —Y colgó.

River dudó unos instantes, pero después pensó que llevaba un año trabajando sin descanso, ahorrando cada dólar como solo había hecho cuando era un crío y aún soñaba con aventuras. Hacía mucho que no se permitía flaquear, como si fuese una especie de autocastigo. Y quizá Nicki tenía razón. Quizá era hora de tomarse un respiro.

NICKI, DÍA UNO

(Lo que rompimos)

No podía apartar los ojos de River. Porque estaba allí, en la cocina, con una manzana roja en la mano que mordía sin compasión mientras Babette enumeraba todas las actividades que había organizado para su estancia, que sería de cuatro días.

—¿Tengo un horario para ir al baño?

—Está bromeando —me apresuré a decir cuando Babette lo miró sin comprender el chiste—. Es así todo el tiempo. Te acostumbrarás.

—Bien. Entonces, siguiendo el plan... —Babette revisó sus notas—. Ahora deberíamos ir a la cafetería Paulote para probar las mejores tortitas de la ciudad.

River le dio otro mordisco a la manzana sin apartar los ojos de ella y, por primera vez, me incomodó la apabullante belleza de Babette. No quería sentirme así. No quería. Pero continuaba navegando entre inseguridades.

—Pues en marcha.

La cafetería estaba llena de estudiantes, aunque logramos conquistar una mesa. La camarera vino a tomarnos nota y Babette pidió por los tres la especialidad de la casa.

—¿Y si fuese alérgico al chocolate? —preguntó River.

—¿Existe gente alérgica al chocolate? Qué desgracia. —Babette sonrió con exagerado entusiasmo—. Y, cuéntame, Nicki me ha explicado que eres pescador. Te imagino como en las películas, con uno de esos monos azules y la barba de varios días...

—Sí. Y allá aún no ha llegado la electricidad. Cocino pescado haciendo una hoguera con palitos. En ocasiones, lo como crudo, a bocados.

—Tiene su lado sexi —bromeó feliz.

Nos sirvieron el chocolate y unas tortitas con frambuesas recubiertas de sirope de arce. River clavó el tenedor en una de ellas y se la llevó a la boca con decisión. Babette esperó su reacción.

—Muy buenas —confirmó River.

—Te lo dije: las mejores de la ciudad.

—¿Siempre has vivido en Boston?

—No. Pasé mi infancia en Francia y luego nos mudamos a Nueva York. Acabé aquí porque necesitaba alejarme del nido, pero pienso volver.

—No es que no me interesen tus orígenes, pero necesito hacerte una pregunta importante. —A mi lado, River se inclinó hacia Babette con la típica sonrisa que usaba para encandilar a todo el mundo desde que era pequeño, esa que le había visto dedicar a profesores, compañeras de clase y a sus padres cuando quería conseguir algo—. ¿Es cierto que sabes decir «Esto es una mierda» en trece idiomas?

Ella soltó una carcajada y contestó:

—¡Sí! Mira, en italiano: *questo è una stronzata.*

—Fascinante. ¿Alemán?

—*Das ist ätzend!*

—Suena pletórico.

—Voy un momento al baño. —Babette se levantó—. Pero seguid comiendo sin mí, las tortitas pierden jugosidad en cuanto se enfrían.

Se alejó, y River y yo nos quedamos a solas.

—Apenas has dicho ni una sola palabra.

—Se os veía entretenidos, así os vais conociendo. —Jugueteé con el tenedor y arrastré una frambuesa por mi plato—. Es simpática, ¿verdad?

—Sí. —River masticó.

—Y muy guapa.

—Supongo. —Se encogió de hombros—. No es mi tipo.

—Como si tú tuvieses un tipo más allá de una cara bonita.

River alzó las cejas y me miró con evidente confusión.

—¿Qué quieres decir?

—Bueno..., saliste durante bastante tiempo con Pauline Harris. No creo que la eligieses por su bondadoso corazón.

—Tenía catorce años.

—Eso no cambia nada.

—Oye, ¿a qué viene esto?

Él tenía el ceño fruncido y yo estaba a punto de abrir la boca cuando Babette regresó y siguió con la fascinante conversación de «Esto es una mierda».

Fue un alivio no tener que responder, porque yo tampoco sabía a qué venía todo aquello. Lo que sí sabía era que no podía dejar de mirar a River: su manera de inclinar levemente la cabeza hacia un lado, el remolino de su pelo oscuro, la cicatriz del labio que se había difuminado con el paso de los años, esa forma de curvar la boca como un gato perezoso. Y pensé que el problema consistía en que allí no éramos River y Nicki, los niños que se habían bañado desnudos en la piscina del jardín de casa. Allí éramos River y Nicki atravesando una etapa de cambios y descubrimientos, aprendiendo a ser adultos como si se tratase de un juego. Pero yo no podía empezar a jugar desde la primera casilla como si no existiese un pasado, porque contenía demasiadas emociones dormidas.

Por la noche, cuando volvimos al apartamento, River me acompañó a mi habitación antes de retirarse a la de invitados.

Se tumbó en la cama con las manos tras la nuca y me miró mientras yo guardaba ropa en el armario.

—Nicki, ¿eres feliz aquí?

—Sí. ¿Por qué me preguntas eso?

—Porque me importa.

—Puedes estar tranquilo. —Me senté a su lado—. Siento que, en cierto modo, he encontrado un lugar propio. Y que soy la misma de siempre, pero también otra.

—Eso está bien. Todos cambiamos.

—Supongo que es inevitable...

—Ven, túmbate.

Al hacerlo, al estirarme junto a él y quedarnos callados mirando el techo, caí en la cuenta de que había pasado mucho tiempo desde la última vez que estuvimos a solas de esa manera, sin ruido alrededor. Tragué saliva cuando su brazo rozó el mío y no aparté la vista de la pared blanca. Me fijé en unas pequeñas grietas que habían aparecido en una esquina. Y pensé que nada es perfecto. Nada. Aunque nosotros compartiendo aquel silencio estuvimos cerca de alcanzar esa remota fantasía.

RIVER, DÍA DOS

(Lo que rompimos)

Por primera vez en meses, me desperté cuando ya estaba amaneciendo. Pensé: «Es tarde». Y luego: «Parezco mi padre». Me vestí y preparé café en la cocina. Todo estaba en silencio. Me hubiese gustado que siguiese un rato más así, pero cuando Babette entró en acción el resto del día siguió un curso vertiginoso que dio comienzo en Boston Common, el parque más conocido de la ciudad.

—Haremos un recorrido turístico pasando por dieciséis sitios emblemáticos. Tan solo tenemos que mirar las líneas del suelo y caminar, ¿todos listos?

Peter se había unido en el último momento.

—Qué remedio —susurré.

Lo que me habría gustado hacer era desayunar con Nicki, a solas, en una cafetería de un barrio cualquiera, y ver pasar las horas mientras charlábamos de esto y de aquello, sin pretensiones. Después, quizá hubiésemos dado una vuelta por los lugares que ella solía frecuentar, porque me apetecía imaginarla entrando en la facultad, o en la mesa de la biblioteca que más usaba, o tumbada en el césped del Collar de esmeraldas de Boston. Hubiese sido un buen sitio para matar el resto de la tarde con un par de sándwiches y un refresco. Hasta podría haber dormitado como un gato, con ella cerca. O solo pasar el rato en silencio, como habíamos hecho la noche anterior en su cama.

Pero no.

El plan del día estaba diseccionado minuto a minuto.

Visitamos el Cementerio de Granary, la estatua de Benjamin Franklin y la mítica Old State House. Se estaba llevando a cabo una visita teatralizada y algunas personas vestidas de época rodeaban el edificio de ladrillo visto.

Comimos en el barrio de Back Bay. Era un lugar tranquilo de calles empedradas y casas victorianas. Entramos en un local de estilo ranchero llamado Whiskey Steakhouse y pedimos alitas picantes y hamburguesas. Babette comentó que el sitio era vulgar. Yo contesté que, sin duda, las mejores cosas de la vida suelen ser vulgares.

—Estamos de acuerdo. —Peter me sonrió.

Babette puso los ojos en blanco y buscó la complicidad de Nicki, que se mostraba más ausente de lo habitual. Recordé las palabras que me había dicho la noche anterior sobre que en aquel lugar era ella misma pero también otra, y pensé que sí, que la reconocía en su esencia, pero había líneas en ella que eran nuevas. Parecía más atrevida, aunque también más callada. Y tenía la sensación de que estaba en tensión, como si midiese cada palabra y hubiese ensayado previamente sus gestos.

—¿Estás bien? —le pregunté al salir del local.

—Claro que sí —respondió contrariada.

—La cena será en casa de Peter y, luego, tomaremos alguna copa y jugaremos a algo divertido. —Babette continuó hablando del plan—. Y mañana será la gran noche.

—Ya no recuerdo la programación —dije.

—Tenemos pases VIP para entrar en la mejor discoteca de la ciudad y actúan dos DJ bastante conocidos: Junior T y Rhys Baker.

—Bien —contesté sin demasiado interés.

Peter era estudiante, vestía pantalones rotos y viejas camisetas de grupos de música que me gustaban, pero por lo visto sus padres debían de tener los bolsillos tan llenos como los de Babette, porque vivía en el mismo barrio, Waterfront, que era uno de los más caros de la ciudad. El tamaño de la casa era más que suficiente para acoger a los trece invitados. Había un par de integrantes de la banda donde tocaba y unas cuantas parejas, como Shirley y su novio, un tipo que se había criado en un pueblo diminuto de Kansas y allí parecía desubicado.

Después de la cena, una chica llamada Amy había insistido en preparar Tom Collins; la mezcla de ginebra, soda, limón y azúcar tenía un sabor espectacular.

—¿A qué jugamos? —preguntó Babette.

—A la Nintendo —bromeó un joven rubio.

—Verdad o reto —propuso Peter.

—Eso está muy pasado de moda, cariño. —Babette lanzó un suspiro teatral, se acercó a uno de los armarios y volvió con varios folios en blanco y bolígrafos—. Hagamos el juego de las parejas. A no ser que te dé miedo —añadió mirando a su novio.

—Venga, correré el riesgo.

—¿Y en qué consiste? —pregunté mientras repartían los folios.

—Alguien neutral como Tim, por ejemplo, se encarga de hacer las preguntas. Los dos integrantes de la pareja deben escribir en el papel la respuesta y, luego, al mostrarlos, tienen que coincidir. Los que más acierten ganan.

Pensé que podría soportarlo siempre y cuando tuviese en la mano una de esas bebidas que habían empezado a animar el ambiente. Me senté enfrente de Nicki, porque iba a ser su pareja, y la miré divertido mientras ella sorbía por la pajita y los demás se acomodaban alrededor en lugares estratégicos para no desvelar las respuestas.

—Venga, pues empezamos con una fácil. Responde primero el grupo de la derecha —anunció Tim—. ¿Comida preferida?

Me incliné sobre mi papel mientras los integrantes de la fila donde Nicki se encontraba se devanaban los sesos intentando no fallar. Los primeros en dar a conocer lo que habían escrito fueron Peter y Babette. Ella había puesto: «Salmón a la naranja». Él reveló que la respuesta correcta era «Bistec poco hecho».

—¡Dijiste que te encantaba el salmón! —protestó Babette.

—Y me encanta, cariño, pero no es mi comida preferida.

Shirley y Tom acertaron. Otras dos parejas fallaron. Y Nicki, como esperaba, dio en el clavo: «Patatas con salsa de queso».

—Siguiente turno: ¿película favorita?

Cogí el bolígrafo sin dudar y lo escribí.

Todas las parejas fueron fallando una a una y lanzándose velados reproches. Cuando Tim me señaló, le di la vuelta al folio y leí en voz alta:

—*Prácticamente magia* y *Matilda*.

—No puedes poner dos. Eso no es...

Pero Babette se silenció al ver el folio de Nicki, porque había escrito exactamente lo mismo y acabábamos de ganar otro punto.

—¿Cómo sabías que elegiría dos?

—He tenido que ver esas películas docenas de veces, me sé algunos diálogos de memoria. Nicki es incapaz de elegir, les guarda demasiado cariño.

El juego continuó y, mientras acertábamos una respuesta tras otra, me di cuenta de que ni siquiera tenía que pensar. Nicki y yo nos conocíamos como quien habita una casa y es capaz de caminar a oscuras sin tropezar cuando se levanta en plena madrugada. No dejábamos de mirarnos. Ella sonreía achispada, daba sorbitos a su copa y jugueteaba con el bolígrafo fingiendo reflexionar cuando llegaba otro turno, aunque los dos sabíamos que no necesitaba hacerlo. Acertó con mi grupo preferido, los Arctic Monkeys, y también con el mayor miedo, los animales invertebrados, y yo adiviné que su complejo son sus dientes, aunque a mí me encantaba que los tuviese separados y que los dejase a la vista las pocas veces que se permitía reír de verdad.

Tim bebió cerveza y se frotó las manos.

—¿Cuál fue su primer amor?

También lo sabía. Joder si lo sabía.

Escribí sin dudar mientras Peter, a mi lado, miraba a su chica y le daba vueltas al asunto con pinta de no saber qué narices responder. El novio de Shirley tampoco parecía mucho más decidido. Le tocó enseñar en primer lugar lo que había escrito:

—¿Nick Carter? —Shirley se cruzó de brazos.

—Dijiste que te gustaban los Backstreet Boys.

—Maravilloso —respondió ella secamente.

Peter soltó una carcajada y se encendió un cigarro mientras Shirley compartía su papel con el nombre de un tal John y nos contaba la historia de su primer amor.

—Tu turno. —Tim me señaló con el botellín.

Giré el papel. Ponía: «Lee Parker». Nicki soltó una risita y enseñó el suyo: no había nada escrito, tan solo un enorme interrogante.

—¡Eso no vale! —protestó una chica.

—Es un secreto —justificó Nicki.

—Oh, por fin. —Babette lanzó un suspiro exagerado—. Ya era hora de que fallaseis alguna. Dejadnos un poco de ventaja a los demás. ¿A quién le toca?

El juego continuó. Bebimos otra ronda de Tom Collins. Pasado un rato, cuando la expectación comenzó a decaer, alguien puso música y Babette y Shirley se subieron a la mesa del comedor para bailar. Cogí una cerveza y me quedé en una esquina mientras Nicki se divertía con sus amigas. La observé ensimismado. Me gustó hacerlo porque pensé que todo lo que sabía de ella, esas respuestas que nos habían hecho ganar el juego con una ventaja abismal, tenían que ver con nuestro pasado. Pero no había un «nuestro» al pensar en el futuro. Había un futuro de Nicki y un futuro mío, eso sí, solo que ambos transcurrirían de manera paralela con la posibilidad de confluir puntualmente.

Ella se acercó y me miró dubitativa:

—¿Te apetece que nos vayamos?

—Sí. Me vendrá bien aire fresco.

Nos despedimos de los demás y avanzamos por las calles solitarias a paso lento. El apartamento donde Nicki vivía quedaba apenas a diez minutos. La proximidad del mar se palpaba en la humedad que flotaba alrededor y a ella le encrespaba el pelo. Cuando era niña siempre lo llevaba así: alborotado y despeinado. Le daba ese aspecto que recordaba a las brujas y que a ella le encantaba, antes de que los comentarios mordaces le hiciesen odiarlo. Deseé hundir los dedos en su cabello rojizo y luego... luego quizá...

Tomé aire. Seguí andando a su lado.

—¿Por qué no has respondido a la pregunta sobre el primer amor? Recuerdo que tenías un diario de color granate y que estabas colada por Lee Parker.

Nicki me miró de reojo y sonrió como si hubiese entendido un chiste que yo ni siquiera había alcanzado a oír. Tenía un aspecto ligero y etéreo.

—¿Y si te dijese que te mentí?

—¿Por qué harías algo así?

—Por muchas razones, River. —Se mordió el labio, y yo tuve que tragar saliva y apartar la vista de su boca—. Pero la principal, la que me hizo tener que improvisar aquella mentira cuando cogiste el diario, fue que eras tú.

—¿Qué intentas decir...?

—Oh, no me hagas repetirlo. —Ruborizada, me dio un empujoncito y volvió a reír—. Era una cría y supongo... supongo que tú eras lo único que conocía.

Las palabras permanecieron suspendidas sobre nosotros como si fuesen estrellas en el firmamento, pero ella siguió caminando ajena a que acababa de zarandearlo todo.

El corazón me latía con fuerza y retumbaba en mi pecho. Cogí a Nicki de la mano y tiré de ella con suavidad para que dejase de andar. Agaché la cabeza y la miré a los ojos. Me sentía un poco mareado. Y achispado. Y exaltado.

—¿Escribías corazoncitos con mi nombre?

—¿Lo ves? Por esto no te lo dije en su momento, porque sabía que te burlarías y sería incómodo. —Nicki se apartó un mechón de cabello tras la oreja—. ¿Puedes olvidarte de esta tontería? Pasó hace mucho tiempo.

Sonreí y me acerqué más a ella. Aún rodeaba su muñeca con los dedos. Y tuve la sensación de que aquella noche era como una nebulosa a medio camino entre la realidad y la ficción, tan alejada de mi rutina diaria y tan cerca de aquellos que fuimos.

El recuerdo llegó como un fogonazo. La casa del árbol. Ella y yo arrodillados en las tablas de madera. La lluvia tintineando sobre las hojas. Una vela encendida.

—Me pediste que te besara.

—¿Sí? Ya ni me acordaba.

—Yo lo recuerdo a menudo.

—Tu vida amorosa debe de haber decaído mucho.

—Un poco —le seguí la broma—, he aprendido a priorizar en calidad antes que en cantidad. Pero confía en mí si te digo que follar es como ir en bicicleta...

Nicki se echó a reír, aunque tenía las mejillas ruborizadas y ya era imposible ignorar la tensión que crecía y palpitaba entre nosotros. Miré su boca. La miré un segundo, dos, tres, pero algo tiró de mí y me hizo apartar la vista y alejarme, porque sabía que aquel juego era muy mala idea, pero aun así... aun así...

Cogí aire y caminé con Nicki detrás.

Estaba confuso...

Estaba algo alterado...

Sumida en un silencio tirante, ella abrió la puerta del edificio donde vivía. El ascensor no funcionaba, así que subimos por la escalera. Una tortura lenta y dolorosa. No pude dejar de contemplar el vaivén de sus caderas escalón tras escalón.

Luego, salí de mi cuerpo. Creo que fue eso lo que ocurrió.

Y cuando encajó la llave en la cerradura me pegué a su espalda y hundí la nariz en su cuello para olerla. Hacerlo fue recordar un aroma cálido y mágico de la infancia. A eso olía Nicki, justo a eso. Y volví a ella. A los días que parecían eternos porque aún no entendíamos los relojes. A la inocencia perdida. A la idea de nosotros juntos, inalterables en un pequeño universo mientras todo lo demás mudaba alrededor.

—River... —Ella gimió.

Le besé la nuca. Y luego la curva del cuello. Y la forma del hueso. Nicki se estremeció mientras giraba la llave. Clac. Entramos en el apartamento. Todo estaba a oscuras y el silencio era tan denso que podía oír el sonido de nuestras respiraciones y cada pisada cargada de torpeza. Sus manos encontraron mis mejillas.

—River, no deberíamos...

—Lo sé. Aunque tengo que admitir que me importan una mierda todas las razones por las que esto sería un error. Y las locuras siempre fueron lo nuestro.

—Diría que eran lo tuyo.

—Pero tú me seguías...

Sentí su sonrisa fugaz cuando se puso de puntillas para alcanzar mis labios. Fue como si algo se detonase en mi interior. Deseo. Rendición. Hedonismo. Yo qué sé. Pero era poderoso porque me hizo sentir en la cima del mundo. Pegué mi boca a la suya y ahogué un gruñido. Sostuve su cuerpo con fuerza mientras me preguntaba cómo iba a ser capaz de soltarla cuando aquel beso terminase, porque los labios de Nicki eran húmedos y cálidos, y la manera en la que enredó su lengua con la mía me excitó tanto que tuve que contar hasta cinco antes de ser capaz de seguirle el ritmo.

Deslicé la chaqueta por sus hombros y luego me quité la mía.

No dejamos de besarnos mientras nos movíamos a tientas por el apartamento hasta llegar a su habitación. Caímos en la cama. La acaricié a través de la ropa.

—Eres perfecta... Eres...

Dejé de hablar al darme cuenta de que Nicki tenía las mejillas húmedas. Besé las lágrimas y ella hundió los dedos en mi pelo. Me separé para mirarla a los ojos.

—Nicki...

—Es que ya me había hecho a la idea de que esto nunca ocurriría... —Le temblaba el labio inferior, pero su mano continuaba en mi nuca—. Y ahora me da miedo que sea una mala idea, porque somos nosotros, no dos desconocidos.

—Tienes razón.

—¿La tengo?

Había desilusión en su mirada. Pegué mi frente a la suya.

—Siempre tienes razón, lo sabes —dije, al tiempo que ella arqueaba su cuerpo hacia mí para aniquilar la poca cordura que me quedaba—. Así que creo que deberíamos hacer una valoración exhaustiva.

—¿Qué propones?

—¿Una lista de pros y contras? Empieza tú.

—Contras: podríamos arrepentirnos mañana.

—Pros: te deseo tanto que no puedo pensar en nada más.

—Contras: hemos bebido.

—Pros: estamos en una jodida cama.

—Contras: hay cosas que no se pueden deshacer, cosas que

podrían cambiarlo todo. —Nicki se frotó contra mí y contuve la respiración—. Creo que sería incómodo que nuestras familias estuviesen al tanto de esto...

—Pros: no tenemos por qué anunciar con quién follamos.

Ella se echó a reír y yo deslicé la mano por su estómago y bajé un poco más. La acaricié entre las piernas por encima de los pantalones. Nicki ahogó un jadeo.

—River...

—Tengo una idea. Vayamos paso a paso.

—De acuerdo —jadeó.

—¿Masturbarte con la ropa puesta es admisible? —Presioné un poco más, y me incliné para besarla y hablar sobre sus labios—. Porque a mí me parece necesario para poder valorar mañana si ha sido un error o deberíamos avanzar al siguiente nivel. ¿Tú también lo crees?

—Sí —susurró sin aliento.

—Bien. Abre los ojos.

Aunque solo el fulgor de la calle iluminaba la habitación, no aparté la vista de ella ni un segundo al tiempo que la acariciaba con intencionada lentitud. Se mordió el labio inferior de una forma que se me quedó grabada en la retina y pensé que podría acabar solo mirándola. Notaba la costura del pantalón contra el pulgar, la cremallera interponiéndose entre mi mano y mi objetivo, pero bastaba con presionar de la manera adecuada... bastaba con inclinarme y susurrarle al oído que estaba deseando probar a qué sabía... bastaba con acelerar el ritmo...

Nicki se sacudió y gimió. Me mordió el hombro cuando empezó a temblar y se dejó ir entre mis brazos.

El silencio de la noche nos meció después.

Todo se quedó en calma.

NICKI, DÍA TRES

(Lo que rompimos)

Las sábanas olían a River.

Eso fue lo primero que pensé cuando desperté. Me gustaba que siguiese usando Boss Bottled porque guardaba el recuerdo de ver el frasco de colonia en su escritorio, junto a docenas de discos de música apilados formando pequeñas torres.

¿Cuántas veces había fantaseado con inclinarme hacia su cuello, rozarle la piel con la punta de la nariz y olerlo? Había contemplado a conciencia los huesos de la clavícula, y la nuez de su garganta, y el arco entre la nuca y su espalda.

Pero siempre desde una distancia insalvable.

Tumbada en la cama, me llevé los dedos a los labios como si allí pudiese encontrar algún rastro de la noche anterior para cerciorarme de que había ocurrido. Recordé que cuando era una niña imaginaba que salía de mí misma y flotaba como uno de los fantasmas de Dickens; entonces pintaba sobre lo que estuviese ocurriendo con mis propias manos, y la realidad y la inventiva se entremezclaban.

Así me sentía esa mañana al pensar en River.

Cerré los ojos, respiré hondo y me obligué a levantarme. Descalza, di un paso tras otro. Tenía un nudo en la garganta porque sabía que, sobre el papel, lo que habíamos compartido era el final de algo y el comienzo de otra cosa que aún desconocíamos.

Y temía no volver a besarlo tanto como hacerlo de nuevo.

Oí ruidos que provenían de la cocina y me acerqué.

River estaba apoyado en la encimera con una taza de café en las manos. Miraba por la ventana con aire distraído y yo intenté retener esa imagen para poder volver a ella cuando lo echase de menos. Había algo dolorosamente familiar en su manera de respirar, porque siempre parecía querer coger demasiado aire, y también en su firmeza al sostener la pequeña taza con las dos manos. Yo pensé que se debía a lo mucho que Isabelle había insistido en aquella idea cuando era pequeño: «River, no cojas el vaso con una sola mano, que se te va a caer». Y me fascinó haber guardado tantas nimiedades en el desván de la memoria.

Suspiré y él se giró al oírme.

Sus ojos me atravesaron.

—Buenos días —dije, y luego carraspeé para aclararme la garganta y aparté la mirada cuando el corazón empezó a latirme con fuerza—. ¿Llevas mucho despierto?

Podría haberle preguntado un millón de cosas: «¿Lo que dijiste anoche sobre desearme más que a nada en el mundo era verdad?» o «¿Desde cuándo piensas en mí de esa forma?» o «¿Fue un momento de enajenación mental y te has arrepentido?».

Pero solo dije aquello.

—Sí. No he podido dormir demasiado.

Contuve el aliento al pasar por su lado. Cogí una taza y la llené de café.

—¿La cama te parece incómoda?

—Nicki... —Resulta curioso que el tono al pronunciar un nombre propio pueda significar tantas cosas. En su voz había una especie de ruego velado. Y también impaciencia. Se acercó hasta mí. No me tocó. Quise que me tocase.

—Siento que hayas dormido mal...

—No lo sientas. —Se inclinó para susurrarme al oído—. He estado bastante entretenido recreando la manera en la que gemías cuando...

—¡River! —Me sonrojé.

Se rio y puse los ojos en blanco, aunque en realidad fue un alivio que rompiese el hielo, y él y yo siguiésemos siendo él y yo. Aún sonriente, apoyó las manos en la encimera a cada lado de mi cuerpo. Le rodeé el cuello con los brazos.

—Así está mucho mejor... —dijo y miré sus labios mientras hablaba—. Lo bueno de no haber pegado ojo es que he tenido tiempo de sobra para darle vueltas al asunto. Así que antes de que digas nada, déjame decirte qué es lo que pienso: me marcharé mañana por la tarde, eso significa que nos quedan poco más de veinticuatro horas juntos, y creo que solo nosotros deberíamos decidir cómo queremos pasarlas.

—¿Y si hubiese consecuencias?

—No hay nada que sea capaz de romper lo que nos une. —Sus ojos estaban fijos en mí—. Tú y yo siempre seremos amigos.

«Amigos». La palabra me resultó tan dulce como amarga, pero pensé que tenía razón, porque por él pondría la mano en el fuego sin dudar. Todos tenemos un puñado pequeño de personas tan ancladas a nuestras vidas que no imaginamos la existencia sin ellas, porque si ocurriese se quebrarían vigas importantes, quizá los mismos cimientos.

—River... —susurré.

—Sabes que es verdad.

Lo sabía. Sí que lo sabía.

Puede que lo más sensato hubiese sido tener una de esas conversaciones incómodas en las que se fijan normas, se establecen límites y verdades, porque cuando le hablé de consecuencias no me refería a algo palpable, sino a las secuelas del corazón.

Pero nunca lo hicimos.

Porque me puse de puntillas y lo besé. River sabía a café y a todo lo que siempre había anhelado. Mientras le quitaba la camiseta, sentí que estar con él era como entrar en casa y sentarme en un sofá amoldado a su forma por el paso del tiempo. Deslicé la mano por su pecho, por el hueco del ombligo, por el lugar tras el que se escondía su corazón. Y me gustó pensar que entonces latía con esa contundencia por mí.

River me alzó y le rodeé las caderas con las piernas. Se movió despacio hasta llegar a la habitación. Caímos en la cama. Su risa suave me calentó, y pensé que jamás me había sentido tan cómoda con otra persona en la intimidad como para permitirme sonreír sin esconder los dientes. Él exploró cada recoveco de mi boca y yo acaricié su espalda y bajé más y más hasta la cintura de sus pantalones. Palpé su excitación con la mano, y River inspiró hondo y pegó su frente a la mía con los ojos cerrados.

Después, cuando volvió a besarme, lo hizo de manera distinta. Brusco. Ansioso. Apasionado. Intenté quitarle la ropa que le quedaba mientras él hacía lo mismo sin titubear. Y cuando nos quedamos desnudos, cuando al fin permanecimos el uno frente al otro sin que nada se interpusiese entre mi piel y su piel, me miró a conciencia de una manera que, de no haber sido River, me hubiese hecho encogerme.

Pero con él tan solo me sentí... deseada.

Sus manos me acariciaron por todas partes, bajó despacio por el hueso de la clavícula como si fuese un tobogán y me rozó el pecho derecho. Contuve el aliento. Él sonrió y siguió el descenso hasta las caderas y los muslos y tanteó el vértice entre mis piernas. Se quedó allí sin moverse y yo creí que iba a enloquecer.

—River...

Me miró y pensé que nunca había visto sus ojos tan oscuros.

Sin apartar la vista, hundió sus dedos en mí lentamente, como si se recrease en el momento. Y, después, cuando inclinó la cabeza y sentí la humedad de su lengua, tuve que apretar los labios para evitar gritar, porque cada caricia me catapultó hacia un placer arrollador. Fue como si llevase meses con un nudo alrededor y River lo deshiciese en apenas un minuto. Gemí. Gemí su nombre y me abandoné a él.

Aún temblaba cuando volvió a incorporarse con una sonrisa satisfecha en sus labios húmedos. Saqué un preservativo de la mesilla de noche y él me sujetó las manos sobre la cabeza. Se hundió en mí de forma pausada mientras me besaba el cuello. Sus labios dejaron huellas imborrables en mi piel por todas partes. Y encajábamos tan bien que pensé que tendríamos que haber hecho aquello cientos de veces en alguna realidad paralela. Intentó moverse despacio, sé que lo intentó por la tensión de su rostro, pero en la intimidad River era como en el resto de las cosas: visceral e impulsivo, firme e intenso.

—¿Recuerdas el día que pasamos juntos en la playa en verano? —preguntó mientras sus caderas se mecían como si quisiese evocar el movimiento de las olas, y yo solo podía mirar su boca y la diminuta cicatriz—. Dijiste que te encantaba el brillo del mar. Y entonces te contesté: la chica que ama las cosas que brillan...

—Sí. —Fue mitad afirmación, mitad gemido.

—No terminé la frase. —Acogió mi mejilla con la mano y sus labios rozaron los míos, nuestros cuerpos eran uno—. Lo que pensé fue: la chica que ama las cosas que brillan y, sin embargo, no sabe que nada deslumbra tanto como ella.

EL BRILLO EN MOVIMIENTO

Hay cosas que solo brillan si se mueven. Esas eran las preferidas de Nicki cuando era pequeña: le gustaba coger un pendiente barato de la abuela, colocarlo frente a un rayo de luz que entraba por la ventana del salón y girarlo con lentitud hasta lograr dar con ese destello tan fulgurante y efímero que parecía ser cosa de magia.

El amor también necesita que lo muevan para mantener su brillo. Un «qué tal estás», abrazos sin razón, sonrisas robadas, cafés al amanecer, contar los minutos para verse en una estación de tren, álbumes de fotografías en las estanterías, canciones con un significado especial, flores frescas, miradas cómplices, intimidades compartidas.

Si el amor no tiene luz, deja de brillar y muere.

RIVER, DÍA TRES

(Lo que rompimos)

No cabía ni un alfiler en aquella discoteca. La música estaba excesivamente alta, las copas eran caras, la gente iba vestida como si fuese Nochevieja. Había hablado con Agatha por la tarde, pero tenía la sensación de que se encontraba en otro universo, muy lejos de aquel lugar. Yo también me sentía así. Mientras contemplaba las luces de colores y los altavoces vibraban cerca, pensé en lo distinto que era mi mundo: las langostas, el puerto, el mar, las festividades locales, la cafetería de siempre, los vecinos.

Estábamos en un reservado exclusivo. Los estrechos sofás rojos rodeaban una mesa llena de copas medio vacías. Babette se puso en pie y se acomodó el vestido rojo de tubo que llevaba puesto. Nicki la imitó. Llevaba un top negro y una minifalda granate. Nunca la había visto así vestida. Parecía mayor que con sus habituales vaqueros, las zapatillas y las coloridas chaquetas de lana que Vivien tejía.

Se inclinó para decirme al oído:

—¿Te apetece ir a bailar?

—Quizá en un rato. Ve tú.

La vi alejarse con Babette escaleras abajo hacia la zona donde se concentraba casi todo el mundo. Pedí otra cerveza cuando un camarero se acercó y me recosté en el sofá. A mi lado, Peter tecleaba en su teléfono. Un poco más allá, Shirley y su novio discutían sobre quién sabe qué. Sobre la cabina de la discoteca, un DJ cogía el relevo del que acababa de dar por finalizada la sesión. Por lo visto, ambos eran conocidos.

Tenía el estómago revuelto, pero seguí bebiendo cerveza.

Desde esa mañana, Nicki y yo solo habíamos salido de la habitación para coger galletas de avena de la cocina y no morirnos de hambre. Había recorrido cada centímetro de su cuerpo con la lengua, exactamente igual que ella. Casi había perdido la cuenta de los orgasmos compartidos en las últimas horas cuando Babette llamó a la puerta para insistir en que teníamos que irnos a esa maldita discoteca.

Yo hubiese seguido con el plan de acampar en su cama durante toda la noche y más allá, hasta que llegase la hora de despedirnos. Aún quería aquello: verla cerrar los ojos ante el placer, morderle la boca, que estuviese despeinada, hundir mi lengua en ella, su espalda arqueándose sobre las sábanas arrugadas, sus labios lamiéndome...

—Voy a ver a unos colegas, ¿te apuntas?

Miré a Peter, que se había puesto en pie.

—No, gracias, me quedaré por aquí.

Lo vi bajar la escalera al ritmo de la música atronadora. Bebí otro trago, suspiré y me puse en pie, pero no lo seguí, tan solo me acerqué a la barandilla de los reservados y, desde allí arriba, contemplé a la masa de gente que se movía al unísono. Las luces, verdes y azules, zigzagueaban de un lado a otro. La busqué entre la multitud. Tardé varios minutos en dar con ella. Bailaba con su amiga, aunque no lo hacía como aquella noche del concierto en la que casi flotaba, sino imitando los movimientos de Babette y del resto de la gente que había a su alrededor. Todos parecían seguir una coreografía.

Y creo que fue entonces cuando comprendí por qué hubiese preferido no salir aquella noche de su habitación. Tenía que ver con esa realidad que se había manifestado brumosa desde la noche anterior. Porque sabía que no iba a poder besarla cuando quisiese hacerlo. Que lo nuestro era un paréntesis. Allí, observándola en la distancia, tomé conciencia del abismo que nos separaba. No era un piso de distancia. Eran diez. Cien. Mil. Esa chica de Boston que bailaba sonriente tenía muy poco en común con el chico de Cape Town que salía a pescar al amanecer. Y quizá en otras circunstancias hubiese estado ahí abajo, junto a ella, saltando al ritmo de la música, pero en cambio me encontraba pensando en el futuro que no teníamos, y en que al día siguiente volvería a casa, a Agatha, al mar, a la taberna del pueblo, a beber café en El Anzuelo Azul.

—Oye, tío, ¿te encuentras bien?

El tipo rubio que estaba a mi lado me miró preocupado. Caí en la cuenta de que se trataba del DJ que había abandonado la cabina minutos atrás.

—Sí.

—Pues no lo parece.

—¿Te pagan un extra si psicoanalizas a los clientes?

—Menudo imbécil. —Apoyó los antebrazos en la barandilla imitando mi postura y, tras lanzar un suspiro largo, añadió—: Me llamo Rhys.

—River —contesté.

—¿Estás colocado?

—No.

—Bien. Entonces, ¿a quién estás mirando?

Aparté la vista de Nicki para prestarle atención a él. Tenía una postura relajada que contrastaba con sus ojos despiertos. Me miraba con curiosidad.

—¿Acaso te importa?

—Poco, la verdad. Pero me toca quedarme durante toda la fiesta y no tengo nada mejor que hacer. —Se encogió de hombros—. Dame alguna pista y juguemos juntos al «busca y encuentra».

—Así que eres tú el que está colocado...

—No, qué va. Solo bebo agua con gas y como cacahuetes. Pasé una mala época hace años, pero esa es otra historia. —Sacó, en efecto, una bolsa de frutos secos del bolsillo trasero de sus pantalones y empezó a comérselos con aire distraído. No me ofreció—. ¿De qué color es su ropa? O dime algo característico.

—Es pelirroja.

Sonrió lentamente.

—La cosa promete.

—Joder, cállate.

—Tranquilo, tengo el corazón ocupado. Veamos... —Se inclinó hacia delante, con la barandilla pegada al pecho. Tras un minuto de observación, masticó un cacahuete y preguntó—: ¿Y es tu chica o un amor platónico?

Me di cuenta de que no podía responder.

Ya no era exactamente algo platónico.

Pero tampoco era mi chica.

—No estoy seguro...

—Comprendo. ¿Es la que está al lado de esa columna? —Señaló el lugar con el dedo y me sorprendió ver que la había encontrado porque, con todas esas luces, no era fácil distinguir el color de pelo de la gente—. Adorable. O eso parece.

—¿De verdad no tienes nada mejor que hacer?

—No. —Otro cacahuete—. Mi avión de vuelta a casa sale al mediodía. Aún me esperan varias horas en el aeropuerto, pero me gustan los tiempos muertos. Ya sabes, conoces a gente... casi interesante —dijo mirándome divertido.

—¿Dónde vives?

—Londres. Mi chica y yo acabamos de comprarnos una casa en Hackney. Tenemos que reformar el baño. ¿Te he contado que odio las reformas? Tendré que ocuparme de eso en cuanto termine la temporada y pase unos meses sin moverme. Ella es socia de una editorial, siempre va hasta arriba de trabajo.

—Ya. —Fue lo que dije por no explicarle que me importaba bien poco su vida, sobre todo teniendo en cuenta que no volveríamos a cruzarnos jamás. Luego, ese pensamiento caló en mí y comprendí que era liberador—: La conozco desde que nací.

Rhys alzó las cejas.

—Es una ventaja. Ya lo sabes todo de ella.

—Nunca lo sabes todo sobre una persona.

Mis ojos la siguieron por la pista de baile mientras ella se reía y luego movía los brazos en alto. A mi lado, vi que Rhys llevaba un reloj en la muñeca. Pensé: ya casi nadie usa relojes. Después me quedé mirando las manecillas moviéndose entre las luces fantasmagóricas y tomé conciencia del tiempo, de cómo corría, de que cada segundo que pasaba nos separaba un poco más, aunque fuese cosa de nanómetros.

—Tengo que irme —dije con impaciencia.

—Eh, espera. —Arrugó la bolsa vacía de cacahuetes y se sacó la cartera para buscar una tarjeta que me ofreció—. Por si alguna vez necesitas algo. ¿Quién sabe?

—Gracias. Y suerte con la reforma.

Rhys sonrió en respuesta.

Me alejé y descendí cada escalón hacia la pista sin apartar la vista de mi objetivo. Ella, que destacaba entre la multitud como si uno de los focos la iluminase. Ella, que esbozó una media luna al verme aparecer. Ella, que me rodeó el cuello con los brazos y se pegó a mí con una mezcla de timidez y deseo a la que era imposible no rendirse.

—¿Te lo estás pasando bien?

—Sí. ¿Qué hacías allí arriba?

—Nada, hablaba con un tipo. Y te miraba... —Le rocé la sien con los labios y bajé por su mejilla—. La verdad es que no podía dejar de mirarte...

—Me cuesta creerlo...

—¿Por qué? Ya te lo dije: brillas.

Nicki dejó de bailar. Había vulnerabilidad en sus ojos. Y algo más. Un racimo de dudas. Comprendí que podía extirparlas una a una con los dedos o sencillamente dejar que cayesen por su propio peso con el paso del tiempo.

Elegí la opción más cobarde.

Mis labios encontraron los suyos y ya no quise pensar más. Saboreé cada recoveco de su boca, rocé los dientes con la lengua, intenté decirle sin palabras que era perfecta y que siempre la había admirado. Cuando éramos pequeños y el profesor me hacía una pregunta, la miraba a ella como si la respuesta correcta estuviese en sus ojos. Cuando en casa nos reñían, hacía lo mismo porque sabía que a Nicki se le ocurriría la excusa más sensata. Cuando no estaba seguro de algo, mi cuerpo rotaba de forma autómata buscándola porque, si estaba cerca, me templaba y volvía a sentir los huesos sólidos, los músculos ágiles, la cabeza funcionando otra vez.

Sus manos se colaron bajo mi camiseta y las mías rozaron el borde de su falda. Dejé de besarla para poder ver su expresión cuando subí un poco más hasta acariciarle la ropa interior. Nicki respiraba agitada e inquieta, pero también había provocación en sus ojos y fue lo que me empujó a seguir trazando aquella ruta en su piel. La música nos envolvía; desde fuera, parecíamos una pareja cualquiera bailando muy pegados el uno al otro. Por debajo de la falda, mis dedos estaban dentro de ella. La sostuve contra mi pecho sujetándola por la cintura. Nos mecimos despacio, un mar en calma justo antes de que llegase la tormenta. Le mordí la boca y Nicki gimió cuando se corrió. Fue un gemido que me volvió loco. No recordaba haber estado tan duro en toda mi vida.

—River... —Ella coló una mano entre nosotros.

—Ni se te ocurra tocarme a menos que estés dispuesta a que nos arresten por escándalo público —dije y miré alrededor—. Joder, ¿dónde están los servicios?

Los encontramos y nos colamos en uno de los cubículos. El corazón me latía tan rápido que Nicki tuvo que ayudarme con el preservativo mientras intentaba levantarle la falda. Me rodeó la cintura con las piernas y, cuando entré en ella con impaciencia, me dije que el cielo tendría que tener alguna atracción así en la que te llevasen al límite para que el placer de después fuese tan arrollador como un volcán en erupción. Mientras nos besábamos y me hundía en su cuerpo una y otra vez, pensé en lo bien que su boca encajaba con la mía, y su trasero entre mis manos, y mi voz susurrándole al oído cosas que sabía que la harían enrojecer, como que me encantaba notarla húmeda, o que me daba igual que alguien nos oyese follar, o que estaba a punto de correrme. Y cuando lo hice, cuando no pude contenerme y acabé con un gruñido ahogado, comprendí que estaba muy lejos de sentirme pleno y satisfecho de ella.

BABETTE, DÍA CUATRO

(Lo que rompimos)

Podría haberse puesto los cascos inalámbricos al darse cuenta de que Nicki y River habían empezado a subir el tono de voz, pero Babette optó por apagar la televisión. Entonces, sus voces se volvieron nítidas a través de la pared que separaba las habitaciones.

—Tan solo te he preguntado si en alguna ocasión me habías visto así —decía ella con la voz temblorosa—, o si es la primera vez que piensas en mí de esta manera.

—¿Acaso importa? —Los muelles de la cama chirriaron e imaginó que River se habría levantado—. Como si eso fuese a cambiar algo.

—Porque quiero entenderlo.

—¿Entender el qué, Nicki?

—Esto. Nosotros. Lo que significa.

Hubo un silencio y Babette se movió hasta apoyar la oreja en la pared. Esperó con impaciencia. Casi podía ver el corazón de Nicki haciéndose añicos como una copa de cristal al chocar contra el suelo. Y ella estaría allí para recoger los pedazos. Ella sería la amiga que le ofrecería un hombro sobre el que llorar. Las cosas volverían a su cauce tras aquellos días extraños que a Babette le habían sabido un poco amargos. No es que no le gustase River, le resultaba atractivo e interesante, lo que no le gustaba era la idea de River junto a Nicki, la complicidad que desprendían cuando intercambiaban una mirada, esa honda intimidad, la admiración de él hacia ella, la fascinación de ella hacia él.

—Lo que significa es que somos dos adultos que decidimos dejarnos llevar durante unos días. Lo demás no importa, Nicki. Tú estás aquí. Yo estoy allí. Tenías razón con aquello que dijiste..., aquello sobre que eres la misma pero también otra. Los dos hemos cambiado. Las circunstancias son las que son.

—Hablas con condescendencia.

—Joder. —River resopló airado.

Otro chirrido seguido de pisadas.

Seguramente era Nicki levantándose. La imaginó cruzada de brazos, porque siempre lo hacía de forma inconsciente cuando quería protegerse. Si Babette hubiese podido colarse en su mente, le habría dicho: no hagas eso, no te muestres vulnerable delante de él. En líneas generales, la filosofía de vida de Babette consistía en llevar en una mano un escudo, para los amigos, y en la otra mano una espada, para los enemigos.

—Solo quiero saber la verdad. ¿Alguna vez te habías fijado en mí antes de venir a Boston? ¿O simplemente he estado en el lugar y en el momento adecuados? Ya sabes, una excusa para que pudieses divertirte lejos de todo lo que te ata.

Un silencio tan denso como el alquitrán.

—Nicki, creo que debería irme...

—De acuerdo. Ya has respondido.

—Mierda, Nicki, pensaba que los dos teníamos las cosas claras y que no convertiríamos esto en un problema. Tú acabas de pedir una beca para irte a Nueva York. Yo tengo asuntos de los que ocuparme. Asuntos que no puedo ignorar o posponer.

—¿Crees que no lo sé? Pero, aun así...

—Lo mejor será que me marche ya.

No hubo más palabras. Babette distinguió algunos sonidos que no supo identificar, quizá la mochila deslizándose por el hombro de River, puede que las pisadas de Nicki siguiéndolo cuando salió de la habitación. Luego, unos instantes en los que casi se sintió parte de la tensión que flotaba alrededor como si el ambiente estuviese cargado.

El desenlace fue el chasquido de la puerta.

Babette se puso en pie sin prisa, metió los pies en sus zapatillas rosas de estar por casa y dejó atrás el calor de su dormitorio para ir en busca de Nicki.

La encontró en la cocina. Tenía los ojos enrojecidos y un aspecto tan frágil que ella no dudó en abrazarla. Lo que le gustaba de su amiga era justo aquello: cuidar de ella, sentirla como un apéndice de sí misma que nunca cobraba demasiado protagonismo. Le satisfacía enseñarle restaurantes que no habría visitado por su propio pie, animarla a probarse ropa más sofisticada o poder moldearla a su imagen y semejanza.

Y todo era perfecto siempre que Nicki caminase a su lado.

Cuando conducía, Babette odiaba que la adelantasen.

—Los hombres son hombres, da igual si crees conocerlos. Esto es lo que vamos a hacer: te pondrás el vestido que te regalé, iremos a ese *pub* que abre los domingos y conseguiremos que esta noche valga la pena, ¿me has entendido?

—Sí. —Nicki se estremeció.

—Pues ve a darte una ducha.

Babette la miró mientras se alejaba.

Le resultó tierno que su corazón todavía no se hubiese endurecido. Que fuese capaz de enamorarse. Que pudiese echar de menos a otra persona de una manera tan apasionada y transparente que resultaba un poco ordinaria.

Ella nunca había sentido (ni sentiría) nada parecido.

CONSECUENCIAS NO, LLÁMALO SECUELAS

Ocurre con las personas lo mismo que con la madera: desde lejos parece intacta, pero en cuanto te acercas empiezas a ver los agujeros que han dejado las termitas.

La bruja Agatha

RIVER, JUNIO DE 2010

(Lo que rompimos)

Aquella mañana, mi padre y yo nos quedamos en aguas poco profundas y seguimos la corriente fría que bordeaba la costa. Alrededor, otros barcos langosteros y algunos botes se movían lentamente mientras amanecía. Las líneas rosadas y anaranjadas surcaban el cielo gris. El verano estaba a la vuelta de la esquina.

Yo hacía la función de timonel, así que permanecía en la parte trasera del barco y me encargaba de sacar las trampas, medir las langostas, marcar las hembras con huevas y volver a hundir las trampas. Una y otra y otra vez. No estaba siendo una buena jornada, todo eran algas y erizos de mar y cangrejos que me miraban con aire amenazante.

Mi padre se acercó con el termo de café.

—Déjalo ya, River. No vale la pena.

—Todavía quedan más trampas.

—Tómate un descanso. ¿Café?

—Bien. —Me senté y suspiré.

Me sirvió una taza y la sostuve con firmeza con las dos manos. Mientras daba pequeños sorbos, me quedé mirando alrededor y admirando el paisaje. Porque había belleza en aquel trozo minúsculo de tierra. Y en su gente. También en el ritmo de vida y en la lealtad con la que protegían sus tradiciones.

—Oye, River... —Me giré hacia mi padre en cuanto percibí una nota distinta en su tono de voz, porque lo conocía lo suficiente como para saber que se avecinaba una conversación importante—. Tu madre y yo hemos estado hablando del asunto y... esto... sabemos que nunca has soñado con dedicarte a la pesca... —Se rascó la cabeza—. Quizá podrías plantearte volver a estudiar después del verano, ahora que la niña es un poco mayor. Nosotros tenemos algunos ahorros, te ayudaríamos económicamente.

Le sonreí. Me gustaba que siempre llamase a mi hija «la niña», como si fuese única en el mundo pese a la generalización de la palabra. Ella a él le decía «abu» con un tono de voz tan dulce que era imposible no caer rendido a sus encantos.

—No, aunque os lo agradezco. —Respiré hondo como si quisiese capturar el aire fresco y limpio de la mañana—. El mar nunca fue lo mío, pero me he dado cuenta de que no está tan mal y voy a probar esa idea de los paseos turísticos...

—¿Estás seguro?

Asentí y bebí café. Miré a mi padre.

—¿Tú siempre quisiste ser pescador?

—No. En realidad, no tenía ni idea de quién quería ser y fui dando tumbos... —Se rascó la barba con aire divertido—. Pero entonces conocí a tu madre, ella aún estaba estudiando y yo quería, ya sabes, poder invitarla a un helado, al cine, a comer algo. En mi casa nunca sobró ni un dólar, así que siempre salía a pescar con el abuelo. Cuando él enfermó, tuve que hacerme cargo del barco. La vida a veces es así, imprevisible. Uno coge lo que puede abarcar con las manos, ¿entiendes lo que quiero decir? Si en la mesa hay pan con mantequilla, la tomas y la untas. Pero si no queda mantequilla, pues te comes el pan a secas e intentas disfrutar cada bocado.

—Lo sé.

—Y al final... —Fijó la vista en el horizonte—. Al final no es tanto que me enamorase del mar, sino de lo que vino con él. Tu madre, vosotros, nuestro hogar...

Comprendía lo que quería decir, porque a mí también me resultaba reconfortante la idea de formar parte de esa rutina serena después de haber estado convencido de que lo que necesitaba eran grandes emociones.

Lo cierto es que podría haber sucedido. Tiempo atrás, había imaginado a menudo qué hubiese pasado si la noche del baile de fin de curso Nicki y yo nos hubiésemos marchado a solas, si hubiese ido a la universidad, si hubiese conocido a gente distinta, si hubiese gastado el dinero del bote en viajar a la aventura, si... si...

Pero ya no tenía ganas de seguir pensando en caminos alternativos que habían quedado atrás. El mes anterior, había contratado los seguros necesarios para llevar a cabo actividades turísticas y, con la ayuda de Maddox, había dejado la embarcación a punto. Me sentía motivado cuando me levantaba antes del amanecer y, al caer la noche, había vuelto a ponerme los cascos para dejarme llevar por alguna canción de *rock*.

Estaba el asunto de Nicki, que era como tener una piedra lacerante en el zapato, pero intentaba fingir que no dolía, que no me rozaba, que podía soportarlo.

—En cualquier caso, si cambias de opinión...

Mi padre lanzó un suspiro y me entraron ganas de abrazarlo, pero tan solo asentí con la cabeza. Luego, lo vi levantarse y alejarse hacia el timón.

Nos despedimos cuando regresamos al puerto.

Anduve un poco distraído hasta la casa de los Aldrich. Unas horas después, a media mañana, había quedado con Maddox para la inauguración. En la embarcación que mi hermano se había comprado el año anterior, habíamos escrito el nombre de la empresa: «Los hijos del mar», junto al dibujo de una langosta.

Mila me abrió la puerta.

—Agatha está con Vivien en la cocina. Nos has pillado con las manos en la masa, literalmente. Estamos haciendo esas galletas de plátano que tanto te gustaban de pequeño, ¿te acuerdas? Solían darte dolor de barriga porque comías demasiadas. —Mila me cogió del brazo con esa confianza que siempre habíamos compartido—. Pero, antes, tenemos que hablar. Vayamos al salón. ¿Te apetece un café?

—No, acabo de tomarme uno.

Me senté junto a Mila en el sofá. Sentíamos la misma debilidad el uno por el otro, quizá porque compartíamos un sentido del humor similar, gamberro y a veces incorrecto, pero, sobre todo, porque valorábamos esa fidelidad intrínseca que va más allá de las palabras o de promesas vacías. Nos conocíamos. Por eso supe que estaba preocupada.

—¿Qué ha pasado con Nicki?

Vacilé un segundo, solo uno.

—Nada. —La mirada decepcionada de Mila me obligó a recular—. Es decir, pasó algo y, quizá, bueno, nos hemos distanciado un poco...

Mila asintió y supe que, antes de preguntármelo, ella ya sabía con total exactitud qué era lo que había ocurrido entre nosotros para abrir esa brecha que antes no estaba ahí.

—Nicki ha llamado hace media hora. Quería contarnos que este verano no vendrá a casa, ha decidido irse con esa amiga suya a Francia.

No dije nada. No supe qué decir. Pensé: «Será el segundo cumpleaños que pasaremos separados». Y luego: «Debería llamarla porque hace tiempo que no hablamos y solo nos mandamos algún que otro mensaje». Pero después me convencí de que era mejor no tocar nada, no hacer nada, no remover nada. Todo volvería a su cauce con el paso del tiempo. Había sido ella quien me lo había asegurado tras los días que pasamos juntos en Boston: «Necesito un poco de espacio, River». Y se lo estaba dando, aunque tuviese que reprimir el impulso de llamarla cuando pensaba tonterías, o Agatha hacía algo distinto, o los recuerdos junto a ella me asaltaban: su cuerpo encajando con el mío, su risa vibrante, su boca como símbolo de una tentación inalcanzable.

Bajé la mirada al suelo.

Pensé que Mila diría algo más, uno de sus comentarios mordaces, pero tan solo me acarició la mejilla con cariño y luego se puso en pie con un suspiro.

—Vayamos a por esas galletas...

Agatha se lanzó a mis brazos en cuanto entré en la cocina. Llevaba restos de harina por el pelo y entre los dedos. Me senté a la mesa junto a ella y Vivien, que moldeaba bolitas con las manos antes de aplastarlas para hacer la forma de las galletas.

—Mira, papá. —Agatha me enseñó un trozo deforme.

—Está perfecta. —Sonreí.

Nos quedamos un rato en la cocina. Cuando Vivien metió las bandejas con galletas en el horno, le prometí a Agatha que volveríamos a la hora de comer para probarlas, pero se negó a marcharse hasta que la convencí diciéndole que la llevaría a caballito a El Anzuelo Azul, donde se quedaría el resto de la mañana junto a mi madre y la tía Gerta.

Volví al muelle en cuanto me despedí de ella.

Maddox estaba plantado de brazos cruzados delante de un cartel que había colocado al lado de nuestro amarre. Ponía: «¿Quieres disfrutar de una excursión en un auténtico barco langostero? Trayectos de una hora de duración, incluye demostración revisando trampas para langostas y guía sobre las curiosidades de la zona. Tarifas: veinticinco dólares por persona. Niños gratis. Descuentos para grupos grandes».

Eran las diez y media de la mañana.

—¿Se ha interesado alguien?

—No.

—Bueno... —Me rasqué la cabeza y después me quedé junto a él delante del cartel que habíamos diseñado—. Es el primer día, no imaginaba algo multitudinario.

—¿Y qué hacemos?

—Pues nada. Esperar.

Nos quedamos allí sentados sobre un bolardo. Algunos pescadores que rondaban por la zona limpiando sus embarcaciones nos miraban con una sonrisa torcida, como si dijesen: «Estos tipos son imbéciles, ¿quién va a pagar por salir a trabajar?».

Una hora y media más tarde, solo una mujer que llevaba unos zapatos morados se había acercado para preguntarnos si vendíamos lubina fresca.

—Lo siento, no tenemos.

—¿Y cómo es posible?

—Pues no lo sé, señora, pregunte por el muelle... —Intenté mostrarme amable porque Maddox me dirigió una mirada de advertencia—. Quizá alguien pueda ayudarla.

—¿Y no pescan lubina?

—Por Dios... —susurré.

—No nos queda en este momento, cogimos alguna esta mañana pero la llevamos a El Anzuelo Azul. Como le ha dicho mi hermano, es posible que...

—¿Y qué hacen aquí parados si no venden lubina?

Me entró la risa y la señora me atravesó con esos ojillos que se escondían detrás de unas gafas horribles. Tuve que levantarme y dejar a Maddox a cargo de la situación.

Cuando volví sobre mis pasos, se había ido.

—¿Ha venido alguien más, aparte de la señora de las lubinas?

—No. Quizá deberíamos irnos. Seguiremos mañana.

—Ve tú. Yo me quedo un rato —le dije a Maddox.

Me quedé allí sentado dos horas más, solo y en silencio, contemplando las gaviotas que revoloteaban alrededor. Nadie se acercó a preguntar por las excursiones, pero no me desanimé. Quizá porque ese día aquello no era tan importante y yo tenía la cabeza en otra parte. En Nicki. En las dudas que me asaltaban cada vez que notaba el teléfono en el bolsillo y pensaba en llamarla. En la herida que abría su ausencia.

VIVIEN E ISABELLE, JULIO DE 2010

(Lo que rompimos)

—¿Crees que deberíamos hacer algo? —Isabelle mordisqueó distraída un trozo de tarta de manzana y, luego, lanzó un suspiro—. Estoy preocupada.

—Lo sé. Yo también. Pero no podemos intervenir.

—Siempre supimos que esto podría ocurrir...

—Era evidente. Al menos, por parte de Nicki. Lo de River... —Vivien chasqueó la lengua y cogió la tetera para llenar las dos tazas—. Fue una sorpresa.

—Yo lo veía claro, pero los hombres maduran a trompicones.

—Dejemos que el tiempo suavice las cosas. No sabemos bien qué fue lo que pasó entre ellos cuando estuvieron juntos en Boston y...

—Oh, Vivien, lo sabemos perfectamente.

—Bueno, sí, pero, en fin, son jóvenes, tienen que aprender a gestionar sus propias emociones. Ya no son unos niños, Isabelle. Lo solucionarán.

—Eso espero. —Isabelle le dio un trago al té.

NICKI, AGOSTO DE 2010

(Lo que rompimos)

La cama tenía dosel. Hasta entonces, solo había visto camas con dosel en las películas, así que eso fue lo primero que me impresionó de la casa que la familia de Babette tenía en Francia, más allá de los setos perfectamente recortados del jardín, más allá de la fachada empedrada, más allá de la robusta mesa de madera maciza del salón.

El magnífico dosel.

Con aire distraído, acaricié los flecos que colgaban de una de las cuerdas. Estaba tumbada en la cama. Habíamos pasado allí el verano y nos iríamos en apenas una semana. Los primeros días me había sentido desubicada. Echaba de menos a mi familia, bajar a la playa aunque el agua estuviese congelada, el helado de pistacho de Brends, las noches en el porche jugando a las cartas con la abuela Mila, los estúpidos comentarios de Heaven, asistir al Festival de la langosta... y a River.

Sobre todo, a River.

Porque, en cierto modo, los veranos siempre habían sido nuestros, una ventana hacia la infancia. Y ahora todo eso formaba parte del pasado.

Aquel año, la época estival había estado llena de risas cada vez que Babette insistía en darme clases de francés, porque mi pronunciación le hacía gracia, y de mañanas bebiendo zumo de naranja a la sombra de los árboles. También había conocido a sus primos y habíamos ido a bañarnos juntos a un río varias tardes. Uno de ellos, Adrien, me había besado en la orilla cuando nos quedamos a solas. Llevábamos días tonteando, y era liberador saber que podía ponerme una máscara y ser la chica divertida y risueña que todos esperaban que fuera, pero, en realidad, cuando sus labios rozaron los míos solo sentí un deseo suave, casi frívolo, que sabía que olvidaría incluso antes de regresar.

Y esa noche me asaltó un pensamiento tonto e infantil: ojalá pudiese ser una bruja de verdad y hacer una poción mágica para bebérmela a sorbitos cada vez que quisiese dejar atrás un recuerdo y seguir hacia delante más ligera y más feliz.

El día que River se marchó de Boston, hubiese dado un buen trago. O dos. Y todo se habría apaciguado al instante sin necesidad de alejarme de él. Porque cuando hablábamos por teléfono me entraban ganas de llorar y también de volver a preguntarle lo mismo que él no había querido contestar: «¿Por qué ahora?, ¿por qué de pronto me ves, después de tantos años?». Y lo que más me inquietaba: si ese paréntesis había sido para él un lío sin importancia por diversión o si existía algo más.

Temía la respuesta tanto como la deseaba.

Me di la vuelta en la cama. Hacía calor, aunque era media mañana. La luz del sol entraba a raudales por los ventanales de la habitación. Se entreveían las hojas lanceoladas de un castaño. Oía el agua fluyendo por las tuberías antiguas porque Babette se estaba dando una ducha.

Cuando sonó mi teléfono, lo cogí distraída.

—¿Diga?

—¿Hablo con la señorita Nicole Aldrich?

—Sí. —Me incorporé—. Soy yo.

—Siento llamarla tan tarde, pero acaba de quedar una plaza vacante para la beca a la que se presentó. Su proyecto entusiasmó a los miembros que evaluaron las solicitudes y nos complace comunicarle que el próximo curso podrá...

Escuché a medias las siguientes palabras que decía la mujer al otro lado del teléfono: Nueva York. Inscripciones. Fechas. Algo sobre un comité.

Y pensé que necesitaba aquello.

Necesitaba un cambio.

NICKI, NAVIDAD DE 2017

(Lo que somos)

Tic, tac, tic, tac.

Es curioso, piensa Nicki.

El brillo en los espacios vacíos resulta perturbador.

El brillo del mármol blanco, el brillo de los cristales impolutos, el brillo de la pantalla apagada del televisor de sesenta y dos pulgadas, el brillo metálico.

Y hay otro brillo que ha empezado a inquietarla: el de las perlas.

Se lleva la mano al cuello y acaricia el collar con lentitud, repasa una a una las perlas con el dedo, tan suaves, tan ovaladas, tan perfectas. Las imagina desde el inicio: una partícula de arena o un parásito colándose dentro de una ostra. El molusco cubriéndolo con capas y capas de nácar para aislarlo y protegerse hasta formar una perla.

La mayoría de las ostras mueren durante la extracción.

Nicki siente ganas de llorar, se quita el collar y lo guarda en su joyero. En realidad, últimamente siempre tiene ganas de llorar: cuando se levanta y durante el día y cuando al fin anochece y se mete en la cama. Incluso esa noche, cuando es Navidad y la ciudad está repleta de luces y lleva un vestido de lentejuelas negras lleno de destellos.

MADDOX, NAVIDAD DE 2010

(Lo que rompimos)

La mesa estaba repleta de platos. Ese año, Vivien había tejido para todos suéteres de color amarillo mostaza con el dibujo de una rama de acebo. Maddox se había sentado enfrente de Owen Maddison y la abuela Mila. A su lado estaba Heaven con una cámara de vídeo en la mano, porque había empezado a grabar cada cosa que hacía para subirla a la red, algo que desesperaba a sus padres. Un poco más allá, River sonreía con Agatha sentada sobre sus rodillas, intentando alcanzar un rollito de langosta.

El ambiente era animado y tan cálido como siempre.

La chimenea estaba encendida. Las luces del árbol de Navidad parpadeaban y sonaba una canción lenta de Elvis Presley de fondo.

Pero nadie podía ignorar la ausencia de Nicki, pese a que, como los demás, Maddox sabía que estaba en Nueva York y celebraría allí las fiestas, que había conocido a un chico a finales de noviembre, que las cosas le iban bien, que era feliz.

—Brindemos —propuso Jim.

—Por nosotros —dijo Sebastian.

—Y por Nicki —añadió la abuela Mila.

—Por la familia —concluyó Vivien con los ojos brillantes.

El tintineo de las copas llenó el silencio que se abrió paso. Luego, la velada prosiguió como cada año: la comida, los postres, la sidra y los licores, las bromas durante la larga sobremesa, los bailes de Mila con el pobre Owen en el salón, Heaven congelando cada instante en vídeo, Agatha escondiéndose debajo de la mesa...

—Te sacaré a rastras —bromeó River.

—Nooooooo. —Su risa era estridente.

—Venga, ya es hora de ir a la cama.

—Vale. Tío, ¿vienes tú también?

Maddox asintió porque era incapaz de negarle nada a su sobrina y, además, tenía ganas de salir de allí para que le diese un poco el aire. Se despidieron de los demás repartiendo besos y abrazos antes de cruzar a la casa de al lado.

Desde el dintel de la puerta, Maddox vio a su hermano preparar la cama pequeña que había encajado junto a la suya: ahuecó la almohada, apartó la colcha verde y le puso el pijama a Agatha entre ataques de cosquillas.

—¿Me cuentas un cuento?

—Sabes que se me da muy mal. —River se rascó la cabeza—. Eh, a ver... Esto es una niña que... bueno, le gustan las moras y un día decide ir al bosque para esto... coger moras, claro, así que... cuando está allí... recoge una cesta entera. Y vuelve a casa. Y hace mermelada. Y colorín colorado este cuento se ha acabado.

—¿Ya está?

—Es que la gracia es que tú te lo sigas imaginando.

—A mí eso no me parece gracioso.

—Pues lo es. Venga, a dormir.

—No me gustan tus cuentos, papá.

Con una sonrisa, River le dio un beso en la frente y le susurró que la quería antes de apagar la luz. Maddox lo siguió escaleras abajo hasta la cocina, donde abrió la nevera y sacó dos cervezas. Ninguno dijo nada hasta que se sentaron a la mesa.

—Tu hija tiene razón. Eso ni es un cuento ni es nada.

—Habérselo contado tú. Mira, llevo despierto desde las cuatro de la mañana, ya no sé ni cómo me llamo. —River bebió un trago y suspiró. Fuera, más allá de la ventana, todo estaba a oscuras y había empezado a llover—. Además, no es un buen día.

—Pensaste que aparecería.

No fue necesario decir su nombre.

—Supongo que sí.

—¿No sabes nada de ella?

—Algo. Le mando fotos de Agatha, nos enviamos algún mensaje. No es como antes, si es lo que intentas preguntarme. Pero supuse que con el tiempo...

—Hace menos de un año.

—Ya.

Se quedaron en silencio hasta terminarse las cervezas. Desde que aquel verano se habían embarcado en el proyecto turístico daba la sensación de que entre ellos los lazos se habían vuelto más fuertes. River confiaba en Maddox a ciegas. Maddox empezaba a darse cuenta de que su hermano era más juicioso de lo que había supuesto.

—Lo estás haciendo bien.

—¿A qué te refieres?

—A todo. A criar a Agatha. A darle tiempo a Nicki. A lo mucho que te esfuerzas cada día para seguir adelante. —Maddox se puso en pie y apoyó una mano en el hombro de su hermano—. Vete a descansar. Ha sido un día largo. Siempre fue tu preferido.

Cuando despertaban el 25 de diciembre y bajaban corriendo al salón, Maddox solía contemplar los regalos con cierta frialdad porque las sorpresas lo ponían nervioso, pero River rompía cada envoltorio de papel con una alegría contagiosa, y gritaba y saltaba de emoción como loco si Santa Claus había acertado con el regalo.

Maddox cogió un paraguas de su madre para irse a casa. No daba la impresión de que la lluvia fuese a amainar pronto. Buscó las llaves en el bolsillo trasero de los pantalones mientras giraba la última esquina. Durante el último año, había avanzado con la reforma de los espacios interiores, pero el pequeño jardín seguía siendo una zona salvaje que usaba para amontonar herramientas y tablones de madera.

Bajo la pérgola de la entrada, encontró a Dennis.

—¿Qué estás haciendo aquí?

—Llegué hace un rato. —Se frotó las manos mientras daba saltitos para entrar en calor—. Joder, abre la puerta ya, que estoy empapado.

Maddox lo hizo y encendió las luces del salón.

—Deberías quitarte la ropa.

—Quítamela tú.

Vaciló un instante, solo uno, pero no pudo resistirse a los encantos de Dennis cuando sus bocas colisionaron. Le hubiese gustado preguntarle por qué seguía con aquella chica si siempre lo buscaba a él, pero como en tantas otras ocasiones se dejó llevar.

Desde lo ocurrido el año anterior durante la Super Bowl, Dennis iba a visitarlo cada vez que llegaba al pueblo y él le abría la puerta sin dudar. Después se acostaban juntos y compartían alguna charla poco trascendental, de esas que dejan un regusto artificioso que recuerda a los refrescos edulcorados. Maddox nunca se sentía satisfecho.

Pero quizá era precisamente ese tira y afloja lo que lo mantenía a la espera de su llegada, como a quien le permiten degustar un caramelo que luego le arrebatan y se pasa los días contando las horas que faltan para volver a saborearlo.

NICKI, NUEVA YORK, 2011

(Lo que rompimos)

No entraba en sus planes (casi) enamorarse.

Nicki estaba atravesando una temporada dura. Estaba lejos de casa, no tenía el apoyo de Babette, que seguía estudiando en Boston, y no lograba encontrarle la gracia a una ciudad tan arrolladora como Nueva York (demasiado ruido, demasiada gente, demasiados coches, demasiados planes). Sentía una soledad cada vez más asfixiante.

Y de pronto apareció él. Estaba delante de ella en la cola de un puesto de perritos calientes. Nicki agachó la cabeza en cuanto lo reconoció, pero fue demasiado tarde.

—¿Nicki? ¿Eres tú?

—¿Sam? ¡Qué casualidad!

—Y tanto. Deberías invitarme al perrito caliente —le dijo con una sonrisa que a ella le pareció deslumbrante—. Ya sabes, por las magdalenas de chocolate que robaste con tu amiga. Iban a ser mi desayuno. Fue una tragedia.

En esos momentos, Nicki sintió que le ardían las mejillas y quiso cubrirse para que él no la viera ruborizarse, pero sabía que era inútil. Ni siquiera funcionó pensar en jirafas. Era una de las cosas que no soportaba de ser pelirroja y tener la piel tan pálida.

El chico con el que perdió la virginidad, el mismo del que había huido alentada por Babette sin siquiera despedirse, la miró expectante.

—Pues... vale. Te invito.

—Era broma. No hace falta.

—No, en serio, me apetece hacerlo.

Pagó dos perritos calientes y luego echaron a andar calle abajo juntos, como si fuese una cosa que hiciesen a diario. Nicki se manchó el labio de kétchup y se lo lamió entre risas. No hablaron de nada sustancial, pero ella se sintió menos sola y, cuando llegó el momento de despedirse, Sam la miró y le preguntó:

—¿Cuántas probabilidades había de encontrarnos?

—Ninguna —dijo Nicki—. Si esto es Nueva York...

—Quizá sea una señal. Quedemos algún día.

Ella sonrió antes de sacar su teléfono para apuntarse el número de Sam y, esa vez sí, darle el suyo. Se despidieron con un beso cerca de la comisura de los labios que fue el preludio de lo que llegó después: la cita en un restaurante, que él la invitase a su apartamento, que se desnudasen con prisas, que comenzase su historia.

En teoría, no tenían mucho en común.

Él había empezado a trabajar en un bufete de abogados poco después de terminar sus estudios porque su tío era socio de la empresa. Ella vivía en una habitación minúscula de un piso compartido y, aunque existía la posibilidad de hacerlo, aún no estaba segura de si quería solicitar una ampliación de la beca. Él era muy práctico y conservador. A ella todavía le encantaba fantasear. Él pensaba a menudo en el futuro. Ella seguía intentando decidir quién era en el presente.

Pero, pese a sus diferencias, la compañía era agradable.

Porque con Sam cerca, Nueva York parecía menos intimidante y más acogedora, como si de pronto la ciudad le hubiese abierto los brazos. Y ella se sentía casi satisfecha. Casi feliz. Casi entusiasmada. Casi pletórica. Casi enamorada. Casi.

RIVER Y NICKI AL TELÉFONO

(Lo que rompimos)

23 de febrero de 2011

—¿Nicki?

—Hola. Yo... esto... —Ella titubeó—. Llamaba para felicitar a Agatha. Sé que es un poco tarde, pero no todos los días se cumplen tres años...

—Ya está dormida.

—Claro. Perdona.

—Espera, no cuelgues. —Nicki oyó ruidos que no supo identificar a imaginó que River estaría levantándose para irse a otra habitación en busca de intimidad—. Ya está.

—Bien.

—Bien.

—Esto es horrible, River. —Lanzó un suspiro incontenible—. ¿Cómo es posible que tú y yo hayamos llegado a esta situación? Si ni siquiera hemos discutido...

—Lo sé.

—No lo soporto.

—Yo tampoco. —River tomó una bocanada de aire y apretó el teléfono contra la oreja como si así pudiese estar más cerca de ella—. Te echo de menos cada día. Literalmente. Me acuerdo de ti siempre, todo el tiempo.

—River...

—Si hubiese sabido que aquello iba a separarnos...

—Quizá no supe encajarlo de la mejor manera —lo cortó ella, porque lo último que quería era seguir metiendo el dedo en la herida—. Me pilló por sorpresa. Estaba... estaba un poco aturdida. Quiero decir, que eras tú y era yo, y se me hacía raro verte o hablar contigo como si nada hubiese ocurrido y, luego, cuanto más tiempo pasaba, más me costaba dar un paso y acortar la distancia, y yo... yo...

Nicki dejó la frase a medias.

El silencio duró unos segundos.

—¿Eres feliz? ¿Estás bien?

—Sí —contestó ella.

—Era lo único que quería saber.

—¿Y tú?

—No me quejo.

—¿Y Agatha?

—Ella sí es feliz de verdad. Ha disfrutado del día, ya sabes, soplar las velas, abrir regalos, rasgarse la camiseta nueva que Kinsley le había comprado al subir a un árbol...

Nicki sonrió y después oyó la puerta trasera de la casa de los Jackson al cerrarse, y el crujido de las hojas secas y de las tablas de madera bajo los pies de River.

—¿Qué estás haciendo?

—He salido al porche.

—¿Hace frío allí?

—Está nevando. ¿Y en Nueva York?

—Hoy no, pero ayer sí. Abrígate.

River no pudo evitar sonreír mientras los copos caían alrededor y cubrían el jardín como si fuesen pedazos de algodón. Todo estaba sumido en un silencio pacífico.

—Voy abrigado. ¿Dónde estás tú?

—En casa de Sam... —susurró.

—Tus padres me contaron que habías empezado a salir con

él. Es abogado, ¿no? Parece un tipo listo. —Él se frotó el mentón y cogió aire—. Me alegro por ti.

—Gracias, River. —Un latido entre los dos—. ¿Y qué hay de ti?

—No tengo mucho tiempo para salir por ahí. De vez en cuando quedo con los chicos y nos tomamos una cerveza. Pero estoy bien. Estoy tranquilo.

—Supongo que eso es lo que de verdad importa.

—Sí. He tardado en darme cuenta.

—Yo creo que solo necesitabas encajar las piezas. —Nicki se sentó en el sofá y miró la hora. Sam y otros compañeros habían asistido a una cena de trabajo con un cliente importante y aún tardaría en llegar—. ¿Cómo va el barco turístico?

—Ahora está parado, retomaremos la actividad en cuanto llegue el buen tiempo. El verano pasado arrancamos despacio, pero tengo el presentimiento de que este año es el año. O eso espero. He estado visitando algunas casas...

—Vaya...

—De momento no puedo pagar ninguna, así que era más curiosidad que otra cosa.

—¿Cómo le van las cosas a Kinsley?

—Bien. Se mudó con Ben no hace mucho, sigue trabajando en la gestoría y siempre me invita a cenar cuando hace patatas fritas con queso, no me puedo quejar.

La risa de Nicki fue como un bálsamo.

—Siempre has sido un niño mimado.

—¿Qué puedo decir? Es un encanto natural...

—Oye, River.

—Dime.

—Quizá vaya a casa este verano. ¿Sería un problema que Sam me acompañase?

—No. —River siguió la trayectoria de uno de los copos de nieve y pensó que al día siguiente haría un muñeco con Agatha.

Quizá se tumbarían juntos y dibujarían ángeles sobre el manto liso hasta que el frío les calase hasta los huesos. Al pensar aquello, casi logró aflojar el nudo que le atenazaba la garganta—. Lo importante es que vuelvas.

Y era cierto. Lo único que River deseaba era asomarse alguna noche por la ventana de su habitación y ver una luz justo enfrente. Todo lo demás era irrelevante.

En cierto sentido, el dolor es comestible.

Lo masticas, te lo tragas y adelante.

LA FINA LÍNEA ENTRE SER Y NO SER

Lo que menos me gusta del colegio es el sistema de calificaciones, ¿quién lo inventó? No siempre es justo. ¿Por qué no se valoran cosas como el ingenio, la empatía o la solidaridad? Si un hechizo sale mal y te crecen margaritas en la cabeza en lugar de pelo, sin duda habría que tener en cuenta si se hizo con buenas intenciones.

LA BRUJA AGATHA

NICKI, VERANO DE 2011

(Lo que rompimos)

Mientras esperaba en el muelle, me abroché la chaqueta que le había cogido prestada a mamá. Sam había tenido que quedarse en Nueva York por asuntos de trabajo y llegaría a Cape Town en tres días. Tuve la sensación de que allí el tiempo transcurría a una velocidad distinta, porque en los cuatro años que llevaba fuera de casa nada había cambiado demasiado; los mismos botes oscilando con suavidad, las mismas caras curtidas por la brisa marina, los mismos tablones de madera, las mismas gaviotas graznando...

Sin embargo, mientras aquel escenario permanecía estático, todo en mí cambiaba de forma gradual. Si fuese algo físico podría haberse visto reflejado en el hecho de que había empezado a usar maquillaje y había relegado los petos al fondo del armario, pero se trataba de algo más interno: miraba el mundo de forma diferente.

El barco de River apareció a lo lejos.

Cuando me vio, sonrió y sentí que el frío que nos había rodeado se derretía. Fue fácil. Fue como siempre había sido todo. Me miró de reojo un par de veces mientras se despedía de los turistas que desembarcaban y, cuando el último abandonó la cubierta, él cogió a Agatha y llegó hasta mí, que me había quedado contemplando la escena.

—Te acuerdas de Nicki, ¿verdad? —River le apartó a su hija

el pelo de la cara y la niña me miró ceñuda antes de esconder el rostro en su hombro.

—No la culpo, me lo merezco —bromeé con el corazón herido tras la aplastante sinceridad infantil—. Oye, Agatha, me han contado que eres un miembro más de la tripulación, ¿es eso cierto? Porque estoy buscando a alguien que me enseñe a navegar. Hace mucho que no lo hago. Quizá hasta me entrarían mareos.

Agatha me observó detenidamente antes de asentir.

—Soy la segunda al mando —contestó con orgullo.

—La tercera si está el tío Maddox —apuntó River.

—La segunda si no está —insistió ella—. ¿Tú sabes hacer un nudo ocho? —Negué con la cabeza—. ¿Y sabes colocar el cebo? —Volví a negar y ella giró la cabeza hacia River y bajó la voz—. Vas a tardar años en explicarle todo lo que no sabe, papá.

Los dos nos miramos divertidos.

Dimos un paseo hasta casa. Agatha hablaba mucho y tan rápido que a veces se dejaba palabras por el camino, pero pronto me acostumbré. River se mostraba relajado. Cuando llegamos a la propiedad de los Jackson, ella me contó a trompicones que tenía una casa en el árbol, que la había construido su abuelo hacía muchos años, que su padre estaba arreglándola, que si me daban miedo las alturas, que si quería verla.

—Claro. Creo que la conozco.

Miré a River de reojo. Sonreía.

Subimos a la casa del árbol. Él me contó que la madera estaba vieja y ya no era tan segura, así que había empezado a restaurarla en sus ratos libres cambiando algunos tablones por otros. Me di cuenta de que las ramas del árbol habían crecido durante la primavera y abrazaban la casa como si quisiesen protegerla. Ya no había hilos colgados con conchas que tintineaban cuando soplaba el viento. Tampoco había rastro de los tarros donde guardaba semillas ni de la vela que a veces usábamos.

Nos sentamos allí y pasamos el rato.

Agatha gritaba «caracooool» cada vez que quería asustar a su padre y él fingía que le entraba un escalofrío. Cogí unas cuantas hojas del árbol y las sostuve a contraluz para enseñarle las nervaduras que formaban el esqueleto y que se asemejaban a finísimos senderos extendiéndose por la superficie. Luego, le conté que cuando era pequeña solía machacarlas para sacarles el jugo y hacer pociones mágicas.

—¿Como las brujas? —preguntó.

—Sí, exactamente. ¿A ti te gustan?

—¡Me encantan! Es lo que quiero ser de mayor: una bruja.

—Interesante. —Miré a River, que estaba tumbado un poco más allá con los brazos tras la nuca y los ojos cerrados. La camiseta se le había subido y dejaba a la vista una línea de piel. Aparté la mirada—. ¿Te apetece oír un cuento sobre brujas?

—¡Pues claro! —exclamó emocionada.

—Bien, ponte cómoda. Érase una vez...

LA BRUJA AGATHA

Érase una vez una niña llamada Agatha que tenía dos gatos, un conejo, tres perros, una tortuga y seis peces de colores. Le encantaban los animales, llevar el pelo alborotado y la mermelada de melocotón. Lo que no le gustaba eran los días nublados, las injusticias y, sobre todo, ir al colegio, porque algunos niños se metían con ella. La perseguían por los pasillos. Le gritaban: «¡Bruja, bruja!». No le hablaban. No querían jugar con ella.

Agatha se sentía diferente. Quería ser normal.

Cuando se lo dijo a su abuela, ella le contestó:

—¿Y por qué ser normal pudiendo ser especial? —Chasqueó la lengua y negó con la cabeza mientras se levantaba—. Ven, vayamos al desván, quiero enseñarte algo.

Agatha siguió a su abuela escaleras arriba. El desván estaba lleno de polvo, cachivaches inclasificables y muebles antiguos. Al fondo había una jaula para pájaros blanca y, dentro, un libro grueso con las páginas amarillentas.

—¿Un libro? —Agatha se mostró escéptica.

La abuela lo cogió y lo abrió con delicadeza.

—No es un libro cualquiera, sino uno de hechizos. Estoy segura de que habrá alguna poción para darte más seguridad en ti misma. Quizá así puedas ver que...

—¡Pero yo no quiero ser una bruja!

—¿Qué tienen de malo las brujas?

—¡A nadie le gustan, abuela!

—Uy, a mí me encantan. Además, vuelan y llevan sombrero de pico, ¿qué más se puede pedir? Pero lo mejor de todo es que las brujas son niñas con una sensibilidad especial: pueden percibir la magia que flota alrededor. ¿Tú la notas?

Agatha miró dubitativa a su abuela.

—Sí. La noto. Pero...

—¿Y quieres usar ese poder para que el mundo sea un lugar mejor? Porque podrías conseguirlo: curar animales, pararles los pies a los abusones, descubrir si las estrellas saben a queso o si la lluvia son lágrimas que caen desde el más allá.

A la niña le brillaron los ojos.

—Sí, sí quiero, abuela.

—Pues acompáñame.

Entraron en la cocina, la abuela despejó una de las mesas y colocó el libro encima. Lo abrió por una página llena de garabatos y letras escurridizas.

—Veamos... —Deslizó el dedo por el papel—. Existe una poción que te ayudará a sentirte un poquito más fuerte cuando tengas que enfrentarte a situaciones difíciles. Los ingredientes son: miel de lavanda, tres gotas de limón, una cucharada de chocolate, media tacita de leche y remover hasta que todo se mezcle bien. Hagámosla.

—¿Y eso es todo?

—Es el comienzo, Agatha.

—De acuerdo. Puedo hacerla.

La niña buscó la tacita y luego fue añadiendo todos los ingredientes. La abuela asintió satisfecha cuando terminó la poción y la dejó en la nevera. Al día siguiente, justo antes de salir hacia el colegio, se la tomaría de un trago.

Y eso hizo.

Agatha vestía zapatillas con cordones de colores, pantalones de pana, chaquetas que le tejía su madre y gorros de lana.

Aquel día se puso uno con dos pompones que colgaban a ambos lados de su cabeza y se encaminó hacia el colegio.

Se sentía... diferente.

¿Era real o cosa de su subconsciente?

Fue hasta su taquilla y cogió dos libros.

Antes de que pudiese cerrarla, un compañero que siempre la incordiaba se acercó por detrás y tiró con fuerza de uno de sus pompones hasta quitarle el gorro.

—¡Devuélvemelo!

—Es horrible. Solo una bruja se lo pondría.

—Por eso lo llevo, porque es lo que soy. Y si no me lo das ahora mismo, te lanzaré un conjuro para maldecirte: en cuanto te duermas, aparecerán en tu habitación veinte serpientes. Recuerdo que te daban pánico, ¿no es cierto?

—Yo... —La miró dubitativo—. Toma.

—Gracias. —Agatha se puso el gorro, cerró la taquilla y se marchó caminando pasillo abajo sin mirar atrás. Se sintió poderosa. Se sintió pletórica.

Al llegar a casa, le contó a su abuela lo que había ocurrido.

—Te lo dije, nada como coger una debilidad y hacer de ella tu mayor fortaleza.

Si las pociones funcionaban, pensó Agatha, ella se encargaría de pintar el mundo de colores. Empolvaría los problemas con un dorado suave, salpicaría de verde la tristeza y conseguiría que cada emoción brillase como lo hacían las estrellas al anochecer.

La bruja Agatha acababa de nacer.

RIVER, VERANO DE 2011

(Lo que rompimos)

La noche ya había caído cuando llamé al timbre de la casa de los Aldrich y esperé con impaciencia como si volviese a ser ese chiquillo que siempre pasaba a buscarla.

Abrió Mila con una expresión cauta.

—¿Está Nicki?

—No, Heaven la ha convencido para que fuese con ella al cine de verano, pero hace justo unos minutos que ha llegado su...

—Hola. —Un chico rubio apareció detrás de Mila. No era muy alto, vestía como si se hubiese disfrazado para ir al campo y parecía contento. Me tendió la mano sin titubear—. Me llamo Sam Preston. Tú debes de ser River.

—El mismo. Estaba a punto de ir a la taberna y me acerqué para preguntarle a Nicki si quería venir, pensaba que estaría en casa...

—Pues no. Me he encontrado a toda la familia de golpe, aunque la culpa es mía porque se suponía que llegaba mañana. La pobre ni sabe que estoy aquí, ha debido de apagar el teléfono cuando empezó la película —dijo Sam, sin percatarse de que la abuela Mila nos miraba atentamente—. Pero, oye, si no es molestia, me apunto a unas cervezas. Así aprovechamos para conocernos. Me ha hablado mucho de ti.

—Esto... claro.

—Iré a coger mi chaqueta.

La noche era fresca, pero a mí me gustaba ir en manga corta.

Cuando Sam se alejó, Mila alzó los ojos al cielo y chasqueó la lengua. Yo me encogí de hombros. ¿Qué quería que hiciera en una situación semejante? No había podido negarme. Así que iba a pasar la noche con el flamante novio de Nicki. Maravilloso.

Durante el trayecto hasta la taberna, tuvimos una de esas conversaciones aburridas que dos vecinos de un mismo edificio podrían mantener en el ascensor. Su trabajo, mi trabajo, el tiempo meteorológico, el precio de los carburantes, ese tipo de cosas.

Le presenté a mis amigos cuando llegamos.

Archie, Tom y dos chicos que trabajaban en el puerto estaban jugando una partida de cartas. Nos sentamos junto a ellos, pedimos en la barra y esperamos a que terminasen aquella ronda para poder unirnos a la siguiente.

Eso se tradujo en dos cervezas.

Las dos cervezas más largas de mi vida.

—Nicki me ha contado que nacisteis con cuarenta y dos minutos de diferencia. Es asombroso. —Se llevó el botellín a los labios.

—Cuarenta y siete.

—¿Qué?

—Yo soy cuarenta y siete minutos mayor.

Sam se rio como si acabase de contarle un chiste. Siendo sincero, el tipo era agradable, aunque no demasiado interesante. Parecía transparente. Daba la impresión de que podías conocerlo al mismo nivel en una semana que en un año.

—¿Y cómo era de pequeña? Cuéntame alguna anécdota.

—Pues era... única.

—¿Única? ¿En qué sentido?

—Yo qué sé. Vivía en las nubes. Tenía mucha imaginación.

Siempre que dábamos un paseo por el bosque y veía agujeros en los árboles o entre las plantas, decía que eran casas de hadas o madrigueras de un animal a medio camino entre un ratón y una cebra.

—No conocía esa faceta suya —replicó.

Noté que ya iba achispado con la tercera cerveza, pero no le di importancia. Pedimos una cuarta y, por fortuna, los chicos nos avisaron para unirnos a la siguiente ronda. Ya en la mesa, se repartieron las cartas. Sam no sabía jugar. Le expliqué con paciencia las reglas básicas, aunque no estaba seguro de si me estaba entendiendo.

Media hora después, asumí que no lo había hecho.

Y también que el problema no estaba relacionado con su capacidad intelectual, sino con el hecho de que se tambaleó entre risas cuando se puso en pie para ir al baño.

—Sabes que está borracho, ¿verdad? —Archie me miró.

—Joder. —Me froté el mentón—. ¿Debería llevármelo a casa?

—Deberías llevártelo a casa —confirmó Tom sonriente.

—Pues nada, seguid sin mí. Divertíos —masculló sarcástico. Los demás prorrumpieron en una carcajada y Sam apareció—. Oye, Sam, se está haciendo tarde...

—¿Tarde? Si la noche acaba de empezar.

Sam dio un paso hacia atrás y chocó con una silla. Tenía las mejillas enrojecidas. Dejé escapar un suspiro, me acerqué hasta él y nos despedimos de los demás.

Se quejó del frío y de la humedad cuando salimos.

Avanzamos lentamente a pie. Sam se detuvo delante de una tienda cerrada de artículos de pesca y señaló los brillantes anzuelos mientras decía maravillado: «Mira todo esto, es tan auténtico, tan distinto, compraría unos cuantos para colgarlos en el salón de mi apartamento, ¿crees que quedarían bien?». Le contesté que no y lo insté a seguir caminando. Sam se dobló hacia un lado y estuvo a punto de caerse. Muy a mi pesar, le pasé una mano por la cintura para guiarlo. Continuó parloteando sobre esto y aquello, lo mucho que le gustaría que lo hicieran socio del bufete en unos años, cuando su tío se jubilase, lo pillado que estaba por Nicki, el miedo que le daba la mirada inquisidora de la abuela Mila. Le aseguré que era inofensiva, aunque no estaba realmente seguro de eso.

—Creo que tengo ganas de vomitar.

—Joder. ¿Puedes aguantar? Quedan unos metros para llegar, así podrás hacerlo en un baño y yo me ahorraré tener que estar cerca, porque no me pagan por esto —contesté irritado y tiré de él con más fuerza—. Venga, ya casi estamos. Tú puedes, Sam.

—Yo puedo... Puedo... —repitió.

Aporreé la puerta cuando llegamos.

Abrió Nicki. No le di ninguna explicación antes de entrar para poder empujar a su novio hasta el cuarto de baño que había en la planta baja. Le alcé la tapa del retrete, por si acaso no atinaba a levantarla, y luego salí de allí.

Oímos las arcadas a través de la puerta.

—¿Qué le ha ocurrido?

—Yo qué sé. Se ha tomado tres o cuatro cervezas.

—Sam casi nunca bebe.

—¿Y cómo iba a saberlo?

Nicki cerró los ojos al oír otra desagradable arcada. Después, nos quedamos mirándonos en silencio unos instantes y me esforcé por no reírme, pero no lo conseguí, porque la situación era surrealista. Ella sonrió y negó con la cabeza.

—Pues ya conoces a Sam.

—Sí. Hemos roto el hielo a lo grande.

Me acompañó hasta la puerta y nos despedimos.

—River. —Me llamó cuando ya había bajado los dos escalones de la entrada y, con las manos metidas en los bolsillos de los pantalones, me giré hacia ella—. Gracias.

—Sabes que no tienes que darlas, Nicki.

NICKI, 31 DE DICIEMBRE DE 2017

(Lo que somos)

Nicki no puede pensar, no puede moverse ni tampoco ver el brillo de las cosas intangibles. ¿Cómo era el rastro que dejaba el amor? ¿Intenso o tenue? ¿Y tenía sabor? ¿Era amargo o debía ser dulce? Ni siquiera es capaz de recordar quién era ella misma antes de pisar aquella ciudad que se la había ido comiendo bocado a bocado. Esa noche siente que le han dado el mordisco final. Le duele. Le duele dentro. Es un dolor que ningún cirujano podría encontrar por mucho que escarbase en ella con un bisturí, pero está ahí.

Sabe que tiene dos opciones y debe elegir una.

Está aterrada. El frío de la última noche del año cae sobre ella y, cuando coge el teléfono, siente los dedos entumecidos. Le tiemblan las manos y necesita dos intentos para desbloquearlo. Empieza a ver borroso cuando busca su nombre.

«River».

EL DIARIO DE NICKI

(Lo que rompimos)

19 de septiembre de 2011

Babette se ha trasladado a Nueva York. Vino a visitarme a casa y comentó que jamás había visto una habitación tan diminuta; me preguntó si era legal vivir así. Quiere que me vaya con ella al apartamento de sus padres, como cuando vivíamos en Boston. No estoy segura. Por un lado, mis compañeros de piso apenas me dirigen la palabra y tengo que esconder galletas debajo del colchón para evitar que me las roben. Por otro lado, me preocupa depender tanto de Babette.

Quiso saber por qué no me voy a vivir con Sam ahora que ya llevamos casi diez meses saliendo y he estado meditándolo. Creo que no me sentiría cómoda. Paso bastantes fines de semana en su casa, pero no estamos preparados para dar un paso más; al menos, hasta que este año termine mis estudios y consiga trabajo. Tengo la sensación de que él y yo nos encontramos en etapas diferentes.

6 de octubre de 2011

Mañana me mudo con Babette.

Hoy me ha llamado River a las nueve de la noche. No era para hablar conmigo, sino porque la niña quería que le contase otro cuento de la bruja Agatha. Me ha pillado desprevenida (estaba depilándome con cera en el baño) y he improvisado una historia que empieza cuando un peligroso huracán está a punto de llegar a la ciudad. La protagonista consigue hacer un conjuro dificilísimo con ayuda de su abuela, llenan el aire de confeti y sirope de fresa; finalmente, cuando logran que se desintegre tras atrapar la energía de una estrella fugaz, cae una lluvia de colores y fresa sobre las calles y los tejados.

A Agatha le ha encantado. Quiere ser una bruja.

Me hubiese gustado tener estos cuentos de niña.

12 de enero de 2012

Las Navidades han sido muy especiales.

A la cena acudieron Kinsley y su novio, también Sam y Owen Maddison, que ya es un habitual, así que tuvimos que coger sillas de casa de los Jackson porque no había suficientes. Apenas cabíamos en el salón. Mamá no había tejido suéteres para todos, pero sacó algunos que guardaba de años anteriores.

River se había encargado de ir a pescar esa mañana para la cena navideña y se mostró orgulloso cuando su padre lo felicitó por ello. Todo estaba delicioso.

Agatha no dejaba de pedirme que le contase cuentos sobre la pequeña bruja y, al final, acompañé a River cuando fue a acostarla y me tumbé con ella en la cama. Imaginamos un mundo lleno de hadas que se habían quedado mudas. Para devolverles la voz, la bruja Agatha tenía que hacer una poción con un ingrediente difícil de encontrar: una lágrima de risa. Lo consiguió haciéndole cosquillas a su madre, atrapó la lágrima en un tarro de cristal, la añadió al caldero y el líquido se convirtió en un gas que flotó por el bosque y las hadas respiraron. Todas empezaron a cantar cuando recuperaron la voz y le regalaron una capa preciosa de superheroína hecha con musgo y hojas brillantes.

River y yo nos tomamos un chocolate caliente a solas porque, cuando llegamos, Sam se había ido a dormir y los demás se habían marchado ya.

No dijimos nada, pero me gustó ese momento.

Quise que el tiempo se detuviese.

23 de febrero de 2012

Babette ha empezado a salir con un chico llamado Seven que tiene un temperamento complicado. Se pasan el día discutiendo a gritos y después se acuestan con la misma intensidad. Últimamente paso mucho tiempo en la biblioteca.

9 de marzo de 2012

Mi hermana sigue trabajando en un bar de copas y está haciendo un curso de coctelería. Dicen que es la estrella del lugar. Pero resulta que, además, ahora se le ha ocurrido subir a YouTube algunos vídeos en los que se maquilla o sale entrevistando a la abuela. Por lo visto, alguien ha creado el *hashtag* #AmamosAMila.

Mamá, que siempre ha rechazado todo lo tecnológico, está confusa. No entiende bien por qué han contactado con ellos varias marcas en busca de publicidad.

Tengo que admitir que algunos vídeos son divertidísimos.

En el último que Heaven colgó, la abuela aparece sentada en una mesa de la cafetería Brends mientras finge fumar un cigarrillo con una pajita roja. Si no la conociera bien, pensaría que está colocada, pero Mila hace ese tipo de tonterías por mero placer. Están charlando sobre unos nuevos labiales que ha lanzado una marca de cosmética y de pronto la abuela interrumpe a Heaven y le dice: «Pero, querida, tú recuerda siempre el consejo que te di cuando cumpliste los dieciocho: cuidado con el exceso de pintalabios si vas a hacer una felación». A lo que mi hermana añade: «Por supuesto, y que sea de larga duración».

El vídeo se corta justo ahí. Tiene más de mil comentarios.

2 de mayo de 2012

Babette ha cortado con su novio y está atravesando una época delicada, así que últimamente veo menos a Sam. Es curioso: cuando estoy con él y pasamos el fin de semana juntos, me siento bien, cómoda, pero cuando estoy sin verlo no lo echo de menos. No tengo claro qué significa eso, si es lo normal cuando se está enamorada o si debería sentirme más impaciente ante la idea de estar con él.

El otro día, en mitad de la cena, dijo que quería tener cuatro hijos.

Cuatro.

Yo ni siquiera estoy segura de querer tener uno.

En realidad, sí que estoy segura: no quiero.

Pero en lugar de contestar, cogí más pan.

16 de agosto de 2012

Han sido unos meses duros: he empezado a trabajar en una librería mientras me planteo qué hacer tras la graduación. Debo mucho dinero en préstamos de estudiante. No estoy segura de qué camino tomar. Por las noches, me angustia pensar en el futuro.

Fui tres días a casa. Lo hice sola porque Sam tuvo que quedarse trabajando en el bufete; pasa cada vez más horas en la oficina.

La vida allí no tiene nada que ver con Nueva York.

Mamá continúa atendiendo a pacientes en la consulta del garaje, Heaven y la abuela están inmersas en su reciente fama en YouTube, papá parece disfrutar cada vez más de las pequeñas cosas, Agatha crece a pasos agigantados, Isabelle ganó este año el premio al mejor bollito de langosta del condado, Sebastian sigue saliendo a pescar cada mañana, y Maddox y River lo acompañan de vez en cuando y, después, se pasan el día dando vueltas por ahí con los turistas, porque cada vez les va mejor. Hasta han empezado a ofrecer otra excursión de avistamiento de ballenas.

Me dio la impresión de que River era feliz.

22 de septiembre de 2012

Sam tiene una aventura con una compañera de trabajo.

24 de septiembre de 2012

Pienso a menudo en el segundo previo a un acto que está destinado a cambiar el curso de tus días. Justo antes de cerrar una puerta, justo antes de besar a otra persona, justo antes de decirle a tu jefe «Que te jodan». ¿En ese instante el cerebro está apagado o funciona a pleno rendimiento? ¿La decisión se toma de forma meditada o se trata de un impulso brusco similar a un calambre? ¿Es demasiado tarde para echar el freno?

Imagino que todo esto se le pasó a Sam por la cabeza antes de acostarse con Mandy sobre la mesa de su oficina. Pero quizá no. Quizá no pensó en nada.

Me duele más la traición que el hecho de perderlo.

¿Qué dice eso de mí? ¿Acaso ya estaba todo roto?

8 de octubre de 2012

La abuela ha publicitado una marca de labiales diciendo con una sonrisa pintada de rojo: «Queridas y queridos, ya sabéis, cuidado con los excesos si hay felación». Luego guiña un ojo a la cámara con el tipo de soltura que nunca tendré.

21 de octubre de 2012

Ayer se me cayó una pila de libros en la librería, intenté cogerlos sin éxito y me doblé un tobillo. Me he hecho un esguince. Hablé con Agatha por teléfono y me mandó besos de purpurina con sabor a plátano, porque seguro que eso me curaría.

Quiero meterme en la cama y quedarme ahí una semana.

6 de noviembre de 2012

He empezado a trabajar como becaria en una revista.

Todo surgió el día de Halloween, cuando acompañé a Babette a una de esas cenas llenas de empresarios a las que sus padres siempre están invitados. Su madre, Ernie Coop, me presentó a una amiga y le explicó que acababa de terminar mis estudios y que podría aprender rápido si me daba una oportunidad. Y así de fácil. Basta con un chasquido de dedos cuando tienes los contactos adecuados. Tres días después, estaba entrando por las puertas de las oficinas y subiendo en el ascensor acristalado hasta la planta catorce.

22 de diciembre de 2012

No pude escaparme a casa para celebrar Acción de gracias, pero he conseguido coger tres días libres para ir en Navidad. Ahora mismo tengo la maleta abierta encima de la cama y estoy intentando decidir qué meter. Es tarde, pero esta ciudad nunca llega a quedarse a oscuras como Cape Town; siempre hay luz, siempre hay vida. Cualquier día de la semana, Babette y yo bajamos a dar una vuelta, nos tomamos una copa o conocemos gente. Creo que durante los últimos meses he empezado a conectar con Nueva York. Supongo que, al final, lo único que necesitaba era asentarme y encontrar mi lugar.

Siento que siempre estoy buscando eso.

Mi lugar en el mundo.

MADDOX, NAVIDAD DE 2012

(Lo que rompimos)

Cuando entró en El Anzuelo Azul, Maddox estaba detrás de la barra revisando un par de facturas mientras su tía Gerta preparaba dos cafés. Alzó la cabeza distraído y se encontró con los ojos de Dennis. Se le encogió el estómago, siempre le ocurría durante el primer impacto. Y luego desvió la vista un poco más allá, a su derecha, y la sensación adquirió un matiz amargo. Fue como llevarse a la boca un bombón relleno de salsa picante: dulce al principio, doloroso después.

Rose estaba con él.

La reconoció porque, en alguna ocasión, Heaven le había enseñado las redes sociales de Dennis y él no había podido evitar mirar con avidez las fotografías en las que aparecía con el equipo, las cenas en modernos restaurantes, las instantáneas románticas junto a la chica rubia que en esos momentos lo acompañaba.

—¡Maddox, colega! —Dennis se mostró tan encantador como de costumbre y, cuando abandonó su lugar tras la barra, dejó caer una mano en su hombro y le dio un apretón—. Pasábamos por aquí y hemos querido probar suerte...

—Dennis dice que sueles estar navegando a estas horas. —Ella le sonrió—. Soy Rose Binchy y espero que te haya hablado mucho de mí, porque de ti sí lo ha hecho, créeme. Me sé muchas anécdotas de cuando erais niños.

—Encantado —logró decir.

Mientras Dennis y Rose le decían a su tía lo que querían tomar, Maddox se dirigió hacia una mesa libre y se sentó. El corazón le latía con tanta fuerza que le retumbaba en los oídos. No logró deshacer el nudo que tenía en la garganta antes de que ellos se acomodasen a su lado. La chica lo miraba con sincero entusiasmo.

—Dennis me ha contado que tú y tu hermano hacéis excursiones para turistas. Me encantaría ver ballenas.

—La temporada empieza en abril.

—¿Y eso por qué?

Maddox cogió aire para aliviar la presión que sentía en el pecho. Era la culpa. Tenía que ser la culpa, sí. No entendía que Dennis pudiese estar tan tranquilo mientras removía su café con una indiferente cotidianidad.

Se obligó a mostrarse más simpático con ella.

—Las ballenas jorobadas y las Minkes llegan en primavera, a las primeras es fácil verlas, les gusta jugar. Las piloto suelen estar por la zona de Jeffreys Ledge, aunque también nos movemos por el norte del banco Stellwagen. Las ballenas francas son las más difíciles de ver, quedan muy pocas, en torno a trescientas.

—Qué triste. —Rose se mostró afligida.

Para Maddox fue un logro preguntar:

—¿Y cómo os van las cosas?

—¿Dennis no te lo ha contado? Su agente está negociando con los Pittsburgh Riverhounds. Si todo sale bien, nos mudaremos en unos meses a Pensilvania. Ya le hemos echado algún vistazo a un par de casas... —Rose miró a su novio con dulzura.

—Vaya. Enhorabuena.

Dennis no lo miró a los ojos.

—Gracias.

Maddox tamborileó con los dedos sobre la mesa y se abstuvo de comentar nada más, porque sabía que, pese a las buenas noticias, para su amigo jugar en la USL estaba lejos del éxito que años atrás había soñado con alcanzar.

Rose se inclinó hacia Dennis y le dio un beso.

Maddox se levantó de golpe.

—Vuelvo en un momento.

Cruzó la barra y se metió en el almacén.

Apoyó la frente en uno de los pilares que había junto a las estanterías metálicas donde guardaban provisiones. Respiró hondo. Tenía la impresión de que estaba a punto de romperse. Llevaba años viviendo en pausa. Salía con chicos, pero nunca dejaba que ninguno entrase en su vida y no se molestaba en conocerlos de verdad porque su corazón ya estaba ocupado. Durante mucho tiempo, Dennis aparecía en su casa cada vez que visitaba Cape Town y Maddox se había acostumbrado a vivir sumido en un estado de vigilia permanente. Siempre lo esperaba. Siempre anhelaba más. Siempre fantaseaba con el día que dejaría de ser un segundo plato y la relación avanzaría.

Pero, en aquel almacén, Maddox comprendió que eso no sucedería nunca. Era un camino sin salida y, además, habían implicado a otras personas.

—¿Qué estás haciendo aquí? —La luz entró cuando Dennis abrió la puerta y luego volvió a reinar la penumbra—. Tu tía le está contando a Rose la historia del pueblo, así que tenemos unos tres días por delante... —bromeó.

Se acercó con una sonrisa, pero Maddox lo apartó.

—¿Cómo has podido hacer esto?

—No ha sido culpa mía. Rose sabe que el restaurante es de tu familia, le hablo de ti desde hace años. Estábamos dando un paseo y se empeñó en entrar para ver si estabas. Quería conocerte. No tuve alternativa.

—Vete.

La voz de Maddox sonó contundente, pero Dennis se limitó a alzar las cejas mientras lo miraba con escepticismo.

—No es para tanto.

—Te he dicho que te vayas.

—Está bien, comprendo que estés enfadado. —Se encogió de hombros y lanzó un suspiro exagerado—. Llámame cuando se te pase. Estaré en el pueblo una semana más.

—¿Cómo puedes hacerlo?

Dennis le dirigió una mirada intensa.

—Es evidente. Porque te quiero.

Y Maddox pensó que jamás había imaginado que esas dos palabras pudiesen tener un regusto tan amargo. Pero lo tenían. Porque supo que le decía la verdad, pero también que su manera de querer no era lo que él se merecía. Estaba cansado de que tuviesen que verse a escondidas, de sentirse culpable, de ser un secreto.

Dennis se acercó más a él. Le acarició la mejilla. Maddox cerró los ojos un instante, pero luego cogió su mano con una calma serena y la apartó.

—Creo que no lo estás entendiendo. No voy a llamarte más. No seguiré con esto. Lo mejor es que mantengamos las distancias de ahora en adelante. Espero que te vaya bien en Pensilvania, de verdad que sí. Adiós, Dennis.

Salió del almacén sin mirar atrás.

Respiró profundamente.

El aire llegó al fin.

HEAVEN, NAVIDAD DE 2012

(Lo que rompimos)

Las amigas de Heaven no entendían por qué no se había marchado lejos para conquistar Los Ángeles con su carisma y esa arrolladora personalidad que ya poseía desde que era una niña, pero ella siempre había tenido claro que, entre ser una abeja más en una colmena inmensa o ser la reina de una colmena pequeña, prefería la segunda opción.

En Cape Town vivía bien.

De vez en cuando pasaba temporadas en Portland, como cuando meses atrás estuvo trabajando en un famoso bar de copas y, al terminar cada jornada, se subía a la barra para cantar antiguas canciones de música *country*. Le gustaba improvisar. Seguía asistiendo al taller de teatro por placer. En ocasiones daba clases de baile urbano a un grupo de niñas de entre ocho y doce años. Subía vídeos a YouTube en los que mostraba su día a día o salía con la abuela Mila. Cobraba a cambio de publicidad. Una vez, mostró a River quitándose la camiseta y diciendo unas palabras ante la cámara; dos días después, tenía el móvil lleno de notificaciones de gente de todo el país preguntando por el chico de los ojos azules. Por desgracia, y quizá porque pasaban más tiempo juntos, a River se le había contagiado un poco la tosquedad de Maddox y se negaba a crearse redes sociales.

Cuando Nicki llegó pocas horas antes de que empezase la

reunión navideña, Heaven tuvo la impresión de que algo había cambiado en su hermana, aunque fue incapaz de nombrar una sola cosa como desencadenante. Quizá se trataba de un cúmulo de pequeños detalles: los discretos pendientes que llevaba en las orejas, que se hubiese hecho un tratamiento de alisado en el pelo, que llevase unas Converse negras en lugar de haber elegido otras más coloridas, que usase rímel y se hubiese perfilado los labios. Nicki estaba guapa. Aunque no tanto como ella, claro.

Agatha se había quedado esa noche con su madre y la familia de su padrastro, así que aprovecharon la ausencia de miradas infantiles para aflojar la mano cuando llegó la hora del postre y sacaron los licores.

River cogió uno de cerezas y se sirvió.

—¿Por qué brindamos este año?

—Por la salud, sin duda —dijo Isabelle.

—Y porque Nicki ha conseguido trabajo.

—Yo tengo algo más importante por lo que brindar —anunció la abuela y Heaven, frente a ella, sujetó la cámara de vídeo mientras la enfocaba—. Quería aprovechar que estamos todos aquí reunidos para anunciar que Owen y yo... ¡vamos a casarnos!

Hubo un silencio largo. Luego risas de incredulidad. Y cuando asimilaron que iba en serio, el ruido de las sillas al levantarse para repartir abrazos y felicitaciones.

—Pero ¿estáis seguros? —preguntó Vivien.

—Claro. Si me he casado cuatro veces, ¿por qué no cinco? Además, hija, ya deberías saber que lo que importa es la finalidad.

—¿Y cuál es en este caso?

—La fiesta, por supuesto.

Owen sonrió y besó a Mila.

Aquella noche, todos acabaron un poco achispados.

Ya era de madrugada cuando Heaven bostezó y decidió irse a la cama. Un poco más allá, sentados delante de la chimenea, Nicki y River hablaban en susurros junto a dos vasos vacíos. Él la miraba de una manera que a Heaven le hizo pensar en ese tipo de amor que se ve pocas veces, el que está anidado y permanece despierto y latente aunque el tiempo pase. La hizo sonreír, pese a que se consideraba la persona menos romántica del mundo. A Heaven le resultaba espeluznante la idea de compartir su vida con alguien, pero no había nada que le gustase tanto como coquetear. Quería seguir haciéndolo durante muchos años. Pensaba en eso cuando salió del salón y se cruzó con Maddox.

—¿Estás bien? —Era evidente que se había pasado toda la noche con la cabeza en otra parte, aunque se lo veía entero.

—Sí. Creo que sí. —Maddox sonrió—. Buenas noches.

Heaven subió a su habitación, se metió en la cama y no pensó en nada antes de quedarse dormida. Si la felicidad no era justo aquello, a saber qué sería.

NICKI, NAVIDAD DE 2012

(Lo que rompimos)

Era media mañana cuando Agatha llegó a casa de los Jackson y vio todos los regalos debajo del árbol. Le brillaron los ojos. Nicki pensó que era uno de los mejores brillos que existían: el de la ilusión. Se quedó en el umbral de la puerta mientras la niña se arrodillaba delante del árbol y sus abuelos y sus padres la rodeaban.

No supo por qué, pero mientras Agatha gritaba desenvolviendo los regalos y saltaba por el salón, le entraron ganas de llorar. Le recordó a River cuando era niño, siempre tan intenso y enérgico. En ese instante, viéndolo a él convertido en un hombre (su andar más pausado, sus movimientos templados, la sonrisa menos desprendida) fue dolorosamente consciente del paso del tiempo, un año tras otro agolpándose a sus espaldas. Ya nunca volverían a ser pequeños. No creería a ciegas en Santa Claus ni se emocionaría de esa manera tan libre. Los relojes seguirían avanzando siempre.

VENGO A DECIRTE ADIÓS

¿En qué piensa la gente que aparece para despedirse?

Aprovecharían más el tiempo buscando setas de regaliz en el bosque.

LA BRUJA AGATHA

RIVER, LA BODA DE MILA Y OWEN

(Lo que rompimos)

Era verano y, tras la bruma matinal, había salido el sol.

Para la ocasión, me vestí con vaqueros y una camisa clara. Agatha se había empeñado en ponerse el disfraz de bruja que había usado el último Halloween y, al final, convencido de que llegaríamos tarde, cedí y la ayudé a vestirse con el traje morado.

—Cuidado con la capa —protestó.

—Y tú cuidado con el tono —le dije mientras le recogía el cabello castaño en una coleta bastante mejorable—. Venga, ponte las zapatillas. Date prisa.

Mis padres y Maddox ya estaban en el salón cuando bajamos.

—¿Le has dejado que lleve un disfraz? —Mi madre negó con la cabeza—. ¡Es una boda, River! Harán fotografías y es la encargada de llevar los anillos.

—Cálmate, cariño. —Mi padre le frotó la espalda.

—Dudo mucho que a Mila le importe —contesté.

Era media tarde cuando nos dirigimos a la playa. Habían decorado el escenario del enlace con una pérgola de madera y flores frescas. Sobre todo, margaritas, porque eran las preferidas de Mila. Los Aldrich ya estaban allí, Heaven cámara en mano, junto a muchos vecinos del pueblo que se habían acercado para unirse a la fiesta.

Agatha salió corriendo y se lanzó a los brazos de Nicki.

Me quedé mirándola sorprendido. Llevaba un vestido negro de seda que caía hasta sus pies y parecía destacar cada curva de su cuerpo. Los tirantes eran finos y el escote sugerente. Algunos mechones anaranjados escapaban del moño desenfadado. Y ahí, en el lado derecho de la cabeza, brillaba la horquilla dorada con el diminuto abejorro.

Me acerqué hasta ella y le di un beso en la mejilla.

—Estás muy guapa —susurré.

—Gracias. Tú tampoco estás mal.

Sonreí divertido mientras Agatha acaparaba de nuevo su atención y le enseñaba la capa de tul con estrellas que llevaba su disfraz de bruja.

La boda empezó veinte minutos después.

Mila apareció con un vestido azul lleno de bordados que le había hecho su hija Vivien y caminó paso a paso hasta la pérgola donde Owen la esperaba con los ojos anegados de lágrimas. Mi hija iba un poco más atrás portando los anillos.

Durante toda la ceremonia, fui ridículamente consciente de la presencia de Nicki a mi lado. Su olor, el calor de su cuerpo, su manera de aplaudir y cómo se inclinaba hacia mí cada vez que me hacía algún comentario divertido relacionado con la boda, como que Velma Abbot llevaba un tocado con un pájaro de plástico en la cabeza.

—Es macabro —me dijo.

—Perturbador —contesté.

Nos sonreímos y aplaudimos.

Mila y Owen se dieron un beso que hizo sonrojar a la mitad del pueblo. A nuestro lado, Heaven amplió el *zoom* de la cámara para no perderse nada. Hubo muchos abrazos y se repartieron entre los asistentes las flores que se habían usado para decorar el lugar.

Nos marchamos cuando empezó a oscurecer.

La cena se llevó a cabo en una amplia sala de la escuela de baile a la que Owen y Mila asistían. Colocaron mesas y sillas, tía

Gerta se encargó de organizar el servicio de la cena y, tras el banquete, se ofrecieron cócteles y subieron el volumen de la música. Bailé un rato con Agatha, con Heaven y, finalmente, con Nicki.

Tomé aire cuando mis manos se deslizaron por su cintura y empezamos a movernos con lentitud junto a otros invitados. Me recordó un poco al baile de fin de curso y al instante que habíamos compartido justo antes de tomar direcciones distintas.

Habían pasado seis años.

Seis largos años.

Aquella noche, Nicki tenía un brillo especial y no dejaba de sonreírme de una manera que me aceleraba el corazón. La hice girar alrededor y luego la atrapé entre mis brazos. Por un momento, me olvidé de todo, el mundo se volvió borroso y solo quedó ella. Había una complicidad intensa entre los dos.

—¿Y si nos hubiésemos conocido esta noche?

—¿Aquí? ¿En la boda? —Nicki tenía las manos apoyadas en mis hombros y estábamos muy cerca—. No estaríamos bailando ahora mismo. Ni me habrías mirado.

—Claro que sí —susurré divertido—. Me habría fijado en ti desde el primer momento y después hubiese buscado cualquier excusa para hablar contigo.

Nicki tragó saliva y correspondió a mi sonrisa.

Nos separamos cuando Jim se acercó para bailar con su hija. Pasó un rato más entre cánticos y besos y los camareros que servían bebidas por el lugar. Agatha se quedó dormida en brazos de mi madre, que me dijo que se encargaría de llevarla a casa. Maddox y yo compartimos una cerveza hasta que empezaron a irse algunos invitados.

Entonces, me levanté y volví a acercarme a Nicki.

—Me gustaría enseñarte algo.

Ella asintió y se despidió de su familia cuando le expliqué

que no era nada que tuviese escondido en el bolsillo, sino que tendríamos que marcharnos para verlo.

Nos abrigamos con chaquetas y caminamos por las calles de Cape Town. A veces hablábamos recordando viejas anécdotas o instantes de la boda. En otras ocasiones permanecíamos callados disfrutando del silencio compartido. Hubo un momento extraño en el que sentí el impulso de acercarme más a ella y cogerla de la mano, pero no lo hice.

Casi nunca hacemos lo que anhelamos.

Casi siempre lo que creemos correcto.

Dejé de caminar delante de una casa de una sola planta. La brisa del mar flotaba en el aire fresco de la noche. La luna menguante se entreveía tras las ramas de un árbol frondoso que acaparaba el pequeño jardín. Las ventanas estaban pintadas de azul.

—¿Qué estamos haciendo aquí?

—Quería que vieses mi casa.

—¿Tu casa? ¿Hablas en serio?

Sonreí con orgullo y respiré hondo.

—La compré hace dos semanas.

—¡River! ¡Enhorabuena! —El abrazo que Nicki me dio se alargó más de lo esperado, hasta que la rareza del momento nos obligó a separarnos.

—Vamos. Te la enseñaré.

Nos adentramos en la propiedad. Olía un poco a humedad y el espacio estaba casi vacío, a excepción de algunos muebles antiguos que había pensado restaurar. Los techos eran altos y el suelo necesitaba mano de obra, pero era una casa robusta, la cocina era amplia y el salón tenía una gran chimenea recubierta de piedra.

Nicki recorrió cada estancia y lo contempló todo con asombro. Tenía una expresión ilusionada que no podía dejar de mirar. La seguí en silencio.

—Esta es la habitación que Agatha ha elegido.

—La más bonita, sin duda. —Deslizó los dedos por el armario de madera ribeteado por una delicada cenefa de flores y espirales—. Me encanta.

Regresamos al salón. Había un viejo sofá de piel que esperaba reemplazar más pronto que tarde. La lámpara colgaba inerte sobre nuestras cabezas. Una sonrisa peligrosa cruzó el rostro de Nicki, que se acercó y me acarició la mejilla con ternura.

—Estoy muy orgullosa de ti, River Jackson.

—Nicki... —Sujeté su muñeca.

—Lo digo en serio. Ya lo pensé las Navidades pasadas, mientras Agatha abría los regalos. Me dije: «Mira en qué hombre se ha convertido». Y sentí una mezcla de melancolía y admiración. En realidad, cuando se trata de ti, todo está siempre mezclado. No consigo separar cada emoción. ¿Tú puedes hacerlo conmigo?

—Sabes que no.

Nicki se apretó contra mí y me sentí al borde del abismo, incapaz de mantener el equilibrio, pero preocupado ante la idea de caer. Nuestras respiraciones acompasadas eran más sonoras en el eco de la casa. Cerré los ojos cuando ella se puso de puntillas, sus labios me rozaron la barbilla y el deseo se abrió paso como un tsunami imparable.

Incliné la cabeza despacio y nos quedamos allí, congelados en el maravilloso instante previo, y luego la besé. Fue un beso húmedo y ansioso. El tipo de beso que se le da a quien conoces tan bien como para adivinar hacia qué lado inclinará la cabeza, de qué manera hundirá la lengua en tu boca, la presión exacta de sus dientes.

Nicki me quitó la chaqueta con prisas. Luego, sus dedos impacientes buscaron los botones de mi camisa y los desabrocharon uno a uno, sin pausa, sin vacilar. Yo probé su cuello, le lamí la piel, bajé por su clavícula sin dejar de oír una especie de zumbido en la cabeza. Respiré hondo. Acaricié las pecas que formaban constelaciones sobre sus hombros y rocé los tirantes finos del vestido mientras intentaba pensar con claridad.

—Joder. —Sentía que me estaba ahogando. Quería tomarlo todo. No quería tocar nada. Quería más y más. No quería trastocar los cimientos—. Nicki, no sé si esto...

Ella se apartó para mirarme a los ojos.

—Yo ya no soy la misma.

—¿Y eso qué significa?

Coló los dedos en mi cinturón y volvió a besarme. No contestó, pero tomó las riendas. Me fascinó que lo hiciese porque era una parte de ella que pocas veces salía a relucir. De pequeña, sí. De pequeña era mandona, lideraba el juego; pero, después, se fue amoldando a lo que el resto del mundo esperaba de ella. Así que apenas fui capaz de respirar cuando me empujó para sentarme en el sofá y ella se acomodó sobre mí. El vestido se le arrugó en torno a las caderas. Me desabrochó los pantalones. Mientras ella buscaba protección en su bolso, le acaricié los muslos de arriba abajo, deslumbrado. Y luego... sencillamente encajamos. No solo de una manera física. Fue algo más. Mientras Nicki se movía sobre mí mirándome a los ojos, tuve la impresión de ser capaz de ver nuestros corazones geométricos uniéndose para formar una figura desconocida.

En un mundo paralelo, aquello podría ser una noche cualquiera. Lo imaginaba perfectamente: Nicki y yo en el salón, después de cenar, unas copas de vino en la mesa, la chimenea encendida siendo testigo del momento cotidiano de pasión.

Pero se percibía el vacío de la estancia cuando gemíamos.

Aquel espacio hueco, las paredes desconchadas, la madera sin barnizar y la ausencia de muebles y vida eran un simbolismo imposible de ignorar.

Nos abandonamos a ese instante antes de regresar al filo de

la realidad. La acaricié entre las piernas cada vez más rápido mientras ella seguía moviéndose. Los dos gemimos, no recuerdo quién lo hizo primero. Luego, tras unos segundos de laxitud, me levanté para ir a limpiarme. Al volver, Nicki estaba sentada en el sofá con la mirada perdida. Me acomodé a su lado y le puse mi chaqueta por encima de los hombros. La abracé.

Nicki giró la cabeza que apoyaba en mi hombro.

—Tenemos que dejar de hacer esto.

—Ya —vacilé—. Aunque quizá signifique algo.

El silencio se alargó unos segundos.

—¿Por qué? No lo significó hace tres años para ti.

El reproche teñía sus palabras. No habíamos vuelto a hablar de aquello de una manera abierta, sin sutilezas, y lo que ocurre con las cosas que no se hablan es que permanecen tan enquistadas que hasta cambian de aspecto. Me removí con incomodidad. Quise morderme la lengua, pero no logré contener el impulso.

—¿Y quién lo dice? No tienes ni idea.

Nicki se apartó un poco para mirarme.

—¿Fue algo más que diversión?

—¿Acaso importa? No hubiese cambiado nada. Tú tenías tus planes. Yo tenía una niña pequeña de la que ocuparme, no tenía dinero y vivía en casa de mis padres. No habría funcionado.

—¿Estás hablando en serio?

Me puse en pie y lancé un suspiro.

—Dejemos las cosas como están.

—Si sentías algo... —Le tembló la voz—. Si lo que intentas decirme es que sí sentías algo, deberíamos haber elegido el futuro entre los dos.

—¿Qué futuro, Nicki? Porque está claro que mi vida está en este lugar, ¿entiendes eso? No puedo irme. No puedo. ¿Te hubieses mudado tú a Cape Town? ¿Ves muchas revistas importantes por aquí? ¿Crees que hubiese dormido tranquilo arrastrándote conmigo?

Nicki tenía la respiración agitada cuando se levantó. Había dolor en su mirada. Y también incomprensión. Respeté lo primero. Me irritó lo segundo.

—¡¿Por qué tuviste que fingir que aquello no significó nada para ti?!

—Yo no fingí eso. Tú lo entendiste así. Claro que me importó, pero acordamos que nos dejaríamos llevar durante esos días juntos y luego...

—... como si nada hubiese ocurrido —replicó ella.

—No. Luego, seríamos lo suficientemente maduros como para comprender que nuestra amistad valía más que cualquier desacuerdo. Pero solo uno de los dos lo tuvo en cuenta.

Nicki me lanzó una mirada punzante.

—Perdona por no ser un robot.

—No, perdona tú, por estar dispuesto a salir de copas con tu novio o aguantar que apenas me hablases durante casi un año porque incluso así pensaba que valía la pena.

—Estás siendo injusto.

Respiré hondo para intentar calmarme, porque de pronto todas las emociones se agolparon una tras otra como si fuesen un puñado de fichas de dominó puestas en fila y sabía que si tocaba la primera todas las demás caerían sin remedio.

—No es verdad. Hace una eternidad que empecé a sentir algo por ti, desde aquella noche... aquella noche que nos escapamos para ir al concierto. Y he aprendido a vivir con ello. Cuando ocurrió lo de Boston... —Caminé de un lado a otro del salón bajo la atenta mirada de Nicki—. Podría haber sido egoísta y atarte a mí. Pero, joder, tú tenías grandes planes, mírate, todo el pueblo sabe que eres la chica que logró irse a Nueva York y ahora trabaja en una revista. Y yo estoy aquí y voy a seguir estándolo. Ya ni siquiera quiero irme. Cuando te fuiste a la universidad y hablábamos por teléfono... era tan evidente que nuestras vidas no tenían nada que ver que a veces me aterraba colgar, porque nunca estaba seguro de si al día siguiente tendría algo que decirte.

Nicki tenía los ojos brillantes. Contenía las lágrimas.

—No era una decisión tuya.

—Lo era. Lo era porque tú no tienes ni idea de lo que es tener que hacerse cargo de alguien que depende de ti; las decisiones, el miedo, las dudas, las responsabilidades. En los últimos años, apenas he pensado en mis propios deseos porque todo lo llenaba la idea de ganar más dinero, de conseguir ser mejor persona, un padre decente.

—Lo usas como excusa.

—¡Tú vives en las nubes!

Vi que Nicki apretaba los puños y supe que había dado en el blanco. Le cambió la expresión. Había un dolor profundo en su mirada. También rabia.

—Al menos, sé usar un condón.

—Joder.

—Yo...

—Estás hablando de Agatha.

—Lo siento, lo siento, lo siento. —Le temblaban las manos cuando se tapó la cara y, luego, tomó una brusca bocanada de aire—. Sabes que no quería decir eso.

Sentía que me estaba ahogando como si me hubiesen dado un golpe el pecho. El enfado se mezclaba con las emociones de esa noche: las caricias compartidas en aquel salón, las miradas cómplices mientras bailábamos, el sabor adictivo de sus labios.

Me froté la mandíbula, confundido.

¿Qué era lo que había intentado decirle minutos atrás con ese «quizá signifique algo»? ¿Que aquella casa simbolizaba otra etapa en la que por fin sentía que había logrado hacer las cosas bien? ¿Que estaba listo para plantearme nuestra situación?

¿Que deberíamos darnos una oportunidad pese a la distancia y a tenerlo todo en contra?

Nunca lo supe.

Porque de pronto no vi nada. Todo se volvió borroso como si la niebla matinal de Maine se hubiese colado por las ventanas.

—Deberíamos irnos.

Nicki estaba llorando.

—Así es como siempre lo solucionas todo, River. Te largas y adiós al problema. Pero, ¿sabes qué?, da igual, por una vez creo que tienes razón. Será lo mejor.

Nicki se adelantó y salió al frío de la noche, yo me quedé rezagado cerrando las puertas de las habitaciones antes de ir tras ella. Su silueta al final de la calle me recordó a una marioneta abandonada en un antiguo teatro. Supe que, si años atrás habíamos abierto una grieta que logramos saltar, en esa ocasión acabábamos de romperlo todo.

FRAGMENTOS ALEATORIOS DE NICKI Y RIVER

(Lo que rompimos)

River, septiembre de 2013

El final de la temporada estaba cerca. Aquella mañana había salido solo a faenar y, sumido en un estado de inexplicable quietud, se había adentrado mar adentro. A lo lejos distinguió a un grupo de ballenas jorobadas. No quiso acercarse demasiado, pero tampoco las perdió de vista. Pasó más de una hora contemplándolas absorto. Un pedazo de belleza solo para él, antes de regresar a tierra firme y retomar el día.

Nicki, noviembre de 2013

Caminó hacia la derecha y después hacia la izquierda. Babette, sentada en el sofá del salón, aplaudió y le dijo: «Lo estás haciendo estupendamente, Nicki». Ella sonrió más animada. Hasta la fecha, siempre había asegurado que era incapaz de caminar con zapatos de tacón, pero ¿por qué nunca se había tomado la molestia de intentarlo? Quizá antes no era algo que le interesase; sin embargo, desde que trabajaba en la revista, su forma de vestir se había ido refinando. «Es por una cuestión práctica, para mimetizarme con el ambiente», se decía cada vez que descartaba algo muy colorido. Al fin y al cabo, ya llevaba un año en la empresa, su jefa siempre le guiñaba un ojo cuando le entregaba algún artículo antes de tiempo y Nicki anhelaba hacerse un hueco en la oficina. En cierto modo, tenía la sensación de que llevaba toda su vida intentando encajar allá donde iba. Pero es que la alternativa, aceptar que todos somos diferentes, le daba incluso más miedo que aprender a usar tacones para vestir como sus compañeras.

River, enero de 2014

En otras circunstancias, le habría apenado más el hecho de que Nicki y él apenas se hubiesen dirigido diez palabras sueltas durante los tres días que ella pasó en casa por Navidad. Pero River estaba enfadado. Si le preguntaban por qué, no tenía una respuesta concreta y exacta, sino una serie de frases inconexas aquí y allá que se repetía a menudo cuando se acordaba de ella. Había ido a pescar horas antes de la cena junto a su padre y su hermano, aunque Nicki casi no había probado bocado. Y había estado pendiente de todos y cada uno de sus movimientos, pese a que ella se había pasado la velada mirando su teléfono móvil. Los cambios del último año se habían afianzado: vestía diferente y con ropa de marca, el cabello lo llevaba recogido, se mostraba distante.

No se despidieron cuando se marchó.

Nicki, enero de 2014

—No sabes la de veces que he fantaseado con esto —dijo Babette mientras seguía sacando prendas de las baldas—. Puede que sea el día más feliz de mi vida.

—Qué exagerada eres. —Nicki se rio.

Había accedido a dos cosas: hacer una limpieza de armario y, después, ir de tiendas con Babette. No es que ella tuviese un gran presupuesto, pero últimamente gastaba casi todo su sueldo en ropa o en salir a cenar. Pensaba que era joven, tenía un buen trabajo y la suerte de no pagar alquiler; solo tenía que pensar en sí misma.

Era una idea gratificante.

Estaba ella. Y después también ella.

—Este peto es horrible. —Babette lo tiró al montón de las donaciones—. Y este otro también. Si hasta tiene margaritas bordadas. Espeluznante.

—Estoy de acuerdo —contestó Nicki.

—¿Y qué hacemos con esta horterada?

Babette le lanzó una chaqueta de lana de color blanco roto con un arcoíris que cruzaba de lado a lado. Nicki la acarició entre los dedos. Se la había hecho su madre cuando tenía quince o dieciséis años. No fue capaz de desprenderse de ella porque no era solo una chaqueta, era el recuerdo de Vivien sentada delante de la chimenea con las agujas de coser en las manos, y punto, punto, punto, la postura encorvada.

—Me la quedo.

—Pero es muy fea. No vas a ponértela.

—La dejaré al fondo del armario.

—Está bien, como quieras...

«Todos lo hacemos —se dijo Nicki aquel día—, todos guardamos retazos del pasado en lugares recónditos, los conservamos aunque les demos la espalda para seguir adelante».

River, febrero de 2014

La tarta estaba decorada con unos dibujos de koalas que a Agatha le encantaban. Una vela con el número seis destacaba en el centro. Hubo un instante, justo mientras su familia, los Aldrich y varios amigos del colegio cantaban *Cumpleaños feliz,* en el que River y Kinsley se miraron y se sonrieron. Ella lo cogió de la mano y le dio un apretón cariñoso. Quería decir: «Lo estamos haciendo bien». Un poco más allá, Heaven lo grababa todo con su cámara sin saber que, quizá, mucho tiempo después, cuando Agatha tuviese cuarenta o cincuenta años, se lo enseñaría a sus propios hijos. Les diría: «Mirad qué peinado llevaba mi madre, estaban de moda los flequillos rectos» y «Ese de ahí es el abuelo River». Qué jóvenes eran, pensará con melancolía.

Nicki, marzo de 2014

Había recibido una invitación para asistir a la inauguración de un museo a través de la revista y le pidió a Babette que fuese con ella. Por una vez, le enorgullecía no ser la acompañante y que su nombre figurase en la lista de acceso. Una vez dentro, cogieron una copa de vino blanco que les ofrecieron y dieron una vuelta por el lugar.

Admiraron algunos cuadros. Babette se burló de otros tantos.

Un poco más allá, dieron con una exposición de un escultor llamado Gordon Grant. Nicki se quedó prendada de las líneas rectas, tan duras y afiladas, de la belleza de aquellos acabados algo rudos, casi sin pulir los detalles.

—Es fascinante —susurró.

—¿Quién es el artista?

—Gordon Grant. Eso pone.

Babette alzó las cejas y sonrió.

—Oh, conozco a Gordon. Nuestros padres son amigos, hemos coincidido en varias ocasiones. Supe que había decidido estudiar Bellas Artes hace bastantes años, pero no tenía ni idea de que hubiese hecho exposiciones, aunque, claro, con su influencia...

—No creo que la necesite. Tiene talento.

—No está mal. —Se encogió de hombros con indiferencia.

River, junio de 2014

Ya eran las once de la noche cuando sonó el teléfono. De primeras, se sorprendió al ver el nombre de ella. De segundas, dudó sobre si descolgar. Al final, lo hizo.

—Feliz cumpleaños, River.

—Lo mismo digo.

—He estado pensando... —Era evidente que iba achispada y, tras ella, se oían risitas de otras amigas—. Hagamos una locura de cumpleaños como en los viejos tiempos.

—Nicki, lo siento, no tengo tiempo para esto.

—¿Por qué no?

—Ya no somos unos niños.

—Cumplimos veinticinco —apuntó ella.

—Pues eso. —Y luego colgó el teléfono.

River, junio de 2014

Se arrodilló delante de Agatha y le sostuvo la barbilla con los dedos. La niña lo miró a los ojos, pero mantuvo el perfil bajo.

—Escúchame bien, si ese niño te está molestando en clase, me lo tienes que contar. Entre nosotros no existen los secretos, ¿lo entiendes?

—Sí, papá.

—Bien.

—Me tira de las trenzas.

—Y eso no te gusta.

—No.

—Mañana hablaré con tu profesora. Me aseguraré de que no vuelva a molestarte más. Y, ahora, ven aquí, sube a caballito. ¿Te apetece un helado?

—Síííí. De pistacho.

—Claro, cómo no.

River disfrutó cada segundo sentado delante de su hija en aquella cafetería que tan bien conocía. La miró mientras degustaban una cucharada tras otra. Se sintió feliz. Muy feliz.

Nicki, agosto de 2014

Eran las cuatro de la madrugada. No podía dormir. Nicki fue a la cocina, se preparó una infusión y se acercó a la ventana. Allá afuera, la ciudad brillaba. Era un brillo distinto al del lugar donde había crecido. Nicki pensó en caminos. Un mismo punto de partida que luego empieza a ramificarse. ¿Qué escoger? ¿Qué dejar atrás? A veces, era muy consciente de cada una de sus decisiones: se convencía de que le gustaba su trabajo porque los demás la valoraban por ello, se decía que había hecho lo correcto al alejarse del aura de River aunque, en ocasiones, como la noche de su cumpleaños, flaquease. Pero, otras veces, tenía la sensación de haber caído en un río y de estar dejándose llevar por la corriente. Resultaba de lo más gratificante extender los brazos y sencillamente fluir.

River, septiembre de 2014

—Pues ya está —dijo Maddox.

—Sí, ya está —confirmó River mientras contemplaba la embarcación que tenían enfrente. Era de un tamaño considerable y habían decidido comprarla debido a la creciente demanda en torno al avistamiento de ballenas.

En el silencio de la noche, a River le gustaba sentarse en un sillón junto a la chimenea y coger uno de los tantos libros que había empezado a apilar en el salón. Todos eran sobre Nueva Inglaterra. Le interesaba saber más cosas sobre las ballenas, la pesca de la langosta y la historia de los pequeños pueblos costeros de la zona. En lugar de anhelar el mundo que seguía su curso allá fuera, ese que quedaba lejos de su alcance, a River empezó a fascinarle la tierra que pisaba, conocer las raíces.

Nicki, octubre de 2014

Estaba en una fiesta divertidísima, caía confeti dorado, Babette la cogía de la mano y giraban y giraban juntas. Le dolía la mandíbula de tanto reírse. Cuando no logró mantenerse más rato en pie con aquellos zapatos que le hacían rozaduras, se acomodaron en un reservado y su amiga pidió una botella de un vino espumoso.

—Brindemos por nuestra amistad.

—Por la amistad. —Nicki sonrió, chocaron sus copas y dio un trago. Luego, se relajó un poco—. ¿Sabes? Cuando era pequeña tenía pesadillas que se repetían a menudo: vivía en un mundo lleno de gente que no podía verme. Era invisible. Recuerdo que lo único que anhelaba era que alguien me quisiera. Tenía a mis padres y a River, sí, pero pensaba que ellos me querían como se hace con la familia, de forma incondicional.

—¿No tenías un grupo de amigas?

Nicki negó y dudó, pero al final dijo:

—No conseguía encajar con nadie. En el colegio me apodaban «la bruja».

—No es un mote tan terrible. Podría haber sido peor.

—Sí, aunque a mí me dolía especialmente. En cierto modo simbolizaba todo lo que tanto me gustaba, un universo de fantasía, los cuentos que me encantaba imaginar. Pensaba que las brujas eran geniales. —Sonrió para quitarle hierro al asunto y bebió otro trago de aquella bebida deliciosa—. Pero luego empecé a odiarlas. También mi pelo, que siempre estaba encrespado. Y todas estas pecas o las pestañas rubias. Era la única niña pelirroja de mi curso y me preguntaba si tenía algo que ver con todas esas invitaciones de cumpleaños que nunca llegaban a mi buzón o esa sensación de estar fuera del círculo. Desde entonces, he deseado encajar. Ser normal. Casi lo más corriente posible.

—Y mírate, ahora usas rímel y tienes el pelo perfecto.

Le entró la risa. No supo si era triste o demasiado alegre.

—Y te tengo a ti.

—Y encajas.

Antes de que se marchasen a casa, Nicki se agachó sin que Babette la viese, cogió un puñado de confeti dorado del suelo y se lo guardó en el pequeño bolsito.

River, octubre de 2014

Era sábado y River condujo hasta el pueblo de al lado, donde Archie iba a celebrar su despedida de soltero. Cenaron en un asador junto a varios amigos y, después, fueron a un bar cercano a tomar unas copas. Se estaban divirtiendo. Tom no dejaba de decir tonterías y, más tarde, empezó a relatar viejas anécdotas de cuando iban al instituto.

—¿Recordáis que River siempre estaba haciendo locuras?

—Cierto. Quién lo diría. —Archie le sonrió—. Nunca estabas quieto. Una vez, mezclaste pegamento con bicarbonato en la puerta de clase y se pegó tan fuerte que el conserje tardó un buen rato en sacarnos de allí para que pudiésemos irnos a casa.

—Eran otros tiempos. —Se giró hacia la camarera que había tras la barra y se fijó en su cabello rubio y en los ojos verdosos—. Otra ronda, por favor.

—Claro. —Ella le guiñó un ojo.

No pudo evitar mirarla durante el resto de la noche. Era muy atractiva. Le gustó su forma de moverse y cómo establecía límites con los clientes que le hablaban con un exceso de confianza. Cuando el local empezó a vaciarse y sus amigos entonaron una vieja canción mientras se mecían de un lado a otro, River se quedó sentado en uno de los taburetes. La chica terminó de servir dos chupitos y le sonrió.

—¿Sois de la zona?

—Muy cerca, Cape Town.

—Dudo que podáis volver a casa esta noche. —Alzó una ceja con aire divertido y les echó un vistazo a los amigos de River—. Hay un motel al final de la calle.

—Es bueno saberlo. ¿Tú eres del pueblo?

—No. Llegué hace unos diez años.

—¿Y qué te trajo hasta aquí?

Ella se agachó para guardar un par de copas y luego, al incorporarse, lo miró a los ojos. River calculó que tendría unos siete u ocho años más que él. Parecía una de esas personas que han vivido demasiado y ya nada puede sorprenderlas.

—¿De verdad quieres oír mi historia o es solo una excusa para intentar ligar esta noche?

Él sonrió lentamente y se inclinó hacia ella.

—¿Pierdo puntos si contesto que me interesan las dos cosas? Quizá un poco más la segunda, pero la primera le daría un contexto interesante.

Ella sonrió, rendida a sus encantos, y suspiró.

—Me llamo Jane. Me enamoré de un idiota siendo poco

más que una adolescente y dejé atrás Portland para irme con él. Después, tras un primer año maravilloso, todo se derrumbó. El alcohol, las infidelidades... Ya ves, una joya. Pero este pueblo me acogió, hice amigas, así que cuando nos divorciamos fue él quien se marchó. Tu turno.

—River. Pescador y guía turístico. Tengo una hija de seis años que se llama Agatha. Fui padre a los dieciocho, cuando era lo último que deseaba ser.

Se sintió asombrosamente ligero al contarle aquello, porque recordó la noche que condujo sin rumbo y acabó en el asiento trasero del coche con una chica. Entonces, había fingido que era estudiante, que no tenía responsabilidades, que era otro.

Y media hora más tarde, cuando el local cerró y sus amigos se dirigieron al motel, River y Jane se besaron apasionadamente en el almacén. Se desnudaron. Se dejaron llevar por el deseo ansioso del momento. Intercambiaron sus números de teléfono antes de decirse adiós con una sonrisa satisfecha.

Nicki, octubre de 2014

Aquel Halloween, Nicki decidió disfrazarse de bruja. Recordó lo que le había dicho a Agatha la primera vez que le contó un cuento: nada como coger una debilidad y hacer de ella tu mayor fortaleza. Se puso unas medias, la falda morada de tul, un corpiño negro y sombrero de punta con telarañas incrustadas.

Le encantó cuando se miró al espejo y lo primero que pensó fue en hacerse una foto para mandársela a River. Lo segundo, que ya casi no hablaban.

Con un suspiro, cogió el rímel y se aplicó otra capa. Cuando Babette entró en la habitación y le dijo que iban a llegar tarde a la fiesta, Nicki olvidó sus últimos pensamientos. Quería divertirse. Solo eso. Dejarse llevar. Bailar. Gritar. Cantar. Quizá besarse con algún chico contra una pared. Reírse a carcajadas.

Se ajustó el sombrero con decisión.

River, noviembre de 2014

—¿Qué es esto, papá?

Agatha acababa de abrir una de las cajas de cartón que River había dejado en el trastero tiempo atrás, cuando se mudaron. Frustrado porque no encontraba la herramienta que había ido a buscar allí, se giró hacia su hija.

—¿El qué?

—Pues... estas cajas.

—Ah, eso. —River se acercó—. Mis discos de música.

—Tenías un montón.

—Sí.

—¿Escuchamos alguno?

—¿Ahora? No sé ni dónde está la vieja minicadena.

—Sería divertido. Venga, vamos a buscarla.

Con las manos en las caderas, River puso los ojos en blanco y suspiró, pero al final cedió ante el entusiasmo de su hija. La encontraron metida en otra caja, casi al fondo de las baldas que había colocado en el trastero. Tardó un rato en limpiarla y conectarla.

—¿Ponemos este?

River cogió el disco.

—Avril Lavigne le gustaba a Nicki. Mejor otro. —Les echó un vistazo a varias carátulas y cogió uno de los Arctic Monkeys y otro de Libertines.

Agatha empezó a bailar siguiendo el ritmo desenfadado de la primera canción. River terminó por contagiarse y los dos acabaron cantando a pleno pulmón dentro del cobertizo. Después, llevaron la caja de discos y la minicadena al salón.

—Eres toda una *rockstar* —le dijo.

—¡Me encanta esta música, papá! —Se subió descalza al sofá y él la miró divertido—. Este es el escenario y tú el público, ¿de acuerdo? Dale al *play*.

Nicki, diciembre de 2014

Decidió quedarse durante la Navidad en Nueva York, pero no se fue a los Hamptons con la familia de Babette, sino que aceptó la invitación para asistir a una comida que organizaron varios compañeros de la oficina que tampoco iban a pasar las fiestas en casa. Tuvo la impresión de que aquello molestó a Babette, como si se sintiese traicionada.

Cuando regresó dos días después, le preguntó:

—¿Te lo pasaste bien con tus nuevos amigos?

Sentada en el sofá, Nicki estaba leyendo una revista. Levantó la vista hacia su amiga y supo que tenía que ser prudente al elegir sus palabras.

—No estuvo mal.

Babette le dirigió una larga mirada antes de salir del salón.

Hacía tiempo que Nicki había empezado a comprender que su relación con ella era más compleja de lo que parecía: si caminaba detrás de Babette todo era maravilloso, si caminaba a su lado resultaba tolerable, si Nicki daba alguna zancada más larga el perfecto equilibrio de su amistad se tambaleaba. Y lo cierto era que tiempo atrás no le importaba esta especie de acuerdo mudo, pero últimamente le resultaba irritante.

Nicki, enero de 2015

No podía dormir. Encendió la luz y se acercó a su escritorio para buscar un libro o algo con lo que entretenerse, pero terminó abriendo una revista de moda que había comprado la semana anterior. Se detuvo en una fotografía que homenajeaba a Alicia en el país de las maravillas; la modelo estaba envuelta en un aire de misterio mientras caminaba de puntillas por el bosque. Una idea fugaz la atravesó. Cogió unas tijeras y recortó una seta, la copa de un árbol, una enredadera con campanillas violetas. Buscó un folio en blanco y una barra de pegamento. Después, fue pasando las páginas de la revista en busca de más retazos que hacer suyos y, cuando volvió a mirar el reloj de la mesilla de noche, descubrió que eran las cuatro de la madrugada y llevaba horas metida en su propio mundo, ese que hacía tanto tiempo que no había vuelto a visitar.

Nicki, febrero de 2015

Había cogido un avión por impulso cuando su madre le contó que estaban organizando una fiesta temática de brujas para celebrar el séptimo cumpleaños de Agatha. De golpe, le entró una nostalgia terrible, una melancolía desoladora. Quería sentarse en las rodillas de su padre. Quería hablar con su madre. Quería que Mila le contase viejas anécdotas y que Heaven le hablase de cómo les iban las cosas en YouTube, después de que el vídeo sobre la quinta boda de la abuela batiese récords de audiencia y ella hubiese decidido donar todo lo recaudado. Quería intercambiar una sonrisa cómplice con Maddox, que Sebastian la mirase con cariño y que Isabelle le ofreciese bollos de langosta con mantequilla derretida por encima. Quería ver la cara de Agatha cuando abriese su regalo. Y quería, sobre todo, ver a River. No era un deseo romántico, sino físico. Mientras compraba ese billete de avión, se dijo que lo único que necesitaba para sentir que el planeta seguía orbitando en la dirección correcta era corroborar su existencia. Ver sus hombros, sus ojos, el remolino de su pelo, la cicatriz del labio, las uñas mordidas, la nuez de su garganta, la curva de la espalda.

Entonces, podría volver a casa en paz.

Él seguiría su camino. Ella retomaría el suyo.

Por eso fue directa hasta su casa en el coche de alquiler. Era una tarde tranquila de sábado. No había nadie en la calle. Hacía el frío típico de Maine: húmedo y punzante.

Llamó a la puerta. Esperó, un poco nerviosa.

Y odió sentirse así cuando se trataba de él.

River tardó un largo minuto en abrir. Tenía el cabello alborotado, vestía ropa cómoda y una expresión confusa cruzaba su rostro. Luego, cuando pareció asimilar la sorpresa, frunció el ceño y se quedó callado mirándola.

—Hola. —Nicki carraspeó—. Siento haber venido sin avisar. Ha sido un poco improvisado, pero quería estar en el cumpleaños de Agatha.

—Nicki...

—Le he traído un regalo. Me gustaría enseñártelo.

—Yo... —River inspiró hondo.

Ella sonrió algo cohibida.

—¿Puedo pasar?

River no se movió.

—No es un buen momento, Nicki.

—Me da igual si llevas tres días sin fregar los platos —bromeó.

—No estoy solo —susurró él y ella tardó unos instantes en comprender lo que quería decir—. Si vuelves dentro de un par de horas...

Nicki abrió la boca y luego volvió a cerrarla.

—No, perdona. Toma. —Le entregó el regalo mientras intentaba ignorar el mordisco que sintió en las costillas, aunque sabía que era irracional, que no se trataba de una respuesta sensata—. Mejor se lo das tú. Ya nos veremos en la fiesta de cumpleaños.

Se dio la vuelta y se fue sin mirar atrás.

River, febrero de 2015

Cuando Jane se fue y River se dejó caer en el sofá, cogió la bolsa que Nicki le había dado y sacó una caja adornada con varios lazos. Dentro, había algo parecido a una libreta. Tardó unos segundos en comprender que se trataba de un cuento hecho a mano con las páginas anilladas. Con letras de colores ponía: *La bruja Agatha contra los cazadores de dragones*. Como dibujar no se le daba muy bien, había recortado imágenes de revistas para ir montando los escenarios como si se tratase de un *collage*; había ríos de purpurina azul, soles con pelotas de golf, fuego de papel charol, setas que colgaban hacia abajo como si fuesen lámparas, montañas y árboles encajados en un caos que resultaba encantador de una manera fascinante.

River lo leyó una vez, dos, tres.

Por la noche, cuatro, cinco, seis.

Cuando llegó con Agatha a la fiesta de cumpleaños que habían organizado al día siguiente, no había rastro de Nicki. «Se ha ido —le dijo la abuela Mila—. Comentó que tenía cosas que hacer, ya sabes, mucho trabajo, ahora siempre está ocupada».

River, abril de 2015

Lo que le gustaba de las cerezas era la versatilidad. A veces demasiado dulces, a veces demasiado ácidas. Y cuando encontraba una con el equilibrio perfecto se sentía profundamente afortunado. La vida también era un poco así.

Nicki, junio de 2015

Por elección, pasó la noche que cumplió veintiséis años cenando sola en un restaurante. Babette quería que se uniese a la velada que sus padres celebraban ese fin de semana y los compañeros de trabajo le propusieron ir a tomar unas copas, pero ninguna de las dos opciones le entusiasmó. Nicki fue a su hamburguesería favorita, pidió vino, miró a través del cristal el constante movimiento de la ciudad, pensó en él.

Sintió un vacío extraño abriéndose paso en su interior. No entendía por qué. Si por fin tenía una amiga. Si por fin encajaba con sus compañeros de trabajo. Si por fin era adulta, libre y dueña de sus actos. Si por fin estaba lejos de casa. Si por fin se dedicaba a algo que estaba bien. Si por fin era capaz de hacer comentarios ingeniosos, de esos que pensó que estaban fuera de su alcance. Si por fin... Por fin... Por fin...

Era temprano cuando regresó al apartamento.

Se puso el pijama, se sentó en el sofá, buscó el mando del televisor. Se detuvo en un canal donde estaban emitiendo una película de miedo. La recordaba vagamente. Era aquella que River y ella habían visto siendo niños junto a la abuela Mila, mientras comían sesitos de cereza y barritas de cacahuete y caramelo. El tipo de la motosierra apareció en pantalla y Nicki se estremeció. Cambió de canal con el corazón acelerado.

Si él hubiese estado a su lado le habría pedido que por favor, por favor, por favor, le contase qué estaba ocurriendo, porque deseaba saberlo aunque fuese incapaz de verlo.

RIVER, NICKI, SOLO ELLOS, 2018

(Lo que somos)

Están tumbados en la cama de la habitación de Nicki. Se oye música que proviene del piso de abajo y la risa estridente de la abuela Mila.

—La vida ahora es diferente —dice Nicki.

—¿Por qué? —River contempla los planetas.

—Por la percepción del tiempo. ¿Recuerdas lo que era ser pequeño y no saber si veinte minutos era mucho o poco? Las tardes eran eternas. Íbamos a dar una vuelta en bicicleta o bajábamos a la playa en busca de vidrios marinos y las horas se solapaban una detrás de otra. La infancia es un refugio.

—Nicki...

—Lo que intento decir es que ya nunca podremos volver atrás. La vida es una línea recta hacia delante y no existe ningún conjuro mágico para detener el tiempo. Y hay días en los que simplemente me gustaría..., no sé, me gustaría tener la oportunidad de hacer las cosas de diferente manera; y volver a ser una niña y que tú volvieses a ser un niño, para poder pasar una tarde entera mirando las hormigas del jardín como si no existiese nada más importante en el mundo.

—Hagámoslo —dice River.

—¿Te has vuelto loco?

—Quizá. Venga, vamos.

RIVER, VERANO DE 2015

(Lo que rompimos)

Cogí mi refresco y brindé con los demás, que acababan de pedir la tercera ronda de cervezas. La mujer de Archie había recibido un ascenso en el trabajo y, por la noche, nos reunimos en una de las tabernas del pueblo para celebrar la buena noticia. No había mucho más que hacer allí en esos casos. Salías con los tuyos, con los de siempre, las caras que veías a diario, te tomabas algo, te reías de las mismas bromas y de las mismas anécdotas o jugabas una partida de cartas. Con el paso del tiempo, había aprendido a apreciar esa cotidianidad que en el pasado tanto me había horrorizado. Porque, pese a la falta de sorpresas, la rutina también resultaba reconfortante: confiar en los rostros conocidos y saberte acogido por un lugar de una manera incondicional.

Jane estaba a mi lado. Se reía de algo que le había dicho Piper. Mantenía una mano sobre mi rodilla.

Dirigí la mirada hacia la puerta en cuanto sonaron las campanillas.

Entró Heaven vestida con unas mallas ajustadísimas y brillantes de color fucsia, probablemente porque vendría directa de las clases de baile que daba, y tras ella se adivinó otra melena anaranjada inconfundible.

Nicki Aldrich.

Pensé en lo curioso que resultaba que, antaño, su presencia

me serenase, cuando en esos momentos cada músculo de mi cuerpo se tensó al verla. Y luego llegaron las dudas. ¿Debía levantarme e ir a saludarla o esperar a que ella se acercase? ¿Comportarme como si aún fuésemos amigos aunque nuestras actitudes dijesen lo contrario? ¿Darle un beso en la mejilla, un abrazo, un impersonal saludo...?

La tuve enfrente antes de que pudiese decidirme.

—Hola. —Se apartó un mechón de pelo tras la oreja y, quizá un poco nerviosa, miró alrededor—. Este sitio no ha cambiado nada.

—No hay que cambiar lo que funciona —dijo Tom.

—No sabía que habías llegado —comenté y, luego, reparé en la mano de Jane que seguía sobre mi rodilla. Ejercía más presión—. ¿Conoces a Jane? Creo que no te la había presentado todavía. —Miré a mi acompañante—. Ella es Nicki.

—Encantada —contestó Jane.

Nicki se giró hacia Heaven cuando esta la llamó y se acercó a la barra para coger la bebida que su hermana le había pedido. Se mantuvo cerca, aunque tenía esa actitud distante que me recordaba a la gran ciudad donde vivía. Vestía unos pantalones negros ajustados, un cinturón donde brillaba el famoso logotipo de una marca, suéter de cachemir y botines con tacón. ¿Quién hubiese imaginado que Nicki Aldrich, la estrafalaria niña que soñaba con escalar un arcoíris, terminaría envuelta en ese halo de sobriedad y misterio, de fría neutralidad?

—¿En qué estás pensando? —Jane me sonrió.

Entonces fui consciente de que no había dejado de observar a Nicki y aparté la vista de ella.

—En nada importante. ¿Lo estás pasando bien?

—Sí. Voy a ir un momento con Piper a fumar fuera.

Jane se puso de puntillas y me dio un beso antes de irse. El eco de las campanillas de la puerta aún flotaba alrededor cuando Nicki se acercó.

—Así que Jane. —Se apoyó en la barra junto a mí. Su proximidad me resultó reconfortante de una forma agria: por el recuerdo, no por el presente—. ¿A qué se dedica?

—Es camarera.

—Interesante. —Hubo algo en el tono de su voz, en esa apatía intencionada, que me resultó ofensivo—. Parece mayor, ¿qué edad tiene?

Solo pretendía cambiar de tema cuando pregunté:

—¿Vas a quedarte el resto del verano?

—No, me iré en un par de días. Tres, a lo sumo. Tampoco tengo nada que hacer por aquí, la verdad. —Se encogió de hombros y me lanzó una larga mirada que me incomodó. Después, dijo—: No sé cómo lo soportas, precisamente tú.

—¿Tengo aspecto de estar sufriendo?

Heaven estaba un poco más allá, coqueteando con un par de turistas. Deduje que las probabilidades de que los tres acabasen compartiendo cama aquella noche eran altas.

—No lo sé. Tenías tantas ganas de comerte el mundo...

—Y lo estoy haciendo. Me lo como todos los días.

Ella me dirigió una mirada escéptica. Me asustó pensar: «¿Quién es esta desconocida? ¿Quién demonios es esta chica y qué ha hecho con Nicki?».

Se apartó el pelo hacia atrás y soltó un suspiro de aburrimiento.

—¿Te importaría que me llevase a Agatha de excursión?

El primer impulso fue: «No, mejor no». Y luego recordé el cuento que mi hija guardaba en la estantería, ese que leía casi todas las noches y que estaba lleno de retales y recortes imperfectos. También la manera en la que Agatha idolatraba a Nicki, quizá porque la veía poco, quizá porque compartían un mundo propio.

Algo se aflojó en mi interior.

—Pasado mañana estará en casa.

—Bien. Iré a recogerla.

—Perfecto.

Luego, siguió un silencio.

No fue uno de esos silencios cómodos que siempre habíamos compartido. Tan solo fue el silencio que sucede cuando
dos personas no tienen nada más que decirse.

Jane entró junto a Piper. Yo me giré hacia el camarero.
Pagué la cuenta. Me despedí con prisas como si el suelo del
lugar me quemase los pies. El frío de la noche me despejó la
cabeza. Jane se mantuvo callada hasta que subimos al coche y
arranqué.

—¿Quieres que vayamos a otro sitio?

—No. Estoy cansada. —Se colocó el bolso sobre su regazo y
me di cuenta de que era un gesto de protección hacia mí—.
Mejor llévame a casa.

—Bien. —Apreté los labios.

Encendí la radio. Esa noche estaba harto de silencios incó-
modos. Nos acompañaron un puñado de canciones antiguas
durante la media hora de trayecto. Paré delante de su casa. Me
di cuenta entonces de que Jane tenía los ojos acuosos. Cogí su
mano y le di un apretón con suavidad.

—¿Qué te pasa?

—Piper me ha contado lo de esa chica. Que toda esa tensión que había alrededor no era cosa de mi imaginación. Que
ocurrió algo entre vosotros. Que es especial para ti.

«Era», quise decir. Pero no hubiese sido verdad.

—Fue hace tiempo.

—¿Ella es la razón por la que no quieres que lo nuestro sea
algo serio? Porque he visto cómo la mirabas.

—Nicki no tiene nada que ver. Te lo prometo.

Había sido sincero con Jane desde el principio. Buscaba
una amiga con quien pasar buenos momentos, pero no pretendía atarme a nadie ni compartir mi casa, mi intimidad, mi ruti-

na. Si la vida se dividía en docenas de cajones, Agatha y yo ocupábamos el más grande de todos y no tenía intención de que nadie más tuviese esa llave.

—Entonces, ¿por qué?

—Lo hemos hablado muchas veces...

—Pero sabes que yo siento... siento...

—No quiero mentirte, Jane.

Ella miró nuestras manos entrelazadas. Luego, alzó la vista. Lo que ocurre con las despedidas es que es fácil intuir el instante previo a su llegada.

—Creo que deberíamos dejar de vernos.

—Si es lo que necesitas... —vacilé.

Jane me soltó de la mano con un suspiro. Se quitó el cinturón de seguridad y buscó la palanca para abrir la puerta, pero algo la frenó y se giró una última vez.

—Esa chica es tu gran amor inacabado.

—Algo que nunca empezó no puede estar inacabado.

—Cuídate, River. —Y me miró casi con lástima antes de salir del coche y de mi vida, todo a la vez.

NICKI, VERANO DE 2015

(Lo que rompimos)

Agatha y Nicki estaban en el bosque. Se habían adentrado por un sinuoso sendero que, de pequeña, a Nicki le encantaba recorrer con River. Los árboles eran asombrosamente altos y las ramas se agitaban sobre sus cabezas como si tuviesen cosquillas, las nubes parecían trozos de algodón flotando a la deriva y las retorcidas raíces se asemejaban a ramas de regaliz.

Agatha llevaba en la espalda unas alas amarillas de tul.

Después de pasar una larga época maravillada por el mundo de las brujas, ahora se sentía más atraída por las hadas, las princesas y los unicornios.

—¿Y también las llevas al colegio?

—Claro. A mi profesora le encantan.

—¿Y a tus amigos?

—Eleanor piensa que son geniales. A veces, también se pone alas, pero las que ella tiene son puntiagudas. Yo creo que así se vuela peor. Es una cosa aerodinámica, eso me explicó papá. Hay otras niñas que dicen que son feas.

—¿Y eso te molesta?

Agatha se encogió de hombros.

—No. Me da igual. A mí tampoco me parecen bonitas sus diademas. Papá dice que no hay dos personas iguales y que por eso nos gustan cosas distintas.

—Ya.

—¿A ti te gustan?

—Sí, aunque... —Nicki dudó y sintió algo frío en su interior—. No sé si las llevaría al colegio. Tiene que ser un poco incómodo sentarse con ellas...

Ignorando el ceño fruncido de la niña, Nicki señaló un prado despejado donde la hierba crecía a sus anchas y los botones amarillos y morados de las flores trepaban por los troncos de los árboles que rodeaban el idílico lugar.

—Descansaremos ahí.

Sentadas en el suelo, comieron galletas de mantequilla, sándwiches de chocolate y algunas golosinas que Nicki había comprado para la ocasión. Le sorprendió el dulzor del azúcar en la lengua. Hacía una eternidad que no comía cosas así. Pasaron el rato tumbadas, buscando formas entre las ramas y las nubes, contándose cuentos la una a la otra porque, entonces, Agatha ya quería participar y añadir algunos detalles. Mientras tanto, Nicki le trenzó el pelo y lo adornó con diminutas flores de colores.

—No quiero que te vayas —se quejó cuando regresaban.

«La vida es eso, irse», pensó Nicki.

—Volveré antes de que te des cuenta.

—No es verdad. Seguro que no te veo hasta Navidad.

—Siempre podemos hablar por teléfono.

Agatha no respondió, pero tampoco soltó la mano de Nicki. Caminaron a paso lento hasta casa. River abrió la puerta mientras atravesaban la entrada.

—Nos hemos entretenido un poco.

—Ya veo. —Miró a su hija—. Venga, directa al baño. Hoy te toca ducha.

Cuando Agatha la abrazó, Nicki sintió un golpe de felicidad. Porque en cierto modo, a veces la felicidad del instante llega así: a golpecitos. Como pequeños incendios que calientan el alma antes de extinguirse tan rápido como han aparecido.

—Quería decirte... —Una vez a solas, Nicki miró a River dubitativa y cambió el peso de un pie al otro—. No sé si deberías dejar que Agatha lleve esas alas a clase.

—¿Por qué no?

—Se burlarán de ella.

River parpadeó confundido.

—Agatha no tiene que cambiar para gustarles a los demás. En todo caso, si surge algún problema, su madre y yo la ayudaremos a gestionarlo. Intentamos darle confianza.

—Pero si la etiquetan como la diferente...

—Todos somos diferentes.

—Ya sabes a qué me refiero.

Él suspiró y hubo algo parecido a la ternura que sobrevoló sus ojos, pero luego desapareció. Solo quedó un adulto mirando a otra adulta, incapaz de ir atrás en el tiempo para comprender que hay cosas que se enquistan desde la infancia.

—¿Quieres que le diga que deje de ser ella misma para que encaje en un molde?

—Sería lo mejor para ella.

River la miró fijamente a los ojos.

—Ya no sé quién eres, Nicki.

—Yo tampoco sé quién eres tú.

Se contemplaron en silencio como dos desconocidos que se cruzan en las escaleras del metro. Luego, River dio un paso atrás y cerró la puerta. Nicki se quedó unos segundos delante del picaporte dorado, que tenía uno de esos brillos que no terminan de ser bellos porque resultan demasiado artificiales. Y fue entonces cuando tomó conciencia de que aquellas dos frases, las últimas palabras que aún parecían flotar en el aire frío, eran las más crueles y dolorosas que se habían dicho jamás.

EL BRILLO DE LAS CIUDADES

¿Alguna vez has contemplado una ciudad desde lo alto de un avión en plena noche? Parece una pequeña colmena iluminada, todos esos cientos, miles, millones de bombillas encendidas a la vez, tantas vidas sucediendo a un mismo tiempo (nacimientos, muertes, amores, desamores, risas, lágrimas, éxitos, fracasos), condensadas en un espacio relativamente pequeño y que se expande hacia arriba piso tras piso, ventana tras ventana. Es imposible no sentirse insignificante al observar la escena. Pensar que alguien, quizá una mujer fumándose un cigarro en una azotea, alzará la vista y mirará con desapego el avión en el que tú viajas. Nunca os conoceréis. Jamás os cruzaréis. Porque una ciudad es el lugar más solitario que existe, salvaje en su esencia, ruda en su afán de individualismo, todos sus habitantes encajados en compartimentos numerados.

Pero, pese a todo, tiene un brillo especial.

Es el brillo en cadena. Una ventana, otra y otra más formando constelaciones terrenales que se extienden hasta alcanzar un fulgor que recuerda a la luna.

LA NOCHE QUE NICKI CONOCIÓ A GORDON

(Lo que rompimos)

El apartamento estaba ubicado en Carnegie Hill. Por lo que Babette me había contado, el anfitrión, un inglés llamado Alexander Gilbert, de orígenes aristocráticos, escogía cada viernes a un selecto grupo de personas de su entorno y ofrecía una cena exquisita que cocinaba una reconocida chef. La velada transcurría entre bocados y anécdotas. Era, sobre todo, una manera de establecer relaciones entre gente de diferentes sectores.

Babette, que entonces ocupaba un puesto de relevancia en la empresa familiar, me había pedido que la acompañase. Dos semanas antes había cortado con su novio. Estaba segura de que era la única razón por la que me había invitado. Porque, aunque seguíamos siendo amigas, nuestra relación se había convertido en una montaña rusa: había momentos en los que parecíamos dos adolescentes contándose confidencias en una fiesta de pijamas, pero, en ciertas épocas, sobre todo cuando ella tenía algún otro interés o yo salía más con los compañeros de la oficina, se percibía en el ambiente un distanciamiento cargado de tensión al que no sabía cómo enfrentarme, así que terminaba por ceder ante cualquier conflicto para mantener una estabilidad que cada vez era más frágil.

El recepcionista del edificio nos acompañó al ascensor.

—¿Preparada para conocer a la gente más interesante de

Nueva York? —Babette sonrió y me dirigió una mirada aprobadora—. Te queda bien ese vestido.

—Gracias. Acertaste.

Era el vestido de Versace que me había regalado por mi cumpleaños años atrás. El mismo que usé para asistir a la boda de la abuela y que se arremolinó en torno a mi cintura cuando River y yo hicimos el amor en el salón de su casa. Alguna vez, justo cuando estaba a punto de dormirme y se liberaban esos pensamientos encerrados bajo llave que todos llevamos a cuestas, lo veía deslizando sus dedos por los tirantes finos.

Aunque el paso del tiempo había adormecido las emociones.

Fue lo último que pensé antes de salir del ascensor y entrar en aquel apartamento de diseño modernista. Aún no sabía que mi vida estaba a punto de cambiar, pero tardé cinco segundos, quizá seis, en darme cuenta, en cuanto los ojos marrones de un hombre de cabello engominado y barba de dos días se posaron en los míos.

—¿Conocéis a Gordon Grant, el escultor? —preguntó Alexander con un tono de voz tan afectado que no sabía si significaba algo—. Oh, ven aquí, no seas modesto.

Él esbozó una sonrisilla y dio un paso al frente. Por sus gestos y su forma de moverse, me pareció muchas cosas, como atractivo e interesante, pero no modesto.

—¡Madre mía! ¡Cuántos años sin verte! —Babette le dio un beso en la mejilla y dejó una mano apoyada en su hombro—. ¡No sabía que vendrías!

—Los invitados son sorpresa, por lo visto. No has cambiado nada. —Luego, Gordon clavó sus ojos en mí e inclinó ligeramente la cabeza—. ¿Y tú eres...?

—Nicki Aldrich.

—Así que Nicole.

—Teóricamente, aunque nadie me llama así.

—Oh, id pasando al salón —dijo Alexander.

Mientras Babette se alejaba para saludar a otra chica, nosotros nos quedamos rezagados bajo el marco de la puerta de aquel comedor con molduras decorativas iluminado por lámparas de araña. Entonces, él se inclinó hacia mí y susurró:

—Bien. Así seré el único que lo haga.

No pude evitar sonreír tontamente.

—¿Es simple testarudez?

—Me gusta lo diferente...

—¿En términos generales?

—Sí. Como tu pelo, por ejemplo. —Alzó la mano derecha y no dudó cuando enroscó con suavidad un mechón de cabello en su dedo índice—. Fascinante.

Sentí que me ardían las mejillas y que algo intenso burbujeaba en mi estómago. Antes de que pudiese decir cualquier cosa que me dejase en ridículo, Alexander me presentó al resto de los asistentes: Sally Adams, una famosa crítica literaria en redes sociales; Scott Ronan, un arquitecto en auge; Margaret Terry, abogada de prestigio; y Elijah Wayne, cofundador de una agencia de representación.

—Veo que a Gordon ya lo estás conociendo —bromeó Alexander mientras se colocaba bien el pañuelo de seda que rodeaba su esbelto cuello—. Bien. Sentémonos.

Me acomodé entre Sally y Gordon.

Babette se sentó en el otro extremo.

No mucho después, Alexander apareció en el comedor junto a un camarero y una mujer de bonitos ojos castaños que vestía un uniforme blanco y era la chef encargada de la cena. La recibimos con entusiasmo y, luego, el anfitrión dijo:

—Hemos elegido dos vinos. Uno es un Château Margaux tinto de 2007 y el otro un Cabernet Sauvignon de la zona norte del valle de Napa. Nicki, querida, puesto que es la primera vez que asistes a una de mis cenas, te cedo el honor de elegir por cuál empezar.

—Yo... Bueno...

Mi única noción sobre vino era que provenía de las uvas y que debía conservarse en una bodega. Aquellos nombres no me sonaban de nada. Horas más tarde, descubriría que cada botella rondaba los setecientos dólares. Intenté decir uno al azar, pero las palabras se me trabaron con tantos ojos perspicaces mirándome en silencio.

—Qué manera de poner en un compromiso a tu invitada —bromeó Gordon con una soltura que me resultó fascinante—. Además, la pregunta es ridícula. Es evidente que empezaremos por el Château Margaux. ¿No estás de acuerdo, Nicole?

Mi nombre sonó mucho mejor pronunciado por él.

—Claro. —Logré mostrar una sonrisa encantadora.

—Pues que así sea —dijo Alexander y dio un par de palmaditas en el aire para despachar al camarero que estaba esperando nuestra elección.

Aunque a raíz de ser amiga de Babette había terminado por normalizar que la gente tuviese servicio en casa, que las viviendas fuesen enormes y dispusiesen de varias habitaciones para las visitas, que te invitasen a fiestas exclusivas y los asistentes oliesen a perfume caro, siempre seguía teniendo la sensación de estar dentro de una película: un extra que había logrado colarse en un mundo que le resultaba ajeno y que lo observaba todo con asombro.

—Me han dicho que tu última exposición se vendió en tres días —dijo Scott mientras servían el vino—. ¿Qué se siente al ser uno de los artistas del momento?

—Indiferencia.

—Venga ya.

—El éxito genera eso —insistió Gordon y se encogió de hombros—. Llega un punto en el que todo pierde valor. Siendo sincero, solo me interesa el futuro. Cuando inauguro una exposición, en realidad ya estoy pensando en la siguiente.

Sally dio unos golpecitos en la mesa con sus uñas rojas.

—¿Y qué hay de todo ese mensaje de «Vive el presente»?

—Una vulgaridad. Te meten el concepto a presión en el cerebro porque es más cómodo estar satisfecho con lo que tienes en lugar de aspirar a más. La era moderna está llena de conformistas.

—Lo que dices no tiene sentido —terció Sally—. Siguiendo esa lógica, en este momento no podrías disfrutar de la cena, solo pensar en las cenas futuras...

—En primer lugar, me gusta vivir en la yuxtaposición de dos actos. Pero sí, mientras saboreo algo pienso en ocasiones en el plato que vendrá después. Me puede la impaciencia. Y en segundo lugar —siguió y, entonces, me miró fijamente de una forma que no pasó desapercibida para nadie—, tengo una buena razón por la que pienso disfrutar de esta cena en concreto. Las vistas. Eso siempre lo arregla todo.

Hubo un instante de silencio antes de que Sally dijese:

—Tienes mucha suerte de ser absurdamente rico.

—Amén. —Babette rio y alzó su copa.

La velada prosiguió. Degusté los deliciosos entrantes sin intervenir en la conversación que se abrió paso sobre si la mantequilla de almendras era mejor que la de leche de vaca; después, se sucedió un debate en torno a las hormonas de crecimiento bovino y las toxinas de la leche. Cada vez que el camarero servía un plato detallaba su procedencia y elaboración; así, al llegar los postres, dijo: «Avena de cultivo ecológico procesada artesanalmente, sin pesticidas ni transgénicos» o «Azúcar sin sulfuros de una plantación de Hawái».

Me limité a comer y a charlar con Gordon sobre mi trabajo y el suyo. Luego, la conversación se volvió algo más personal cuando me preguntó de dónde era y le hablé de Cape Town, aunque cambié de tema en cuanto vi que perdía el interés.

—No sabía que estuviese de moda el hesicasmo —dijo Sally.

—Oh, cualquier cosa en torno a la paz interior puede ser un filón —contestó Alexander tras limpiarse con la servilleta—. ¿No tiene que ver con la mística y ascesis de la iglesia ortodoxa? Me suena que esto ya tuvo su momento.

—Sí. Las características principales son la soledad, el silencio y la quietud —prosiguió Sally ante la atenta mirada de Babette y Margaret.

Me levanté y les pedí que me disculpasen un momento, aunque solo Gordon se percató. Fui al cuarto de baño. El espejo, que tenía un llamativo marco dorado, parecía ser una antigüedad. Me costó adivinar cómo funcionaba el grifo. Cuando logré que saliese el agua me lavé las manos mientras oía de fondo el murmullo de la cena. Miré mi reflejo y respiré hondo. Quería encajar en ese salón, incluso aunque me pareciese ridículo que usasen sin parar palabras como «piscolabis» y todo fuese «ambivalente» o «heteróclito».

Al salir, Gordon estaba junto a la puerta. Imaginé que también quería entrar en el cuarto de baño y me hice a un lado con torpeza.

—En realidad, te esperaba a ti.

Sonrió como lo haría un lobo.

Pero un lobo lleno de encanto.

—He pensado... —prosiguió con la mano derecha metida en el bolsillo del pantalón y la izquierda jugueteando con una piedra oscura y lisa— que quizá estarías tan aburrida como yo de hablar de hormonas y monjes que murieron hace cientos de años.

Reprimí una sonrisa divertida.

—Eres bastante insolente.

—Eso suelen decirme. La cuestión es que creo que tú y yo deberíamos irnos a tomar una copa o a pasear por la ciudad, lo que prefieras. Estoy dispuesto a hacer cualquier cosa que te apetezca. ¿Quieres montar en globo aerostático? Hagámoslo.

¿Prefieres que nos vayamos al aeropuerto y cojamos el próximo vuelo a París?

Me reí, nerviosa y maravillada.

—Te has vuelto loco.

—¿Te apuntas o no?

—Mi amiga está ahí.

—¿Y? Ni que fueses a abandonarla en mitad del desierto con una cantimplora. Sobrevivirá. Además, parece entretenida hablando con Molly.

—Se llama Sally.

—Lo que sea. —Gordon hizo un gesto despectivo con la mano y, luego, dio un paso hacia mí y tragué saliva ante su atrayente cercanía—. ¿Qué me dices, Nicole?

Una hora después estábamos corriendo por las calles de la ciudad sin venir a cuento, riéndonos a carcajadas. Gordon había comprado una botella de licor en un pequeño establecimiento y la llevaba dentro de una bolsa que nos íbamos pasando para beber a morro. Sabía a frambuesa. Me habló de sus padres, de que eran los accionistas mayoritarios de una influyente empresa de comunicación, de que siempre lo habían sometido a mucha presión, de que tenía con ellos una relación complicada. Yo le conté cosas sobre los míos; su manera de quererse, que no había tenido móvil hasta los dieciocho, que eran felices con pequeñas cosas (una partida de ajedrez, una copa de vino, un rato de lectura, un paseo cerca del mar, una mirada cómplice).

—Mi estudio está a dos manzanas.

—Me encantaría verlo algún día.

—¿Por qué no ahora? Vamos.

Cuando me cogió de la mano me pareció el gesto más natural del mundo y, al mismo tiempo, estaba temblando. Pensé que aquella era una de esas noches perfectas e improvisadas que se viven tan solo una vez en la vida y luego se desvanecen al amanecer porque son mágicas, casi como si fuese cosa de un hechizo.

El estudio poseía un olor peculiar.

Lo primero en lo que me fijé cuando encendió las luces fue en la mesa de diseño que había en la zona central. Luego, un poco más allá, se alineaban pequeñas figuras hechas de diversos materiales: arcilla y barro, vidrio y metal, mármol y piedra. Todo estaba lleno de herramientas, cinceles, punteros y mazas.

Rocé con los dedos una de las esculturas: era el busto de una mujer, pero su rostro humano estaba mezclado con rasgos felinos.

—Me siento privilegiada —susurré.

—Lo eres. —Gordon se acercó a mí a paso lento, sin prisa. Tenía un aire soberbio que, lejos de resultar desagradable, lo hacía atractivo—. Y yo también.

—¿Por qué?

—No todos los días aparece una musa delante de mis narices, así que en cuanto te vi esta noche... —Sus dedos reptaron por mi mejilla y, después, me sostuvo la barbilla con decisión—. Supe que tenías que ser mía.

Nuestros labios colisionaron con una fuerza arrolladora y yo jadeé en su boca, sorprendida. Pensé que solo había sentido ese tipo de química con otra persona, una que estaba muy lejos de allí. Rodeé el cuello de Gordon con los brazos y me abandoné a él, a sus caricias y sus atenciones, a la forma que tenía de contemplarme como si hubiese encontrado en mí algo especial y la admiración fuese mutua.

Llevaba toda mi vida deseando que alguien me mirase así, justo así.

Nos quitamos la ropa. Gordon me condujo hasta una zona del estudio que usaba para descansar, donde había una cafetera, un sofá grande y una mesa. Recorrió mi cuerpo con las manos cuando nos tumbamos y me convertí en un trozo de arcilla que él iba moldeando con suavidad. Me besó lentamente.

—Eres la mujer más bella que he visto jamás.

Me hizo gracia por su forma distinguida de hablar, y también porque sabía que era mentira. No era guapa. Nunca me había sentido así al mirarme al espejo.

—No es verdad. Además, ya estoy desnuda, podemos saltarnos toda esa parte de intentar halagar y complacer...

Me calló con otro beso.

—A mí me lo pareces. No me atrae la belleza convencional, me resulta aburrida. Pero tú eres como ese busto que antes tocabas, tan singular y diferente...

Lo miré a los ojos cuando se hundió en mí.

Tuve la sensación de que conectábamos de una forma especial. Pensé: «Toda mi vida intentando quitarme de encima esa etiqueta, la de ser diferente, y resulta que a este hombre le gusta precisamente eso de mí». Me entraron ganas de llorar, no sé por qué. Y luego, nada. Luego, dejé la mente en blanco porque todo lo invadió el placer. Me arqueé contra él, busqué el roce de sus dedos, gemí en su oído al llegar al final.

Nos quedamos tumbados regalándonos caricias.

No sé el tiempo que había pasado cuando oí que la respiración de Gordon se volvía más pausada y comprendí que se había dormido. Sonreí al pensar en aquella noche, tan idílica como efímera. Porque eso es lo que ocurre con las cosas que son perfectas: no pueden durar eternamente. Aparté con delicadeza el brazo con el que rodeaba mi cintura y me levanté. Lo miré unos segundos en silencio. Era muy guapo, con ese aire elegante y lejano al que era fácil volverse adicta, porque estaba claramente fuera de mi alcance.

Quise mantener el recuerdo intacto y evitar una escena incómoda, así que empecé a buscar las prendas de ropa que habíamos dejado esparcidas por el suelo del estudio.

—¿Qué estás haciendo?

—Ah, estás despierto. Lo siento, he intentado no hacer ruido —expliqué mientras me subía la cremallera del vestido—. Ya me iba.

—¿Irte? ¿Adónde?

—A casa, supongo.

—De eso nada. No pienso separarme de ti. Quédate a dormir. Por la mañana podemos desayunar en un sitio que hay en la esquina, el café es magnífico.

Gordon se inclinó para besarme.

Después, cuando me cogió de la mano y me condujo de vuelta al sofá, me dije que no solo la cena había sido una escena propia de película, sino todo lo demás.

La cuestión es: ¿cuánto puede durar un rodaje?

PRÁCTICAMENTE MAGIA

(Lo que rompimos)

Cuando era pequeña, a Nicki le encantaba la película sobre las hermanas Owens. Quizá porque las dos eran tan diferentes como ella y Heaven; una extrovertida y alocada, otra más tímida y sensata. O quizá porque giraba en torno a las brujas y la magia. Después, cuando volvió a verla siendo adulta, pensó que no era tan buena y comprendió que hay cosas que pertenecen al pasado (recuerdos, amores, lugares) a los que es mejor no volver para no alterar lo que fueron. Pero hubo un diálogo que siguió intacto en su memoria pese al paso al tiempo: «¿Has extendido alguna vez los brazos y dado vueltas y vueltas muy muy rápido? Bueno, pues así es el amor. Se te acelera el corazón, el mundo se te pone del revés... pero si no tienes cuidado, si no mantienes tus ojos fijos en algo inmóvil, puedes perder el equilibrio y dejar de ver lo que ocurre con la gente a tu alrededor. No te das cuenta de que estás a punto de caer».

MADDOX, OCTUBRE DE 2015

(Lo que rompimos)

Llegaba tarde. River le había pedido de forma excepcional que fuese a recoger a su sobrina y, al final, se le había echado el tiempo encima mientras arreglaba las vigas del cobertizo. Avanzó corriendo los últimos metros hasta llegar a la puerta del edificio y sus pasos resonaron en el pasillo. Se oía una música *rock* que provenía del interior del aula. Maddox llamó con insistencia, pero nadie le abrió. Al final, lo hizo él mismo.

Sorprendido, contempló la escena.

Agatha bailaba animada al ritmo de una canción de U2. Junto a ella, un hombre bajito de rostro amable fingía que tocaba una guitarra eléctrica.

—Esto... Vengo a recoger a mi sobrina.

El hombre pareció asustarse al verlo, como si fuese una aparición. Logró apagar la radio antes de tropezar al levantarse y caerse al suelo. Las gafas rodaron por la moqueta y aterrizaron a los pies de Maddox, que se inclinó con su habitual serenidad, las cogió y les echó un vistazo.

—No están rotas —dijo.

—Gra... Gracias. Perdona por... —El hombre se puso las gafas mientras Agatha, a su lado, sonreía felizmente—. Estábamos amenizando la espera.

—Ya veo.

—Soy Levi Dunne, el nuevo profesor.

—El mejor profesor —apuntó Agatha.

—Bien. —Maddox arrastró la palabra.

—No me habían informado de que hoy recogería otra persona a Agatha. En la agenda hay varios formularios que pueden rellenarse cuando...

—Ha sido un imprevisto —lo interrumpió Maddox—. Su madre está fuera y su padre ha pillado uno de esos virus que te hacen no salir del baño. Me llamó hace un rato.

—Comprendo, pero...

—Soy su tío. Todo el pueblo me conoce. Puedes preguntarle a quien quieras. También tengo mi documento de identidad... —Se sacó la cartera del bolsillo de los pantalones—. O llama a sus padres para consultarlo.

—¡Es mi tíííío! —gritó la niña y se lanzó a los brazos de Maddox.

—Está bien. Pero la próxima vez...

—Rellenaré el formulario. Lo he entendido.

Agatha fue hasta el perchero para coger su mochila y la chaqueta. Mientras tanto, Levi Dunne se dirigió hacia la puerta para acompañarlos a la salida. Ya estaban a punto de dejar atrás el recinto escolar cuando aquel hombre, que probablemente era el más torpe que Maddox había conocido jamás, volvió a tropezarse con el cordón desabrochado de su zapato derecho. Por instinto, Maddox lo sujetó como si se tratase de un balón que alguien acabase de lanzarle y, después, soltó al aturdido sujeto con la misma naturalidad.

—Deberías ir con más cuidado.

—Eso me dicen siempre, sí.

Maddox lo miró unos instantes más. Dedujo que acabaría de llegar al pueblo para el inicio del curso escolar y que provenía de una ciudad de tamaño medio, del interior, uno de esos lugares que han crecido demasiado durante las últimas décadas y donde la gente no termina de ponerse de acuerdo en si confían en los vecinos o empieza a ser necesario cerrar la puerta con llave.

Se despidió con un gesto impersonal y tosco al que Levi respondió con una sonrisa amable en exceso. Luego, cogió la mano de su sobrina y cruzó la calle.

RIVER, NAVIDAD DE 2015

(Lo que rompimos)

Ir a pescar la mañana de Navidad se había convertido en uno de los mejores momentos del año. A la tradición familiar se había unido también su hija, así que aquel día los cuatro estaban en la embarcación, tomando bebidas calientes y frotándose las manos.

Agatha se acurrucó junto a él, que le frotó la espalda.

El gélido viento era punzante y muy húmedo. Llevaban botas de goma, forros polares, chubasqueros, gorros de lana, gruesas bufandas y guantes, pero era insuficiente para luchar contra las bajas temperaturas del invierno. Todos tenían la nariz enrojecida y la piel tersa y helada. River bebió un trago largo de su termo de café.

—Papá, ¿te echo una mano? —preguntó Maddox.

—Aún puedo con esto —protestó Sebastian con los ojos entrecerrados por culpa del viento y luego miró a sus hijos y a su nieta—. El día que no sea capaz de salir al mar en diciembre, podéis empezar a llamar a un médico y a pensar en la herencia.

—Ya estamos. —River puso los ojos en blanco.

—Yo solo digo que podemos ayudar —insistió Maddox—. Y que si alguna vez te apetece descansar y quedarte en el restaurante con mamá, pues...

—Shhh. Eso ni lo digas.

—¡Abuelo! —Agatha se echó a reír.

—Eres muy testarudo —dijo River.

Maddox sonrió y miró a su hermano.

—Mira quién fue a hablar...

—¿Yo soy testarudo?

—Te has pulido un poco, pero no lo suficiente. Será genético.

—Claro, y curiosamente tú te has librado del gen.

—Sí, pertenezco a la otra rama. Igual que Agatha. —Chocó el puño con su sobrina y ambos se sonrieron mientras River resoplaba con fingida indignación.

—Dime una sola cosa en la que sea testarudo.

—Hijo... Yo si fuese tú... —empezó su padre.

—¿Una sola? —interrumpió Maddox—. Veamos. Ayer. Seis de la tarde. Paso por tu casa para ayudarte a colgar ese cuadro que compraste para el salón. Te digo que necesitas un taco y un tornillo más pequeño para ese agujero, pero tú insistes en que no es así. Metes el taco a la fuerza. No encaja, aunque a ti te da igual. Te pido que seas razonable. No escuchas. Estás obsesionado y vuelves a golpear. Te cargas la pared.

—La culpa es del puto taco, está claro.

—¡Papá! —Agatha se rio.

—¿Lo ves? Ahí lo tienes. Testarudo.

Cuando regresaron al muelle, su padre les dijo que los alcanzaría más adelante y ellos caminaron hasta El Anzuelo Azul. Una vez allí, tía Gerta les sirvió algo caliente y luego desapareció en la cocina porque el día de Navidad era la jornada más ajetreada de la temporada invernal. Los tres se acomodaron en torno a la mesa más próxima a la ventana, la misma que River ocupaba cada mañana. La niebla era espesa.

Agatha dibujaba en una libreta con gesto de concentración.

—¿Estás nervioso? —Maddox lo miró.

—¿Tengo alguna razón para estarlo?

—Bueno... —Su hermano se frotó el mentón y lanzó un suspiro—. Nicki estará con ese novio suyo, ¿cómo se llamaba?

—Gordon Grant. Y no me mires así, joder.

—No te miro de ninguna forma...

—Déjalo ya, Maddox. Estoy cansado.

Se levantó y se fue al servicio. Estuvo cinco largos minutos allí encerrado, haciéndose a la idea de que en apenas unas horas volvería a verla, y todas las emociones que había aprendido a ignorar regresarían de golpe. A veces pensaba en sus vidas, en los fragmentos que las componían, y las imaginaba entrelazadas como las redes de un pescador. Si le hubiesen pedido que las remendase, no habría sabido por dónde empezar. ¿En qué momento aparecieron las primeras fisuras? ¿Cómo volver atrás, atrás del todo, a ese instante en el que llegaron al mundo con cuarenta y siete minutos de diferencia?

Lo primero que River pensó cuando conoció a Gordon Grant fue que no le gustaba. Y lo segundo que pensó fue que no le gustaba absolutamente nada.

No supo por qué, fue algo instintivo.

Pero se obligó a ser amable y estrechó su mano igual que habían hecho instantes antes su propio padre y su hermano. Después, todos se reunieron en el acogedor salón como cada año. La chimenea estaba encendida y Jim había puesto canciones de Elvis.

—Fascinante —comentó Gordon mientras miraba a su alrededor y se fijaba en los espumillones y el antiguo sofá familiar de cuero marrón—. Es como viajar a los años ochenta.

River estuvo a punto de hacer un comentario, pero lo detuvo la mirada de advertencia de Maddox. Luego, olvidó el asunto cuando Vivien apareció cargada, como siempre, con un montón de suéteres de lana. En esa ocasión eran verdes con el dibujo de un tren en el centro del pecho. Cada uno cogió el suyo y se lo puso.

—¿Esto va en serio? —Gordon sonrió.

—Oh, muy en serio. Tradiciones familiares, ya sabes —le dijo Nicki con una sonrisa cómplice, como si se tratase de una broma privada—. ¿Te ayudo?

Él quiso decir: «Tiene treinta años, sabrá ponerse un suéter». Pero se limitó a contemplar la escena mientras una sensación incómoda se arremolinaba en su pecho.

—No, no, déjalo. Ya me lo pondré más tarde.

Como era habitual, Agatha intentó acaparar la atención de Nicki. Le contó anécdotas del colegio y del nuevo profesor. Le enseñó el hueco que había dejado en su dentadura la caída de su primer diente la semana anterior. Le dijo que había traído su cuento para que pudiesen leerlo juntas y que, quizá, podrían inventar otro. También que tenía que escuchar esta o esa otra canción. Hablaba sin cesar.

—¿Qué tipo de canción?

—¡De *rock*, claro! ¿Verdad, papá? —Miró a River con la impaciencia propia de la niñez—. ¡Tenemos un montón de discos! Cada día elegimos uno.

—Qué bien. —Nicki sonrió.

—¿Leemos tu cuento?

—Creo que ahora no es un buen momento, pero podemos hacerlo cuando terminemos de cenar y sea la hora del postre.

—¿*Tu* cuento? —intervino Gordon.

—Sí, lo escribió para mí. ¿No se lo has dicho? —Agatha se mostró decepcionada, como si lo primero que Nicki debiese explicarle a cada persona que se cruzase en su camino fuera que, en efecto, había escrito un cuento.

—Bueno, es que...

—¡Te lo enseñaré! —Agatha fue a cogerlo y regresó con una sonrisa inmensa en la cara. Colocó el cuento en el regazo de un aturdido Gordon y lo abrió—. *La bruja Agatha contra los cazadores de dragones.* —Pasó algunas páginas—. ¿Ves? Todo lo recortó y lo hizo Nicki. ¿Te has fijado en los peces con colas de flores? ¿Y en que las nubes son botones? Pero lo más divertido son las adivinanzas del final.

—Esto es... desternillante. —Gordon cerró el cuento sin apenas mirarlo y le dirigió a Nicki una mirada divertida—. ¿Cómo se te ocurrieron todas esas cosas tan estrafalarias? Nunca hubiese pensado que tuvieses tanta imaginación.

—Fue hace tiempo —murmuró ella.

Se sucedió un silencio que Jim rompió.

—Mi hija me comentó que eras escultor.

—Sí. Me va bastante bien, no me quejo.

—Es famoso. —Nicki lo miró como si fuese un semidiós que acababa de decidir celebrar la Navidad con ellos en lugar de hacerlo en el cielo—. Ha hecho bastantes exposiciones y la crítica lo adora. Ha firmado un contrato con una galería italiana.

—No me avergüences delante de tu familia —protestó Gordon con una sonrisilla presuntuosa, porque era evidente que disfrutaba recibiendo halagos.

—Qué bien —dijo Jim con torpeza.

—Yo también soy famosa y de mí no alardeas tanto —bromeó Mila mientras se paseaba por el salón con un vestido de flecos amarillos que contrastaba con el suéter.

—Abuela... —Nicki se sonrojó.

—Es la verdad —dijo Heaven—. ¿Sabes que la semana pasada nos contactó una marca de productos capilares? Si la abuela se tiñe el pelo de rosa nos pagan mil pavos.

Gordon Grant parecía horrorizado.

—¿Y piensa hacerlo?

—¡Pues claro que sí! —Mila lo miró como si fuese imbécil—. Ya veré en qué me gasto el dinero y, si llegado el momento no necesito nada, lo donaré. Es lo que siempre hago. No me gusta meterlo en el banco, no me fío de la gente que lleva corbata.

Nicki intervino para cortar la conversación:

—Será mejor que vayamos ya a la mesa.

Gordon se levantó y se sentó junto a ella.

Era el único que no iba de verde. Vestía una pulcra camisa blanca con un chaleco marrón, pantalones elegantes y el pelo engominado hacia el lado derecho. River tardó cinco minutos en comprender que la sonrisa ladeada era su marca de la casa y que la usaba constantemente, así que era difícil saber si bromeaba o hablaba en serio. Y había algo en su manera de no mirar fijamente a los ojos a su interlocutor que lo incomodaba.

—¿Qué lleva esta salsa? Está deliciosa, señora Jackson —dijo dirigiéndose a su madre—. Si se lo propusiera, podría ser chef de algún restaurante de Nueva York.

—Ya me ocupo de El Anzuelo Azul.

—¿Es una taberna del pueblo?

—No exactamente. Pero...

—¿Cuánta gente vive aquí?

Owen Maddison vio la oportunidad de entrar en la conversación y comenzó a relatar la historia de Cape Town y su variable población en el transcurso de las últimas décadas. Gordon no tardó en aburrirse y cambiar de tema. Se dirigió a River:

—Nicole me ha dicho que eres pescador.

—¿Nicole? —Él alzó las cejas.

—Ese es mi nombre. —Ella lo miró desde el otro extremo de la mesa y River notó algo amargo abriéndose paso cuando recordó las últimas palabras que se habían dicho aquel verano: «Ya no sé quién eres»—. Su hermano y su padre también son pescadores.

—Es una tradición familiar —dijo Maddox mientras pinchaba un trozo de pescado—. Aunque en verano estamos centrados en el turismo y...

—Todo el mundo la llama Nicki —aclaró River.

—Bueno, no puede decirse que yo sea «todo el mundo».
—Gordon le sonrió a Nicki y cogió su mano—. De hecho, quizá este sea un buen momento...

—No sé si... —vaciló ella.

—¿Quieres anunciarlo tú?

—¿Anunciar el qué? —Mila bebió vino.

—Veréis... —Nicki tomó aire—. Gordon y yo...

—Vamos a casarnos —la cortó él antes de que ella pudiese terminar la frase.

—¿Qué? —Vivien dejó caer el tenedor.

—¡Sorpresa! —Gordon se echó a reír.

—Pero... —Heaven frunció el ceño—. Si os conocisteis hace tres meses.

—Lo sé, todo ha sido un poco rápido —dijo Nicki.

—Así es el amor. —Gordon se encogió de hombros y después sujetó a Nicki por la barbilla y le dio un beso apasionado—. La boda será en verano.

—Pues... ¡enhorabuena! —Heaven se levantó.

Luego, todos la imitaron y se acercaron para felicitar a la pareja. Gordon se sentía cómodo siendo el centro de atención. Nicki se mostró entusiasmada y se le escaparon un par de lágrimas cuando su madre le dio un abrazo y la meció con cariño.

—Me alegra que seas feliz —le dijo limpiándole las mejillas.

Cuando Jim se ausentó para ir a buscar una botella de champán, Agatha se lanzó a los brazos de Nicki y le preguntó por el vestido de novia. Mientras todo aquello sucedía alrededor, mientras el mundo se había detenido para empezar a girar en la dirección contraria, Maddox le apretó el hombro a River y él sintió, de verdad sintió, que aquel contacto era lo único que lo mantenía anclado a la realidad.

Nicki no lo miró ni una sola vez. Él no se acercó a ella.

Brindó por el compromiso. Después, se bebió el contenido de su copa de un trago y se puso en pie con rudeza. Evitó fijar la vista en nadie en particular cuando dijo:

—Iré a por los postres y todo eso.

—¡Yo quiero leche, papá!

Asintió y se metió en la cocina.

Apoyó los codos en la encimera. Tomó aire. Con los ojos cerrados, se alisó el entrecejo. Luego se obligó a incorporarse. Se dijo: «Venga, muévete, haz algo, coge cosas, abre la nevera, respira, sal ahí fuera». Así que eso hizo. Encontró una bandeja y empezó a colocar encima dulces navideños y galletas de jengibre.

Oyó pasos. No le hizo falta girarse para saber quién era.

Nicki se plantó a su lado: brazos cruzados, rostro crispado, hombros tensos, los pies juntos y enfundados en unos zapatos de tacón que nunca hubiese asociado a ella.

—No me has felicitado.

River la miró y respiró hondo.

—Felicidades —masculló.

—No estás siendo sincero.

—Nicki, ¿podemos dejarlo estar? No es un buen momento.

—¿Cuál es tu problema? Han pasado casi tres años desde la última vez que tú y yo... —Ella dejó la frase inacabada y negó con la cabeza—. ¿Sabes? No importa, porque nunca hubo nada, tú no lo permitiste. Y, ahora, deberías alegrarte por mí.

Le sostuvo la mirada un instante.

—Lleváis tres meses juntos.

—¿Y eso qué importa?

—Ni siquiera lo conoces.

—¿Vas a darme lecciones de amor?

—Solo es una apreciación. Tómatelo como quieras.

—Mírate... —Nicki tragó saliva, visiblemente alterada—. Te

comportas como si lo supieses todo, pero en el fondo no tienes ni idea. ¿Cuál ha sido tu relación más larga? Piénsalo antes de contestar lo primero que se te pase por la cabeza.

River apretó los labios. Abrió la puerta de uno de los armarios de la cocina y sacó más pastelitos navideños, que dejó en la bandeja. Las voces que provenían del salón eran un eco lejano. El silencio entre ellos se volvió opresivo.

—Aparta. Tengo que pasar —dijo River.

—Así que eso es todo. No vas a disculparte.

—Dame una razón por la que debería hacerlo.

—Porque me duele que te comportes así. —Clavó los ojos en él y le sostuvo la mirada, pese a que daba la impresión de estar a punto de llorar—. ¿Sabes cuál es tu problema? Que parecía que lo tenías todo con tan solo chasquear los dedos, pero en realidad era justo al revés. ¿Recuerdas que cuando éramos pequeños tu taquilla se llenaba de cartas cada San Valentín? Mucho en cantidad, poco en calidad.

—Nicki...

—Supongo que es frustrante para ti aceptar la felicidad ajena.

River respiró hondo. La expresión de su rostro se tornó granítica. Cogió la bandeja y se dirigió hacia la puerta, aunque tuvo que rozar a Nicki al pasar por su lado.

—¿No piensas decir nada?

Se paró de golpe. No la miró antes de espetar:

—Si te dijese lo que pienso, nuestra amistad terminaría esta noche. Así que no, no lo haré. Es Navidad y nos están esperando. Coge el maldito tetrabrik de leche.

River volvió a la mesa y soportó el resto de la velada.

Fue el primero en irse. Alegó que Agatha estaba cansada y se despidió de todos con un gesto informal cuando cogió a su hija en brazos. La abuela Mila los acompañó hasta la puerta y le colocó bien el gorro a la niña. Luego, le acarició a River la me-

435

jilla. Él se dio la vuelta y se marchó a paso rápido hasta el coche, porque aquel gesto minúsculo estuvo a punto de provocar que se derrumbase. Y no podía permitírselo. No podía.

Ya en la cama, Agatha preguntó:

—¿Me lees el cuento de Nicki?

—¿No te apetece ningún otro? Si te lo sabes de memoria... —Se sentó a su lado y suspiró—. Está bien, como quieras. «Érase una vez una valiente bruja que vivía con su abuela en una casita a orillas del bosque...».

Cuando terminó la lectura, lo dejó en la mesilla de noche.

—Creo que al novio de Nicki no le ha gustado mucho, pero la historia es genial, ¿verdad? Nunca me canso de mirar las imágenes, son como el mundo al revés.

«El novio de Nicki es imbécil», quiso contestar él.

—Quizá no sepa apreciarlo.

—Sí, quizá. ¿Estás bien, papá?

River vaciló. Quiso decirle que sí, que estaba perfectamente, pero luego recordó lo que siempre le decían él y su madre: que entre ellos no había secretos, que a las emociones hay que mirarlas de frente, nada de darles la espalda y esconderlas.

—Estoy... un poco triste.

—¿Por qué?

Fijó la mirada en el techo.

—Supongo que conforme pasan los años uno empieza a preguntarse si tomó las decisiones adecuadas y si se dejó por el camino algo importante.

—¿Y tú lo hiciste?

—Es posible.

—Pero si eres el mejor...

River sonrió y se giró hacia Agatha para mirarla. Aún tenía sus ojos, de un azul profundo, pero a sus casi ocho años las facciones de su rostro habían ido cambiando hasta configurar una identidad propia que se alejaba de la de sus padres.

—No siempre. ¿Te he contado alguna vez que cuando naciste tenía tanto miedo que estaba paralizado? —Agatha negó con la cabeza y él prosiguió—. No sabía hacer nada bien. No conseguía calmarte, ni dormirte, ni que eructases.

—¡Papá! —Ella se echó a reír.

—Lo digo en serio. Un día estábamos en las rocas, te caíste y te hiciste esta cicatriz de aquí. —Deslizó la punta del dedo por la línea rosada—. Y yo pensé que iba a morirme. Fue la primera vez en mi vida que deseé cambiarme por otro ser humano para aliviar su dolor. Tuve pesadillas durante meses. Pero ese golpe me salvó de mí mismo.

—¿Qué quieres decir?

—A veces necesitamos que algo nos recuerde cuáles son nuestras prioridades.

River se dejó abrazar por la pequeña y, luego, le dio un beso en la cabeza y apagó la luz. Agatha se removió inquieta antes decir:

—Papá.

—Dime.

—Nicki estará muy guapa vestida novia.

—Seguro que sí.

—Quiero ver el vestido.

—Lo sé.

—Será especial.

—Duérmete ya.

—Tiene que ser como ella: único. Y debería llevar el pelo trenzado y lleno de flores. Le diré que puedo encargarme de ir a buscarlas ese mismo día.

—Agatha...

—Está bien, ya me duermo.

—Buenas noches, *rockstar*.

—Buenas noches, papá.

MILA, NAVIDAD DE 2015

(Lo que rompimos)

Mientras los demás recogían los restos de la cena, Mila observó la escena que sucedía ante sus ojos: Nicki y Gordon delante de la chimenea. Él no dejaba de enroscar un mechón de cabello naranja entre sus dedos y ella reía tontamente. Lo miraba como si él fuese una valiosa obra de arte y ella tan solo un garabato. Quiso acercarse a ellos y preguntarle a Gordon: «¿Qué problema tienes con la gente que desea teñirse el pelo de rosa? ¿Acaso interfiere en que por la mañana te levantes y te sientes en el retrete como todos los días?». Pero la mano de Owen sobre la suya, el suave apretón de comprensión, le recordó que no siempre es buena idea dejarse llevar por el primer impulso.

Lanzó un suspiro y se comió otro bombón.

HEAVEN, NAVIDAD DE 2015

(Lo que rompimos)

—No me puedo creer que vayas a casarte —comentó con aire distraído delante de las brasas de la chimenea. Todos se habían marchado. Solo las hermanas Aldrich permanecían despiertas disfrutando de un chocolate caliente—. ¿Habéis follado?

—¡Heaven!

—¿Qué pasa? Es que tiene pinta de ser un estirado. —Se encogió de hombros y sonrió—. Aunque a veces las apariencias engañan. Hace unos meses tuve un lío con un profesor de artes marciales y su mujer. Pensé que sería aburridísimo porque él parecía, bueno, ya sabes, demasiado estoico y todo eso. Pero fue sexo de libro.

—¿Sexo de libro?

—Sí, del que es difícil imaginar que exista en la vida real. Y ella hacía una cosa increíble con la lengua, de verdad, no sé cómo la giraba para...

—Es suficiente.

—Pensaba que habrías superado la fase «Me da pudor hablar de genitales».

—Yo pensaba que tú habrías madurado.

—Te has vuelto un poco sibarita, ¿sabes? Pero lo entiendo, yo también me limpiaría el culo con billetes de diez dólares si fuese a casarme con un tipo rico.

—Heaven, por favor...

Entonces, tras un silencio corto que ambas aprovecharon para tomar un sorbo de chocolate, su hermana la miró a los ojos con una franqueza inusual:

—¿Estás enamorada de él?

—Sí —admitió Nicki.

—Lo sé. Se te pone la cara toda roja... —Heaven soltó una risita—. Justo como en este momento. ¿No te funciona el truco de las jirafas sonrientes?

—No.

Heaven estiró las piernas y suspiró.

—¿Y qué hay de River?

—No sé a qué te refieres.

—¿Ya no lo quieres?

—Es River. Claro que lo quiero. —Nicki tragó con fuerza y fijó la mirada en las brasas candentes. Brillaban. Era un brillo intenso, casi violento. Hacía tiempo que no se tomaba un instante de pausa para apreciar un detalle semejante—. Ni siquiera sé no quererlo, ¿entiendes? Tendría que aprender a hacerlo. Pero Gordon es el futuro.

—Y menudo futuro. ¿La tiene grande?

Nicki no pudo evitar reírse y negó con la cabeza.

—Eres desesperante.

—No has respondido a la pregunta.

—¡Ni pienso hacerlo!

—¿De qué narices hablas con esa amiga tuya pija?

Luego, sin venir a cuento, Heaven apoyó la cabeza en su hombro y Nicki se dejó embargar por el cariño que le tenía a su hermana. Se quedaron quietas y en silencio hasta que el brillo de las brasas comenzó a apagarse.

MADDOX, NAVIDAD DE 2015

(Lo que rompimos)

Cargado con una bandeja donde llevaba algunas sobras de la cena de Navidad que Vivien y Jim se habían empeñado en darles, Maddox acompañó a sus padres hasta la casa de al lado y lo dejó todo sobre la encimera de la cocina mientras su madre encendía las luces y chasqueaba la lengua. Sabía lo que venía a continuación:

—No me gusta ese chico, no.

—Isabelle... —le advirtió su padre.

—¿Por qué no se ha puesto el suéter?

—Quizá tenía calor —dijo Maddox, aunque a él tampoco le habían hecho gracia algunos comentarios o que cortase a Nicki cada vez que hablaba.

—¡Se conocieron hace tres meses! —insistió ella—. ¿Por qué tiene tanta prisa en casarse con nuestra Nicki?

—Son jóvenes, están enamorados...

—Sebastian, no se trata de eso. Lo único que digo es que todo es muy precipitado y que una boda es algo serio que deberían haber pensado detenidamente...

—Mila tampoco lo hizo y le va bien.

Maddox guardó las sobras en la nevera mientras sus padres seguían debatiendo.

—¡No es lo mismo! Mila está curtida. Nicki es muy sensible, lleva toda la vida intentando encontrar su lugar en el mundo y cree en el amor sin dobleces. ¿Recordáis cuando de pequeña se ponía a llorar porque las flores se marchitaban?

—Sí —dijeron Maddox y su padre al unísono.

—Pues eso. Que necesita algo sólido.

—Si todo esto es por River...

—Sebastian. —Lo miró seria—. Por supuesto que me entristece todo lo que ha ocurrido entre ellos, pero esto va más allá...

Maddox llegó a la conclusión de que era el momento idóneo para marcharse. Cogió una botella de leche de la nevera, porque no había hecho la compra, y dijo:

—Mañana hablamos. Descansad. —Le palmeó la espalda a su padre y luego se inclinó para besar a su madre—. Tranquila, Nicki sabe que estamos aquí.

Condujo despacio por las calles del pueblo. Una fina capa de nieve cubría la carretera, los tejados y las farolas que batallaban contra la oscuridad de la noche. El frío afilado se cernió sobre él tras bajar del coche. Fue entonces, mientras encajaba la llave en la cerradura, cuando se dio cuenta de que unos metros más allá estaba aparcado un modelo deportivo de un llamativo color rojo que no solía verse por la zona. La puerta del coche se abrió y Dennis salió del interior y se dirigió hacia él.

—¿Qué estás haciendo aquí otra vez?

—Vaya. Feliz Navidad para ti también.

—No estoy de humor, Dennis.

—Ya veo. Venga, abre.

Las llaves tintinearon en la mano de Maddox. Su rostro era inexpresivo, aunque por dentro estaba viendo pasar media vida ante sus ojos: los momentos buenos fundiéndose con los más amargos hasta desembocar en ese instante.

—Lo que te dije iba en serio. Será mejor que te marches.

—No lo entiendes. —Algunos copos de nieve se enredaban en el pelo rubio de Dennis, que miraba nervioso a un lado y otro de la calle como si temiese que algún vecino pudiese verlos—. Ya no estoy con Rose. Se acabó.

Maddox mantuvo la calma.

—¿La dejaste tú?

—Bueno...

—Responde.

—No exactamente. —Dennis dudó y cambió el peso del cuerpo de un pie al otro—. Ella se enteró de... cosas. ¿Podemos entrar ya?

—Me alegro por Rose. Parecía una buena chica. —Maddox lanzó un suspiro cansado, abrió la puerta y, luego, se giró—. Vete a casa, Dennis.

—¿Y eso qué significa?

—Ya lo sabes. Cuídate.

Después entró, cerró tras él. Se quitó la chaqueta y la colgó del perchero. Se despojó de las botas, el gorro de nieve y la bufanda. Guardó la botella de leche en la nevera y puso a punto la cafetera para poder empezar la mañana con buen pie.

Cuando se metió en la cama, durmió en paz.

EL BRILLO DE LAS LUCIÉRNAGAS

Durante las noches de verano, a Nicki le encantaba buscar luciérnagas entre las ramas de las lilas que trepaban por la valla del jardín. Heaven y ella señalaban los destellos amarillos, verdes y anaranjados que revoloteaban cerca. «¿Por qué brillan, papá?», le preguntó un día Nicki. Y él le dijo: «Por la bioluminiscencia». «¿Eso qué es?». «En algunos organismos vivos se crea una reacción química que produce luz. No lo recuerdo bien, pero creo que tiene que ver con una enzima llamada luciferasa». Nicki dio vueltas y vueltas por el jardín hasta que todo se tornó borroso y cayó al suelo entre risas. «¿Yo puedo ser bioluminiscente?». «Me temo que no, cariño, a menos que en otra vida acabes convertida en una medusa o una anémona». «Oh, no, River no podría ni mirarme».

Nicki se tumbó sobre la hierba húmeda junto a Heaven.

Fascinada, contempló las luces intermitentes. Varios años más tarde, leyó en un artículo de una revista que las luciérnagas pasan casi toda su vida bajo tierra, durante la etapa larval que puede durar hasta dos años. Después, cuando por fin llegan a la edad adulta y dejan ver la belleza de su brillo al salir al mundo exterior, apenas viven un par de semanas. Durante ese tiempo, casi ni comen. Solo se aparean, ponen huevos y mueren.

NICKI, FEBRERO DE 2016

(Lo que rompimos)

Llevaba días cogiendo el teléfono, buscando su nombre y echándome atrás en el último momento. La idea me perseguía desde hacía semanas. Mi relación con River había sufrido altibajos: desde la amistad incondicional que nos unió durante la infancia hasta los roces que surgieron cuando nuestras vidas se bifurcaron. Pero siempre nos habíamos reconocido incluso en nuestros errores. Nunca nos habíamos mantenido tan alejados como entonces y estaba convencida de que la razón era el miedo, porque cada vez que hablábamos se alzaban más espinas entre nosotros y ninguno salía ileso.

No dejaba de pensar en las palabras que le había dicho en Navidad, cuando estaba alterada y dolida y me sentía terriblemente insegura. El día que subiese al altar, no quería tropezar con su mirada y ver rencor en esos ojos que me habían acompañado siempre. River formaba parte de mí. Cada vez que le contaba a Gordon alguna anécdota, aparecía su fugaz sonrisa traviesa. Y estaba también en lo aprendido, las costumbres anidadas en las raíces, la horquilla que guardaba en el joyero o las chaquetas de lana que cogían polvo al fondo del armario. Estaba en todas partes sin estar.

Vacilante, deslicé el dedo por el canto suave del teléfono, busqué su nombre y, esa vez sí, llamé. River descolgó al cuarto o quinto tono.

—¿Nicki? —Una pausa—. ¿Estás bien?

Tragué saliva al oír el tono preocupado de su voz.

—Sí. Llamaba porque he estado pensando y yo, bueno...
—Tomé aire, insegura—. Se me ocurrió que podrías venir unos
días a Nueva York. Necesito a alguien de confianza que me ayu-
de con los últimos detalles: las pruebas del vestido, revisarlo
todo, elegir el pastel de una vez por todas...

—¿Quieres que sea tu dama de honor?

—No exactamente. No quería decir...

—Tienes a Babette y a Heaven para eso.

—En realidad, ya está casi todo listo, solo necesito otra opinión.

—¿Y Gordon no puede hacerlo?

—Está muy ocupado.

—Claro. Oye, mira...

Supe que iba a decirme que no. Y tenía razones para hacerlo, porque estaba siendo infantil y egoísta al pedirle aquello sin
darle la verdadera razón.

—River, te echo de menos. —Las palabras sonaron torpes,
aunque era lo más sincero que le había dicho en mucho tiempo—. Puede que... Puede que esto solo sea una excusa como otra
cualquiera para poder pasar tiempo juntos y decirte que me gustaría mucho que intentásemos llegar a una tregua, porque estoy
cansada de estar enfadada por cosas que deberíamos dejar atrás...

—Joder, Nicki.

—Solo serán dos días.

—¿Cuándo?

—¿Tienes libre el próximo fin de semana?

Oí un suspiro largo al otro lado de la línea.

—Supongo que sí.

—Te mandaré los billetes. Gracias, River.

Y luego colgué, tan solo porque temía que pudiese echarse
atrás. Respiré hondo con el teléfono aún en la mano. Pese a
todos los baches con los que habíamos tropezado, necesitaba que River formase parte de mi vida, de mi boda, del futuro.

ROMPER LO QUE YA ESTÁ ROTO

Si a una planta le quitas las flores, volverán a brotar. Pero, si la arrancas de raíz, ya no hay nada que hacer. Necesitaríamos un conjuro oscuro para revivirla.

LA BRUJA AGATHA

FRAGMENTOS PREVIOS A LA BODA, 2016

(Lo que rompimos)

Fragmento uno

El avión de River aterrizó puntual.

Nicki fue a recogerlo. Se adentraron en el metro de Nueva York. Él parecía animado. Ella se mostraba un poco nerviosa. Sentados juntos en el interior del tercer vagón, sus cuerpos se apretaron cuando pararon en la siguiente estación. Una de las luces de los fluorescentes del exterior parpadeaba. River pensó: «La vida es como ese maldito fluorescente, a veces se enciende, a veces se apaga, y un día, de pronto, deja de funcionar para siempre». El metro reanudó la marcha. Él se esforzó por fingir normalidad cuando salieron al exterior y se vio rodeado por la inmensa ciudad. La escuchó con atención mientras le hablaba de que se sentía estancada en el trabajo, de sus lugares preferidos de Nueva York, de su distanciamiento con Babette, de la boda que se celebraría en unos meses, de que a los padres de Gordon les parecía una decisión precipitada y de que no encajaba en la familia Grant, pese a lo mucho que intentaba complacerlos.

Y aunque a River le costaba respirar, se propuso ser un buen amigo. Quizá no perfecto, pero sí aceptable. Algo en un término medio.

Fragmento dos

—¿Estamos solos? —River observó los techos altos del apartamento.

—Sí. Babette está saliendo con un chico, así que aparece
poco por aquí. Y Gordon está en Italia. ¿Te he contado que va
a exponer en una galería y que...?

—Lo dijiste antes, sí. ¿Dónde dejo la maleta?

—En la habitación de invitados.

—¿Quién paga todo esto?

—Es de los padres de Babette. Yo me encargo de la compra,
todavía debo buena parte de los préstamos que pedí para la
universidad... —Abrió la puerta del dormitorio que él ocupa-
ría—. Me iré a vivir con Gordon en cuanto nos casemos. Por lo
visto, sus padres piensan que debemos seguir una serie de pasos muy concretos.

River dejó la maleta de mano sobre la cama.

—¿Qué tenemos que hacer ahora?

—Yo necesito un café con urgencia.

—Ya somos dos. Venga, vamos.

Fragmento tres

—Así que no has elegido el pastel de boda.

—No, aunque todo el mundo piensa que sí. La hermana de
Gordon quiso hacerse cargo, pero teniendo en cuenta que ya
se ocupó del menú pensé que esto nos correspondía a nosotros. Y luego, bueno... Gordon pasa muchas horas en su estudio. Así que visité varias pastelerías de una lista que me pasó la
organizadora de la boda que los Grant contrataron y, en fin,
estuve una semana entera probando pasteles, pero...

—No pudiste decidir.

—Es importante. Necesitaba otra opinión.

River estuvo a punto de hacer una broma, pero entonces se dio cuenta de lo inmensa que era la soledad de Nicki y tuvo que reprimirse para no abrazarla en medio de la calle, porque sabía que si lo hacía no sería capaz de volver a soltarla. Pensó que él hubiese podido acudir a muchas personas para que lo ayudasen a tomar una decisión semejante: sus padres, Maddox, sus amigos, los Aldrich, Kinsley o cualquier vecino del pueblo con los que a veces compartía una cerveza o un café.

Se preguntó a quién tenía Nicki en aquella gran ciudad.

Quién la conocía de verdad.

Quién la querría como él lo hacía.

La pastelería tenía un escaparate inmenso y hacía esquina en una calle transitada. Olía a asfalto y al humo de los coches que zigzagueaban cambiando de carril para intentar arañarle unos segundos al reloj. Ya en recepción, ella le dijo a la chica que los atendió que tenían una cita y los hicieron pasar a una sala de tonos rosas y grises.

Nicki saludó a una mujer de cabello oscuro a la que parecía conocer de anteriores visitas. Le aseguró que aquel día tomaría una decisión y se sentaron. No tardaron en explicarles los ingredientes y la elaboración de cada pastel.

River contempló los cuatro pedazos de tartas de boda que tenían delante; los colores iban desde el chocolate más intenso hasta un blanco empolvado. Probó la primera, que no le sorprendió. Después, hundió el tenedor en la que ella acababa de llevarse a la boca y la saboreó despacio. Nicki miró sus labios mientras esperaba el veredicto.

—¿No crees que está deliciosa? —le preguntó—. Es preciosa con todas estas flores alrededor y, además, sabe a rosas. Pero las notas finales dejan un regusto a...

—Cerezas —adivinó River en voz baja.

—Eso es. —Nicki asintió y le sonrió.

—Pues creo que ya tenemos el pastel.

—Sí. Este es... perfecto.

Fragmento cuatro

—Me gusta esto.

—¿La cena? —River dejó la servilleta a un lado.

—También. Pero, sobre todo, que tú y yo estemos bien.

—Sí. Supongo que podría acostumbrarme —bromeó River y le dio otro trago a su copa de vino. Afuera, tras la ventana, la calle estaba llena de gente a pesar de que ya había oscurecido. Contrastaba con la quietud que a esas horas reinaba en Cape Town.

—Cuéntame algo de estos últimos meses que no sepa.

—Pues... —River se frotó el mentón y ella pensó que aquella noche estaba muy guapo; el fulgor de las velas del restaurante creaba luces y sombras en su rostro y él parecía relajado—. Agatha y sus amigos usan a todas horas la cama elástica que le regalé al cumplir los ocho, así que me paso las tardes cuidando a la mitad de los niños del vecindario. Gratis —puntualizó y Nicki rio—. Y este año tengo ganas de que empiece la temporada turística, hasta he estado estudiando sobre la zona...

—¿En serio?

—Si algún día vienes a casa con algo de tiempo te llevaré a una excursión. Este verano le he prometido a Agatha que iríamos de acampada a la isla de Mount Desert.

A Nicki le estremeció la manera en la que él pronunció la palabra «casa», porque ella tuvo que pensarlo. Necesitó unos segundos para recolocar cada cosa en su lugar y comprender que River se refería a Cape Town. No es que a Nicki le viniese a la mente ningún otro sitio. Eso fue lo curioso. No visualizó absolutamente nada.

—El vino está bueno —dijo él.

—Sí. Es un Violon d'Ingres Rouge.

—No sabía que entendieses del tema.

—A Gordon le gusta. He aprendido algo —explicó, y se inclinó hacia él—. ¿Te acuerdas de la primera vez que lo probamos? Fue idea tuya, por supuesto. La abuela se dejó media copa y tú la cogiste de la cocina...

—Me supo asqueroso.

—A mí también. —Nicki sonrió—. Igual que la cerveza que le robaste a tu padre, creo que la agitamos más de la cuenta y todo era espuma...

Los dos se miraron entre risas.

—Estuviste tosiendo media hora.

—La culpa fue tuya. Te obsesionaba tanto cometer locuras y hacer todo lo que no tenías que hacer... —Bebió otro sorbo—. Recuerdo que una vez tu madre consiguió que te comieses un puré de espinacas tras decirte que si se te ocurría tocarlo te castigaría durante toda la semana. Así que cogiste la cuchara, claro. No dejaste ni una gota.

—Mi madre siempre se aprovecha de las circunstancias.

—Y mírate ahora, tan sensato.

—Tú también has cambiado. —River dejó su copa y se relamió los labios antes de mirarla con una intensidad que estaba fuera de lugar—. Yo sentía fascinación por lo prohibido, sí, pero tú... tú creías en la magia, joder. En todo lo que no existe. —A Nicki se le escapó una carcajada y él continuó—: Y siempre ibas detrás de las cosas brillantes como si fueses una urraca. Tenías una caja de los tesoros y pensabas que las motas de polvo que flotaban eran el rastro de las hadas.

—¡Tenía su lógica!

—Claro. —Sonrió con ternura y contempló las gotas de cera que se escurrían por la vela encendida antes de volver a alzar la vista hacia la centelleante chica que tenía delante—.

¿Recuerdas cuando me hablaste del brillo de las cosas intangibles?

—Sí.

—Pues en ese momento no entendí nada de lo que estabas diciendo, la verdad. Pero, es curioso, últimamente pienso bastante en el asunto...

—Nos estamos poniendo trascendentales.

—Será por el vino.

—Pediré la cuenta.

Fragmento cinco

River apenas pudo pegar ojo en toda la noche, en parte por el colchón y en parte por saber que Nicki se encontraba a una habitación de distancia.

Al levantarse, fue directo a la máquina de café.

Acababa de servirse una taza cuando ella apareció despeinada, con un pijama de dibujos, la marca de las sábanas en la mejilla derecha y maquillaje bajo los ojos.

Pensó que estaba preciosa.

—¿Café?

—Sí, gracias. —Nicki se sentó en uno de los taburetes de la cocina—. ¿Has podido dormir bien?

—Sí —mintió.

—Bien, porque nos espera un día duro. —Cogió la taza que él le ofreció y le dio un sorbo—. Primero tenemos que confirmar los arreglos florales, después pasar por la tienda de vestidos de novia para probármelo una vez más y que des tu veredicto, luego asistir al lugar donde se celebrará la boda y asegurarnos de que todo esté en orden.

—¿Sabes que hay personas a las que les pagan por esto?

—Te debo un favor enorme.

—Ya me lo cobraré...

Se sonrieron hasta que el teléfono de Nicki interrumpió el momento. Miró la pantalla, se levantó y se metió en su dormitorio. Cerró la puerta. Tardó casi media hora en regresar y se bebió el café con dos sorbos largos.

—¿Era Gordon?

—Sí, ¿por qué?

—No sabe que estoy aquí, ¿verdad? —dedujo River y se rascó el mentón con incomodidad—. ¿Le has contado lo que pasó entre nosotros?

—No. —Nicki midió bien sus palabras—: Tan solo serviría para que todo fuese más raro. Apenas hablasteis durante la cena de Navidad, así que digamos que no eres su persona favorita. Es mejor que no sepa que has venido porque no quiero que piense cosas que no son.

—¿Cosas que no son?

—Ya sabes a qué me refiero.

River quiso decirle que el hecho de que se viese obligada a esconderle aquello a su prometido le parecía una señal de que algo no funcionaba como debería, pero se dio cuenta de que si lo hacía rompería el idílico momento de paz que estaban viviendo.

—Está bien. No es asunto mío.

Y luego dejó la taza en el fregadero.

Fragmento seis

Los recibieron dos mujeres cuando entraron en aquella tienda de alta costura; el papel floreado de las paredes era de color lavanda y el techo tenía una llamativa forma abovedada. River se quedó un poco rezagado mientras a Nicki le explicaban los últimos arreglos que le habían hecho a su vestido de novia. El lugar olía a un perfume amaderado y cítrico. Con las manos en los bolsillos, River contempló aquel mundo repleto de encaje, brocados, tul, tafetán y satén. Siendo sincero, casi todos los vestidos le parecían iguales. Al menos, hasta que vio una manga de color verde pálido que sobresalía entre las demás. Se acercó y apartó la percha. El vestido era sencillo, casi el que podría haber usado una invitada de boda, pero tenía pequeñas flores bordadas entre las transparencias y ese aspecto mágico que a él siempre le recordaba a ella por asociación.

—Claro, te lo pruebas y volvemos a ajustarlo.

—Perfecto. Esperaremos en la otra sala —le dijo Nicki a la mujer, y se giró hacia River—. Venga, vamos. ¿Quieres que pidamos algo de beber?

—¿Has visto este vestido?

Nicki se fijó en la prenda que River sostenía.

—Es muy bonito, sí. Pero si me casase con un vestido así tendría que contratar servicios médicos para que asistieran a mi suegra y a sus amigas en mitad de la ceremonia.

River suspiró y volvió a colgar la percha.

Siguió a Nicki hasta una sala llena de luces y se sentó en un sofá. Les sirvieron un té de flores. Una de las mujeres trajo el vestido de novia y acompañó a Nicki al interior del probador. River respiró hondo mientras esperaba. Estaba inquieto. No dejaba de repiquetear con el pie sobre el pulido suelo de mármol. Tuvo que reprimir el impulso de levantarse y largarse de allí cuando la dependienta salió y se hizo el silencio.

Nicki abrió la puerta. Él se fijó primero en los zapatos de tacón y luego en la cola blanca de ese vestido que caía en capas hasta llegar a las caderas, donde se estrechaba dando lugar a un escote con forma de corazón. La tela era lisa y sobria.

—¿No dices nada? —Nicki lo miró dubitativa.

—Estás... —River inspiró—. Estás muy guapa.

—¿Tengo un aspecto... elegante?

—Sí. —Dejó el té y se levantó.

—Bien. —El alivio relajó su rostro—. Porque en los últimos meses me he probado cientos de vestidos y ninguno me convencía. No quería pedirles dinero a mis padres, pero tampoco aceptar el de mis suegros, así que tenía que ajustarme al presupuesto...

River vio las grietas de Nicki.

La vio intentando encajar en el mundo, buscando un pequeño rincón donde poder ser ella misma, esforzándose por gustar y caer bien y sentirse querida.

—¿Te probaste el verde?

—Ese vestido está descartado.

—Aunque te gusta —adivinó River.

—Como también me gusta lamer el azúcar glas de los dónuts, pero no puedo permitirme hacerlo en la oficina durante el almuerzo. Hay reglas sociales.

—Lo entiendo. —River asintió—. Pero, al menos, ya que estamos aquí, date el capricho de probártelo. Espera, iré a hablar con una de las dependientas.

—¡River! ¡River, déjalo...!

Pero él la ignoró y desapareció para regresar cinco minutos más tarde con el vestido. Nicki puso los ojos en blanco, aunque lo cogió y sonrió antes de meterse en el probador.

River no se sentó, se dedicó a dar vueltas por la sala como si fuese un animal enjaulado. Sentía que algo le oprimía el pecho y era una sensación demoledora, como si una piedra le aplastase las costillas. Se revolvió el pelo. Suspiró. Se frotó el mentón. Se dijo: «Cálmate de una puta vez». Respiró hondo en busca del aire que le faltaba.

Entonces oyó el chasquido de la puerta del probador y ella apareció ante sus ojos como si fuese un hada del bosque en mitad de la ciudad. Y River pensó que quizá era justo así: aquella chica, la que él recordaba, pero también la que había dejado de conocer. Dos versiones de Nicki fundiéndose ante sus ojos en un instante.

Llegó a ella con tres zancadas impacientes.

La miró a conciencia. Las transparencias del cuello, las flores trepando por su escote, el contraste del verde pálido con su cabello anaranjado, las pecas agolpándose alrededor de la nariz, los labios húmedos...

—Te odio por haber hecho que me lo probase —empezó a decir Nicki con una sonrisa—. Ahora pensaré en este vestido cada día de mi vida, tanto en la boda como cuando vaya a comprar al supermercado. Es terriblemente bonito.

Pero River no la estaba escuchando.

No podía hacerlo porque solo era capaz de oír los latidos de su propio corazón retumbando en sus oídos, en la cabeza, en el centro del pecho.

Su voz sonó rota al hablar:

—No te cases con él.

—¿Qué?

—No lo hagas...

River supo que estaba cometiendo un error cuando se inclinó hacia ella, le sostuvo las mejillas con las manos y la besó. Fue un impulso. Un impulso egoísta, desesperado y primitivo. Nicki se quedó paralizada, con la respiración acelerada, y luego su boca se movió sobre la de él un instante, solo uno, como si no hubiese podido contenerse antes de lograr pensar con frialdad y dar un paso atrás.

Lo miró con los ojos acuosos. Estaba temblando.

—¿Por qué has hecho eso?

—Ya sabes por qué. —River se frotó los labios y tomó aliento—. Lo siento. Joder, sé que no debería... Pero es que estoy tan cansado de sentir todo esto...

—Ahora ya es tarde...

River clavó los ojos en ella.

—¿Y si te dijese que te he querido de todas las maneras que existen? Te he querido de forma platónica y te he querido con dudas, te he querido como se quiere cuando eres demasiado joven para plantearte que eso no lo es todo y te he querido antes y después de ser padre. Te he querido solo como amigo y te he querido pensando en ti cada noche. En ocasiones ni siquiera he sido consciente de quererte y otras veces lo he hecho con tanta intensidad que me dolía el pecho al pensar en ti. Pero lo peor de todo es que casi nunca te he dicho que te quiero porque me parecía tan cotidiano como que el cielo sea azul o que exista la puta gravedad.

—No me hagas esto, River.

Nicki estaba llorando en silencio. Él alargó la mano y le acarició la mejilla con suavidad. Cuando ella alzó la vista, supo que todo estaba perdido, que era tarde.

—¿Sabes cómo no me has querido? En el momento adecuado.

—Nicki... —River dejó escapar el aire que estaba conteniendo.

—No supimos hacerlo ninguno de los dos. —Se limpió las lágrimas—. Y ahora voy a casarme con otra persona y necesito cerrar las puertas del pasado para seguir adelante, ¿lo entiendes? Necesito... Lo necesito.

«Necesitar» era una palabra que a River le ponía los pelos de punta, porque implicaba algo más que querer o anhelar. Así que se vio asintiendo con la cabeza. Se vio asintiendo, dando un paso atrás y aceptando los deseos de Nicki.

—De acuerdo.

—Bien.

No se miraron a los ojos.

—Creo que debería irme.

—Sí. Por favor...

River estuvo a punto de inclinarse para darle un beso en la

frente, una despedida digna, pero la actitud tensa de Nicki lo disuadió. Dio media vuelta, salió de la tienda, respiró el humo de la ciudad y oyó el ruido de las obras y del tráfico; y se tragó la tristeza y deseó estar en casa, ver amanecer mientras revisaba las trampas de langosta, abrazar el cuerpo cálido de Agatha, reírse junto a Mila, sentirse arropado por Maddox.

Fragmento siete

Las lágrimas caían por sus mejillas y no podía hacer nada por contenerlas. Se llevó una mano al corazón. Evitó mirarse al espejo porque no quería enfrentarse a la imagen que sabía que le devolvería: ella con aquel vestido tan mágico como improbable, las manos temblorosas y los labios todavía húmedos de él, de ella, de los dos juntos.

Intentó calmarse. Respiró hondo. Alzó la vista hacia el techo y la fijó en la luz cálida que caía sobre ella. Las paredes estaban recubiertas por un papel cremoso de color lavanda que le había parecido precioso al entrar allí por primera vez. No entonces, cuando tenía la impresión de que el estampado de flores se cernía sobre ella como una amenaza.

Se sentó en el suelo. Tuvo cuidado porque no quería estropear el delicado encaje de las mangas y la parte superior del escote. Echó la cabeza atrás y cerró los ojos.

RIVER, EL DÍA DEL FUNERAL, 2017

(Lo que somos)

Me quedo rezagado delante de la tumba un rato más. Sigue chispeando. Contemplo el hueco de tierra que se abre bajo mis pies y de pronto me siento más ligero. Entiendo que todo tiene un final. Y entender eso, encajar una idea tan abstracta en el marco de mi vida, me golpea con fuerza y me devuelve a la realidad: ahí, justo ahí, al dolor, a lo efímero de la existencia, al peso de la pérdida.

MADDOX, PRIMAVERA DE 2016

(Lo que rompimos)

Estaba limpiando la embarcación cuando Levi Dunne apareció en el muelle y lo llamó. Maddox tardó unos instantes en ubicar al profesor de su sobrina porque resultaba evidente que no encajaba con el entorno. Luego, tomó conciencia de que podría estar allí porque le hubiese surgido un problema a su hermano.

—¿Ha ocurrido algo?

—No, no, yo... —Levi se frotó las manos con nerviosismo. Daba la impresión de que le costaba mirarlo a los ojos—. En realidad estaba buscando a River.

—Pues se fue hace un rato.

—Claro, sí, esto... —Se ajustó las gafas sobre el puente de la nariz—. Quizá tú puedas ayudarme. Estoy preparando un proyecto que quiero presentar en el consejo escolar para el próximo año. Tiene que ver con los oficios que forman parte del pueblo.

—No te sigo.

—Si aceptan la propuesta me gustaría organizar una salida al mes. La idea es llevar a los niños a pasar unas horas a una cafetería, al supermercado, a la fábrica que está a las afueras o, claro está, a pescar langostas. Creo que es bueno que tomen conciencia de los trabajos de sus familias de una manera dinámica.

Maddox lo meditó unos segundos.

—Es interesante —admitió.

—He oído que vuestra embarcación es grande porque organizáis excursiones y quería saber si estaríais dispuestos a participar en esta idea... —Su voz perdió fuerza cuando alzó la vista hacia Maddox—. Además, necesitaría a alguien que guiase la salida. Debo confesar que sé poco sobre pesca...

—¿«Poco» es «nada»?

—Sí, bueno... Esto, sí. Nada.

Maddox apretó los labios para no reírse y eso le sorprendió, porque existía muy poca gente que consiguiese arrancarle una sonrisa. Contempló un instante al hombre que tenía delante con un remolino en el pelo alborotado, los lustrosos zapatos a juego con la ropa estilo años setenta, la nariz y las orejas pequeñas, el semblante tímido.

—¿Quieres subir? Te enseñaré la embarcación.

—Yo... —titubeó—. Claro. Fantástico.

Maddox le tendió una mano que Levi cogió. Tenía los dedos cortos y se mordía las uñas. Tiró con fuerza para ayudarlo a subir y, luego, dejó que explorase por su cuenta y se limitó a hacer algunas apreciaciones más técnicas.

—Y en cuanto a esta zona... —Maddox se interrumpió cuando echó un vistazo tras él—. Oye, ten cuidado con esa cuerda de ahí, no vaya a ser que...

Pero ni siquiera las advertencias directas parecían ser suficientes para neutralizar la torpeza natural de Levi Dunne. Y, aunque Maddox logró cogerlo del brazo, fue demasiado tarde y los dos acabaron en el suelo de la embarcación.

—Mierda. —Maddox apretó los dientes al golpearse la espalda y se quedó allí tendido, con la vista fija en el cielo plomizo. Giró la cabeza para mirar a Levi, que se estaba colocando bien las gafas—. ¿Cómo es posible...? ¿Cómo puedes ser tan...?

Las mejillas redondeadas de Levi se encendieron.

—¿Patoso? Bueno... —Parecía avergonzado mientras intentaba incorporarse apoyando los codos—. Nunca se me ha dado bien la vida al aire libre. O la vida, a secas. Además, es evidente que me sobran algunos kilos y...

—No digas tonterías.

Maddox se levantó con agilidad y le ofreció una mano. Levi vaciló, quizá por una cuestión de orgullo, pero terminó aceptándola. Se sacudió la ropa en cuanto se puso en pie y tomó una profunda bocanada de aire.

—Entonces, ¿colaboraríais con una salida?

—Sí. Me parece una buena idea.

Y entonces Levi sonrió satisfecho y Maddox se dijo que hacía mucho tiempo que no encontraba tanta verdad en un gesto. Y era una sonrisa bonita. Tanto que siguió pensando en ella horas después, cuando se metió en la cama e hizo balance de qué había sido lo mejor del día. No tuvo dudas. Deseó que Levi Dunne le sonriera otra vez.

NICKI, EL DÍA DE LA BODA

(Lo que rompimos)

Con un nudo en la garganta, aparté el delicado velo de chifón hacia atrás y me miré en el espejo. Encontré unos ojos grandes e insondables que parecían contener el agua de un pantano, porque había una calma plomiza en ellos. El vestido blanco de novia se ceñía a mi cuerpo: las mangas eran de encaje, el corpiño me abrazaba la cintura y la falda caía en capas como si fuese un delicioso pastel de merengue listo para engullir.

Me giré un poco para verme de perfil y comprobar que cada mechón de pelo estuviese en el lugar adecuado. El recogido se mantenía intacto.

«Todas las chicas brillan el día de su boda».

¿Dónde había leído esa frase? No estaba segura, pero sonreí cuando las palabras calaron en mí. Y luego aparecieron otras flotando en el aire como lo hacen las hojas del otoño. «Brillas», con esa voz ronca que conocía perfectamente. «Brillas». Dejé caer las palabras al suelo. Los vestidos de novia no tienen bolsillos, no había dónde guardarlas.

—Estás preciosa, Nicki —dijo mi madre.

—¿De verdad? —insistí.

—No puedo soportarlo más. —Heaven resopló y se colocó delante de mí—. Llevamos una hora repitiendo lo mismo. Sí, estás despampanante, increíble, maravillosa. No mentimos. ¿Puedes empezar a creértelo de una vez?

La abuela soltó una risita mientras le echaba un vistazo a mi joyero. Cogió la horquilla dorada que River me había regalado a los catorce años y la contempló bajo la luz de la ventana con los ojos entrecerrados.

—¿Quieres que te la ponga en el recogido?

—Abuela, no puedo llevar un abejorro en mi boda.

—¿Por qué no? Si es muy tú y, además...

—¿Podéis dejarme un momento a solas?

Isabelle rodeó a la abuela por los hombros y la condujo con delicadeza hasta la puerta tras los pasos de mi madre y mi hermana.

Después, solo quedó silencio.

RIVER, EL DÍA DE LA BODA

(Lo que rompimos)

La boda se celebró en Long Island, en una propiedad en la exclusiva zona de los Hamptons. Habían dispuesto las sillas sobre el césped recién cortado y, en la zona del banquete, colgaban de las vigas orbes de cristal de aire con flores rosas y velas encendidas. Unas piedras blancas y anchas delimitaban el sendero que el novio recorrió del brazo de su madre. Nicki apareció poco después. La luz del atardecer caía sobre ella como si atrajese el sol con algún conjuro mágico. No respiré. Contuve el aliento mientras ella daba un paso tras otro hasta llegar al altar con una sonrisa.

A mi lado, Maddox se mantenía firme y lo sentía cerca, como si me estuviese pasando el brazo por los hombros pese a no moverse ni un centímetro.

Agatha me cogía de la mano. O quizá era yo quien cogía la suya y me aferraba a ella para ignorar el impulso de dar media vuelta y largarme de allí.

Aguanté durante la ceremonia, los votos, los suspiros, el intercambio de anillos, las sonrisas de medio lado y, finalmente, el beso que selló el enlace. Aguanté mientras nos movíamos como ganado hacia un jardín abierto, bebíamos copas, conocíamos a otros invitados. Aguanté cuando fuimos hacia las mesas, nos sentamos de forma ordenada, degustamos los entrantes, comentamos trivialidades.

Nicki no se acercó.

Yo tampoco me acerqué a ella.

Llevábamos meses sin hablar, desde el día que cogí un avión rumbo a casa con la certeza de haber roto el último hilo que nos mantenía unidos.

Había estado a punto de no asistir a la boda, pero me dije que más allá de todo lo que había ocurrido entre nosotros, éramos familia. Teníamos que serlo. Porque, si no, ¿qué nos quedaba entonces?

NICKI, EL DÍA DE LA BODA

(Lo que rompimos)

Me sentía como si tuviese la tripa llena de bebida burbujeante. No podía dejar de sonreír. Mientras bailábamos bajo las luces de las guirnaldas y las velas, Gordon me miraba como si no hubiese nadie más alrededor y solo estuviésemos él y yo, viviendo ese instante que recordaríamos hasta el final de nuestros días y al que, quizá, acudiríamos con frecuencia. Diríamos cosas del estilo: «Te quiero tanto como la noche que me casé contigo». Y contaríamos anécdotas sobre el postre demasiado dulce o la tía de Gordon que se había desorientado en mitad de la cena porque, alrededor de la zona del banquete, la oscuridad de la noche se cernía sobre el jardín de la inmensa propiedad.

—Estás preciosa. —Se inclinó para susurrarme al oído—. No puedo creer la suerte que tengo de haberme casado contigo.

Sonreí sintiéndome en la cima de una montaña muy alta.

—Soy yo la afortunada.

—De eso nada. —Me cogió de la mano para que diese una vuelta al ritmo de la canción—. ¿Sabes lo que desearía hacer ahora mismo? Largarme de aquí contigo, solo contigo. Hacerte el amor en el suelo del estudio y luego plasmarte de alguna manera, aunque solo fuese un dibujo, congelarte así, como estás ahora.

—Es muy romántico.

Gordon se inclinó y me besó despertando los vítores de algunos de los invitados. Luego, su boca rozó mi oreja.

—No puedo esperar a que el día termine para que al fin estemos tú y yo, solo tú y yo.

RIVER, EL DÍA DE LA BODA

(Lo que rompimos)

Cogí otra copa y di un par de sorbos. Sabía a algo afrutado. La que acababa de terminarme era de ron. Y la anterior... No estaba seguro. Para ser sincero, ya no llevaba la cuenta de las que había bebido. La gente bailaba en el jardín al ritmo de la música. Heaven se acercó y movió las caderas con la esperanza de que la siguiese.

—No estoy de humor.

—Ya veo. Ahora entiendo la cara que debían de tener los condenados a muerte durante la Inquisición. Venga, anímate.

Alcé mi vaso en alto como respuesta.

—Lo estoy intentando, créeme.

—Bien. Iré a dar una vuelta por si encuentro algo interesante. De momento, los invitados por parte del novio me resultan igual de atrayentes que el apio.

Sonreí con apatía y la vi desaparecer entre la multitud.

Me terminé la copa que tenía en la mano y cogí la siguiente. Di un trago antes de acercarme a uno de los árboles iluminados. Bajo él, mi familia y los Aldrich estaban reunidos. Agatha bailaba felizmente con mi padre. Mi madre, Jim y Vivien charlaban de quién sabe qué. No había rastro de Mila y Owen. Mi hermano se limitaba a mirar a los invitados.

—¿Cuánto falta para que podamos largarnos?

—Un poco —respondió—. ¿Estás bien?

—Por supuesto... Sí, claro que sí...

Maddox inclinó la cabeza.

—River, ¿estás borracho?

—Bueno... Depende de lo puntilloso que seas. Puedo andar —me defendí, aunque sentía que la cabeza me funcionaba con lentitud—. Y luego... puedo ser consciente de que esta boda es jodidamente pretenciosa. Y también puedo... veamos...

—Mierda. Espera aquí.

Debería haberle hecho caso, pero sentirme así de inestable con Agatha alrededor me resultaba incómodo, así que al final me mezclé entre la multitud. Las pequeñas luces encendidas parecían formar senderos interminables bajo la oscuridad de la noche. De pronto, entre zapatos coloridos de fiesta, distinguí parte de la cola del vestido de novia y cambié de rumbo en el último momento. Cogí otra copa con el borde recubierto de azúcar de la bandeja que un camarero portaba con gesto pétreo. ¿Esa de qué era? ¿Piña colada? ¿Alguna otra fruta exótica? El regusto era dulce.

Alcé la vista mientras me relamía los labios.

Las estrellas centelleaban en lo alto del cielo.

Alguien me dio unos golpecitos en el hombro. Me giré y me encontré con los ojos almendrados de Babette que me contemplaban con curiosidad.

—¿Qué estás mirando?

—Nada. —Me encogí de hombros.

—Ha pasado mucho tiempo desde la última vez que nos vimos. —Alargó la mano y me mesó el pelo con una confianza que no le había dado—. Menudas circunstancias, ¿no crees? ¿Quién iba a imaginar que la tímida Nicki se casaría con el soltero de oro?

No contesté, pero la busqué con la mirada.

Nicki se reía de algo que le estaba diciendo Gordon al oído. Parecía dichosa. Pensé que no era nadie para dudarlo. Que aquello era lo que ella había elegido. Que quizá el hombre con el que acababa de casarse la conocía mejor de lo que yo lo hacía, porque ella ya no era la chica de antaño, eso estaba claro, y yo también era un hombre diferente.

—Brindemos —le dije a Babette.

—¿Por qué? ¿Por la amistad? ¿Por el amor? ¿Por el sexo?

Me hizo gracia su actitud provocadora, la curva seductora de su sonrisa. La mano que instantes atrás había hundido en mi pelo descendió hasta acariciarme el lóbulo de la oreja. Pensé: «Puede que no sea mi tipo, pero es muy guapa». Y luego: «¿Qué más da lo que haga o deje de hacer? Si esta noche nada importa, nada de nada de nada...».

—Por el sexo, obviamente.

—Me parece bien. Chinchín.

Chocamos nuestros vasos y bebimos.

Después nos miramos sonrientes. Estábamos cerca, muy cerca, peligrosamente cerca. La mano de Babette ejerció una ligera presión en mi nuca que fue más que suficiente para acortar los centímetros que separaban sus labios de los míos. Una mueca de satisfacción cruzaba su rostro cuando nos separamos un instante para tomar aire. Volvimos a besarnos. Estaba bien. Todo estaba bien. No sé qué era lo que buscaba ella, pero a mí me bastaba con el calor de su cercanía para burlar la soledad.

—¿Babette? —La voz de Nicki interrumpió el momento y di un paso atrás un poco confundido—. Te estaba buscando para lanzar el ramo, pero veo que estás ocupada.

Nicki se alejó levantándose el vestido para caminar más rápido. Una mujer que no había visto antes le preguntó a dónde iba y contestó que necesitaba unos minutos para ir al baño. Babette me miró con cierta frialdad y se encogió de hombros.

—No se puede tener todo en esta vida.

—Voy a ir a buscarla —logré decir, porque notaba que las palabras se me atascaban en la garganta, gelatinosas y escurridizas.

NICKI, EL DÍA DE LA BODA

(Lo que rompimos)

El corazón me latía con fuerza sin razón.

Dejé de caminar en cuanto me alejé de las luces y la música y me sentí a salvo. Me refugié detrás de uno de los setos perfectamente recortados del jardín, en un banco de piedra. Cerca debía de haber un rosal, porque el aroma de las flores flotaba alrededor.

Solo necesitaba un momento para serenarme.

Respiré hondo y pensé en todo lo que estaba roto, las cosas y las personas que pertenecen al ayer y ya no podemos rescatar. El futuro se adivinaba brillante.

Oí el crujido de sus pasos inseguros.

—Nicki...

—Preferiría estar sola.

—Yo también preferiría tantas cosas... —Su voz sonaba lejana, casi como si fuese un eco del pasado—. No tienes ninguna razón para molestarte por...

—No me molesta. No me importa.

—Bien. —Se sentó a mi lado. Su pierna rozó el vestido. Llevaba un traje oscuro, la camisa blanca, se había quitado la corbata—. Enhorabuena por la boda.

—River.

—Lo digo en serio. —Él alzó la mano y me apartó un mechón de cabello detrás de la oreja. Cerré los ojos—. Incluso cuando me duele pensar en ti, siempre me consuela saber que eres feliz, que has tomado tus propias decisiones.

Lo miré en la oscuridad. Me tembló el labio inferior.

—No me hagas llorar...

—No intento hacer eso.

—Arruinaría el maquillaje.

—Claro. —Su voz se volvió fría y se sucedieron varios gestos: apartó la mano, lanzó un suspiro, se puso en pie sin prisa—. Supongo que no hay nada más que decir.

—Supones bien. Adiós, River.

Me levanté, lo miré una última vez y regresé sobre mis pasos dejándolo allí. Caminé hacia las luces que titilaban entre los árboles y los invitados. Quise convertirme en una luciérnaga más bailando en el jardín, ajena a que ese brillo que tanto me atraía y fascinaba, en ocasiones, también era una señal de peligro.

TERCERA PARTE

LO QUE SOMOS

(2016-2018)

UN AGUJERO LLAMADO SOLEDAD

¿Imaginas que pudiésemos hacer un conjuro para olvidar todo lo que duele?

¡Sería una catástrofe, pequeña Agatha! No podrías conocerte a ti misma.

LA BRUJA AGATHA

RIVER, VERANO DE 2016

(Lo que somos)

La excursión de hoy para ir a ver ballenas ha durado cinco horas, con un almuerzo incluido a cargo de El Anzuelo Azul que ha consistido, claro está, en bollos de langosta con mantequilla. Hemos hecho un recorrido por la bahía de Penobscot; Maddox se ocupaba del timón y yo de amenizar el trayecto con datos históricos del lugar, que sirvió como puerta de entrada a Bangor y formó parte del territorio tradicional de los indios wabanaki, que significa «pueblo de la luz del amanecer». Tras dejar atrás las numerosas islas de la zona, Islesboro, North Haven y Vinalhaven, nos alejamos veinte millas mar adentro mientras las aves sobrevolaban la embarcación.

Vimos ballenas y delfines.

Nunca me canso de contemplar las caras llenas de asombro de los niños, sus manitas señalando un punto en medio del océano, el viento alborotándoles el pelo. Los padres intentando ajustar los prismáticos que no sueltan de las manos, las madres cogiendo en brazos a sus hijos para que tengan mejores vistas.

—¿Ha sobrado algún bollo?

—Creo que un par —contesta Maddox.

Junto a mi hermano, termino de dejar preparada la embarcación para el día siguiente. Los turistas se han ido contentos, compartiendo fotografías y anécdotas mientras se alejaban por el muelle. La tarde empieza a caer sobre Cape Town.

—Me llevo uno —le digo mientras me pongo la capucha de la sudadera—. Voy a pasar un rato a ver a Agatha. Hoy tenía clase con Heaven.

—Bien. Mañana sé puntual.

Le dirijo una mirada burlona.

El problema no es que yo llegue tarde, sino que Maddox considera que la puntualidad es aparecer diez o quince minutos antes de la hora acordada.

Me alejo del puerto caminando sin prisa, disfrutando de las vistas mientras saboreo el bollo de langosta. Está delicioso. No entiendo cómo es posible que diez años atrás, cuando tenía diecisiete, no me gustase. Ahora, mientras le doy un bocado tras otro, soy consciente de que no se trata solo de comida, sino de una tradición y de un modo de vida. La casa donde crecí se ha levantado en torno a la pesca y a la cocina de la langosta. La casa donde Agatha está creciendo, también. El murmullo de los barcos y el olor a gasoil a las cuatro y media de la mañana forman parte de los ruidos cotidianos. Y es reconfortante sentir que todos hablamos el mismo idioma, que conocemos los entresijos de la industria pesquera, que sabemos quién es quién cuando nos cruzamos.

Oigo la música antes de abrir la puerta de la academia de baile.

Kinsley está sentada junto a otros padres y alza una mano en alto. Un poco más allá, nuestra hija y sus amigas imitan los movimientos de una Heaven enérgica, enfundada en sus mallas fucsias de licra. No deja de decir: «¡Venga, venga, arriba, seguid el ritmo, moved esas cinturas, manos en alto y uno, dos, tres...».

—¿Todo bien? —Le doy a Kinsley un beso en la mejilla.

—Sí, las tiene hipnotizadas.

Heaven salta sin parar.

—Lo mejor de los días que hay clase de baile es que se duermen en cuanto las metemos en la cama —comenta Gisele, la madre de otra alumna—. Es una maravilla.

Sonrío y me acomodo junto a Kinsley sin dejar de observar a Agatha a través del cristal que separa la sala de baile. La música es horrible. De verdad, horrible. Una mezcla de *hip hop* y ritmos latinos. Aunque es indudable que invita a mover el esqueleto.

Kinsley y yo somos, con diferencia, los padres más jóvenes. La mayoría han pasado la barrera de los cuarenta o están a punto de hacerlo. En ocasiones, es inevitable que nos sintamos fuera en algunas conversaciones, pero en general estamos bastante integrados en el ambiente escolar, asistimos a cumpleaños, colaboramos en la última fiesta de la primavera y, de vez en cuando, tomamos café con otros padres en Brends.

—Míralas, si Heaven les dijese que rodasen por el suelo como armadillos lo harían sin pensar. La adoran —dice Kinsley en voz baja mientras sonríe.

—Es como una de esas presentadoras de Disney Channel.

—Sin duda. Por cierto, ¿has sabido algo de Nicki?

—No.

Y noto algo pesado en la garganta.

Porque es cierto. No tengo noticias de ella. Ni tampoco sus padres, su hermana o Mila. La última vez que la vi estaba vestida de novia y a punto de llorar.

Y después...

Después... nada.

Absolutamente nada.

MADDOX, VERANO DE 2016

(Lo que somos)

Esa noche la taberna está llena de gente. Es un sábado de finales de verano y los vecinos del pueblo se mezclan con los últimos turistas de la temporada. El ambiente es festivo. Los clientes hablan alto y las carcajadas se entremezclan con la música que suena de fondo.

Maddox está sentado en un taburete alto delante de la barra. A su lado, Levi Dunne le está contando que su madre colecciona dedales de todos los rincones del mundo. Pese a que la conversación no es trascendental, le gusta pasar el rato con él. Le gusta mucho porque es fácil y divertido. No tiene que mantenerse alerta ni se le tensan los hombros, sino todo lo contrario. Junto a Levi, los músculos de Maddox se relajan y puede soltar el aire que no sabía que estaba conteniendo antes de serenarse. Desde el día que coincidieron en el muelle quedan a veces para tomarse un par de cervezas y charlar. Él no conoce a nadie y Maddox conoce a todo el mundo, así que está intentando que se integre. Eso es todo. O, al menos, es lo que se repite cuando se queda demasiado tiempo mirando sus labios.

—Así que dedales...

—Sí. Cuando fui a casa en Navidad, me llevé a mi gato y rompió tres. Mi madre le ha vetado la entrada. Imprimió un cartel con su cara y puso una cruz encima.

—No puede ser verdad.

—Lo es. Admito que Bigotes es difícil. Ayer discutí con la vecina, Velma Abbot, porque se cuela en su casa para ver a la persa peluda que tiene. Y eso que lo castré.

—Un gato perseverante.

—Sí. —Levi se gira hacia el camarero—. ¿Me pones otra cerveza? Gracias. —Se estira la camiseta con ese aire despistado que a Maddox le resulta encantador—. ¿Por dónde iba? Ah, sí, las fechorías del gato. El caso es que siempre se trae algo entre patas.

—Será una venganza por lo que le hiciste.

—¿Darle un techo, comida y amor?

—Pero sin sexo. Y es una parte interesante de la vida. —Maddox se lleva la cerveza a los labios para esconder una sonrisa al ver la expresión de Levi. Resulta curiosa la manera en la que ese hombre despierta un lado juguetón que ni siquiera sabía que tuviese—. ¿No estás de acuerdo?

—Sí, bueno... el sexo es... sí, claro...

—¿Te incomoda hablar del asunto?

—¿Qué? ¿Yo? ¡No! Qué va...

La risa de Maddox flota entre ellos hasta que decide inclinarse hacia Levi. Distingue el aroma de su colonia mientras, alrededor, la gente ríe, habla y baila. Sus taburetes están tan cerca que las rodillas se rozan. Acerca los labios a su oído.

—Levi.

—¿Sí?

—Me gustas.

La respiración entrecortada de Levi le sugiere que los dos están dispuestos a romper la distancia que se interpone entre ellos. Maddox decide hacerlo. Quiere besarlo. Pero, justo en ese instante, percibe una figura familiar un poco más atrás y vuelve a enderezar la espalda de golpe.

Dennis está allí, mirándolo fijamente junto a otros antiguos compañeros del instituto.

—¿Estás bien? —Levi titubea.

—Sí, sí, solo... —Se frota la mandíbula. No sabe si debería ser sincero o seguir guardándose para sí mismo aquella historia. Al final, al mirarlo a los ojos, toma una decisión sin más—. No te gires. Hay un hombre detrás de ti con el que tuve una de esas historias que nunca acaban bien, de las que se sufren más que se disfrutan.

Levi se mantiene alerta, pero asiente.

—Entiendo lo que quieres decir.

Maddox lo mira con atención y, por un momento, se olvida de que Dennis está en el local porque lo único que desea es descifrar la arruga que surca la frente de Levi.

—¿Por eso acabaste en este pueblo? ¿Querías alejarte?

—Sí. —Levi se coloca bien las gafas y suspira.

Maddox sonríe lentamente. Le gusta que tenga capas y tener la oportunidad de ir conociéndolo poco a poco. Se separa de él para poder mirarlo a los ojos. Le parecen tan bonitos como su sonrisa y son de un color que le recuerda a la miel. Se acerca. Levi tiene las mejillas sonrojadas, pero, en lugar de apartarse, desliza una mano hasta su rodilla. Maddox deja sobre la barra la cerveza y, después, acorta la distancia que los separa y lo besa.

El beso es lento, dulce y prometedor.

Mientras ocurre, Maddox solo tiene claras tres cosas: que Dennis forma parte del pasado, que la torpeza de Levi disminuye considerablemente cuando se trata de besar y que le resulta liberador estar allí con él, en la taberna de siempre y junto a los vecinos de siempre, sin tener que preocuparse por nada más allá del presente.

—Este... Este beso... —Levi balbucea.

—No ha sido porque él esté aquí. —Se adelanta Maddox antes de que pueda sacar conclusiones precipitadas—. Deseaba hacerlo desde hace días. —Se pone en pie y le tiende una mano—. ¿Te apetece dar un paseo? Los dos solos.

—Es una gran idea. —Levi sonríe y acepta su mano.

Salen del local sin mirar atrás y Maddox respira hondo.

Le pasa a Levi una mano por encima de los hombros y caminan sin rumbo entre besos. Y Maddox piensa que está bien. Todo está mejor que bien.

EL DIARIO DE NICKI

(Lo que somos)

3 de agosto de 2016

Hemos tenido que regresar dos días antes de lo previsto de la luna de miel. La primera semana todo fue idílico, un maravilloso oasis durante el que apenas salimos de la cama. La segunda semana las cosas se torcieron cuando Gordon recibió una llamada de su agente, que le dijo que habían devuelto varias obras suyas de una galería porque necesitaban espacio para la próxima exposición de un emergente artista suizo.

Gordon montó en cólera.

Ni siquiera pudo dormir. Le hice masajes, le acaricié la espalda, le susurré que aquello no significaba nada, pero fue imposible conseguir que se relajase. Daba igual si pasábamos el rato en la playa o estábamos en la piscina del hotel con una copa en la mano, Gordon solo hablaba de ese suizo y de sus horribles creaciones.

Sufrí por él. No soporto verlo así.

29 de agosto de 2016

Entre mi mudanza y los cambios del último mes, todavía no habíamos podido desenvolver todos los regalos de boda. Ayer por la tarde estábamos abriendo las últimas cajas que quedaban y me encontré con un sobre de papel grueso. Era de River. Contuve la respiración mientras sacaba la carta que había en su interior. Me puse un poco nerviosa porque Gordon estaba a mi lado y temí que se tratase de algo demasiado personal. Ya se había quejado después de la boda por la manera en la que River lo miraba. «No me gusta ese amigo tuyo —decía—, preferiría que te mantuvieras alejada de él».

«¿Qué es eso?», preguntó quitándome el papel de las manos.

Me incliné hacia él para poder leerlo. El nudo que tenía en la garganta se deshizo en cuanto comprobé que no se trataba de algo escrito por River.

«Querida señorita Aldrich —empezó a leer Gordon—, hemos recibido una copia del manuscrito *La bruja Agatha contra los cazadores de dragones* y la valoración ha sido positiva. En el sello infantil de Moon Books que lanzaremos el próximo año, buscamos cuentos divertidos y llenos de aventuras que fomenten los valores en los que creemos. Nos interesaría poder hablar de su proyecto para concretar algunas cosas, como si se trata de una serie de libros o si estaría dispuesta a que hiciésemos ciertos ajustes en la parte ilustrada. Quedamos a la espera de su respuesta. Firmado: Ginger Davies».

«Tiene que ser una broma —dijo riéndose—. Además, ¿qué tipo de regalo es este? ¿Acaso no recibió la lista como todos los demás invitados a la boda?».

«No sé». Intenté coger el papel para meterlo en el sobre.

«Oye, no te habrás ofendido, ¿verdad? —Gordon se inclinó y me dio un beso en la sien—. Lo único que digo es que no me parece serio esto de los cuentos para niños. Imagínate si mis padres se enterasen. Hasta podría perjudicarte laboralmente».

«Claro».

Luego, no sé muy bien qué ocurrió, pero cuando media hora más tarde recogí los regalos no encontré la carta de la editorial. Y pensé que quizá era lo mejor, porque Gordon tenía razón. Era una tontería. Una gran tontería. No sé qué se le pasó a River por la cabeza para pensar que aquello podría ser una buena idea.

14 de septiembre de 2016

Anoche fuimos a una gala de premios y Gordon ganó uno de los galardones. Estaba pletórico. No apartó los ojos de mí cuando subió al escenario para decir unas palabras. Durante la cena, el resto de los invitados lo miraban con admiración y yo me sentía tan orgullosa de ser su acompañante que no podía dejar de sonreír.

Tampoco unas horas más tarde, cuando nos fuimos a casa, abrimos una botella de champán entre risas y Gordon me hizo el amor. Pensé que aquello debía de ser la felicidad. Ese instante en el que todo es tan perfecto que deseas que dure un poco más y el amanecer se retrase. Nos quedamos dormidos abrazados.

21 de septiembre de 2016

Hoy hace un año que Gordon y yo nos conocimos. Tengo la impresión de que, en muy poco tiempo, todo ha cambiado. Gordon tiene mucho trabajo, pero me ha mandado un ramo con una docena de rosas rojas a la oficina. Lo he llamado en cuanto lo he recibido para darle las gracias y me ha dicho que más tarde pasaría por casa una masajista y que, además, había reservado mesa en un restaurante japonés para cenar.

Todavía no he decidido si ponerme un vestido rojo o negro.

12 de octubre de 2016

Mi jefa ha vuelto a descartar uno de mis artículos. Ha dicho que era «artificial» y «muy poco original». No negaré que la última semana he estado ocupada asistiendo a un par de eventos a los que Gordon estaba invitado, pero tengo la impresión de que esa exigencia laboral tiene que ver con algo personal. Al fin y al cabo, mi jefa es amiga de los padres de Babette y apenas hemos vuelto a hablar desde la noche de la boda.

Prefiero no pensar en lo que ocurrió ese día entre River y ella.

Más tarde, durante la cena, le he contado a Gordon los problemas que estoy teniendo en la oficina. Se ha mostrado alterado y preocupado. Es enternecedor ver que le importa de verdad. Ya en el sofá, poco antes de irse a descansar, me ha sentado sobre su regazo y ha dicho: «Quizá deberías dejar ese trabajo. No te valoran como te mereces. Seguro que encontrarás algo mejor y, mientras tanto, puedes ayudarme a mí».

No paro de darle vueltas a sus palabras.

29 de octubre de 2016

Ayer hablé por teléfono con mis padres y la abuela. Se quejan de que cada vez llamo menos, pero es que me cuesta encontrar el momento porque la vida en Nueva York avanza a otro ritmo; siempre hay eventos, galas o cenas de amigos a las que asistir.

«¿Estás bien, cariño?», me preguntó mamá.

Me molestó que lo hiciese. O el tono de su voz, más bien. Un poco con tiento, como si se sintiese insegura al hacerlo. Le dije que sí, que estaba mejor que nunca. Le hablé del próximo viaje a Italia que haré con Gordon, de una pareja con la que quedamos a menudo, del cuadro que compré para el salón, de la exposición que mi marido tiene programada...

«¿Y qué hay de ti?», insistió.

«¿De mí? ¿Es que no me estás escuchando?».

«Sí, pero me refería a...».

Entonces cogió el teléfono la abuela y empezó a parlotear sobre ejercicios para fortalecer el suelo pélvico, una tienda de joyería artesanal con la que va a colaborar y una fruta exótica que promete funcionar para el deseo sexual.

«Abuela, tengo que colgar».

«Pero si todavía no te he contado lo mejor».

«Lo siento, es que me están esperando. Hablamos otro día».

Admito que fue una excusa. Cuando dejé el teléfono, me senté en el sofá y no hice nada, tan solo mirar a mi alrededor y admirar la sobriedad del apartamento decorado exclusivamente con tonos blancos y grises («Necesito que sea así para que no interfiera en mi creatividad», me había dicho Gordon). Lo mismo con el orden y la pulcritud; la asistenta venía a diario y nunca había nada fuera de lugar. Entonces, en ese momento tan irrelevante como cualquier otro, me di cuenta de que el silencio, en ocasiones, se vuelve denso. Fue incómodo pensarlo, así que me levanté a toda prisa y me metí en la ducha. El agua caliente me dejó la mente en blanco.

11 de noviembre de 2016

He dejado el trabajo.

23 de noviembre de 2016

Estamos en Italia. Gordon duerme. La noche ha caído y todo está en silencio. No sé cuánto tiempo he pasado contemplando el tráfico de la ciudad antes de decidirme a escribir. Llegamos a Florencia hace tres días. Los dos primeros fueron maravillosos, como estar viviendo dentro de un decorado. Visitamos la galería donde han expuesto parte de la obra de Gordon, conocimos al equipo y, después, nos dedicamos a callejear, cenamos en un restaurante e hicimos el amor al llegar a la habitación. Nos quedamos charlando hasta las tres de la madrugada.

Pero esta noche todo se ha truncado.

Acudimos a la fiesta que celebraba la galería en honor a Gordon. Él estaba inquieto porque horas atrás se había enterado de que, pese al éxito de parte de la crítica, las obras no se habían vendido tan bien como se esperaba. Intenté calmarlo en vano. Pasó toda la velada tenso; lo sé porque se le marca la vena del cuello y la rigidez se asienta en su mandíbula y sus hombros. Cuando un artista italiano se acercó a hablar conmigo para preguntarme qué nos había parecido la ciudad, Gordon montó en cólera.

Se acercó, me cogió de la mano y salimos de la fiesta.

«¿Qué es lo que te ocurre?».

«Ese gilipollas lleva toda la noche intentando ligar contigo. ¿Acaso no has visto cómo te sonreía? Joder, delante de mis putos ojos. —Se pasó una mano por el pelo y lanzó un suspiro—. Además, estaba harto de estar ahí. ¿Has probado el vino? —No contesté, tan solo seguí andando a su lado calle abajo—. No se lo ofrecería ni a mi peor enemigo».

De camino al hotel, se dedicó a criticar cada detalle de la fiesta. La comida, la ropa de los invitados, el suelo (excesivamente deslizante), las paredes (color musgo de gusto dudoso), el acento italiano cuando hablaban en inglés, la acústica del lugar.

Me mantuve en silencio hasta que llegamos a la habitación.

«¿Qué pasa contigo? ¿No piensas decir nada?».

Quise contestarle que había perdido la perspectiva y que no

estaba de acuerdo con él, pero al ver su expresión pétrea comprendí que solo serviría para empeorar la noche.

«Supongo que tienes razón».

«Claro que la tengo», masculló cabreado. Después, se sirvió un vaso de vodka del minibar y se encerró en la habitación. Yo me quedé en la zona de estar.

Y aquí sigo, escribiendo y mirando por la ventana, mirando por la ventana y escribiendo.

Hoy la soledad es un poco más grande que ayer.

No soporto sentirme lejos de Gordon.

2 de diciembre de 2016

He soñado con River.

Éramos pequeños. Yo iba en bicicleta, pedaleaba con todas mis fuerzas y el viento me alborotaba el pelo. Los pájaros cantaban alrededor y se movían entre las ramas de los árboles. River me adelantó en el último momento con una carcajada. Paramos en un claro. Yo recogía flores silvestres mientras él se sentaba en la hierba y me miraba y sonreía. Le faltaban algunos dientes que se le acababan de caer, tendría unos siete años. Cuando me acerqué a él sentí como si se me hinchase el corazón. Alargué la mano para tocarlo y, entonces, se esfumó. River se convirtió en volutas de humo que formaron espirales en el aire.

Me he despertado sudando y llorando.

Aún estaba alterada cuando me he girado y he visto el cuerpo de Gordon durmiendo a mi lado. Más allá, tras la ventana, se alzaban los edificios de la ciudad.

Todo seguía su curso.

He intentado volver a dormirme, pero no dejaba de ver el humo elevándose hacia el cielo antes de que las pequeñas partículas desapareciesen para siempre.

9 de diciembre de 2016

Todas las piezas de la próxima colección de Gordon están teñidas de color naranja. Dice que es en honor a mí porque soy la musa de cada una de ellas. No le gusta que vaya a menudo a su estudio, pero ayer me enseñó varias creaciones y me parecieron diferentes e interesantes. Luego, fuimos a cenar y brindamos por el futuro.

13 de diciembre de 2016

Hoy me he levantado y me he dado cuenta de que no tenía nada que hacer. Todavía no he conseguido otro trabajo y Gordon dice que es de lo más innecesario teniendo la cuenta bancaria llena. Además, así puedo acompañarlo a los eventos y viajes. Por otro lado, la casa siempre está impoluta. No tengo amigas. Ya no mantengo relación con Babette. Hace poco nos cruzamos en una fiesta y nos saludamos sin entusiasmo como lo harían dos viejas conocidas que apenas han hablado un par de veces. Supongo que, en cierto modo, cuando nuestros caminos se entrelazaron hace años las dos nos necesitábamos. Y después... después, en cuanto dejamos de hacerlo, no quedó nada lo suficientemente sólido como para que siguiésemos unidas.

«Ve a ver a mi madre, le encantará tomarse un café contigo», me dijo el otro día Gordon, pero la verdad es que me aterra quedarme a solas con ella.

Miro mucho por la ventana. A veces, paseo por la ciudad. Algunos días, como este, me quedo en la cama y escribo.

Quizá me acueste otro rato.

19 de diciembre de 2016

Vamos a quedarnos en Nueva York estas Navidades. Tuvimos una discusión por el asunto porque no veo a mi familia desde la boda, a principios de verano. Él asegura que la humedad de Maine es insoportable y que todo eso de compartir la velada con los vecinos no termina de hacerle gracia. Pero me ha prometido que iremos el próximo año.

25 de diciembre de 2016

Son las tres de la madrugada y está nevando.

La comida de Navidad ha estado cargada de tensión porque el padre de Gordon y sus hermanos no dejaban de hablar de negocios mientras su madre especificaba las calorías de cada uno de los platos que servía el personal de servicio. Uno de los sobrinos de Gordon ha roto un vaso sin querer y el padre le ha dado una colleja y le ha gritado que era estúpido. He apretado tanto el tenedor con la mano para evitar lanzárselo que se me han quedado los nudillos blancos. Después, cuando todos los niños se retiraron al salón de al lado para que los adultos pudiesen hablar tranquilamente, fui a verlos. Prefería estar en esa habitación y, además, no pensé que nadie fuese a echarme de menos.

Nos reunimos alrededor de la chimenea y les conté un cuento que titulé *La bruja Agatha y la magia de la Navidad*. A Peter, el niño que había tenido el percance con el vaso, le brillaban los ojos conforme avanzaba la historia y su hermana, un poco mayor, no dejaba de repetir: «¿Y luego qué fue lo que pasó?, ¿qué pasó?».

Me despedí de ellos cuando Gordon fue a buscarme.

Ahora, en medio del silencio de la noche, pienso en Agatha

y en lo mucho que le hubiese gustado el cuento. Y también en él, en River. Pero, sobre todo, en lo especial que era reunirnos alrededor de la mesa cada Navidad con los suéteres iguales, la comida caliente que habían pescado al amanecer, la abuela haciéndonos reír, Isabelle dejándome la marca del pintalabios en la mejilla al besarme, Maddox charlando con Sebastian y mi padre, Heaven diciendo tonterías. Y mamá. Mi madre rodeada por el olor a dulces y leña, abrazándome contra su pecho como si aún fuese una niña.

NICKI, ENERO DE 2017

(Lo que somos)

Sé que algo va mal cuando llego a casa, veo las llaves de Gordon en el recibidor y percibo ese silencio cargado de tensión que no puede significar nada bueno. Avanzo hasta el salón. No hay rastro de él. Dejo el bolso en el sofá y lo llamo, pero no contesta. Pienso que quizá haya recibido alguna mala noticia que sumar al fracaso de su última colección y se me encoge el corazón al pensarlo. Cuando a Gordon le va mal en el trabajo, todo lo demás se viene abajo como una bola de nieve que arrastra a su paso cada cosa que encuentra. Tras la última crítica que le hicieron en la que decían que la obra era tan pretenciosa como carente de profundidad, Gordon lanzó por los aires parte de la vajilla y tuvo la mano hinchada durante una semana tras golpear una pared. Se la curé cada día mientras le susurraba palabras de consuelo e intentaba animarlo en vano.

—¿Gordon? ¿Dónde estás?

Me dirijo al dormitorio y me quedo paralizada al llegar al umbral de la puerta. Está allí, de pie, con el rostro crispado y mi diario abierto entre sus manos. Su mirada me quema cuando me atraviesa con una mezcla de ira, decepción y desdén.

Cierra la libreta y la tira sobre la cama.

La furia se adueña de cada músculo de su cuerpo mientras se arremanga la camisa con engañosa calma. Quiero decir algo, pero las palabras se me traban...

—No tenías... No tenías derecho...

—¡Soy tu puto marido! Tengo derecho a saber si sueñas con el jodido River, si te gustó coquetear con aquel italiano gilipollas, si mi familia te parece presuntuosa, si nuestra vida te resulta aburrida. —Enfadado, extiende los brazos—. ¿Ves todo esto que te rodea? ¿Lo ves, Nicole? ¿Sabes quién te lo ha dado?

—Yo solo... —Tengo un nudo en la garganta y no puedo respirar, pero sé que estoy llorando porque noto las mejillas calientes—. Solo son pensamientos sin importancia, Gordon. Sabes que te quiero. Y sabes..., sabes que nunca haría nada que...

Se acerca.

Un paso y otro y luego otro.

La tensión es insoportable cuando posa sus dedos en mi barbilla y me alza el mentón para que lo mire a los ojos. Se inclina y su aliento me roza la oreja.

—No te atrevas a esconderme nada, ¿me has entendido?

—Lo siento... —Intento abrazarlo, pero se aparta.

—Y olvídate de volver a ver a ese imbécil.

—Gordon... —Pero se me quiebra la voz.

Él me mira de arriba abajo con indiferencia.

—Haz el favor de arreglarte un poco. Esta noche tenemos una cena y necesito que estés presentable. No te pongas la falda marrón del otro día, te queda terrible.

Luego pasa por mi lado y sale de la habitación.

Todavía estoy temblando cuando cojo el diario y empiezo a arrancar las páginas una a una, odiándome por haber escrito todas esas palabras que sé que le han hecho daño, odiándome por no dar la talla, odiándome por no conseguir estar a su altura.

RIVER, 23 DE FEBRERO DE 2017

(Lo que somos)

No puedo dejar de mirar la vela que está clavada en el centro de la tarta mientras me pregunto en qué momento ha ocurrido, cómo es posible que mi hija cumpla nueve años. Durante ese tiempo, el paréntesis desde su nacimiento hasta el día de hoy, tengo la sensación de que han sucedido muchas cosas y, al mismo tiempo, de que no ha pasado nada. No sé si tiene algún sentido esta mezcla de nostalgia y orgullo que siento en el centro del pecho. Y un poco más atrás, casi al fondo, en algún lugar cerrado bajo llave, noto un pellizco de incertidumbre que tiene que ver con Nicki.

Porque no ha llamado. Nicki no ha llamado para felicitar a Agatha.

Y sé que apenas hemos tenido noticias de ella en el último año y que ha estado ocupada viajando por ahí, acudiendo a sitios exclusivos y codeándose con la élite de Nueva York, pero incluso repitiéndomelo no deja de inquietarme tanto silencio.

—¡Felicidades! —Kinsley abraza a Agatha hasta que la niña consigue escapar entre risas—. Está bien, ya paro. Toma, aquí tienes mi regalo.

Agatha rompe el papel mientras sus amigos y amigas la rodean para descubrir la sorpresa. Las voces llenan el salón de casa durante los siguientes quince minutos. Después, aparto la mesa auxiliar para que tengan espacio para jugar a lo que sea que Heaven les esté preparando y llevo algunos vasos sucios a la cocina.

Mi familia y los Aldrich se han reunido alrededor de la mesa.

Mi padre friega los platos y Jim los seca. Maddox tamborilea con los dedos sobre la mesa mientras Levi le aprieta el hombro derecho con cariño.

—¿Estás bien? —pregunta Vivien—. Tienes mala cara.

—No he dormido demasiado. Además... —Cambio de opinión y me encojo de hombros tras dejar la frase inacabada—. Da igual.

—Dilo. —Maddox me mira.

—Aún no ha llamado y dudo que lo haga. —Me siento en una silla—. Es una tontería, pero me sorprende que haya olvidado también el cumpleaños de Agatha.

Vivien coge aire y lo suelta despacio. Parece afligida.

—No se lo tengas en cuenta, llama poco últimamente.

—Ni siquiera lo hizo en Navidad —añade mi madre.

—Estará ocupada —comenta papá, que siempre ha sentido debilidad por la mayor de los Aldrich y se muestra considerado cuando se trata de ella—. Sus días tienen ahora otro ritmo, eso está claro. ¿Recordáis a los invitados de la boda? Eran peces gordos. Seguro que juegan al golf los fines de semana mientras hablan de inversiones y por las noches asisten a galas para recaudar fondos. Es posible que alguien se ocupe de su agenda.

—¿Y eso qué narices tiene que ver para que coja el puto teléfono alguna vez?

—River... —Maddox me lanza una mirada cauta.

Me pongo en pie y salgo de la cocina. El aire frío me despeja las ideas cuando me siento en uno de los escalones del porche. El jardín tiene malas hierbas que intento mantener bajo control, hay árboles y la cama elástica de Agatha; pero solo puedo pensar en que Nicki nunca ha estado allí en verano, no ha visto las campanillas que trepan por las vigas de madera en primavera ni ha asistido a una barbacoa.

—Te entiendo. —Mila se sienta a mi lado.

—Supongo que el problema es mío por no aceptar que Nicki ya no es la misma. Ni siquiera tiene la obligación de acordarse de nosotros. No la tiene. —Arranco un puñado de hierba que hay a mis pies—. Quizá sea mejor así.

—Yo también la echo de menos —confiesa Mila.

—Algunos días ni siquiera puedo decir lo mismo. Ya no sé si la persona que echo de menos existe o es tan solo uno de esos recuerdos idealizados.

—Oh, no digas eso, River. —Mila me acaricia la mejilla como solo ella sabe hacer y luego suspira—. Nicki está confundida. Ha vivido muchos cambios en los últimos años: irse de casa, conocer gente nueva, construir un futuro, encontrar su camino...

Me froto la mandíbula. Quiero decirle que no me vale, que siento algo desagradable en el pecho cada vez que pienso en ella, que no la entiendo y que me frustra no hacerlo, que en ocasiones ya ni siquiera sé si me cae bien.

La veo ahora. La veo caminando por las calles de la gran ciudad vestida con colores lisos y neutros, el pelo perfectamente recogido, las pecas disimuladas tras capas de maquillaje, la actitud lejana y frívola, la sonrisa contenida sin enseñar los dientes.

—Supongo que la vida sigue.

Por la noche, cuando acuesto a Agatha, es la primera vez que miento a mi hija y, en cuanto lo hago, me prometo que será la última. Ella me dice que Nicki no ha llamado para felicitarla y le digo que sí, que lo hizo por la tarde, que no quise molestarla porque estaba jugando con sus amigas en el salón, que a dormir, que mañana será otro día.

NICKI, 2 DE JUNIO DE 2017

(Lo que somos)

Nicki cumple veintiocho años rodeada de personas que no conoce.

Se sabe los nombres, eso sí. Emily, Brad, Samantha, Riley, Alfred, Orson, Clare y Terry. Son amigos de Gordon. Cuando en el restaurante sacan la tarta, ella sopla sin fuerzas y su marido le dice «Por lo que más quieras, Nicole, no puede ser tan jodidamente difícil apagar una vela». Todos sonríen ante el divertido comentario de Gordon y ella también lo hace, pero su sonrisa está hueca. Piensa en un deseo. Piensa, piensa, piensa. Antes de que consiga recordar algo que anhele, los invitados ya están aplaudiendo y una camarera aparece y empieza a cortar la tarta en porciones simétricas.

—Esta tarta es la tendencia del año —explica Samantha mientras hunde la cucharilla—. Es de champán y tiene papel de oro. Además, está deliciosa.

Nicki no sabe qué decir, así que no dice nada.

Se está convirtiendo en algo habitual. Cuando sale con los amigos de Gordon, teme comentar algo que resulte inapropiado o poco intelectual. En el ambiente artístico se siente ignorante entre tantos eruditos. Al teléfono, las pocas veces que habla con su familia, no tiene mucho que contar y prefiere que la pongan al corriente de lo que ocurre en Cape Town, aunque, en ocasiones, le duele tanto que no descuelga la llamada. «Es mejor así», se dice cuando el nombre de sus padres o de su abuela parpadea en la pantalla. Y luego suele dormir. Le gusta dormir. Así conserva energías para el momento en el que Gordon aparece por casa, casi siempre al caer la noche, y ella siente al fin que todo tiene sentido cuando va a recibirlo a la puerta para darle un abrazo.

—¿Lo has pasado bien? —le pregunta Gordon cuando salen del restaurante y le pasa un brazo por los hombros—. No parecías demasiado animada.

—Estoy cansada, pero ha sido maravilloso.

Caminan hasta el apartamento, que queda apenas a dos manzanas de distancia. Una vez en el dormitorio, él le pide que se desnude y después se tumba sobre ella en la cama. La acaricia por todas partes, la besa, le susurra que es perfecta. Le sujeta el cabello con la mano para girarle la cabeza y alcanzar su boca.

—No vuelvas a cortarte el pelo. Me gusta poder cogerte y, además, te queda mejor cuando lo llevas largo —añade mientras le roza la mejilla con los labios.

—Está bien —cede ella y lo abraza.

EL BRILLO DE LOS CUÁSARES

En ocasiones, los cuásares se confunden con estrellas, pero no lo son. Brillan mucho más. De hecho, es uno de los objetos más luminosos del universo que conocemos. Podría decirse que un cuásar es el centro de una galaxia que contiene un agujero negro supermasivo de millones de masas solares. Atrae la materia cercana y, cuando el gas y el polvo caen en el agujero, se producen explosiones increíblemente luminosas.

A veces brillan tanto que opacan a las galaxias que los albergan.

Algunas personas también se alimentan de la luz de los demás. Lo absorben todo a su paso. No siempre es brusco, puede ocurrir de forma paulatina. Hasta que, un día cualquiera, el brillo que los nutría se apaga. Ya no queda nada.

SEBASTIAN, OTOÑO DE 2017

(Lo que somos)

No hay nada que a Sebastian Jackson lo relaje tanto como contemplar la silueta de Cape Town desde el mar. La mayoría de la gente suele disfrutar de lo contrario, de observar el agua en calma, pero el secreto de la perspectiva de la que él ha gozado cada día es que lo pone a uno en su sitio. Desde la embarcación, en medio del océano, es fácil adquirir conciencia de las cosas.

Así, Sebastian siempre ha sabido que es afortunado. Tuvo unos padres considerados que lo educaron con paciencia, se enamoró cuando aún era muy joven y, poco después, trajo al mundo a dos hijos de los que está profundamente orgulloso.

En ocasiones, cuando termina la jornada de pesca y se deja caer por El Anzuelo Azul, no puede evitar sonreír al ver a Isabelle. Le encanta la manera en la que ella apoya una mano en su pecho y se pone de puntillas para darle un beso. Y también que se tome un café con él, esa pequeña pausa del día en la que se ponen al corriente y hablan de todo y de nada, como ocurre en los buenos matrimonios. Sobre todo, a él le gusta mirarla cuando ella no se da cuenta, mientras atiende a otros clientes o habla con su hermana Gerta; entonces, Sebastian disfruta reconociendo en ella cada gesto, cada arruga, cada nota de su voz y cada leve alteración.

Esa mañana ha salido a solas porque River y Maddox tenían

trabajo por su cuenta. Como cada día desde que tiene memoria, comienza a revisar las trampas para langostas. Una y otra y después otra más. Piensa en su nieta Agatha y en lo mucho que disfruta navegando con ella en el barco durante las vacaciones de verano. También piensa en la belleza de las líneas rosadas que intentan en vano abrirse paso en el cielo encapotado. Y entonces..., entonces siente un mordisco a la altura del pecho. Se lleva una mano ahí e intenta entender qué está ocurriendo, pero de golpe todo se vuelve negro.

RIVER, OTOÑO DE 2017

(Lo que somos)

—¿Está papá en el almacén?

—No. Aún no ha venido por aquí. —Su madre le sirve un café y se limpia en el delantal—. Pensaba que estaría con vosotros.

—Maddox y yo teníamos trabajo, ha salido solo hoy.

River da un sorbo y se frota las manos para entrar en calor. Luego, alza la vista hasta el reloj que cuelga de la pared entre dos redes decorativas. Piensa que es tarde. Bastante tarde. Su padre siempre ha sido uno de esos hombres de costumbres que se levantan a la misma hora, ni un minuto antes ni un minuto después, y se acuestan a la misma hora, ni un minuto antes ni un minuto después. La sucesión de acontecimientos que transcurren a lo largo del día entre esos dos hechos suele desarrollarse de forma ordenada y rutinaria.

Tiene un mal presentimiento, pero disimula delante de su madre.

—Volveré luego —le dice.

—¿Ya te vas tan pronto?

—Tengo cosas que hacer.

Le da un beso y se encamina hacia el muelle. Cuando comprueba que la embarcación de su padre no está allí, se obliga a racionalizar la situación. «Puede haberse retrasado, le ha ocurrido otras veces» o «Se enfadará si descubre que me he preocupado por él sin razón, con lo testarudo y orgulloso que es».

Sin embargo, no logra deshacerse de esa incomodidad que le sube desde la columna a la nuca. Avanza hasta el amarre de su propia embarcación y ve que Maddox sigue a bordo, limpiando la cubierta. Sube y le explica la situación:

—Papá no ha vuelto.

—¿Qué quieres decir?

—Deberíamos ir a buscarlo, Maddox.

El tono de su voz es suficiente para que su hermano se haga cargo del timón. Intentan localizarlo por radio, pero no responde. Dejan atrás algunos barcos que navegan cerca de la costa y se alejan mar adentro. El viento es húmedo y, al entrar en contacto con la piel, se transforma en pequeñas cuchillas afiladas. Sin embargo, hoy River no es consciente de eso, como tampoco percibe las gaviotas que los siguen. Tiene la sensación de estar anestesiado. Al menos, hasta que divisa la embarcación familiar balanceándose a la deriva.

—¡Allí, Maddox! ¡Allí! ¡Date prisa!

Se pone nervioso mientras se aproximan. El barco le parece más endeble de lo que recordaba, casi como si fuese de juguete. River contiene la respiración y se le disparan los latidos del corazón en cuanto distingue el cuerpo de su padre, tan grande, sólido y querido, tumbado boca abajo en la cubierta, con los brazos doblados en una posición antinatural.

—¡Papá! Joder, papá.

—¡Espera, River! Espera...

Pero no lo hace. Las embarcaciones se rozan con brusquedad y River salta sin pensar y abraza el cuerpo de su padre con todas sus fuerzas. No intenta buscarle el pulso. Sabe que es tarde.

NICKI, OTOÑO DE 2017

(Lo que somos)

Recibe tres llamadas de su madre y una de la abuela Mila. Las ve cuando se despierta. Se queda sentada en la cama de matrimonio y contempla sus propios pies enfundados en unos calcetines marrones y aburridos que ni en mil años hubiese usado años atrás. Gordon se ha ido temprano esa mañana porque tenía una reunión.

El teléfono vuelve a sonar. Lo mira. Es Heaven.

Su primer impulso es no cogerlo porque es lo más fácil: así no tiene que fingir que su vida es apabullante, que se siente tocada por una varita mágica, que es feliz. Prefiere los mensajes de texto porque le permiten pensar bien cada respuesta y elegir las palabras con tiento como una minuciosa restauradora de antigüedades.

Sin embargo, descuelga.

—Hola —contesta con desgana.

—Nicki... —Le resulta raro percibir angustia en la voz de su hermana, porque nunca se muestra así—. Ha sucedido algo...

Los engranajes del cerebro de Nicki se activan y empiezan a girar después de meses cogiendo polvo. Se inclina hacia delante.

—¿Qué? ¿Qué ocurre?

—Sebastian. —Heaven traga saliva—. Ha fallecido. Lo encontraron River y Maddox en el barco. Parece que ha sido un paro cardiaco.

—No es posible.

Tenía cincuenta y nueve años, gozaba de buena salud, era físicamente tan alto y fornido como sus hijos. Nicki siente que los ojos se le llenan de lágrimas. Piensa en las sonrisas dulces que Sebastian siempre le dedicaba. Piensa en la manera que tenía de reírse, sujetándose el estómago y echando la cabeza hacia atrás. Piensa en el padre y el abuelo que llegó a ser, en los veranos enseñándoles a River y a ella a nadar en el mar, en el día que se propuso construirles a sus hijos una casa de madera en el árbol más alto del jardín, creando el refugio en el que ellos jugaron y se dieron su primer beso.

—El funeral será el viernes.

—Heaven... —Apenas puede hablar.

—Necesita que estés aquí. —Hay un silencio tirante que su hermana rompe cuando repite—: River te necesita a ti en estos momentos, lo sabes, ¿verdad?

—Sí. —Nicki ahoga un sollozo.

—Vuelve a casa, por favor.

—Cogeré el primer avión.

Tras colgar, se toma unos instantes para serenarse. Imagina el impacto que algo así habrá causado en los Jackson, en su propia familia y en la comunidad. Todos los vecinos de Cape Town conocen a Sebastian. Era un hombre muy querido.

Nicki inspira hondo y suelta el aire por la nariz.

Se obliga a ponerse en pie. De pronto, lo único en lo que puede pensar es en subirse al próximo avión rumbo a Portland para llegar a casa lo antes posible. Quiere estar cerca de River, consolar a Maddox e Isabelle, ocuparse de Agatha cuando tengan que hacer gestiones, asistir al funeral para poder darle a Sebastian el último adiós.

Enciende el ordenador y busca un vuelo. Compra el billete y luego se sube a una silla para coger la maleta del altillo del armario. Mete dentro lo primero que encuentra y se va a la ducha. El avión despegará dentro de siete horas y quiere estar preparada.

Cuando sale con el albornoz, Gordon ha regresado de la reunión que tenía por la mañana. Está en el dormitorio y contempla la maleta abierta con el ceño fruncido.

—¿Qué significa esto?

—Tengo que ir a casa —explica Nicki mientras se frota las sienes para intentar aliviar el dolor de cabeza—. Sebastian Jackson ha fallecido.

—¿Y ese quién es?

—Ya lo sabes, Gordon. Estaba en la cena de Navidad cuando viniste a casa hace dos años. Es el padre de River y Maddox.

Nicki aparta un par de perchas del armario para intentar encontrar algo cómodo que ponerse entre tanto vestido sofisticado. Antes de que pueda hacerlo, Gordon se planta a su lado. Está enfadado. Hay una rigidez evidente en su cuello.

—¿Tienes que ir al funeral del padre de tu vecino?

No puede respirar. No puede.

—Sí.

—¿Bromeas? Déjate de tonterías. En primer lugar, te dije que no quería que volvieses a verlo y lo único que estás haciendo es darme más razones para desconfiar. Y, en segundo lugar, mañana por la noche es la cena benéfica que ha organizado mi madre. No puedes faltar. Y menos porque ha muerto un tipo con el que hace años que no hablas.

Nicki se queda paralizada. Se le llenan los ojos de lágrimas y no ve nada, todo se vuelve borroso alrededor: su marido, los propósitos, ella misma.

—Debo estar allí. Solo serán un par de días y después...

—¿De verdad te crees tan importante? ¿Acaso piensas que el hecho de que vayas o no lo hagas cambiará algo en ese entierro?

—Claro que no, pero...

—Pues ahí tienes tu respuesta. —Le dirige una mirada cargada de desprecio que provoca que Nicki se encoja sobre sí misma. Odia decepcionarlo casi tanto como sentir que no encaja—. Ahora vístete, hemos quedado con los Tomson para comer, ¿también lo habías olvidado? Ponte algo de maquillaje y deja de llorar, van a pensar que hemos discutido. Lo que me faltaba para que esos idiotas tengan una razón por la que criticarnos...

Gordon se aleja hacia el salón.

Nicki se queda en el dormitorio un largo minuto en el que intenta reordenar las ideas que se enredan en su cabeza. Escucha cosas horribles sobre sí misma: qué arrogante eres, qué insignificante, qué manera de complicarlo todo, qué aspecto debes de tener después del sofoco, qué irrelevante resulta tu existencia, qué tonta, tonta, tonta...

Se viste con las manos temblorosas y va al baño a maquillarse. Ni la mejor base puede disimular que tiene los ojos rojos y que la tristeza la lleva dentro. Se mira en el espejo mientras oye los pasos de Gordon más allá de la puerta.

«¿Quién soy?», se pregunta.

«¿Quién soy ahora mismo?».

El silencio que recibe es como una bofetada. No encuentra una respuesta que sea de su agrado y, cuando él la llama, termina de retocarse el pintalabios y sale.

Comen con los Tomson.

El matrimonio dirige una galería y, aunque Gordon los detesta, de vez en cuando quedan con ellos y se dedican a llenar la mesa que comparten de ego y pequeños conflictos camuflados entre risitas falsas y halagos cargados de cinismo.

Nicki no deja de mirar la hora. Los minutos avanzan lentamente. Se pregunta qué estarán haciendo todos en Cape Town, si estarán reunidos, si han encontrado la manera de que el tiempo pase más deprisa, si se han puesto a contar viejas anécdotas.

Cuando la comida termina, Gordon le da un beso en la mejilla y se despide de ella porque va a acompañar a los Tomson a la galería. Nicki asiente conforme, le dice que necesita descansar porque le duele la cabeza y le asegura que cogerá un taxi e irá a casa.

Lo hace. Sube al taxi.

Pero, en lugar de darle su dirección, le pide que la lleve al aeropuerto.

Durante todo el trayecto, siente que en su pecho va creciendo una ansiedad incontenible. Sujeta con fuerza el bolso de marca que tiene sobre el regazo. Tardan bastante en llegar a su destino. Una vez allí, en cuanto el taxista frena, Nicki permanece inmóvil en el asiento trasero, con la vista clavada en la ventanilla.

—Señorita, hemos llegado.

—Lo sé —susurra bajito.

Le da su tarjeta de crédito y, luego, sigue sentada, incapaz de moverse. Las piernas no le responden. No sabe por qué le ha pedido que la llevase hasta allí; si no ha cogido la maleta, piensa que Gordon la dejará si se atreve a montar en ese avión y se pregunta qué le diría a River cuando lo viese después de más de un año y medio sin hablar con él. «¿Qué pretendes?», le susurra esa voz que habita en su cabeza.

—¿Necesita ayuda?

Nicki reprime las lágrimas.

—He cambiado de opinión. Lléveme de vuelta a casa.

Y luego echa la cabeza hacia atrás. Cierra los ojos. El mundo da vueltas a su alrededor (los pitidos de los coches, el rugir de un avión despegando, el murmullo de las ruedas de las maletas). Le gustaría apagarlo. Es la primera vez que piensa algo así: ojalá tuviese un botón para que todo parase y se volviese blanco y silencioso.

RIVER, EL DÍA DEL FUNERAL, 2017

(Lo que somos)

Tengo un nudo en la garganta tan grande que apenas puedo respirar, pero por fuera parezco sereno, casi como una de esas estatuas de piedra que son ajenas al frío o al calor, a los insectos o a las enredaderas que trepan por las rígidas extremidades. Y las manos responden a cada orden. Arriba, hacia dentro, dedos como pinzas. Pero el resultado es mediocre, así que tiro de la corbata con tanta fuerza que me hago daño, deshago el maldito nudo y vuelvo a empezar. Arriba, hacia dentro, cojo uno de los extremos...

No funciona. No está bien. No está como debería estar.

Hago una pelota con la tela y la lanzo contra la pared.

A la mierda la corbata.

A la mierda todo, joder.

Me siento en la cama. Escondo el rostro entre las manos. Me escuecen los ojos. Respiro hondo. Me obligo a alzar la vista y, luego, aún un poco aturdido, saco el móvil del bolsillo. Lo reviso una vez más. La esperanza se disuelve lentamente como una pastilla efervescente en el agua.

No puedo retrasarlo más. El funeral empieza en una hora.

No hay señales de Nicki. Ni una puta señal. Ni una llamada en los últimos dos días. Ni un jodido «Lo siento» en un impersonal mensaje de texto. Nada.

Me froto la cara y cierro los ojos unos instantes, pero entonces aparece el barco balanceándose en el mar, esa terrible paz alrededor, el cuerpo de mi padre sin vida.

Me pongo en pie. Necesito moverme.

Bajo a la cocina. Me bebo un vaso de agua en silencio. Cuento hasta cinco. Vuelvo a llenar el vaso, aunque al final lo vacío en la pila. Apoyo las manos en la encimera unos segundos. Lo cierto es que lo único que uno debe hacer para seguir vivo es respirar, pero hay momentos en los que da la impresión de que una habitación llena de aire no es suficiente. Quiero llorar y no puedo hacerlo. Las lágrimas están atascadas en algún lugar cerca del pecho, porque quizá eso explique el dolor que siento ahí, justo ahí.

—¿Papá? ¿Estás bien?

Me giro. Agatha me mira con sus redondos ojos azules. Tiene nueve años. Viste una falda negra de pana, una camiseta del mismo color y zapatillas rojas que desentonan con la sobriedad del atuendo. Se ha recogido el cabello en una coleta baja.

—Creo que no. Yo...

Tomo una bocanada de aire.

Se acerca y me abraza. Me aferro a su cuerpo cálido porque tengo la sensación de que en estos momentos Agatha es la única que me mantiene a flote. Se lo diría si encontrase la voz, aunque sé que lo sabe porque se lo repito cada noche antes de ir a dormir. Fue ella la que me hizo darme cuenta de que todo es volátil, efímero y frágil. Beso su cabeza y alargo unos segundos más el abrazo.

—Te quiero, pequeña *rockstar*.

—Yo también te quiero, papá.

—Ya es casi la hora. ¿Estás lista?

—No.

—Yo tampoco —admito con un nudo en la garganta—. Pero tenemos que decirle adiós al abuelo. Lo haremos juntos, ¿de acuerdo? Dame la mano.

Agatha me coge con fuerza y salimos.

Caminamos por las calles del pueblo a paso lento. Nos cruzamos con algunos vecinos que también asisten al funeral. Recibo pésames, palmadas en la espalda, miradas de consuelo. Agatha no me suelta en ningún momento y me doy cuenta de que, aunque últimamente evitaba el contacto físico conmigo y con su madre delante de sus amigas, tan solo es una niña que juega a hacerse mayor. De vez en cuando la miro, contemplo la forma redondeada de su cabeza y siento que el dolor se aligera un poco.

No mucho después, durante el funeral, pierdo la noción del tiempo. Hay mucha gente. Mi madre llora entre los brazos de Maddox, junto a los Aldrich. En cuanto nos ve, Heaven se acerca y consigue sacarle una sonrisa a Agatha.

Me mira dubitativa y pregunta:

—¿Sabes algo de ella?

—No.

—Debe de haberle pasado algo, estaba muy afectada cuando la llamé y me dio la impresión de que... —dice Heaven, pero me alejo porque no quiero escuchar más.

Abrazo a mi madre. Y, mientras huelo su perfume y ella me susurra al oído una y otra vez lo orgulloso que mi padre estaba de mí, pienso que quiero quedarme así para siempre, anclado en medio de este limbo que se sucede desde el momento en el que una persona muere hasta que se la entierra, esas horas en las que la bruma lo cubre todo. Porque sé que después tocará seguir adelante: trabajar, llevar a la niña al colegio, pagar las facturas, poner gasolina, ir al supermercado para hacer la compra...

Pero no ocurre.

El tiempo nunca se detiene.

Al final del recorrido, nos reunimos en torno a un profundo agujero. Lejos de tener un aspecto aterrador, el cementerio me parece un lugar pacífico. Cae una lluvia muy fina y no me molesto en abrir el paraguas que la tía Gerta me ofrece. Es agradable la sensación del frío salpicándome la piel. Mantengo la espalda recta y la vista al frente junto a mi hermano. Los sollozos de mi madre me estremecen. Jim sube a decir unas palabras al final y habla de la amistad, de la pérdida y de conservar los recuerdos.

Lloro en silencio. No me muevo mientras bajan el ataúd.

A los veintiocho años, comprendo que la muerte es una ausencia abismal, un río que se extingue, una grieta irreparable en la pared, un vacío ensordecedor, una casa abandonada, un desguace de recuerdos, una herida que se cierra, pero deja cicatriz.

Después se suceden más abrazos y más condolencias.

Los vecinos y conocidos desaparecen para dejar espacio a la intimidad. La tierra va cubriendo la madera pulida del ataúd lentamente. No sabemos muy bien qué hacer durante los siguientes minutos hasta que Vivien abraza a mi madre y se alejan juntas por el sendero que conduce a la puerta del cementerio. Las siguen los demás, cada uno caminando a un ritmo distinto con los paraguas balanceándose en alto.

Me quedo rezagado delante de la tumba un rato más. Sigue chispeando. Contemplo el hueco de tierra que se abre bajo mis pies y de pronto me siento más ligero. Entiendo que todo tiene un final. Y entender eso, encajar una idea tan abstracta en el marco de mi vida, me golpea con fuerza y me devuelve a la realidad: ahí, justo ahí, al dolor, a lo efímero de la existencia, al peso de la pérdida.

Cuando salgo del cementerio, me siento otro.

Maddox me pasa un brazo por los hombros y lo oigo suspirar. Avanzamos detrás del resto, incapaces de seguirles el ritmo. A lo lejos, Levi y Heaven intentan consolar y animar a Agatha. El cielo encapotado lo cubre todo.

—Poco a poco, River.

—¿Acaso hay otra alternativa?

Maddox niega con la cabeza, pero no me suelta. Se muestra pensativo, con esa expresión inescrutable suya. Pasados unos minutos, me mira vacilante.

—¿Te ha llamado Nicki?

Siento un dolor punzante en el pecho al oír ese nombre que me ha perseguido durante todo el día. Resulta que, en ocasiones, la ausencia puede ensancharse hasta no dejar espacio para nada más. Pienso en ella y en todos los momentos que compartimos. Cada recuerdo encajando con el siguiente desde que llegamos al mundo hasta este preciso instante. Y conforme me alejo del cementerio, noto que me desprendo del brillo de las cosas intangibles que un día nos unió: la amistad, el amor, la familia. Comprendo que no solo acabo de enterrar a mi padre. Había dos personas en esa tumba.

—Nicki ha muerto para mí.

RIVER Y NICKI, 1995

(Lo que olvidamos)

—¡River! ¡No mates a las hormigas!

—¿Por qué no? Es divertido. —Aplastó otra con la yema del dedo y sonrió de esa manera que no presagiaba nada bueno—. ¿Las has probado alguna vez? Son amargas.

—¡Qué asco! —Nicki se interpuso en su camino cuando vio que su intención era acercarse al hormiguero—. ¿Sabes lo que es morirse?

—No. Pero ¿qué más da? Solo son hormigas.

—Morirse es dejar de correr y saltar y jugar.

River resopló y se llevó las manos a las caderas.

—Nunca me dejas hacer nada divertido.

—Es que... —Nicki dudó—. Me da miedo la muerte. No quiero morirme nunca y no quiero que tú te mueras nunca. Fue el deseo que pedí en nuestro último cumpleaños.

—¿Cuánto viven las personas?

—No lo sé. ¿Tú lo sabes?

—Ni idea. ¿Cien años?

—Es posible. —Nicki jugueteó con una flor blanca del jardín, la arrancó y pensó que acababa de matarla. Se sintió hipócrita—. Pero seguro que algunas personas pueden ser inmortales, como la abuela. Dice que si duerme ocho horas está como nueva.

—O mi padre. Nunca está cansado.

—Yo tampoco. No me gusta dormir.

—Es que es una pérdida de tiempo. ¿Quién quiere dormir pudiendo saltar a la pata coja? —Incapaz de estar quieto, River empezó a dar brincos—. ¿Subimos a la casa del árbol? ¡Quien llegue el último huele a pescado podrido! —gritó antes de echar a correr.

—¡Eso no es justo! ¡Es que tú siempre ganas!

Aquella noche, varias horas más tarde, River dio vueltas en la cama mientras soñaba con diminutas hormigas aplastadas que formaban una hilera curva e infinita. Tardaría muchos años en comprender el verdadero significado de la muerte, cómo afrontar la pérdida, el regusto amargo que deja tras de sí ese dolor.

EL MUNDO BLANCO DE NICKI, 2017

(Lo que somos)

Tic, tac, tic, tac.

Todo está limpio.

Increíblemente limpio.

Absurdamente limpio.

Nicki desliza la punta del dedo por la encimera y comprueba que no hay ni una mota de polvo. Debería sonreír con satisfacción, pero no consigue curvar los labios.

No sabe hacerlo.

Ha olvidado cómo sonreír.

Todo está tan limpio...

Respira hondo.

Se sienta.

Espera.

HEAVEN, NAVIDAD DE 2017

(Lo que somos)

Ni siquiera Heaven es capaz de fingir que esa Navidad es como otra cualquiera. Se percibe en el ambiente una tristeza que rivaliza con los villancicos y las luces de la decoración. Se acerca al sillón donde su padre permanece sentado con la vista fija en la chimenea encendida y se sube a su regazo como hacía de niña, aunque, por aquel entonces, solía ser Nicki la que acaparaba ese lugar. Ahora ya no está. No tienen contacto con ella desde la mañana que hablaron sobre el funeral. La han llamado en varias ocasiones, pero nunca responde. Un día, Heaven hizo una búsqueda exhaustiva en redes sociales y encontró a gente con la que se relacionaba Gordon Grant, vio fotografías de la inauguración de una galería y de una fiesta en honor al aniversario de sus suegros. Nicki aparecía en algunas instantáneas. Sonreía con los labios pintados de rojo, pero toda ella desprendía un halo de distancia y soledad que Heaven no supo cómo interpretar.

—Papi. —Le da un abrazo fuerte.

—Es que... —Jim coge aire y se aparta las gafas para poder limpiarse las lágrimas con los dedos—. Lo echo de menos. Siempre contaba los mismos chistes, bebía la misma marca de cerveza y seguía afeitándose con una cuchilla antigua, pero era un gran hombre, sí. Y cada Navidad nos reuníamos aquí, delante del fuego.

—Lo sé. —Le da un beso en la mejilla.

—Y tu hermana tampoco está. —Sacude la cabeza con desconcierto—. ¿Cómo es posible? Si Nicki siempre fue tan familiar y cariñosa... Además, le encantaba la Navidad, era su fiesta preferida. ¿Recuerdas todos esos adornos que hacía con piñas pintadas y bolas de papel brillante para colgarlos del árbol? ¿Lo recuerdas?

Heaven asiente, pero no sabe qué decir para consolar a su padre, aunque, al igual que él, recuerda muchas cosas, quizá demasiadas para tratarse de alguien que considera cursis el noventa y nueve por ciento de los anuncios que emiten en la televisión durante esa época del año.

Recuerda a Nicki mirando por la ventana y asegurando que el trineo de Santa Claus dejaba una estela centelleante en el cielo.

Recuerda a Nicki cantando villancicos.

Recuerda a Nicki quejándose porque el rojo le quedaba mal cuando su madre tejía los suéteres navideños de ese color.

Recuerda a Nicki en la alfombra del salón con River encima haciéndole cosquillas.

Recuerda a Nicki decepcionada cuando no le regalaron un móvil a los dieciséis.

Recuerda a Nicki leyendo libros delante de la chimenea.

Recuerda a Nicki emborrachándose una noche y diciendo un montón de tonterías graciosísimas que el resto del tiempo se esforzaba por reprimir.

Recuerda la solidez del hombro de Nicki, su olor dulce.

Recuerda burlarse de ella por ser tan mojigata y, al mismo tiempo, envidiarla por percibir el mundo de una manera más sensorial.

Recuerda que un año discutieron por la última galleta.

Recuerda meterse en la cama de su hermana cuando era pequeña y que Nicki nunca le pidió que se fuese y siempre le calentaba los pies.

Recuerda... Recuerda...

A Heaven se le llenan los ojos de lágrimas y respira hondo. No le gusta llorar. Ni siquiera entiende las películas sentimentales con finales tristes, ¿qué propósito guardan? Son tan aberrantes como los chalecos, los calcetines negros y las baladas de amor. Además, más tarde ha quedado con una chica a la que está conociendo y no le gustaría aparecer convertida en una versión de Céline Dion después de una ruptura.

Se levanta con decisión y se serena.

—Vayamos a cenar, papá. Venga.

MADDOX, NAVIDAD DE 2017

(Lo que somos)

El ambiente es opresivo como si dentro del comedor de los Aldrich existiese un microclima imprevisible y en cualquier momento pudiese ponerse a nevar, o fuese a salir el sol, o de pronto se anunciase un terremoto de magnitud seis en la escala de Richter.

Levi está sentado al lado de Maddox y no deja de mirarlo con inquietud, sin saber si es apropiado seguir halagando los entrantes de pescado con especias. Es la primera vez que lo invita a celebrar las Navidades con su familia y resulta evidente que se siente inseguro. Maddox le da un apretón en el brazo para intentar tranquilizarlo.

—Todo está delicioso —repite Jim.

—Gracias. —Isabelle toma aire—. No estaba segura de si preparar este año los pedidos a domicilio, pero al final ha valido la pena.

—De no ser por esos pedidos no estaría yo hoy aquí —asegura Owen Maddison y, luego, pincha una patata asada con el tenedor—. No hay nadie en todo Cape Town que cocine como tú. Estoy seguro de que la gente mayor te agradece poder tener comida caliente en la mesa en estas fechas. Llega un momento en el que uno ya no se siente con fuerzas para cocinar, pero a nadie le gusta acabar con una sopa de fideos instantáneos.

—Excepto a mi padre, que se los come crudos —dice Agatha.

—Cariño, dime que eso no es cierto. —Isabelle cierra los ojos.

—Era nuestro secreto. —River le dirige una mirada de reproche a su hija y se esfuerza por sonreír, aunque, como al resto, le cuesta fingir que todo está bien, que nada ha cambiado—. Vivien, ¿me pasas la mantequilla?

—Claro, toma. ¿Alguien quiere pan?

—Dame un trozo —contesta Jim.

Continúan comiendo en silencio. Es la primera vez en años que se oye el sonido de fondo del televisor. Todos llevan suéteres amarillos, pero ni siquiera así la estampa resulta alegre. Maddox percibe la tensión creciente antes de que su madre pregunte:

—¿Alguien ha llamado a Nicki?

—Sí. No contesta —dice Vivien.

Más silencio, tan afilado como uno de los cuchillos con los que River corta su trozo de carne sin levantar la vista del plato en ningún momento, como si aquello no fuese con él. Maddox tiene ganas de arroparlo y comportarse como el hermano mayor que es, pero hace tiempo que comprendió que es mejor no hundir el dedo en la herida cuando se trata de Nicki. River no quiere hablar. No quiere ni nombrarla. No quiere nada.

Con un suspiro, Mila se levanta.

—Brindemos. —Alza su copa.

—Mamá, no creo que sea el momento —contesta Vivien.

—¿Es que acaso tenemos otro momento? Solo nos queda el ahora. Sé que este año ha sido terrible, pero todos los que estamos sentados en esta mesa sabemos que él habría querido que disfrutásemos de la velada. Así que sí, brindemos por Sebastian.

—Estoy de acuerdo. —Maddox se pone en pie.

—Yo también. —Jim coge la copa de vino.

—Bien. Pues en ese caso... —dice River.

El tintineo los acompaña durante los siguientes segundos. Y hay sonrisas. Son sonrisas cargadas de nostalgia y melancolía, pero lo son. Cuando vuelven a acomodarse en las sillas, el ambiente sigue sin ser jovial, pero sí resulta más ligero y amable.

A Maddox le gustaría contarle a Levi que, años atrás, el día de Navidad era especial para ambas familias. Que todo estaba lleno de luces, risas y bromas. Que hubo un tiempo en el que Nicki se sonrojaba cada vez que River le rellenaba el vaso de Coca-Cola. Que ellos iban a pescar con su padre de buena mañana. Que la abuela Mila ligó repartiendo el menú navideño. Que su madre y Vivien solían terminarse el ponche de huevo y se quedaban hablando hasta tarde entre risas.

Que la vida era, en fin, un poco más sencilla.

MILA, NAVIDAD DE 2017

(Lo que somos)

Tras los postres, Mila se sienta en el sofá de cuero marrón. Owen mete un tronco en la chimenea y se lleva las manos a los riñones antes de acomodarse junto a ella y pasarle un brazo por los hombros. No se queja. Owen nunca se queja y esa cualidad a Mila le resulta tan irritante como enternecedora.

—Tengo un mal presentimiento.

—¿A qué te refieres? —Owen la mira de reojo.

—A Nicki. Nuestra Nicki. He vuelto a llamarla antes, sin que Vivien se enterase, y tenía el teléfono apagado. ¿Quién apaga el móvil el día de Navidad?

—Quizá se haya quedado sin batería.

—Es posible, pero me preocupa. No ve a su familia, no trabaja, no sé si tiene amigos. ¿Qué hace durante todo el día, además de estar con ese tipo engominado?

—No lo sé. —Owen lanza un suspiro.

—Eso es lo que me inquieta. Tendría que saberlo, soy su abuela. Pero tengo la impresión de que mi nieta vive en un mundo aparte que desconozco por completo.

—Volveremos a llamarla por la mañana.

—Sí. —Mila toma aliento e intenta mantenerse serena, aunque no logra quitarse de encima la incómoda sensación de que algo no está bien.

ISABELLE, NAVIDAD DE 2017

(Lo que somos)

La casa está en silencio. Los platos forman una torre asimétrica dentro de la pila de la cocina y las copas sucias están sobre la encimera. Vivien ha insistido en que ella y su marido pueden encargarse de eso a la mañana siguiente. Después, le ha servido una copa de ponche y se ha sentado junto a ella frente a la mesa de la cocina.

—Temía este día —admite Isabelle—. Y ha sido triste, pero también bonito.

—Lo sé. —La sonrisa de Vivien es temblorosa.

—Y tú sentías lo mismo. —Isabelle alarga la mano para coger la de esa amiga con la que ha vivido alegrías y penas, problemas y momentos surrealistas. Han coleccionado tantas anécdotas a lo largo de media vida que, en ocasiones, ni siquiera saben por dónde empezar cuando se ponen a recordar—. Lamento mucho lo de Nicki. Yo también la echo de menos. Todos lo hacemos. Ha sido una Navidad dura.

Se abrazan en silencio. Luego, permanecen sentadas con las manos unidas. Les resulta reconfortante saber que se tienen la una a la otra y que siempre pueden llamar a la puerta de al lado.

Isabelle contempla la oscuridad que reina más allá de la ventana.

Es la primera Navidad que pasa sin Sebastian desde que tenía dieciséis años. En los últimos meses, ha tenido que aprender a levantarse sin él, a no verlo aparecer por El Anzuelo Azul en busca de café, a no poder hablar un ratito al final de la tarde, a acostarse sola en esa cama que de pronto le resulta tan grande y fría.

Pero cada día intenta encontrar un par de razones para sonreír. En noviembre se apuntó a un curso de cerámica, vete tú a saber por qué, y le gusta asistir a las clases. Estar con su nieta siempre es una inyección de felicidad. Y tiene a sus hijos: Maddox y River están cerca, los ve a diario, los abraza, los besa, se preocupa por ellos como si aún fuesen niños y les da un montón de consejos que no le piden.

Por eso es capaz de entender el vacío de Vivien.

—Maddox parecía feliz —le dice su amiga.

—Lo es. Antes sonreía una media de una vez al día y ahora el cupo ha ascendido por lo menos a dos —bromea Isabelle—. Levi es encantador.

—¿Y River? No ha hablado mucho esta noche.

—Es difícil saber en qué estará pensando. De niño era mucho más previsible, ¿recuerdas cuando dejábamos a propósito algo fuera de su alcance y él iba directo a por ello? Oh, qué tiempos aquellos. —Isabelle se ríe y Vivien también—. Luego, bueno, supongo que la vida siempre se enreda, como dice Mila. A veces lo miro y me sorprende ver el hombre en el que se ha convertido. Tiene las ideas claras. Y es un buen chico.

—Al final, eso es lo único que importa.

Isabelle mira a Vivien con los ojos brillantes, le da un beso en la mejilla y le dice: «Venga, llora si quieres, que así lloramos juntas» y, luego, pasado un rato, le asegura que cree que el próximo año todo irá a mejor, que confíe, que la esperanza son alas y que, sea como sea, ellas acabarán la noche igual, bebiéndose los restos del ponche de huevo en la cocina, brindando por la vida.

NICKI, NAVIDAD DE 2017

(Lo que somos)

Es curioso, piensa Nicki.

El brillo en los espacios vacíos resulta perturbador.

El brillo del mármol blanco, el brillo de los cristales impolutos, el brillo de la pantalla apagada del televisor de sesenta y dos pulgadas, el brillo metálico.

Y hay otro brillo que ha empezado a inquietarla: el de las perlas.

Se lleva la mano al cuello y acaricia el collar con lentitud, repasa una a una las perlas con el dedo, tan suaves, tan ovaladas, tan perfectas. Las imagina desde el inicio: una partícula de arena o un parásito colándose dentro de una ostra. El molusco cubriéndolo con capas y capas de nácar para aislarlo y protegerse hasta formar una perla.

La mayoría de las ostras mueren durante la extracción.

Nicki siente ganas de llorar, se quita el collar y lo guarda en su joyero. En realidad, últimamente siempre tiene ganas de llorar: cuando se levanta y durante el día y cuando al fin anochece y se mete en la cama. Incluso entonces, cuando es Navidad y la ciudad está repleta de luces y lleva un vestido de lentejuelas negras lleno de destellos.

GORDON, 31 DE DICIEMBRE DE 2017

(Lo que somos)

No mira al camarero cuando coge otra copa de champán y da un trago largo sin dejar de observar a Nicole, que habla unos metros más allá con Samantha, la organizadora de la velada. La fiesta de Nochevieja se celebra en la penúltima planta de un hotel que a Gordon no le parece lo suficientemente sofisticado porque al personal de servicio no se le exige que lleve corbata. El techo está lleno de diminutas luces blancas que permanecen inmóviles, sirven canapés (el de pato con virutas de naranja tiene un toque demasiado ácido) y un cuarteto de música está tocando en una esquina canciones lentas y soporíferas.

Ha bebido más de la cuenta, pero está tan aburrido que no tarda en vaciar la copa que sostiene en la mano y en ir a buscar la siguiente. Durante ese lapso de tiempo, entre el champán y el whisky, comprueba que Nicole ya no está con Samantha, sino que habla con un tipo rubio de cabello recogido (¿en qué mundo es legal que los hombres lleven el pelo largo?) que viste como uno de esos hípsters que él tanto odia. Tarda unos tres segundos en reconocerlo: es el arquitecto que ha diseñado la casa de los Tomson. Se llama Ross o Rin, no está seguro porque solo han coincidido antes un par de veces y a Gordon le interesaba lo mismo que el tipo que pide limosna en el metro.

Pero no le gusta su actitud. No le gusta ver que le dice algo

533

a Nicole y que ella se ríe de verdad, como hace tiempo que ya no ocurre cuando está con él.

Se le forma un nudo en la garganta.

Siente la rabia subiendo lentamente por su espina dorsal hasta agarrotarle los músculos. No soporta ver a Nicole siendo feliz con otras personas porque, entonces, ¿en qué lugar queda él? Es su marido. El hombre con el que ha elegido pasar el resto de su vida. Debería bastar con su mera existencia para que ella se sintiese dichosa.

Y luego está el miedo.

El miedo a perderla, a que le arrebaten lo que considera suyo, a sentirse menospreciado, a ver su poder disminuido por culpa de una chica de pueblo que no tiene nada que enseñarle a él, que ha crecido en la gran ciudad, que ha estudiado en los mejores colegios, que sabe lo que es mejor para ella y se preocupa por su bienestar.

Deja la copa, toma aire y camina hacia ella con paso decidido. No ve nada alrededor. Nada. Solo la traición, la ingratitud, la desfachatez.

—Nos planteamos un cambio en la cocina y quizá también en...

Pero Nicole no termina la frase porque él la coge de la muñeca. Fuerte. Muy fuerte. Y tira de ella para que deje de mirar al jodido tipo de la coleta. Quiere decirle «No se te ocurra apartar los ojos de mí», pero como no están solos se obliga a mostrarle una sonrisa tirante y a pedirle que, por favor, sea una esposa amable y lo acompañe a tomar el aire.

Nicole no opone resistencia. Lo sigue más allá de la puerta. Las voces y la música se silencian.

—¿Qué demonios estás haciendo?

—No sé a qué te refieres... —Nicole alza el mentón con una ingenuidad que enciende aún más la ira de Gordon. ¿Acaso piensa que es idiota? ¿Acaso no es capaz de respetarlo delante de sus propios amigos? Ni siquiera la escucha cuando ella sigue diciendo—: Le explicaba lo que estuvimos comentando la semana pasada sobre la reforma de la cocina y del armario de la habitación para...

—No te atrevas a burlarte de mí.

—Solo estaba hablando con él...

—Te he visto reírte. Lo he visto.

—Pero eso no signifi...

La coge del cuello. Mientras lo hace, mientras la mantiene sujeta contra la pared y clava el pulgar bajo el hueso de la mandíbula, a Gordon le sorprende que esa sea su propia mano y, todavía más, que Nicole resulte tan débil y blanda. Nunca antes ha tenido que ejercer su evidente superioridad física, pero llegados a ese punto no se le ocurre otra manera de hacerle entender las cosas. No lo soporta. No soporta sentirse humillado. Y Gordon ha visto alguna escena familiar similar cuando era pequeño. Su padre alzando la mano. Su padre gritando. Su padre dando golpes en la mesa con el puño cerrado.

El poder se gana con poder.

—Gordon... —Nicole gimotea.

Él aprieta más fuerte. Solo son diez o quince segundos, quizá, pero a Nicole se le llenan los ojos de lágrimas y, cuando la suelta, se lleva las manos al cuello y empieza a toser. Justo en ese instante, alguien del personal de servicio sale por la puerta y Gordon se inclina hacia ella y disimula fingiendo que se encuentra indispuesta.

—¿Estás bien? —Siente algo incómodo en el pecho, aunque le es imposible ponerle nombre. La abraza—. Dios. Lo siento... Lo siento tanto... —El sollozo de Nicole lo atraviesa y se aparta de ella porque se da cuenta de que aún le cuesta respirar—. No quería hacerlo. Sabes que no quería, pero tú... Mierda, espera aquí, ¿de acuerdo? Voy a buscar los abrigos. Será mejor que nos vayamos a casa.

Le besa la frente y vuelve a la fiesta para ir al guardarropa. Se promete que esa misma semana le comprará algo bonito, una pulsera o un bolso exclusivo. Logrará que vuelva a sonreírle como minutos atrás le sonreía a ese idiota.

NICKI, 31 DE DICIEMBRE DE 2017

(Lo que somos)

Nicki no puede pensar, no puede moverse ni tampoco ver el brillo de las cosas intangibles. ¿Cómo era el rastro que dejaba el amor? ¿Intenso o tenue? ¿Y tenía sabor? ¿Era amargo o debía ser dulce? Ni siquiera es capaz de recordar quién era ella misma antes de pisar aquella ciudad que se la había ido comiendo bocado a bocado. Esa noche siente que le han dado el mordisco final. Le duele. Le duele dentro. Es un dolor que ningún cirujano podría encontrar por mucho que escarbase en ella con un bisturí, pero está ahí.

Sabe que tiene dos opciones y debe elegir una.

Está aterrada. El frío de la última noche del año cae sobre ella y, cuando coge el teléfono, siente los dedos entumecidos. Le tiemblan las manos y necesita dos intentos para desbloquearlo. Empieza a ver borroso cuando busca su nombre.

«River».

RIVER, 31 DE DICIEMBRE DE 2017

(Lo que somos)

River le da un sorbo al té y coge el libro que ha dejado abierto sobre el brazo del sofá. Es una noche tranquila y está solo en casa. Ha aprendido a disfrutar del placer de disponer de tiempo para sí mismo. Distraído, mira de vez en cuando el televisor encendido donde se retransmite en directo el ambiente en Times Square. La bola empieza a descender y él contempla el espectáculo, aunque sabe de memoria lo que ocurrirá cuando acaben los sesenta segundos: una lluvia de confeti para anunciar la llegada del nuevo año.

Ocho segundos antes de que eso ocurra, suena el teléfono.

Cuando River ve el nombre en la pantalla siente un vuelco en el estómago. Tiene la impresión de que hace una eternidad que no habla con ella. Coge el móvil. Vacilante, lo observa unos instantes como si fuese un objeto extraño.

Al final, movido por un impulso, descuelga.

—¿Nicki?

Al otro lado de la línea nadie responde. Solo oye un llanto bajito entre ruido de fondo: el de la ciudad, los vítores de la gente celebrando el inicio del 2018 y los coches pitando y circulando por las calles.

Todo su cuerpo se tensa.

—¿Nicki? ¿Estás ahí?

—Sí... —Un sollozo.

River se pone en pie e intenta mantener la calma. Camina de un lado a otro del salón mientras elige bien sus preguntas. No quiere que cuelgue.

—¿Estás herida?

—Sí. N-No.

—Joder.

—No es grave.

—¿Estás sola?

—Sí.

—¿Dónde?

—No lo sé.

—¿Llevas dinero encima?

—Sí.

Él inspira hondo antes de seguir:

—¿Puedes volver a casa?

—No. Ya no puedo volver. Si lo hago... —Se le quiebra la voz.

—Está bien. Lo entiendo. —Y es verdad, River lo ha entendido todo en menos de un minuto porque conoce a Nicki, la conoce bien, mejor que nadie, y sabe que está asustada—. Coge un taxi en cuanto veas uno. Pídele que te lleve a un hotel.

Lo primero en lo que él piensa es en alejarla de allí y luego ya se ocuparán del resto. Nicki sigue llorando, pero se muestra un poco más calmada en cuanto sube al taxi. Permanecen los dos al teléfono durante todo el trayecto, mientras se registra y cuando le dan las llaves de una habitación. Mientras tanto, River busca la ruta más rápida para llegar en coche hasta Nueva York y calcula que serán unas seis horas.

—¿Cómo te encuentras?

—No lo sé. —Nicki habla tan bajito que a él le cuesta oírla cuando ella se mete en la cama—. Tengo frío. —Luego, se derrumba del todo—. Quiero ir a casa.

—Te prometo que dentro de nada estarás aquí. Voy a hablar con tus padres, saldremos cuanto antes y llegaremos por la mañana.

Nicki tarda un poco en calmarse.

—No quiero que cuelgues.

—No lo haré.

—River, siento hacerte esto.

—No digas tonterías.

—¿Recuerdas aquel día...? —Nicki coge aire—. El día que un compañero se metió conmigo en el comedor y tú me defendiste.

—Sí.

—Te pedí que no lo hicieras.

—Lo sé.

—Y te dije que te avisaría si alguna vez necesitaba tu ayuda. Y aquí estás. —Hay una pausa y ella parece titubear antes de seguir—: Pero no dejo de pensar..., no dejo de pensar que yo no estuve ahí cuando tú me necesitabas a mí...

Entonces, él siente que de golpe se esfuma todo lo que había guardado en su interior durante los últimos años: el rencor y la incomprensión, las dudas y la sensación de abandono. Y solo quedan él y ella, conectados por la línea telefónica que intenta burlar las más de trescientas cincuenta millas de distancia que los separan.

—No podías estar, Nicki.

—Lo siento —susurra.

—Deberías descansar.

River aprieta el teléfono contra su oreja mientras escucha la respiración de Nicki al otro lado de la línea. Se siente como si tuviera los pulmones llenos de fuego, pero ha intentado que ella no note nada, mostrarse sereno, pensar en la situación con la cabeza fría porque no puede permitirse lo contrario. Se queda en el sofá con la vista fija en la pared durante lo que parece una eternidad, hasta que comprende que ella se ha dormido, quizá gracias al cansancio alimentado por la tensión. Entonces, sin soltar el teléfono en ningún momento, se pone una chaqueta gruesa, sale al frío de la noche y camina entre la nieve hasta la casa de los Aldrich dando un paso tras otro, dispuesto a no derrumbarse.

VIVIEN, 1 DE ENERO DE 2018

(Lo que somos)

No ha dormido en toda la noche, pero nunca se había sentido tan despierta como ese día. Durante el trayecto en coche, River y ella apenas han hablado y se han comunicado a base de miradas y suspiros. Tan solo han hecho una parada en una gasolinera abierta para repostar y comprar café para llevar. Vivien comienza a ponerse nerviosa cuando se acercan a la ciudad, la piel de los brazos y del cuello le pica. River también está inquieto. Se muerde las uñas.

—Ya falta poco —le dice él.

En efecto, antes de que se dé cuenta, están entrando en el hotel donde se alojó Nicki la noche anterior y llamando al ascensor. Su habitación está en la cuarta planta. River la ha llamado al móvil en varias ocasiones, pero no contesta. Y Vivien, que siempre ha sido tan calmada y tan serena, por primera vez en mucho tiempo siente que está a punto de ponerse a gritar, porque necesita saber que su Nicki está bien, que aún puede cuidarla.

Él coge la maleta de mano que ella ha preparado y avanzan por un largo pasillo enmoquetado hasta que ven el número 406 en lo alto de una puerta blanca. River llama con insistencia una y otra vez. Vivien está a punto de bajar a recepción para pedir ayuda cuando, por fin, abre la puerta una chica pelirroja de mirada perdida a la que casi le cuesta reconocer. Pero es Nicki. Con más heridas, pero ella.

Vivien la acoge entre sus brazos.

Piensa en cuando era un bebé y la arrullaba, le cantaba y le daba de mamar. Piensa en lo feliz que fue durante la infancia, cuando todo le parecía brillante y divertido. Piensa en Nicki haciéndose mayor e intentando encontrar su lugar en el mundo, con todas las dudas y las inseguridades que aparecen durante la juventud. Y piensa en Nicki en esos instantes, aferrándose a ella, todavía esforzándose por descubrir quién es.

Ella se siente igual.

En ese abrazo, Vivien comprende que también está averiguando cosas sobre sí misma que no sabía, que aún le queda mucho por aprender, mucho por sentir. Que, al final, no hay una meta a la que llegar de manera cronometrada. La vida es solo un puñado de decisiones, unas mejores y otras peores, aderezadas con una pizca de suerte y otro poco de intuición. Más allá de eso, solo queda la certeza que tantas veces le repitió a su hija cuando era una niña: al día siguiente volverá a amanecer.

—Ya está, cariño. Estamos aquí.

—Mamá. —Nicki no la suelta.

Al menos, hasta que ve a River tras ella. Entonces Vivien se hace a un lado y sonríe entre lágrimas al ver cómo se miran, cómo se reconocen, cómo se abrazan. Es dulce. Y, pese a la tristeza del momento, Vivien confirma lo que todos han sabido desde que eran niños: que es verdad que Nicki descubrió el amor por él, pero, aun así, siempre ha sido River el que ha ido tras ella como si fuera la estela de una estrella fugaz.

—¿Cómo te encuentras? —Él la suelta para mirarla detenidamente, sus ojos se deslizan por el mentón y permanecen fijos en la rojez del cuello que ella también ha visto. River respira entre dientes—. Joder. Voy a cogerlo... y voy a...

—No, por favor. Solo quiero irme a casa.

River abre la boca para protestar, pero ella interviene.

—¿Puedes dejarme un momento a solas con mi hija?

Él deja escapar un suspiro antes de asentir y decirles que estará abajo, en la cafetería del hotel. Vivien lo ve salir con los puños apretados.

Después, se sienta en la cama junto a Nicki, que aún lleva el vestido de fiesta de la noche anterior, un modelo verde brillante que contrasta con la situación. Tiene el rímel corrido y el pelo lleno de horquillas que ella empieza a quitarle con delicadeza para no hacerle daño. Cuando termina, coge su mano y se miran a los ojos.

—Voy a pedirte que me digas exactamente qué es lo que quieres hacer. Sé que no es el mejor momento y que lo único que deseas ahora mismo es descansar y olvidarte de todo, pero es mi obligación como madre decirte que para algunas cosas este instante, por terrible que sea, es determinante. —Baja la vista hasta las marcas de su cuello—. ¿Has pensado de qué manera quieres afrontarlo? Porque River y yo haremos lo que tú necesites. No importa si no es la opción que nosotros hubiésemos elegido, ¿me estás entendiendo?

Nicki asiente con la cabeza.

Las lágrimas caen por sus mejillas en silencio y está agotada, pero hay un brillo en su mirada que a Vivien le recuerda a la niña que fue, la idealista y sensible, la que salvaba pajarillos heridos que encontraba en el jardín y se negaba a matar insectos.

Y ahora es ella la que está herida. Es ella.

Y Vivien quiere ponerle tiritas por todas partes, en los dedos y en la frente y en el corazón y en las costillas. Pero sabe que tiene que mantener la calma, ser su madre, convertirse en un pilar en el que Nicki pueda apoyarse cuando le fallen las piernas.

Cuando Nicki responde, lo hace apenas con un hilo de voz:

—No sé dónde está la comisaría de policía más cercana...

—No te preocupes, cariño. River y yo podemos ocuparnos de eso. —Vivien respira hondo, temblando de alivio, y le da un abrazo. Después, se agacha para abrir la maleta de mano que ha traído y saca una vieja chaqueta de lana que encontró en el armario de su hija. Es de color crudo con pequeñas manzanas rojas y verdes—. ¿Tienes frío? ¿Quieres ponértela? También he traído unas mallas y dos camisetas y...

—Esto está bien. —Nicki coge la chaqueta, se la lleva a la mejilla y cierra los ojos al notar el tacto suave de la lana.

RIVER, 1 DE ENERO DE 2018

(Lo que somos)

Los limpiaparabrisas bailan intentando combatir el aguanieve. El murmullo de la calefacción y el motor del coche ahogan la canción de The Cribs que suena en la radio. Les echo un vistazo a los asientos traseros por el espejo retrovisor y veo a Vivien con la cabeza hacia un lado y los ojos cerrados. Recostada sobre su regazo, Nicki duerme. Suspiro y sigo conduciendo. No dejo de pensar en su rostro pálido al abrir la puerta de la habitación de hotel, en las marcas del cuello, en la rabia consumiéndome mientras bajaba hasta la cafetería del hotel, en que aún me cuesta respirar al recordar cómo temblaba cuando entramos en la comisaría de policía.

Me desvío en cuanto veo una gasolinera.

Cojo la chaqueta y el gorro de lana antes de salir del coche. El frío es punzante y anuncian una tormenta de nieve implacable que llegará durante las próximas horas. Lleno el depósito y pido un café para llevar. No sé cuántas horas llevo despierto, pero tan solo puedo pensar en la idea de llegar a casa cuanto antes, aunque sé que eso no bastará para apaciguar su dolor. Mientras avanzo por la carretera, no solo dejo atrás una milla tras otra, sino también el peso de todos los reproches que he acumulado durante los últimos años. Se disuelven. Y cuando pienso en el funeral de mi padre y el hueco de su ausencia, ya no veo mi propia soledad, sino la de Nicki. Entenderla me libera de todo el rencor.

Apenas queda una hora de trayecto por delante.

Al amanecer, todo estará cubierto por un manto blanco. Cuando éramos pequeños, a mí me encantaba correr y dejar un rastro de huellas en el suelo helado, lanzar bolas de nieve y acabar empapado hasta que mi madre me cogía de la oreja y me obligaba a quedarme quieto delante de la chimenea. A ella le gustaba la idea de la nieve. Contemplarla desde lejos. Imaginar un mundo dormido. Ver el brillo del hielo bajo la luz.

Me pregunto si aún será capaz de percibirlo.

DONDE TODO BRILLA

Yo creo que para ser felices no necesitamos conjuros, tan solo estar en paz. Parece fácil, pero es tan complicado que hay gente que no lo consigue ni en una vida entera.

LA BRUJA AGATHA

NICKI, 2 DE ENERO, 2018

(Lo que somos)

Está nevando. Los copos revolotean alrededor de la ventana y se amontonan en el alféizar. Nicki los contempla en silencio, con la nariz pegada al cristal como cuando era pequeña, mientras escucha el murmullo de las voces de su familia que proviene del salón. Imagina que hablarán de ella, dirán: «Pobrecilla, siempre ha sido una ilusa». Luego se dice que no, que ellos nunca comentarían algo así. Las dos voces que llevan meses conviviendo en su cabeza rivalizan al tiempo que un manto blanco cubre las calles.

Nicki clava la vista en la casa de enfrente y siente algo cálido abriéndose paso en su interior. Sabe que hace ya varios años que esa habitación permanece vacía, pero le resulta reconfortante saber que la ventana sigue ahí, que hay cosas inamovibles. La mente es un vehículo fascinante. A través de una imagen, puede viajar al pasado. Así, Nicki es capaz de cerrar los ojos y aterrizar veinte años atrás en el tiempo. Se ve a sí misma como era entonces junto a un niño de cabello oscuro y ojos color océano, jugando entre las rocas a buscar cangrejos; si se concentra mucho, incluso logra percibir a qué huele el mar o el tacto de los cantos rodados.

Tiene ganas de ver el mar. Ese mar.

Quizá lo haga pronto. Quizá...

Al meterse en la cama, todo gira alrededor. Sueña con la

sonrisa deslumbrante de Gordon y docenas de copas de champán sobre una bandeja. Ella es diminuta como una pulga: se cae dentro de una de las copas, se ahoga entre burbujas doradas. River la saca de allí, aparece en un barco y se alejan de las risas estridentes.

Nicki da vueltas en la cama hasta que encuentra el ángulo exacto y recuerda en qué postura dormía más cómoda sobre ese colchón. Entonces, cuando se acopla al fin, comprende lo que ocurre pese a no despertarse.

Está en casa. Ya está en casa.

RIVER, 27 DE ENERO DE 2018

(Lo que somos)

Al llamar al timbre, me siento como si tuviese quince años. No consigo mantenerme quieto hasta que su padre abre la puerta.

—¿Está Nicki en casa?

—Sí. —Jim sonríe con afecto—. Fuimos a ver a esa doctora que nos recomendó la amiga de Vivien y llegamos hace unos veinte minutos. Ha ido bien. Nicki está dispuesta a asistir a terapia. Estará en su habitación. Ve, anda.

Subo las escaleras de dos en dos porque, pese a controlar más los impulsos, sigo siendo impaciente. El suelo de madera cruje anunciando mi llegada, pero aun así doy unos golpecitos en la puerta y espero hasta que oigo su voz dándome paso.

Nicki está sentada en la cama con un cuaderno en el regazo y un bolígrafo en la mano. Lo cierra cuando entro, le pone la tapa y me muestra una sonrisa temblorosa.

—¿Cómo estás? —pregunto y me doy cuenta de que no hay nada que me interese más en el mundo que descubrir su respuesta.

—Asumiendo las cosas, supongo.

Ha transcurrido casi un mes desde que Nicki volvió a casa y, durante ese tiempo, ha atravesado diferentes etapas. Los primeros días los pasó metida en la cama, comiendo poco y hablando aún menos. Después, una mañana, salió con Mila y Heaven a dar un paseo y se tomó con ellas un chocolate caliente en Brends. Empezó a tener la rutina de levantarse, darse una ducha y quitarse el pijama, incluso si no tenía intención de salir. A lo largo del mes de enero, fue dando un paso tras otro con cautela, pero, durante todo ese tiempo, no llegó a comunicarse de forma abierta con su familia. Al final, su madre le propuso buscar ayuda a través de sus contactos y Nicki estuvo de acuerdo.

—¿Qué haces? —Me senté en la cama.

—He empezado a escribir un diario otra vez. —Juguetea distraída con un hilito azul de la colcha—. Hacerlo siempre me ha ayudado a ordenar las ideas y a preguntarme cosas. La psicóloga dice que me irá bien. —Se encoge de hombros.

—Me alegra verte un poco más animada.

Luego, no decimos mucho más. Tan solo nos tumbamos en la cama codo con codo, como cuando éramos dos adolescentes con el futuro totalmente en blanco, y compartimos el silencio plácido, miramos el terrible dibujo de los planetas que Nicki pintó en el techo de su habitación y cada uno, supongo, piensa en sus cosas.

Lo hacemos a diario cuando termino de trabajar, antes de que Agatha salga del colegio. Y creo que es reparador para los dos saber que estamos, respiramos, vivimos.

NICKI, 18 DE FEBRERO DE 2018

(Lo que somos)

Contemplo con una mezcla de fascinación y tristeza las diez cajas que el repartidor ha dejado en el jardín delantero de mi casa después de pedirme que firmase el justificante de entrega. Papá se rasca la cabeza, nervioso, y me dice que, si quiero, puedo guardarlas en el desván hasta que me vea con fuerzas para abrirlas, pero le digo que no.

—¿Y esto es todo lo que has acumulado durante tantos años? —Heaven alza las cejas y chasquea la lengua—. Oh, seguro que el muy cerdo se ha quedado la tostadora que os regalé en vuestra boda. Espero que al menos te haya mandado el consolador.

—¿Fuiste tú? —Se me escapa una sonrisa.

Heaven se aparta el pelo hacia atrás.

—Pues claro. Siempre pienso en ti.

—Ya. —No le digo que a Gordon le pareció una aberración la idea de usar juguetes eróticos porque, probablemente, atentaban contra su ego—. ¿Me ayudarás a organizar lo que hay dentro de las cajas? No creo que me quede con toda la ropa.

—¡¿Eso significa lo que creo que estoy pensando?!

—Sí, es probable que heredes cosas.

Heaven lanza un grito que me sobresalta y, a continuación, se inclina para coger la primera caja. Aprieto los labios para no reírme mientras la sigo dentro de casa.

Lo que ocurre durante el resto de la tarde resulta tan doloroso como curativo. Vamos vaciando el contenido de las cajas que Gordon mandó empaquetar cuando comprendió que mi decisión era firme y no había marcha atrás. He pensado mucho en lo que ocurrió y en si hubo un instante exacto en el que las cosas cambiaron entre nosotros. Al principio creía que sí, pero comprendí que estaba equivocada cuando intenté encontrar ese momento entre el comienzo y el final, porque no existía. Yo lo conocí siendo una mujer independiente y, dos años después, no quedaba ni rastro de esa Nicki. Fue paulatino. Las sutilezas, los silencios, las miradas. Supo colarse en cada uno de mis vacíos. No me sentía feliz ni pletórica, pero tampoco me veía capaz de romper con todo y salir de ahí; los jueves eran iguales que los lunes y los sábados y los miércoles, los meses eran una sucesión de días que iban quedando atrás. Me decía que quizá las cosas mejorarían cuando todo le fuese mejor en su trabajo. O si lograba darle lo que necesitaba. O durante el próximo viaje que hiciésemos. La expectativa de lo que estaba por llegar siempre era un consuelo al que me aferraba. Y, sobre todo, pensaba que lo quería y que él me quería a mí.

Pero aquella noche, la última del año, comprendí que tenía que tomar una decisión. Una buena decisión. A pesar de sentirme paralizada, supe, como si se tratase de una revelación a cámara lenta, que si regresaba con él a nuestro apartamento quizá no sería capaz de volver a plantearme la posibilidad de dejarlo. Tuve miedo de mí misma. Por eso corrí hasta los ascensores cuando fue a por los abrigos. Por eso me alejé caminando calle abajo por la acera llena de nieve. Por eso marqué el número de River.

Y ahora parte de la Nicki que había sido junto a Gordon está justo ahí, delante de mis narices, dentro de esas cajas. La otra parte la llevo y la llevaré siempre conmigo.

—¿Cómo es posible que tuvieses tantos vestidos?

—Asistía a muchos eventos. —Cojo uno verde y lo dejo en el montón de la ropa que voy a quedarme, pero el siguiente lo pongo en la que he decidido descartar.

—¿No lo quieres? ¡Venga ya! ¡Si es de Dior! Pues para mí. Y si me queda grande, lo vendo por cincuenta pavos. Cuando la abuela se entere de que estamos haciendo esto sin ella va a desheredarnos. Sabes que le encantan los trapos.

Me río justo cuando mi madre entra para preguntarnos qué tal lo llevamos. Le digo que genial y le pido que no se preocupe. En los casi dos meses que llevo en casa he notado que ha desarrollado una sobreprotección hacia mí que ni siquiera estaba ahí cuando era adolescente. En aquel entonces, no tenía horarios ni demasiados límites. Ahora, cada vez que salgo a dar un paseo y tardo más de la cuenta, me llama para asegurarse de que todo va bien. Cuando se lo comenté a la abuela días atrás, me dijo: «Una madre es una madre —y, luego, añadió—: Tú preocúpate de ti misma en estos momentos, te aseguro que Vivien sabrá gestionar sus emociones, dale tiempo».

—¿Esa chaqueta de ahí es...?

—Sí. —Saco la prenda de lana que, durante años, relegué al fondo del armario. Ni siquiera recordaba habérmela llevado del apartamento de Babette cuando me mudé con Gordon. Tiene el dibujo de un arcoíris—. Es muy bonita.

—La había olvidado.

—Hace mucho que no la uso.

—Me pediste que te la tejiera, ¿recuerdas? Me dijiste: «Quiero una chaqueta de arcoíris», y yo pensé: «¿Cómo narices voy a hacer eso?». —Mamá se echa a reír y sacude la cabeza—. ¿Sabes a quién le encantaría? A Agatha. Estoy segura.

Tiene razón. Sonrío mientras doblo con cuidado la chaqueta y la dejo a un lado.

Por el momento, casi todas las cajas que abrimos están llenas de ropa o cosas de aseo. Hay muy pocos recuerdos personales, algo que agradezco.

La tarea de separar la ropa, que en teoría era sencilla, se convierte en todo un ejercicio de reflexión. Hay cosas de la chica que fui en Nueva York que me gustan: colores neutros, botines con tacón, vestidos negros, rectos y sobrios. Hay otras muchas que no entiendo en qué momento pensé que iban conmigo. Sobre otras tantas, tengo dudas. Y, luego, están las pocas prendas que me llevé de Boston a Nueva York o las que encontré en el armario de casa cuando volví: rescato algunos petos, faldas de pana, pantalones con bordados divertidos en los bolsillos traseros y una chaqueta vaquera con varios parches que elegí de una tienda *vintage*. Son prendas que no he usado durante los últimos años de mi vida y que deseo que formen de nuevo parte de mí, aunque otras ya no me representan y pertenecen al pasado, a esa chica que no volverá.

Cuando se lo explico a Heaven, ella se limita a decir:

—Da igual quién fuiste o quién quisiste ser. Lo único importante es quién serás mañana. No lo pienses tanto. Levántate, abre el armario y coge lo que te apetezca sin pensar en nadie más que en ti. Yo lo hago todos los días. Excepto cuando quedo con Sabrina, entonces procuro usar bragas rojas porque son su debilidad.

Envidio y admiro a partes iguales la practicidad de mi hermana.

—¿Sabes que eres maravillosa, Heaven?

—Pues claro que lo sé —contesta mientras mira la etiqueta de un vestido para comprobar si es de marca y merece la pena venderlo o quedárselo.

La abuela aparece cuando estamos abriendo la última caja y, en efecto, protesta porque no la hemos esperado. Pero no la escucho porque, al quitar el precinto, descubro que esa es la caja que contiene recuerdos. Esa es. Hay algunos objetos desperdigados, carpetas con papeles y cuatro o cinco libros. Distingo el lomo del álbum de fotografías de mi boda y se me forma un nudo en la garganta. Me cuesta respirar.

—¿Estás bien? —Heaven me frota la espalda.

—Sí. Dejaremos esta caja en el desván.

—De acuerdo. Yo me encargo.

—Espera.

Veo mi joyero al fondo. Es pequeño. Consigo sacarlo y, después, me alejo de la caja. Tomo aire mientras Heaven vuelve a cerrarla con precinto y la abuela me abraza. Pasados unos minutos, empiezo a relajarme y disfruto del ir y venir de Heaven probándose la ropa que no voy a quedarme. Cuando aparece en el salón con una pamela feísima que usé para asistir a una boda en Londres porque, según la madre de Gordon, era una cuestión de protocolo, mi hermana finge que es una duquesa virgen capaz de notar un guisante debajo del colchón. La abuela se ríe a carcajadas y me contagia.

—¿Qué está pasando aquí? —Mamá aparece acompañada por Isabelle.

—Oh, ahí viene la terrible reina de las nieves con su fiel escudera... —Heaven se coloca mejor el sombrero y mueve el culo—. Por su culpa nadie ha probado este trasero. Me tienen cautiva hasta que consiga encontrar a un príncipe azul, pero he llamado al supermercado y dicen que no hay *stock*, que de esos ya no se fabrican ahora.

Se me saltan las lágrimas de la risa al ver la cara de desconcierto de las dos nuevas espectadoras. Y, luego, mientras las carcajadas de las cinco se entremezclan en ese salón que huele a leña y hogar, caigo en la cuenta de que hacía una eternidad que no me reía de forma tan relajada por algo estúpido, que casi ni tiene sentido, pero que sin duda son los momentos que todos anhelamos, aquellos que nos hacen amar a la familia.

AGATHA, 23 DE FEBRERO DE 2018

(Lo que somos)

Sopla con fuerza para apagar las velas. Hoy cumple diez años. Se siente muy mayor mientras su madre la besa sin cesar en la mejilla y su padre le sonríe como si fuese una cría de oso panda que acaba de nacer en el zoo. Quiere pedirles que, por favor, por favor, por favor, dejen de hacer eso delante de sus amigas, pero se le olvida en cuanto le dan su regalo de cumpleaños: un juego de estrategia que llevaba meses pidiendo.

—¡Ahhhhh! —grita entusiasmada.

Su mejor amigo, Marcus Caine, se acerca para ver de cerca el regalo. Agatha apenas oye lo que le está diciendo sobre el juego entre tanto alboroto. Recibe más cosas: una grabadora de voz y un micrófono, unas baquetas nuevas para sus clases de batería, unos pantalones elásticos de color morado y varios libros que quería.

En último lugar, Nicki le da su regalo.

Se ha mantenido en un segundo plano durante todo el cumpleaños. Da la sensación de que se siente un poco insegura, aunque desde que llamó a la puerta su madre ha intentado hacer todo lo posible para que se sienta a gusto y, en un par de ocasiones, Agatha las ha visto reír juntas en la cocina y eso le ha parecido muy guay.

—No sé si te gustará, no estaba segura...

—¡Unos patines! ¡Y una chaqueta arcoíris! ¡Me encanta!

—Agatha la abraza y no le dice que, en realidad, lo que más le gusta es que esté allí, poder celebrarlo con ella.

Luego, se come su pedazo de tarta junto al resto de los invitados. Mientras saborea la nata y las virutas de chocolate, Agatha se siente feliz. Una vez, hace meses, su padre le dijo que la felicidad no es una luz que siempre está encendida, sino que parpadea: se apaga y se enciende de forma intermitente. Ella asintió pensativa, pero, en realidad, no lo entendió. En la vida de Agatha solo existe el presente. Al contrario que al resto de su familia, a ella no le entristece recordar al abuelo, sino que se siente bien. Sonríe cuando le cuentan anécdotas sobre él y siempre pide más y más. Tampoco piensa demasiado en lo que está por llegar, tan solo cuando su padre le promete que el próximo sábado irán a comer pizza a su restaurante preferido o si falta poco para la Navidad o las vacaciones de verano. Es un futuro inmediato. Es un futuro fácil. El futuro de la infancia.

Así que Agatha disfruta del día de su cumpleaños.

En el salón de su madre y de su padrastro, monta un karaoke con sus compañeras de clase y bailan y cantan siguiendo el ritmo de una pegadiza canción.

De vez en cuando, percibe la presencia cercana de sus padres, de sus abuelos, de los Aldrich y de algunos amigos de la familia, pero en general no les presta demasiada atención a menos que los necesite para algo concreto. Si ha de ser sincera, ni siquiera tiene una conciencia clara de qué hacen sus padres más allá de ser sus padres y le cuesta imaginar que sus vidas puedan avanzar de manera independiente a su propia existencia.

Cuando la merienda llega a su fin, varias de sus amigas protestan porque no quieren irse a casa, pero tras unos instantes de caos general todas se van marchando.

Esa noche le toca dormir con su padre, que le ha prometido que podrá beber Coca-Cola sin cafeína, que cenarán una hamburguesa con patatas fritas y verán la película que ella elija. Le gusta *Matilda*. Se sabe varios diálogos de memoria, pero no le importa. Y como recuerda que a Nicki también le encanta esa película, cuando se despide de su madre y salen a la calle, se gira hacia ella con una sonrisa.

—¡Nicki! ¡Ven a cenar con nosotros!

—No sé... —Nicki duda—. Es vuestro día.

—¡Por eso! ¿Verdad que queremos que venga, papá?

—Verdad —confirma él.

—¿Te gustan las patatas fritas?

Nicki asiente con una sonrisa y Agatha coge su mano.

Una vez en casa, preparan juntos la cena y su padre abre un vino blanco que Nicki elige de la despensa. Se comen la hamburguesa en la mesa auxiliar que hay delante del sofá mientras Agatha se levanta para ir poniendo distintas canciones de la colección de discos. Cada vez que suena otro grupo, le pregunta a Nicki: «¿Te gusta esta?» y «¿Más o menos que la anterior?». Luego, cuando recogen los platos, Agatha se escaquea de la tarea alegando que es su cumpleaños. Se entretiene echándole un vistazo a uno de los libros que le han regalado. Desde ahí, sentada en la alfombra del salón, puede ver a su padre y a Nicki en la cocina. Lo que le gusta cuando está con ellos es que todo es normal, como si cada día ella cenase en casa. Comparten bromas y recuerdos y tienen un lenguaje propio a base de miradas. En ocasiones, Agatha percibe que su padre intenta parecer más gracioso de lo que es cuando Nicki anda cerca. O que ella se muestra nerviosa si él le toca el brazo de manera casual. Pero no sabe por qué se comportan así.

El año anterior le preguntó a su padre:

—¿Por qué no tienes novia?

—Esas cosas surgen...

—Mamá y Ben llevan muchos años juntos.

—Ya. Les va bien.

—¿Y entonces?

—Entonces, ¿qué?

—Pues que te busques a alguien.

—Agatha, no funciona así.

Su padre intentó cambiar de tema, pero ella no estaba dispuesta a ceder. Había oído a Heaven y a sus amigas decir que era muy guapo. Pero, sobre todo, Agatha pensaba que él era divertido y no se le ocurría nada mejor que eso.

—Alguien te querrá.

—Tú. Me basta con eso.

—¡Papááá! —Tiró de su brazo entre risas—. Lo digo en serio.

—Yo también.

—¿Y Nicki? Haríais buena pareja.

—Agatha, ¿recuerdas esa boda a la que asistimos hace unos meses? Pues era la de Nicki —contestó con un tono seco que no era habitual en él—. Déjalo ya.

—Bueno, la gente se divorcia todo el tiempo. Los padres de Mandy lo han hecho. Le he dicho que así será como yo: tendrá dos casas, dos habitaciones, dos estanterías para guardar los libros y dos mascotas. O así sería si me dejases tener un gato.

Y entonces la conversación sobre Nicki quedó olvidada porque todo lo llenó la idea de conseguir convencer a su padre para que la dejase meter en casa a un animal.

No funcionó.

Pero en cuanto a lo otro...

Agatha los mira desde el salón, mientras ellos se beben los restos del vino y se ríen sobre algo que no ha oído. Se miran. Se miran todo el tiempo, como si no pudiesen dejar de hacerlo. Orbitan alrededor del otro sin descanso, pero no se acercan lo suficiente.

Con una sonrisa, Agatha pasa la página del libro que tiene en las manos y piensa que, en ocasiones, lo mejor es sencillamente esperar.

LA CAJA DE LOS TESOROS DE NICKI

(Lo que somos)

Nicki se sienta en la cama y abre la tapa de madera. Sonríe con nostalgia. Ahí están todos esos objetos que guardó siendo una niña. Un botón dorado de una blusa de la abuela. Trocitos de colores de vidrio marino esmerilado. Dos monedas antiguas. Un bote de purpurina. Un fósil de caracol. Guijarros con forma de corazón. Bolitas de papel de plata. Un pendiente que alguien perdió. Hojas secas que se han convertido en polvo. Una pulsera. Tres cascabeles. Varias semillas.

Revisa el interior de su joyero y aparta las perlas y las joyas que Gordon le regaló. No le gusta el significado que esconden. Cuando encuentra lo que busca, lo cierra y alza la pequeña horquilla del abejorro. La luz le arranca un destello suave. Satisfecha, la mete en la caja de los tesoros. Siente que ese sí que es su lugar.

RIVER, NICKI, SOLO ELLOS, 2018

(Lo que somos)

Están tumbados en la cama de la habitación de Nicki. Se oye música que proviene del piso de abajo y la risa estridente de la abuela Mila.

—La vida ahora es diferente —dice Nicki.

—¿Por qué? —River contempla los planetas.

—Por la percepción del tiempo. ¿Recuerdas lo que era ser pequeño y no saber si veinte minutos era mucho o poco? Las tardes eran eternas. Íbamos a dar una vuelta en bicicleta o bajábamos a la playa en busca de vidrios marinos y las horas se solapaban una detrás de otra. La infancia es un refugio.

—Nicki...

—Lo que intento decir es que ya nunca podremos volver atrás. La vida es una línea recta hacia delante y no existe ningún conjuro mágico para detener el tiempo. Y hay días en los que simplemente me gustaría..., no sé, me gustaría tener la oportunidad de hacer las cosas de diferente manera; y volver a ser una niña y que tú volvieses a ser un niño, para poder pasar una tarde entera mirando las hormigas del jardín como si no existiese nada más importante en el mundo.

—Hagámoslo —dice River.

—¿Te has vuelto loco?

—Quizá. Venga, vamos.

Bajan por la escalera. Se ponen chaquetas, gorros y guantes. Cuando salen al jardín, se abren paso entre las malas hierbas y, por un instante, se sienten un poco ridículos hasta que ella dice: «Aquí, mira aquí». El hormiguero no da señales de vida, lo más probable es que no lo haga hasta que llegue el verano. A Nicki le gusta imaginar a todas esas hormigas en su guarida con una despensa llena de semillas, hojas y néctar. Se quedan en cuclillas observando el montón de tierra y, de pronto, algo se mueve. Es un escarabajo. Avanza con torpeza y lentitud de lado a lado. River y Nicki se sonríen antes de seguir mirándolo durante diez, quince, veinte minutos.

No tienen ninguna prisa.

La sombra alargada de Maddox aparece en el jardín junto a la de Levi, que es más corta. Desde hace meses, las dos se han vuelto casi indivisibles.

—¿Qué estáis haciendo? Jim me ha dicho que estabais aquí.

River lo mira un instante antes de bajar la vista al suelo.

—Observamos al escarabajo.

—No hay hormigas —aclara Nicki.

—¿Es algún tipo de afición? —Levi se sube las gafas por la nariz y gira la cabeza hacia su novio con un gesto de evidente desconcierto.

—Siempre han sido así. —Maddox se encoge de hombros y chasquea la lengua mientras se alejan—. No los entendía cuando éramos niños y sigo sin entenderlos ahora. Vamos a por ese chocolate caliente. Dejemos que sigan a lo suyo.

Nicki y River se ríen. Él alarga las manos para colocarle bien el gorro de lana que lleva torcido. Luego, cuando vuelven a mirar al suelo, descubren que el escarabajo ha desaparecido delante de sus propias narices. Es lo que pasa con la vida: que todo el tiempo están sucediendo cosas, pequeñas y grandes, y hay que mantener los ojos bien abiertos para no perderse nada. Una hormiga, un sueño, una mirada, un rayo de luz, un amor.

En realidad, todo es un poco lo mismo.

ELLAS, 2018

(Lo que somos)

—¿Quieres dejarlas tú? —Isabelle le tiende a Nicki el ramo de flores.

—Sí. —Lo coge, se agacha delante de la tumba y lo coloca lo mejor que puede junto a la lápida en la que puede leerse el nombre de Sebastian.

Se quedan un rato más allí. Heaven, Vivien, Mila y Nicki permanecen en silencio mientras Isabelle habla con calma, sin prisa, sobre las últimas cosas que han pasado en el pueblo: el cotilleo de una vecina que ha tenido un romance con el dueño de una empresa maderera, cómo va el restaurante, los progresos de Agatha, qué ha hecho en las clases de cerámica y, finalmente, lo mucho que lo echa de menos.

Cuando llora, Vivien da un paso adelante y la abraza.

Salen del cementerio caminando despacio y se dirigen a una pizzería que está cerca. Han decidido comer juntas y, pasado un rato, la tristeza se transforma en nostalgia cuando comparten recuerdos sentadas a la mesa mientras muerden sus porciones.

—Yo no entendería que el mundo pudiese ser mundo sin tener pizza —dice Mila mientras se relame los labios—. Está deliciosa. Me encanta con pollo.

—Te gusta toda la comida basura, mamá.

—No, los perritos calientes no me van.

—Depende del tipo de carne. —Heaven esboza una sonrisa malévola que deja poco a la imaginación. Nicki se atraganta con el agua—. Ups, a veces se me olvida que ahora que estás en casa debo censurar parte del contenido. ¿Quieres decir unas palabras a la cámara? —pregunta mientras la enfoca con su móvil.

—Sí, que eres estúpida. —Nicki resopla divertida—. Y que ese vestido que llevas era mío hasta hace poco, así que ya no somos tan diferentes, relájate.

—¡Ay! ¡Eso ha dolido! —Heaven finge que le escuece.

—Pensé que nunca lo diría, pero echaba de menos esto. —Vivien sonríe satisfecha, coge su trozo de pizza y muerde con ganas.

RIVER, 19 DE MARZO DE 2018

(Lo que somos)

Estamos sentados en el escalón del porche de mi casa mientras tomamos café recién hecho. Su rodilla encuentra la mía cada vez que se mueve al hablar. Intento que no note que su cercanía me desestabiliza.

Dejo la taza a un lado.

—¿Estás libre la semana que viene? Quería visitar Frenchboro. En la isla viven unas sesenta personas. Nos estamos planteando hacer una parada allí en una de las excursiones largas. Ya sabes, a los turistas les gusta todo lo *auténtico*.

—Iré contigo. Tampoco tengo nada más que hacer.

—¿Y has pensado en ello? —tanteo.

—No mucho. —Nicki se estira las mangas del suéter para cobijarse las manos y me mira vacilante—. Hay días en los que no me siento capaz de recuperar mi vida laboral, y otros, en los que se me ocurren un montón de ideas disparatadas.

—Cuéntamelas.

—Ninguna da para vivir. Son locuras sin sentido.

—Sabes que soy la persona perfecta para escucharlas.

Nicki sonríe con timidez y, cuando nuestras miradas se enredan, aparta la vista un poco ruborizada. Mi corazón late más rápido en respuesta, aunque llevamos semanas anclados en esta dinámica que no sé a dónde conducirá. Nos miramos. Nos rozamos. Nos buscamos. Fingimos no notar la tensión que siempre ha existido entre nosotros.

—Pues, no lo sé, podría crear un espacio propio, una *newsletter* para hablar de todo lo que se me pasa por la cabeza. Como si fuese un diario hacia el mundo, aunque luego pienso que a quién le va a interesar lo que tenga que decir. También he barajado la posibilidad de mandar mi currículum a algunos medios y trabajar a distancia, por mi cuenta. Incluso se me ocurrió que tú y yo podríamos colaborar con un blog en el que escribir sobre Nueva Inglaterra: a ti siempre te gustó la idea de viajar y explorar, a mí me encanta contar historias... —Nicki se ríe y sacude la cabeza—. Olvídalo, son tonterías.

—No. Todo me parece genial.

—También he estado dándole vueltas a tu regalo de bodas... —Toma aire en busca de seguridad—. Lo que hiciste fue lo más atrevido y adorable que nadie ha hecho por mí jamás. Cuando leí la carta ni siquiera podía creerme que fuese real.

—Pues lo era. —Sonrío al ver su expresión—. No me mires así. Cuando estuvimos en una discoteca de Boston, hablé con un tipo y me contó que su pareja era socia de una editorial en Londres. Me dio su tarjeta y, no sé por qué, la guardé. Pensé que no perdía nada por probar suerte y mandar una copia, así que me puse en contacto con él y el resto fue cosa de tu talento.

—Sé que ha pasado mucho tiempo y que esa oportunidad ya no existe, pero me pregunto si quizá podría volver a intentarlo en el futuro. Me encantaba *La bruja Agatha*. Me lo pasaba muy bien imaginando sus aventuras.

—Pues recupérala.

Nicki deja escapar el aire que ha estado conteniendo y, luego, se pega más a mí y apoya la cabeza en mi hombro. Todo mi cuerpo se tensa por culpa de la sorpresa, pero me relajo pasado el primer minuto. Disfruto del regusto que me ha dejado el café, del viento frío que agita las hojas de los árboles, de la paz de este instante.

—Creo que nunca te he dado las gracias, River.

—¿Por qué ibas a dármelas?

—Por ser como eres.

Giro el rostro hacia ella y solo pienso en besarla.

Quiero besarla y no puedo, no puedo, porque sé que está atravesando una época difícil y, además, me aterra hacer algo que rompa todo lo que hemos reconstruido durante los últimos meses. Me conformo con tenerla cerca, aunque no sea de la manera en la que me gustaría. Viene a cenar a casa varias noches a la semana, damos paseos por el bosque, jugamos a las cartas con Agatha y vemos películas hasta que nos quedamos dormidos en el sofá. Y, entonces, cuando ocurre, le pongo una manta por encima y la miro en silencio hasta que el sueño también me vence.

«Es mejor que nada».

Intento convencerme.

NICKI, 27 DE MARZO DE 2018

(Lo que somos)

Es media mañana. El mar está un poco revuelto y la humedad gélida me cala hasta los huesos conforme dejamos atrás la línea de la costa. No hablamos apenas durante el trayecto. Me gusta este silencio. Es un buen silencio. Anclada en él puedo admirar el cielo encapotado y también al hombre que tengo al lado. Me fijo en que su cuerpo ha cambiado en estos años, ahora es más sólido, y la barba de un par de días le cubre las mejillas curtidas por el viento, pero lo que realmente me resulta tan atractivo es su mirada, porque en ella no hay rastro de inquietud, tan solo una profunda serenidad.

Estando con él, el corazón se me para y se me acelera de golpe, como si fuese un motor averiado. Comprendo que hay sentimientos que se adormecen, pero siguen arraigados. Y en cuanto los alimentas un poco vuelven a florecer en todo su esplendor.

Así es mi amor por River.

Así ha sido siempre.

Cuando llegamos a Frenchboro y amarramos la embarcación, nos cargamos las mochilas a la espalda y nos sonreímos. La isla tiene un muelle pequeño, es verde y algunas casas salpican el paisaje de manera dispersa. Caminamos un buen rato hasta adentrarnos en el bosque. El paseo es amable pese al frío. Mientras avanzamos, hablamos de mi divorcio, que aún sigue en trámite tras la denuncia interpuesta, de las últimas sesiones de terapia, de cómo están afrontando la pérdida de Sebastian, de que Agatha crece a pasos agigantados y de todas esas ideas laborales con las que he empezado a ilusionarme.

River se da por satisfecho al terminar la ruta y propone que comamos algo en un restaurante familiar que hay en la isla. Nos sirven cerveza artesanal y pan crujiente con láminas de pescado. Disfrutamos cada bocado mientras charlamos y nos miramos. Tengo la impresión de que el mundo que el año anterior era gris se vuelve a colorear.

No tardamos en regresar a la embarcación. El atardecer nos pilla a medio camino, en mitad del océano. Cuando veo que River toma velocidad para llegar antes a casa, le pido que no lo haga, que eche el freno, que venga conmigo.

Se sienta a mi lado. Nos balanceamos en el agua mientras el sol desciende por el horizonte cubierto de bruma. La humedad me encrespa el pelo.

Él contempla el paisaje.

Yo lo contemplo a él.

Alzo la mano y le acaricio la mejilla. River contiene el aliento cuando recorro con la yema de los dedos la línea de su mandíbula, la nariz tan recta como la de una estatua, los labios que han dejado atrás esa mueca insolente que fue marca de la casa cuando era adolescente. Repaso la cicatriz. Me entra la risa y él clava los ojos en los míos con una intensidad que me silencia.

—¿Qué te hace tanta gracia?

—Pensaba en cómo te hiciste esa cicatriz.

—Fuiste cruel. —Él se inclina hacia mí y luego se aleja. Quiero decirle que no lo haga, que se quede cerca siempre, que si hubiese tenido su boca al alcance dos segundos más no habría podido contener las ganas de recordar a qué sabían sus labios.

—River... —Contengo el aliento.

Él se muestra cauteloso y suspira.

—Nicki, no tengo prisa.

—¿Qué quieres decir?

—Ya lo sabes. He esperado mucho tiempo. Puedo esperar más. No me importa.

Se pone en pie y vuelve a la cabina. El zumbido del motor nos envuelve conforme nos acercamos a la costa y yo contemplo la forma en la que el viento le sacude el pelo oscuro mientras comprendo que acaba de tenderme las riendas.

Hace mucho tiempo que no tomo decisiones.

Me pregunto si sabré volver a hacerlo.

NICKI Y RIVER, 1995

(Lo que fuimos)

Nicki echó canela y una pizca de azúcar en el vaso lleno de limonada y luego, seguida por River, salió al jardín para coger unos cuantos pétalos blancos de las rosas que crecían junto a una de las esquinas de la casa. Buscó un par de piedras.

—Tenemos que machacar los pétalos para sacar el jugo.

—Vale. —River los golpeó varias veces y, después, los tiró dentro del vaso y ella lo removió todo con una cuchara de madera—. ¿Y ahora qué?

—Ahora... —Nicki necesitó unos instantes para inventarse algo más ante la atenta mirada de él—. Virutas de madera.

—¿Estás segura?

—Segurísima.

Cogieron varios palitos y arrancaron trozos finos de corteza. Nicki volvió a agitar el contenido y luego alzó el vaso mientras lo contemplaba con satisfacción.

—¿Ya está listo?

—Sí. Ahora tienes que probarlo para ver si te vuelves inmaterial. Recuerda dar solo dos sorbos, no vaya a ser que bebas demasiado y desaparezcas para siempre.

—Bien. —El niño de seis años cogió la limonada y la probó. Miró a Nicki, que estaba sentada con las piernas al estilo indio en el jardín—. No noto nada.

—Entonces es que ha funcionado.

—¿Tú crees? Pero...

—Corre hasta la valla con todas tus fuerzas y a ver si eres capaz de atravesarla como si fueses un fantasma.

—Vale.

River se levantó sin vacilar. Sus labios trazaron una sonrisa traviesa y, luego, dio un par de pasos hacia atrás para coger carrerilla y salió despedido directo hacia la valla que separaba la casa de los Aldrich de la de los Jackson.

El golpe fue tremendo.

Él gritó. Ella se asustó.

—¡River! ¿Estás bien? —Como no se levantaba, Nicki se acercó y vio que tenía una herida en el labio y parecía mareado—. No te muevas, voy a llamar a mis padres.

—No. Espera —balbuceó—. Aparta... eso...

—¿Qué dices? No te entiendo.

—El caracol. Hay un caracol...

Y esas fueron sus últimas palabras antes de quedarse medio inconsciente. Su madre lo reanimó tras colocarle una compresa de agua fría en la frente. El médico tuvo que ponerle dos puntos y Nicki se sintió tan mal por lo ocurrido que le regaló todos los dulces que logró conseguir durante los siguientes meses.

NICKI, 29 DE MARZO

(Lo que somos)

Nos hemos abrigado para bajar hasta la bahía y estamos buscando vidrios marinos, conchas que podamos usar para decorar la casa del árbol y piedras bonitas. El viento le sacude a Agatha el pelo en todas las direcciones, y yo me acerco y se lo recojo en una coleta.

—Deberíamos volver ya.

—Bien. Vamos —dice.

Regresamos a paso lento y Agatha coge un par de flores que encuentra por el camino. Las observa un instante antes de guardarlas en la cesta que lleva en la mano.

—Siempre imaginé que te casarías con el pelo lleno de flores.

—¿Y eso por qué? —Contengo el aliento cuando la miro.

—Ni idea, pero quería ir a buscarlas esa misma mañana, se lo dije a papá. —Se ríe sin ser consciente de que cada palabra me sacude de forma inesperada y me traslada a ese día. No al de mi boda, no, a otro. Más atrás. Meses antes.

He recordado más veces de las que soy capaz de admitir su voz diciéndome «No te cases con él». He pensado mucho en ello. En las decisiones que tomamos y que marcan nuestras vidas. A veces, cuando cierro los ojos, fantaseo imaginando otra realidad alternativa en la que lo escojo a él, estamos en el bosque y llevo un vestido verde pálido, nos rodean nuestros seres queridos, la luz es maravillosa y él y yo nos miramos.

—¡Nicki! —Su risa infantil me zarandea.

—¿Qué es lo que decías? Perdona, estaba...

—En tu mundo, ya me he dado cuenta. —Me dirige una sonrisa cómplice y luego continúa—: Te recordaba que tenemos que coger hilo de pescar para hacer los carruseles.

—Es verdad. Seguro que tu abuela tendrá.

RIVER, 3 DE ABRIL DE 2018

(Lo que somos)

Hay un sobre rojo en el buzón de casa.

Lo cojo y lo miro con curiosidad mientras entro. Dejo las bolsas de la compra en la encimera. No tiene remitente. Lo abro y saco varios papelitos recortados. Están escritos con una caligrafía que conozco bien, aunque es más irregular. El corazón me late con fuerza cuando me siento en el sofá de casa y empiezo a leer:

5 de marzo de 2000

River y yo estamos enfadados.

Dice que soy demasiado mandona.

Yo digo que él es demasiado bobo.

3 de junio de 2003

River me regaló por mi cumpleaños una horquilla dorada con un abejorro en la punta. Es tan bonita que no quiero ponérmela, no vaya a ser que se me pierda.

22 de septiembre de 2003

Puede que mintiese. Quizá River sí me guste un poquito.

24 de septiembre de 2003

Mentí del todo. Creo que River Jackson me gusta mucho.

27 de septiembre de 2003

Odio que River me guste.

14 de febrero de 2003

Querido River Jackson.

Tengo que confesarte que me gustas. Quizá no entiendas por qué, ya que jamás pillas ninguna indirecta y la ironía no es tu fuerte, así que he hecho una lista de todas las cosas que me encantan de ti y consiguen que a menudo quiera abrazarte: que te dé igual el fútbol, que te encanten las cerezas, que escuches música *rock*, que siempre pidas perdón cuando te equivocas, que tus ojos sean de color azul cerúleo y cambien cada día, que a tus catorce años te hayas roto tantos huesos, que estés obsesionado con saltarte las reglas, que en invierno uses sudaderas con capucha, el lunar de tu dedo, que tengamos un bote juntos para vivir una aventura, que quieras a la abuela Mila como si también fuese tuya, el remolino del lado derecho de tu cabeza, que sonrías como un gato lo haría si pudiese, que pueda confiar en ti a ciegas, la cicatriz que tienes en el labio, lo gracioso que eres al imitar al profesor

Stuart, que te muerdas las uñas cuando te pones nervioso y que me hagas reír incluso cuando estoy triste...

No puedo dejar de sonreír mientras conozco otra vez, de una forma diferente, a esa chica de catorce años de cabello naranja y ropa colorida. Los recuerdos se solapan para mostrar una perspectiva más amplia, la suya y la mía, la que no supimos ver entonces.

La última nota tiene fecha de hoy.

3 de abril de 2018

Estaré en la casa del árbol mañana por la tarde.

No llegues tarde. Y abrígate, que hace frío.

Resulta curioso que entre los retazos del diario de Nicki y la nota que tengo en las manos hayan transcurrido quince años. Durante ese tiempo, todo ha cambiado y al mismo tiempo nada lo ha hecho. Me reconozco en ese joven sobre el que ella escribía y nos veo ahí, soplando las velas juntos cada cumpleaños, jugando y creciendo. Pero también nos veo después, ahora. Con lo aprendido, lo vivido, lo que hemos descubierto sobre quiénes queremos ser. Y pienso que cada paso nos ha conducido hasta el presente.

EN LA CASA DEL ÁRBOL, 2018

(Lo que somos)

—Bienvenido a la inauguración de la nueva casa del árbol.

Nicki le sonríe a River cuando aparece por la escalera y se agacha para entrar. Está nerviosa. Está muy nerviosa. Así que habla sin parar sobre las mañanas que ha estado trabajando en la casa, lo bien que se ha sentido en ese rincón mientras le daba una capa de barniz a la madera y se le ocurría una idea para un futuro cuento de la bruja Agatha. Él mantiene la boca cerrada al tiempo que ella le muestra los carruseles con conchas que hizo con su hija y que giran y se mueven con el viento. Luego, todavía acelerada, empieza a sacar cosas del interior de una bolsa de tela. Una vela que enciende, dos copas, una botella de vino, unos cuantos trozos de queso cortados en triángulos, dos sándwiches.

—¿Es una especie de cita? —le pregunta él.

—No lo sé. —Nicki titubea—. ¿Quieres que lo sea?

—Sí.

—Pues entonces...

—Dame, deja que abra el vino.

River coge la botella y sirve las copas.

A partir de ese instante los nervios se atenúan. Brindan y beben y se miran y se ríen, todo en una misma secuencia. Nicki se siente como si tuviese un agujero en la tripa y algo se agitase ahí dentro. River se siente como si toda la impaciencia que ha logrado contener con el paso de los años hubiese regresado de golpe.

—Así que... —Él se relame los labios y deja la copa a un lado—. Te fascinaba que usase sudaderas con capucha. ¿Qué tienes en contra de las demás?

Nicki se ríe y niega con los labios apretados.

—En realidad, lo que me gustaba era el gesto.

—¿Qué?

—Sí, la manera en la que tirabas los brazos hacia atrás para coger la capucha y cubrirte la cabeza. Me parecías muy atractivo.

—¿Algún fetiche más? ¿Verme ponerme los calcetines o remover el café?

—No. Además, eso lo haces fatal. Muy ruidoso.

—Tomo nota. Cogeré la cucharilla con suavidad de ahora en adelante. Nadie quiere ser recordado como un tipo escandaloso al remover el café.

River alarga la mano y le acaricia a Nicki la mejilla. Es una caricia sutil y muy suave, pero suficiente para que ella encuentre el valor que le faltaba.

—He estado pensando en ti y en mí.

—Eso me gusta. —Él se acerca más a ella.

—Llevo semanas planteándome que ahora soy yo la que vivo en casa de mis padres, tengo muchos frentes abiertos con el tema del divorcio y mi situación económica es, bueno, bastante mejorable. —Nicki toma aire mientras River le sostiene la mejilla con dulzura—. Pero sé que te quiero, es lo único que tengo claro, y creo que eso de esperar a que aparezca el momento apropiado es una tontería.

—Una inmensa tontería.

—¿De verdad lo piensas?

—Nicki, dentro de un mes cumplo veintinueve años y estoy teniendo una cita contigo dentro de una jodida casa del árbol en la que casi no entro. ¿Qué más necesitas para no tener dudas de lo que siento por ti?

Ella sonríe con timidez y, luego, con las mejillas encendidas y el corazón aleteando en el pecho, coge a River de la chaqueta, tira de él con suavidad y lo besa. El beso es suave al principio, una búsqueda de ternura y sabores perdidos. Luego, River le acaricia la nuca y Nicki se estremece y se pega más a él hasta acomodarse en su regazo.

Se pregunta cómo es posible sentir en un solo beso una calma profunda y un deseo ardiente. River explora cada recoveco de su boca, busca su lengua, muerde su cuello, lame caminos de piel y vuelta a empezar. Ella se frota contra él. Tiene ganas de más, pero le gusta lo que simboliza ese beso húmedo e íntimo: el sabor de los nuevos comienzos.

Al apartarse para respirar, le dice:

—Es una pena que no hiciésemos esto cuándo éramos adolescentes, porque entonces resulta normal besarse durante horas con otra persona, incluso sin la perspectiva de que pase nada más. Pero luego, al crecer, se convierte en el preludio y no en la finalidad. Los adultos no se besan toda una tarde sentados en el banco de un parque. No hay tiempo. Demasiadas cosas que hacer.

—¿Me estás desafiando, Nicki?

Ella suelta una carcajada divertida. Lo que le gusta de River es justo eso, que puede decir lo primero que se le pase por la cabeza sin temor a decepcionarlo. No necesita fingir que es otra persona. Entre sus brazos, se siente en casa.

Se inclina con una sonrisa y vuelve a besarlo.

—Todo depende de cómo quieras verlo.

—Como un reto personal, desde luego.

—Vale. —Nicki se ríe encantada.

—Voy a besarte durante horas.

—¿Y nada más?

—No. Al menos, hasta la siguiente cita —bromea él mientras desliza la mano por debajo de su suéter. Ella siente una oleada de calor por todo su cuerpo—. ¿Tienes libre el fin de semana? Presiento que vas a estar muy ocupada.

—Suena prometedor.

—Y hablaremos con nuestras familias.

—Probablemente organicen una fiesta.

—Contaba con ello —responde River.

Se sonríen antes de besarse. No quieren dejar de hacerlo. Una y otra vez se buscan en la reconfortante intimidad de la casa del árbol. No se parece al primer beso que se dieron allí tantos años atrás. Es aún mejor. Mucho mejor. No hay tirones fruto de la ansiedad o la incertidumbre. No hay secretos entre ellos. Y, sobre todo, no hay dudas.

DONDE TODO BRILLA

(Lo que fuimos)

Cansada de pedalear, Nicki se bajó de la bicicleta.

River, que siempre iba con ventaja, ya estaba cogiendo las primeras moras. Ella lo imitó y, juntos, fueron llenando la cesta que la abuela Mila les había dado tras prometerles que, si la llenaban, esa tarde harían mermelada.

A Nicki le encantaba todo el ritual: ir al bosque con River, meterse en la cocina, que les dejasen subirse a una silla para llegar a la encimera, las historias que la abuela les contaba mientras aplastaba las moras y aprovechar la ocasión para coger azúcar con la punta de los dedos antes de relamerse sonrientes.

—Ya tenemos suficientes —dijo él.

—Pero descansemos un rato antes de volver. Mi bicicleta va más lenta que la tuya.

River se rio y contestó con fanfarronería que luego harían la prueba, a lo que Nicki se negó porque sabía que entonces confirmaría sus sospechas. El deporte nunca había sido lo suyo. En cambio, le encantaba lo que hicieron a continuación: tumbarse en el prado al lado de él, jugar a buscar formas en las nubes o imaginar que los árboles hablaban y sus ramas se estiraban cuando nadie los veía para intentar abrazarse. Veía casas de seres mágicos en los agujeros de los troncos o en las madrigueras de conejos y soñaba con otro mundo que fuese del revés donde el bosque colgase boca abajo y caminasen por un suelo de cristal de color azul cielo.

Y la luz. A Nicki le fascinaba observar la luz.

—Me aburro —dijo River.

—Pues cierra los ojos e imagina cosas.

—Eso también me aburre. Deberíamos volver. Tu abuela nos está esperando.

—No quiero irme. Quedémonos un poco más aquí, donde todo brilla. ¿Tú también lo ves, River? ¿Ves la luz y las hadas? ¿Ves el rastro de esa ninfa en el aire?

Él entrecerró los ojos, pero no logró ver nada de todo eso. Al menos, hasta que giró la cabeza hacia ella y contempló las motas de polvo flotando a su alrededor. Un rayo de sol se colaba entre las copas de los árboles y aterrizaba justo en su mejilla derecha, sobre las pecas que parecían estrellas. Y River se dio cuenta ese día de que era incapaz de viajar al reino de fantasía que ella había creado en su cabeza, pero tenía un don aún mejor: podía ver el brillo de Nicki.

Tumbado a su lado, se relajó, sonrió y dijo:

—Sí que lo veo. Tienes razón. Todo brilla.

FIN

AGRADECIMIENTOS

Al pensar en esta historia, en todo lo que hay detrás, me vienen a la mente las personas que han hecho posible que *Donde todo brilla* se haya convertido en la novela que tienes ahora en las manos. Quiero dar las gracias a Saray, Bea y Cherry, que leyeron las primeras páginas de una versión que terminé por borrar y que fue el germen de lo que vino después. También a Lola, mi editora, por tu eterna paciencia y por transmitirme esa calma que tanto necesito durante cada proyecto. A Raquel, por confiar en mí una vez más. Y a todo el equipo de Planeta por hacerlo tan fácil y lograr que el trabajo se convierta también en un placer: Belén, Laia, Silvia, Isa, Laura...

Gracias a Pablo, que siempre está, acompaña y acoge.

A las lectoras, porque sin ellas nada de todo esto sería lo que es y me siento una privilegiada cuando elegís mis novelas, venís a las firmas y me leéis desde el cariño.

También a tantos compañeros y compañeras de letras con las que comparto lo maravilloso (y caótico) que es esto de escribir y que, además, apoyan e inspiran.

A Myriam, por sus consejos y por ser incorregible.

A Andrea, por tantos audios y divagaciones.

A Abril, amiga y correctora un año más.

A mi familia, por creer siempre en mí.

A mis hijos, que me recuerdan cada día la maravillosa luz de la infancia. Y a Juan, porque junto a él es fácil encontrar esos lugares donde todo brilla.